No.4 LIBERATION

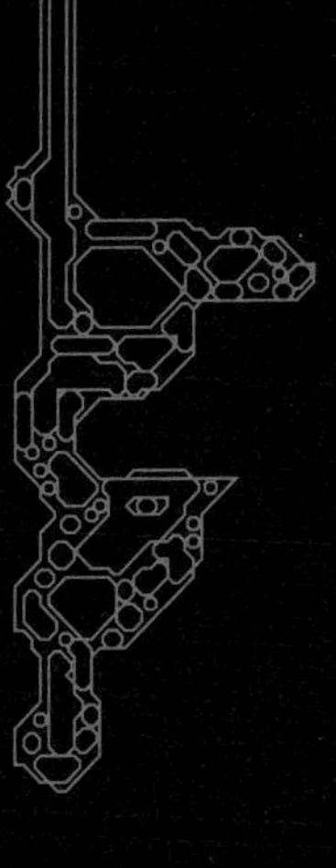

당신의 머리 위에

당신의 머리 위에 ✶ 1

박건 장편소설

초판 1쇄 찍은 날 2017년 2월 28일
초판 1쇄 펴낸 날 2017년 3월 28일

지은이 박건
펴낸이 서경석

편집책임 이지연 | **편집** 김현미 최지원 김슬기 김경민 | **디자인** 신현아

펴낸곳 도서출판 청어람
등록번호 제387-1999-000006호
등록일자 1999. 5. 31
어람번호 제8-0089호

주소 경기도 부천시 부일로 483번길 40 서경B/D 3F (우) 14640
전화 032-656-4452 | **팩스** 032-656-4453
http://www.chungeoram.com | **E-mail** chungeorambook@daum.net

ISBN 979-11-04-91209-2 04810
ISBN 979-11-04-91208-5 (SET)

당신의 머리 위에 1

소년, 우주로 가다

박건 장편소설

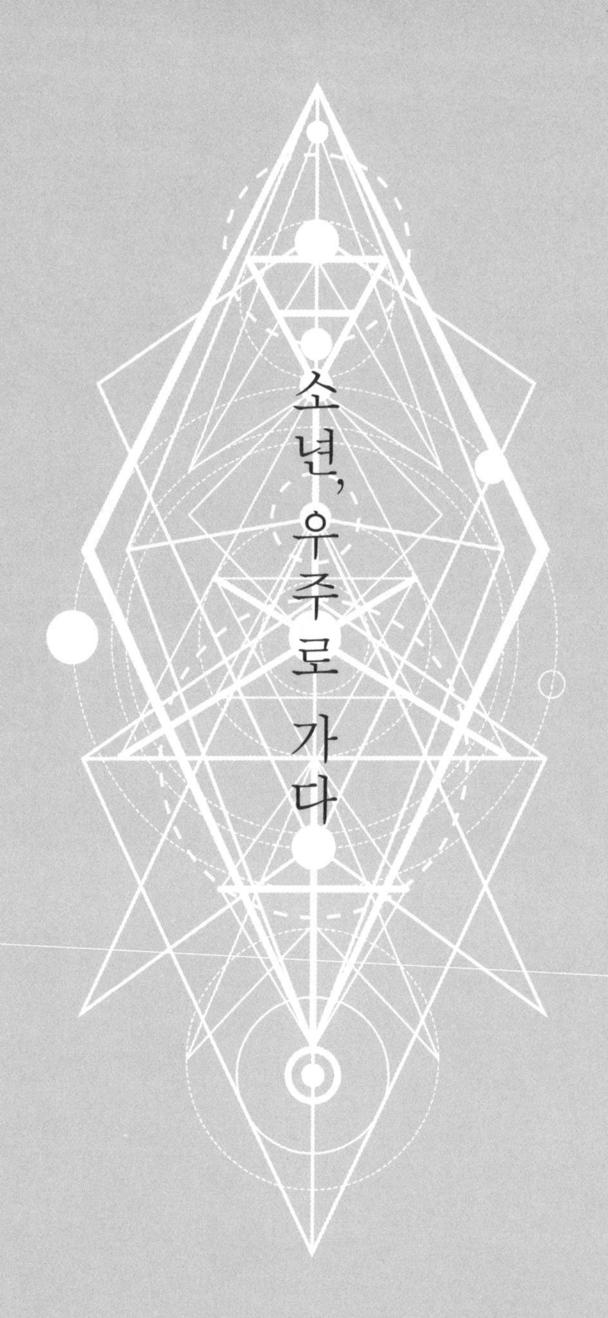

소년, 우주로 가다

프롤로그

아주 위험한 만남

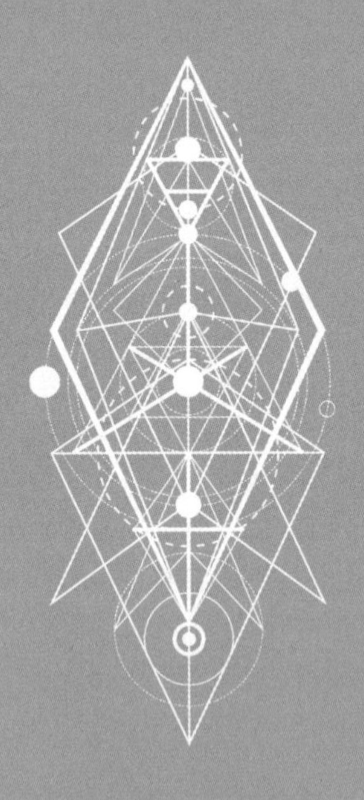

내가 평범하지 않다는 건 아주 어릴 때부터 알고 있던 사실이다.

"누나, 차였구나."

"어, 어, 어, 어떻게 알았어? 아무한테도 말 안 했는데!!"

"얼굴에 쓰여 있네요~"

물론 거짓말이다. 정확히 말하자면 얼굴이 아니라 '머리 위에' 써 있었으니까.

"와, 저 교복 괜찮은데? 어디 학교 거지?"

"북일고."

"엉? 그거 어디 붙어 있는 학교인데?"

"몰라."

"근데 교복을 알아봐?"

"수학여행 갔다가 본 적이 있어서."

물론 이것 역시 거짓말이다.

저 교복을 본 것은 난생처음. 더불어 학교 역시 들어본 적 없는 곳이라 어디 박혀 있는지 알 리가 없다.

하지만 그래도 그 학생의 '소속 단체'는 보는 순간 알 수 있다.

그 학생이 초면이라는 건 전혀 관계없는 이야기다.

"요번에도 차트 1위는 리프네."

"당연하지! 아, 리프 너무 예뻐. 가창력도 짱! 게다가 몸매는 또 얼마나 착한지!"

"그런데 리프 신상 명세가 모조리 기밀이라던데 사실이야?"

신비감을 노리는 모양이다. 가족 중에 별 이상이 없을 텐데도 그런 걸 보면.

"응. 출신이고, 가족이고 아무도 모른대. 심지어 매니저도 리프 본명을 모른다고 하고."

"하지만 그러고 보니 궁금하네. 리프 본명이 뭘까?"

"글쎄, 하지만 리프라면 본명도 분명 예쁠 게 틀림없……."

"최배달."

"엉?"

무슨 소리냐는 듯 의문 가득히 담은 눈동자를 보며 다시 말한다.

"최배달."

"그러니까 뭐가?"

"아니, 그냥. 예전에 봤던 영화가 생각나서."

의미 없이 중얼거린다.

그 리프인지 잎사귀인지 하는 여자의 본명이 최배달이든 최홍만이든 내가 알 바는 아니겠지.

중요한 건 나는 TV에서든 뭐든 일단 상대방의 얼굴을 보기만 하면 그 본명을 알 수 있다는 것이다.

…….

그렇다.

나는 평범하지 않다.

나에게는 남들에게 없는 능력이 있다.

물론 그래봐야 뭐, 대단한 능력자이거나 한 것은 아니지만 특이하다는 것만큼은 틀림없는 사실. 그걸 직접적으로 깨달은 게 언제였더라. 중학교 2학년 때부터였나?

"길 막지 막고 비켜요!"

"아, 죄송합니다."

날카로운 목소리에 별 반응 없이 길을 비켜준다. '길 넓은데 왜 굳이 시비십니까?' 라는 등의 말을 꺼내지는 않는다.

이 여자, 생리 중이군. 아, 물론 그건 무슨 비유 같은 게 아니다. 그녀는 실제로 생리 중이니까.

문제는 오히려 내가 그걸 어떻게 알 수 있냐는 데 있겠지. 정답은 그녀의 머리 위에 떠 있다.

[영월고등학교 2학년 3반]

[생리 중인 조미영]

진짜다. 정말 저렇게 쓰여 있다.

물론 누구나 다 볼 수 있는 건 아니고 오직 나만이 볼 수 있는 특이한 텍스트(Text)인 것이다.

"그러고 보니 진짜 언제부터였더라. 보이기는 더 어릴 때부터 보인 것 같은데."

RPG 게임을 해본 적이 있는가?

아니, 굳이 RPG 게임을 예로 들 것도 없이 대부분의 온라인 게임은 머리 위에 캐릭터의 ID(Identification Number: 여러 사람이 공유하고 있는 정보 통신망 또는 컴퓨터에서 각각의 사용자에게 부여된 고유한 명칭)가 떠 있다. 언뜻 비슷해 보일 수 있는 아바타들을 구분하며 그 사용자를 나타내는 게임 특유의 시스템.

그래, 내가 가지고 있는 이 초능력—이라고 부르기도 굉장히 애매하지만 하여튼—은 바로 사람들의 머리 위에서 그의 이름을 볼 수 있다는 것이다.

아니, 뭐, 정확히 말하면 이름만 보이는 건 아니다.

사람들의 머리 위에는 그의 '소속'이 쓰여 있고 이름 앞에는 그 대상의 '상태'가 쓰여 있다.

지금 지나가는 남자의 머리 위에는 [게임하다가 밤새운 이춘경]이라는 글자가 쓰여 있다. 그 뒤로 걷고 있는 여자의 머리 위에는 [사랑에 빠진 문영주]라고 쓰여 있고, 그들을 가로질러 마구 달리고 있는 사내의 머리 위에는 [아무리 달려봐야 이미 지각한 전대일]이라고 쓰여 있다.

"정말 봐도 봐도 특이하다니까."

이름 앞에 쓰여 있는 것. 나는 그것을 '칭호'라고 부른다.

칭호는 수없이 많고 매 순간마다 바뀌는데 그건 보통 그 사람의 현재 상황이나 심리 상태에 영향을 받는다.

때문에 난 다른 사람들에게 눈치가 빠르다는 소리를 많이 듣는다. 이름을 잘 외운다는 소리도 듣는 편.

그래봐야 그때그때 보고 읽는 것뿐이지만.

"웃기는 능력."

그렇다. 정말 웃기지도 않는 능력이 아닌가? 이건 초능력이라고도, 영능력이라고 하기에도 애매하다.

만약 내가 생각하는 것만으로 불꽃을 일으킬 수 있다거나 유령을 볼 수 있다거나 한다면 또 모르겠지만 이건 뭔 능력인지 정체도 모르겠고, 발동 원리도 짐작조차 되지 않는다.

일상생활에 도움이 안 되는 건 아니니 능력 자체에 불만은 없지만 이런 건 좀.

"저기요."

문득 들려오는 작은 목소리가 이런저런 생각을 하며 걷는 내 발걸음을 붙잡는다. 혹시 내가 놀라기라도 할까 조심스러운 목소리에 나는 별생각 없이 몸을 돌렸다.

"저요?"

"네."

다소곳하게 대답하는 소녀의 모습에 멈칫한다.

막 건져 올린 바닷물을 엮어 만든 듯 새파란 머리칼에 거울처럼 마주하는 모든 것을 비추는 투명한 눈동자, 가만히 서 있으면 정물화 같은 유려함을 풍기지만 수줍게 웃는 것만으로도 넘치도록 강렬한 생동감을 뿜어내는 신비로운 아우라.

'와~ 이건.'

농담이 아니다. 이대로 명동 거리에 나가면 그냥 가만히 서 있는 것만으로 한 시간에 100번이 넘는 스카우트 제의를 받을 것 같다는 생각이 들 정도의 절세 미소녀가 거기에 있었다.

"…무슨 일이시죠?"

추하게 더듬을 뻔한 목소리를 가다듬으며 묻는다. 특이한 가정에서 살아온 만큼 꽤 많은 미녀를 봤지만 이 정도 수준은 난생처음이었기 때문이다. 특이한 표정을 짓거나 특별한 행동을 한 것도 아니거늘 나를 이렇게까지 당황시킬 수 있다니?

하지만 날 정말로 당황, 아니, 경악시킨 요소는 정작 다른 데 있었다.

"…어?"

사실 특이한 칭호를 본 건 처음이 아니다.

그래, 사람들의 머리 위에서 글자를 보기 시작한 지도 어느새 10년. 나는 많은 사람을 봐왔고, 정말이지 별 칭호를 다 봐왔다.

휴먼 슬레이어(Human slayer).

이건 살인자라는 말이다. 어떻게 봐도 그렇게밖에 해석이 되지 않았다.

그 칭호를 가진 건 황당하게도 우리 옆 반 제일의 미소녀라 불리는 이경은.

빼어난 외모에 전교 상위 10% 밖을 벗어난 적이 없는 성적, 심지어 성격까지 좋은 데다 부잣집 외동딸이라는 타이틀을 가지고 있어 모두에게 사랑받는 그녀의 칭호가 이거였다.

때문에 난 최대한 그녀를 마주치지 않고 접근하지도 않도록 노력하며 살고 있다. 물론 그녀는 미소녀에 속하는 존재지만 난 별로 모험이나 스릴을 즐기지 않는 타입이기 때문이다.

보스 오브 프레스티지(Boss of prestige).

이런 칭호도 본 적 있다.

해석하자면 아마 프레스티지의 보스 뭐, 이 정도겠지.

문제는 프레스티지라는 단체를 내가 들어본 적이 있다는 것이다.

국가에서도 함부로 건드리기 부담스러워한다는 암흑 세력이라 했던가?

하지만 웃기는 건 저런 칭호를 달고 있는 게 같은 반 클래스메이트라는 것. 조용조용한 성격의 모범생인 줄 알았는데 거대 암흑 세력의 보스였던 것이다.

나는 지금까지 충분히 많은 '칭호'를 봐왔다.

칭호는 셀 수 없이 다양하고, 일관성이라는 게 하나도 없을 뿐더러 하나하나가 괴상하기 짝이 없다.

그러나 그럼에도… 나는 이 칭호가 틀리는 모습을 단 한 번도 본 적이 없다.

하다못해 [오늘 상당히 재수 없는]이라는 칭호를 달고 있으면 그 녀석은 그날 틀림없이, 정말 객관적으로 봐도 불쌍할 정도로 재수가 없었다.

…….

다시 한 번 말하지만 나는 모험이나 스릴 따윈 딱 질색이다. 평화를 너무너무 사랑한다.

나란 녀석은 하루하루 똑같은 나날이 소중하고, 또한 감사하다고 느끼는 타입의 인간이라서 위험한 일이나 사람에게는 좁쌀만큼의 관심조차 없다.

그리고 그런 내가 눈앞의, 정말이지 깜짝 놀랄 정도의 미모를 가진 미소녀를 바라보고 있다.

별로 친해지고 싶은 타입은 아니다.

물론 나 역시 남자인 만큼 어찌 미녀를 싫어하겠냐마는 그것도 어느 정도지 저렇게까지 미녀라면 아무래도 분쟁의 여지가 많다. 여기저기서 탐을 내고 또 시끄럽게 할 테니 평화를 사랑하는 내게 있어서는 아무래도 마이너스 요소가 되는 것이다.

하지만 그런 미모조차도 사실은 둘째 문제.

그녀는 그보다 훨씬, 훨씬 더 큰 마이너스 요소를 가지고 있었다.

"왜 그러시죠?"

"아뇨, 별로… 다만 실례가 되지 않는다면 무슨 용건으로 부르셨는지 알 수 있을까요? 어딜 좀 가던 길이라서."

당연한 일이지만 별로 바쁜 일은 없다.

게다가 남자로 태어난 내 입장에선 어쨌든 절세 미소녀라고 할 수 있는 그녀에게 친절하게 대해주고 싶은 마음이 드는 것도 사실이다. 보기만 해도 마음속의 친절함이 마구 끓어올라 그냥 길을 묻기만 해도 자동적으로 목적지까지 안내하고 싶어질 정도.

그러나… 그녀의 머리 위에 떠 있는 칭호를 보는 순간 정신이 확 든다. 지금껏 내가 봐왔던 그 어떤 것보다도 황당하고 위험천만한 종류의 칭호가 거기에 있었다.

[데트로 은하 연합 4군단 제1돌격대]

[외계인 세레스티아]

…….

혹시나 해서 다시 말하는 바이지만 나는 지금까지 칭호가 틀리는 경우를 본 적이 없다.

"아, 시간을 뺏었다면 죄송해요. 잠깐 여쭤볼 게 있어서요."

"저한테요?"

"네. 아, 잠시 실례."

그렇게 말하며 다가서더니 늘씬한 팔을 뻗어 내 목을 끌어당긴다. 그저 내 귓가에 뭔가를 말하기 위한 행동이었음에도 정신이 혼미할 지경.

주변 남자들의 시선이 사나워진다. 뭐라 표현하기도 애매할 정도로 좋은 냄새가 났다.

"초면에 이런 질문이나 하게 되어 대단히 죄송합니다만……."

부드러운 목소리로 그녀는 물었다.

"지구인이신가요?"

"…네?"

정신이 확 드는 어느 저녁.

그게 그녀와의 첫 만남이었다.

나는 관대하다

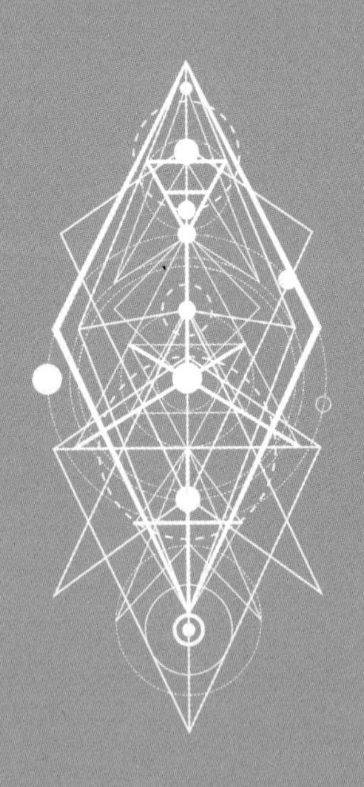

매트릭스(Matrix)라는 영화를 아는가?

매트릭스의 주인공인 네오(Neo)는 전설적인 해커 모피우스를 찾아다니다 의문의 세력과 만나면서 자신이 살아가는 세상이 사실은 진짜가 아닌 기계들이 만들어낸 가상현실이라는 것을 깨닫는다.

인간들을 통제하고 지배하기 위해 만들어낸 거짓된 세계…….

사실 매트릭스는 수많은 예 중 하나일 뿐 누구나 한 번씩 비슷한 생각을 해볼 만하다.

이 세상은 진짜인가?

'나' 라고 하는 객체는 과연 [실존]하는가?

사실 이 세상은 누군가가 프로그래밍해 만들어진 결과물이고 자신의 기억이나 추억 모두 한 편의 시나리오가 아닐까?

이 세상이 불과 하루 전이나 한 시간 전, 심지어는 3초 전에 만들어지지 않았다는 보장은 과연 어디에 있는가?

바로 이런 의심들을 하다가 철학자 R. 데카르트가 '나는 생각한다, 고로 나는 존재한다' 라는 철학의 제1원리에 도달하지 않았던가?

…….

물론 이런 식의 의문에는 아무런 의미가 없다. 현실을 의심하기 시작하면 그야말로 끝이 없으니까.

세계 그 자체를 의심해 버리면 그 세계 안에서 파생되는 그 어떤 증거와 논증도 무의미.

하지만 반대로 세계 외(外)적인 요소가 없는 한 그 의심 역시 증명할 수단이 아무것도 없기 때문에 이런 생각은 어떻게 해도 망상에 불과하다.

때문에 이런 종류의 망상을 한 번쯤 할 만한 것은 사실이지만, 그렇다 해도 대부분 쉽게 흘어버리는 것이다.

음모론처럼 영양가 없는 고민을 하며 살아가기에는 이 세상은 그리 만만하지 않으니까.

하지만 그럼에도.

"이 세계는 과연 진짜일까?"

나는 언제나 진지하게 고민해 왔다. 중학생 때부터 시작된 이 고민은 고등학교 2학년에 들어선 지금까지 언제나 내 뇌리 한구석을 차지하고 있다.

[카사노바 배재석], [성적 떨어진 김완래], [한숨도 못 잔 이형욱], [숙취에 시달리는 박정식]…….

창밖으로 지나다니는 사람들의 머리 위에는 온갖 칭호들이 떠 있다.

이것이 나의 능력.

난 단지 보는 것만으로 그 사람이 속해 있는 단체, 특성, 그리고 현재 상태와 이름을 알아낼 수 있다.

하지만 중요한 것은 이게 다라는 것이다.

"평화적인 초능력이란 말이지."

염동력을 이용해 날아다닌다거나 불꽃을 피워 올린다거나 공간 이동 한다거나 하는 능력은 내게 없다.

내 능력은 정말이지 철저히 비전투적인 능력이다. 더불어 이 능력의 원리나 이치 같은 것 역시 전혀 아는 바가 없다.

아니, 그 모든 걸 떠나서 너무 이상한 능력이 아닌가?

농담이 아니라 내가 매일매일 현실을 의심하고 사는 것도 전혀 잘못된 일이 아니라고 생각이 될 정도니까.

어릴 때부터 가지고 있던 능력인 만큼 나 역시 이쪽과 관련된 조사를 많이 해봤다.

만약 내가 불꽃을 피워 올렸다면 나는 나를 발화 능력자(파이로키네시스트)라고 생각했을 것이다. 만약 내가 단전에서 알 수 없는 기운을 끌어내 육체를 강화할 수 있었다면 난 그것을 내공이라고 판단 내렸겠지.

하지만 이건 뭐야? 사람들 머리 위에서 글자를 볼 수 있어?

이건 그 어떤 세계관을 생각해도 납득이 안 가는 능력이다.

결국 남는 선택지라는 건.

"이 세계가 가짜라는 말밖에 안 되잖아……."

우울증에 걸리지 않는 것만 해도 다행이다. 내가 태생적으로 유쾌하고 뚜렷한 자아를 가진 인간이 아니었다면 좀 암울한 성격이 되고 말았으리라.

"응?"

창밖을 바라보고 있다가 문득 담벼락에 기대 있는 쓰레기봉투를 발견했다. 규격 봉투도 아니고 분리수거도 하지 않은 채 대충 구겨 넣어서 아무렇지도 않게 버려놓았다.

"아, 이놈의 비양심들 같으니."

'쓰레기 투기 금지' 라는 문구를 무색하게 만드는 쓰레기의 모습에 한숨 쉰다. 나름대로 부촌이라면 부촌인 동네인데도 이 지경.

나는 창틀에 턱을 괸 채 멍하니 쓰레기봉투를 바라보았다. 그 위에는 [대충 버려진 쓰레기]라는 글자가 떠 있다.

"딱히 뭐, 제재를 할 건 아니지만… 누가 버렸는지 알아나 볼까."

집중한다.

내가 칭호를 보는 것이 사람들의 머리 위에서만은 아니다. 나는 동물에서도, 곤충에서도, 심지어는 무생물에게서도 칭호를 볼 수 있으니까.

물론 처음부터 그랬던 것은 아니다. 처음에 칭호를 볼 수 있었던 것은 사람뿐이었으니까.

하지만 기껏 이런 이상한 능력이 있는데 그냥 썩히는 것도 아까운 일이라서 난 몇 가지 훈련과 수련으로 정말 어지간히 하찮은—먼지라든가 모래알이라든가—대상을 제외한 모든 대상에게서 칭호를 볼 수 있게 되었다.

[대충 버려진 쓰레기]라는 칭호를 집중해서 바라보며 '분류' 를

시작한다.

간단한 일이다. 컴퓨터 폴더를 여는 것과 비슷하다. [동물] 폴더를 열어 그 하위 폴더인 [조류] 폴더를 열고, 다시 그 하위 폴더인 [기러기]를 찾아내는 방식으로 간략하던 칭호를 구체화시킨다.

"대현아파트에서 버려진 쓰레기… 너무 넓군. 좀 더……."

분류한다.

좀 더 분명하게 구체화시킨다.

선택의 폭은 넓다. [시간], [장소], [대상] 등 여러 가지 종류로 나누어진다.

좀 시간을 소모한다면 저 쓰레기를 누가 버렸는지, 언제 버렸는지, 심지어는 왜 버렸는지—물론 쓰레기 버리는 데 별 큰 이유가 있겠느냐만—까지 알 수 있는 것이다.

뭐, 그래도 지금 그렇게까지는 궁금하지 않다.

[대현아파트 301동 심문순 아주머니가 버린 쓰레기]

"아, 또 이 아줌마구만."

그리고 이게 그 결과.

심력을 쏟아 구체화시킨 만큼 일반적으로 보이는 칭호보다 훨씬 길다.

뭐, 어차피 늘리려고 하면 마냥 길어지는 게 칭호니까. 한번 실험 삼아 가장 길게 했을 땐 세 줄이나 나왔었다.

"뭐, 어떻게 할 건 아니지만."

나도 그냥 심심해서 캐본 거다. 하지만 예상대로라니 좀 씁쓸하군.

어차피 우리 담벼락도 아니고 별 상관은 없다. 그냥 창문에서 딱 보이는 위치라 좀 신경 쓰이는 거지.

"학교나 가야지."

머리를 흔들어 복잡한 생각을 떨치고 옷을 갈아입는다.

서둘러야지. 물론 아직 새벽 여섯 시밖에 안 되었지만 우리 학교는 아직도 0교시를 하는 데다 학교까지 가는 데 걸리는 시간을 생각하면 여유를 부릴 틈이 없다.

딸깍.

옷장을 열어 검은색의 교복을 꺼내 든다.

흠, 나는 우리 학교에 불만이 매우 매우 많은 편이지만 그래도 딱 하나 마음에 드는 게 있으니 그게 바로 교복 디자인이다. 사실 내가 이 학교에 지원한 이유 중 하나가 교복이 예뻐서였다.

"아, 대하 일어났니?"

"네, 아빠. 형은요?"

"내려오겠지."

태연히 답하는 그의 목에는 앞치마가 걸려 있다.

부엌을 가득 채우고 있는 것은 막 일어난 터라 입맛이 없음에도 불구하고 도저히 거부할 수 없을 정도로 먹음직스러운 향기.

"뭘 만드신 거예요?"

"어향육사(漁香肉絲)라고 하지. 위샹로스라고도 하고."

"한 달간 프랑스 요리더니 이제는 중화요리예요?"

"엽기적인 방식의 요리를 제외하고는 더 이상 할 게 없더라고. 하지만 중화요리도 괜찮군. 종류도 다양하고 난이도도 적당해."

그렇게 말하며 늘어놓는 돼지고기는 실보다 더 가늘다.

'아니, 돼지고기를 대체 어떻게 해야 저렇게 자를 수가 있는 거야?'

어향육사는 원래 고기를 가늘게 썰어 볶는 음식이지만 저렇게까지 가늘게 자를 수 있는 사람은 전 세계를 뒤져봐도 몇 없으리라.

물론 이론상이야 실처럼 가늘게 뽑아야 하지만 그건 어디까지나 이론일 뿐. 심한 곳은 손가락 굵기만큼 굵게 썰기도 하는데 이 정도라니 기가 막힌다. 아니, 그 모든 걸 떠나서 이런 기교파 음식을 가정식에서 내놓는다는 게 말이나 되는 건지.

"안녕히 주무셨습니까!"

활기차게 소리치며 형이 부엌으로 내려온다. 171㎝의 약간은 작다고 할 수 있는 키와 선량해 보이는 얼굴 때문에 귀여워—형인데도—보이는 외모의 그는 아버지가 퍼준 밥을 받아 테이블 위에 올려놓았다.

"뭐야, 왜 이렇게 기운이 넘쳐? 뭐 즐거운 일이라도 있어?"

"하하! 특별한 일이 필요하겠니? 원래 세상은 즐겁고 행복한 곳인데 말이야! 하하하!"

"…뭐야?"

황당해한다. 이 인간은 또 상태가 왜 이래?

하지만 즐거워 보이는데 굳이 태클을 걸기도 좀 그래서 얌전히 식사를 시작했다.

"감사히 먹겠습니다."

"그래. 하지만 좀 시험적인 요리들이니 먹고 평가 좀 해줘."

"죄송하지만 아빠가 한 요리 중에서 맛없는 요리를 본 적이 없는데요."

어지간한 7성급 호텔 주방장이라고 해도 아버지의 요리 실력을 따라갈 수는 없다.

'우리 아빠 요리가 제일 맛있어!' 따위의 감상적인 소리가 아니라 정말로 지구상에 이 인간보다 요리를 잘하는 놈이 있을까 싶을 정도다.

실제로 아버지의 요리를 먹고 제발 제자로 삼아달라고 한 달 동안이나 쫓아다닌 요리사도 있었다.

"이런, 그런 식으로 말해 버리면 더 늘지 않는데."

"그러니까 얼마나 더 늘려고 하는데요?"

"딱히 얼마나 더 늘겠다는 건 아닌데 말이야. 취미 삼아 하는 거고."

"전 세계 요리사들을 두 번 죽이는 말이네요."

"하하."

지금 내 앞에서 어깨를 으쓱이는 게 바로 내 아버지다.

영어로는 Father, 중국어로는 爸爸, 일본어로는 おとうさん.

하지만 세상 누가 이 인간을 내 아버지로 봐줄 것인가.

"왜 그렇게 봐?"

"아뇨, 별로."

올해 나이 36세. 아니, 37세던가? 어쨌든 중요한 것은 저 인간이 지금의 내 나이 즈음에 나를 낳았다는 것이겠지.

사실 이것만 해도 무시무시한 과속 스캔들에 놀랄 노 자인데 더 무서운 건 아버지의 외모는 누가 봐도 20대 중반, 많이 쳐도 20대 후반으로 보인다는 것이다.

사실을 말하자면 내 아버지라기보다는 형 같은 외모.

게다가 그 외모 또한 그저 동안이라는 정도로 끝나는 수준이 아니어서 이미 우리 학교에는 이 인간의 공식—비공식은 또 얼마나 되는지 모른다—팬클럽이 3개나 있다.

아버지가 유부남이라는 걸 알면서! 심지어 그 아들이 나라는 것도 알면서도!!!

그뿐이 아니다.

이 인간을 어떻게든 가수나 탤런트로 만들려고 찾아왔던 스카우터가 이미 세 자릿수를 넘겼다.

단정하게 자른 단발—사실 단발을 제대로 소화할 수 있는 남자는 세계적으로 봐도 그리 많지 않다—에 남자답게 반듯반듯한 이목구비, 차분한 눈동자, 단단하게 단련된 몸.

그리고 온몸을 감싸고 있는 그 특유의 오오라(Auras).

우리 아버지에게는 아무 말 없이 그냥 서 있기만 해도 주변 30m를 가볍게 장악하는 카리스마라는 게 있었다.

"대하야?"

"아, 죄송해요. 그냥 잘생겨서."

"뭐? 하하하! 고마운 말이지만 소용없어. 딱히 봐줄 사람이 있는 것도 아니고."

'많은 사람이 보고 있거든요……!!'

믿기 어렵겠지만 이 인간이 '취미 삼아' 익힌 언어가 무려 17개—그나마 그것도 늘어났을 가망성이 높다—나 되고 종종 시간 날 때마다 NASA에서 우주물리학 관련으로 조언을 구해온다.

심지어 온갖 격투술을 달인급으로 익혀 상대가 보통 사람이라면 기관총을 가지고 덤벼도 승산이 없을 정도인 데다 가명으로 낸 책은 세계적인 밀리언셀러로 어마어마한 영향력을 미치고 있다.

거기에 주식 같은 건 10만 원으로 시작해도 한 달이면 1억으로 불려—그나마 이런 건 돈 놀이라고 자주 안 해서 다행이다—버리고 내 15번째 생일에는 자작 게임—그런데 이게 또 퀄리티가 엄청났다. 심지어 일러스트도, 오디오도 전부 자작이라는 게 아버지스럽달까—을 만들어서 선물로 줬다.

…….

그래, 바로 이 사기 캐릭터가 내 아버지다.

능력치를 결정하는 주사위를 한 천만 개쯤 굴렸는데 전부 6이 나온 것 같은 이 인간의 현재 직업은 무려 백수. 쉽게 말해 무직.

그러나 아버지의 경우 보통의 백수들과는 그 상황이 전혀 다르다. 온갖 대기업, 국가 단체 등에서 모셔 가려고 별짓을 다 하는데도 유유자적하게 살고 있는 것이다.

"감사히 먹었습니다! 아버지 요리는 언제나 최고!"

"그래, 고맙구나. 아, 도시락은 현관에 있으니 가져가고."

"예~!"

아까도 그랬지만 어쩐 일인지 극도로 밝아 보이는 형이 순식간에 식사를 마치고 가방을 챙겨 일어난다. 좀 기묘하긴 해도 극히 평화로운 태도와 분위기.

그러나 형이 달고 있는 칭호는 결코 평화로운 것이 아니었다.

[청룡팀]

[검귀 관영민]

이건 또 무슨 귀신 씻나락 까먹는 소린지 모르겠다. 청룡팀은 어디야? 게다가 검귀?

난 형이 칼을 쓰는 걸 본 적이 없다. 심지어 형은 요리도 안 하니 식칼도 잡지 않는데 검귀라니, 이 무슨 무협지스러운 칭호란 말인가?

이 정도로 해괴한 칭호는 내가 보아온 모든 칭호를 다 따져 봐도 흔치 않다.

"저도 잘 먹었습니다."

"그래. 학교 잘 다녀오고."

문득 부드러운 목소리로 말하며 책장에서 책 한 권을 뽑아 드는 아버지의 모습을 본다.

"또 왜 그래?"

"…아뇨. 학교 다녀오겠습니다."

"학교 다녀오겠습니다!"

형과 함께 문을 열고 나오며 생각한다. 그래, 칭호가 해괴하기로 치면 저 인간 역시 만만치 않지.

아버지의 칭호 역시 매우 유니크한 종류다. 그 어떤 누구와도 비슷하지 않다.

그 칭호란…….

"흥, 그래. 다 잘한다 이거지?"

"뭐가?"

"별거 아냐."

"……?"

얼굴 가득 물음표를 띄우고 있는 형을 지나치며 학교로 향한다.

별로 늦지는 않았지만 서둘러야겠다. 오늘은 당번인 날이니까.

* ✶ *

우리 가족은 셋이다. 아버지, 형 그리고 나.

원래는 어머니도 있어야 하지만 고등학생의 몸으로 나를 낳으신 어머니는 나를 낳은 직후 돌아가셨다고 한다.

물론 어머니의 출산은 외할머니에게도, 외할아버지에게도 반대를 당했다. 당연한 일이었다. 겨우 고등학교에 다니고 있는 딸이 임신해서 자식을 낳겠다고 하는데 '오! 그럼, 나 손자 보는 거야?' 하고 좋아할 부모가 세상에 몇이나 있을까.

다른 사람도 아니고 내가 태어나는 걸 반대했다니 좀 섭섭한 마음이 들긴 하지만 이해 못 할 바는 아니었다.

그러나 어머니는 불치병에 걸려 있었고.

나를 임신하기도 전에 이미 시한부 인생이었다.

때문에 그녀는 아이를 낳고 싶다고, 그래서 죽기 전에 자기가 살았다는 증거를 남기고 싶다고 부모님을 설득했다.

물론 설득은 할머니와 할아버지에게도 해야 한다.

조금 가혹한 말이기는 하지만 사실 죽기 전에 아이를 낳고 싶다는 어머니의 말은 조금 무책임한 것도 사실이니까.

조금 어린 나이에 아이를 낳는다고 해도 데리고 키워 나갈 수 있다면 어떻게든 책임지는 삶이라 할 수 있을 것이다.

하지만… 미성년자가 그저 아이를 낳기만 하고 죽어버린다면?

죽음은 물론 크나큰 비극이지만 어쩌면 그것은 죽음 이상의 비극이 될지도 모른다. 그녀가 그렇게 떠나 버리면 겨우 고등학생밖에 안 되는 애 아빠의 인생은 어떻게 된단 말인가? 애 딸린 고등학생이라는 꼬리표를 달아버린 사내의 미래란 실로 암담할 텐데.

그러나 의외로 할머니와 할아버지는 순순히 승낙했다.

참으로 태평한 성격이라고 생각할지도 모르겠지만 난 아무래도 할머니와 할아버지가 알고 있었기 때문이라고 생각한다.

다른 사람도 아니고 우리 아버지다.

겨우 [애 딸린 유부남] 정도의 꼬리표로 우리 아버지의 앞길을 막는 건 불가능에 가까운 일!

될성부른 나무는 떡잎부터 알아보는 법이기에 아버지를 어릴 때부터 키워온 할머니와 할아버지 또한 그 사실을 너무나 잘 알고 있었다.

농담이 아니라 할머니랑 할아버지는 종종 '그래, 너라도 있어야 저 녀석이 세계 정복 같은 걸 안 하겠지' 라는 말을 입버릇처럼 나에게 속삭여 왔을 정도였다.

어쨌든 양가에서 자신들의 관계를 허락받은 뒤 아버지가 벌인 일은 놀랍게도 결혼식.

아버지와 어머니는 양가의 축복을 받으며 당당히 결혼했다.

물론 그땐 이미 어머니가 불치병에 걸렸다는 것도 다 알려져서 암울한 분위기였다고는 하지만 아버지는 전혀 아랑곳하지 않고 결혼식을 치른 후 무려 신혼여행까지 다녀왔다.

게다가 더 무서운 건 그 모든 일을 자기 개인 돈으로 해결했다는 것!

아버지 집안이 부자인 게 아니라 틈틈이 아르바이트로 모아 놓은 돈이었다고 하는데 대체 학생이 아르바이트로 몇 천이 넘는 돈을 번다는 게 가능한 일이란 말인가?

뭐, 어쨌든 그 후 어머니는 돌아가셨다.

그리고 그 직후 아버지는 학교를 그만둬 버리고 검정고시로 고등학교를 졸업한 후 바로 수능을 쳐버렸다.

그리고 수능 점수는 무려 만점(滿點).

그래, 만점이다. 틀린 문제가 하나도 없다는 바로 그 만점 말이다.

그리고 그 직후 아버지는 자신을 부르는 수많은 대학교를 무시한 채 나를 안고 미국으로 떠버렸다.

기간으로 치면 한 4년 정도일까?

그동안 아버지가 벌인 일은 별로 공개되지 않아 나로서도 잘 알 수 없지만 하나같이 엄청나다는 것만큼은 틀림없이 확신할 수 있다.

어떻게 확신할 수 있냐고?

남들은 안 믿겠지만 난 무려, 무려 미합중국 대통령과도 전화를 해본 몸이다.

약간은 어눌한 한국어로, 미합중국 대통령이 그랬다.

—미안한데, 아버지 계시니?

아아, 아버지…….

“형, 내가 아빠보다 떨어지는 건 칠삭둥이이기 때문일까?”

“엉? 네가 떨어진다고 누가 그래?”

“형과 아빠를 제외한 주위 모든 사람이.”

그래, 난 칠삭둥이, 아니, 사실 정확히 말하면 칠삭둥이도 아니다. 거의 반년 만에 태어났으니까.

그리고 그 때문인지 난 어릴 때부터 몸이 매우 약해 아버지께서 항상 돌봐주셨다고 한다.

“음, 뭐, 아빠랑 비교하면서 상처받고 그러면 끝도 없을걸. 넌 똑똑하고 잘생겼어.”

“우우, 형이 그렇게 말해봐야 자괴감이 들 뿐이야.”

형은 미소년이다.

솔직히 말하자면 여자 중에서도 형의 미모를 넘어서는 여자가 별로 없다.

가느다란 턱 선에 새하얀 피부, 거기에 남자치고는 약간 작은 키는 상상을 초월하는 귀여움을 자랑하고 있다.

정말 가끔이지만 나도 위험한 기분을 느끼고는 한다.

솔직히 이 인간은 내 옆이 아니라 TV에 나와야 한다고 생각할 정도인 것.

'그러고 보면 형의 미모는 처음 볼 때부터 인상적이었지만.'

이제 와서 하는 말이지만 형은 아버지의 친자식이 아니다.

물론 그건 사실 당연한 일이다.

어머니는 날 고등학생 때 낳았고 그 직후 돌아가셨으니까.

나를 낳은 것만 해도 어마어마한 속도위반인데 나한테 친형이 있을 리가 있나.

아버지가 형을 입양한 건 내가 5살 때였다.

어느 날, 아버지가 갑자기 형을 안고 집에 들어왔었지.

그래, 그때를 기억한다.

인형처럼 귀여운 외모, 그러나 그럼에도 슬픔과 절망으로 죽어 있던 눈동자.

형의 친어머니와 친아버지는 형이 보는 눈앞에서 연쇄 살인마에게 살해당했다고 한다.

그 연쇄 살인마는 그때 사회에서도 크게 이슈가 된 녀석이었다는데 녀석이 형의 친어머니와 친아버지를 죽이고 형까지 죽이려는 걸 아버지가 구해줬다던가.

물론 그 과정에 그 연쇄 살인마 자식이 아버지 손에 죽었지만 어떻게 정당방위로 넘어갔다.

어쨌든 상대는 연쇄 살인마였으니까.

구해졌다고는 해도 눈앞에서 부모님이 살해당한 거다.

어린 나이에 트라우마가 안 남을 리 없겠지.

그 때문일까? 어릴 적의 형은 말이 없고 과묵한 아이었다.

지금 이렇게까지 밝아진 건 아버지와 나의 아낌없는 애정(?)과

사랑(?) 때문이겠지.

"무슨 기분 나쁜 생각을 하고 있는 거야?"

"아니, 별로."

형과 난 버스를 타고 학교로 향했다.

여기저기에서 시선이 모이는 게 느껴졌지만 애써 무시하고 학교에 들어섰다.

"아, 신입생들이다."

"와, 풋풋하구나. 풋풋해."

"한 살 차이밖에 안 나는데 풋풋은 무슨 풋풋이야."

때는 봄, 새 학기가 시작되는 날이다.

난 이제 고등학교 2학년으로 올라가고 형은 공포의 고 삼이 되었다.

형이 공부를 못하는 건 아니지만 아버지처럼 완벽한 건 아니니까 공부 때문에 꽤나 골을 썩이게 되리라.

뭐, 나도 남 이야기할 때가 아니지만 말이다.

"바이, 수업 잘 들어."

"오냐."

3학년인 형은 2층에서 교실을 찾아가고, 2학년인 난 3층으로 올라갔다.

1학년은 4층으로 올라가야 하겠지.

저학년일수록 높은 층에 있는 이 시스템은 사실 좀 황당하다. 뭐, 나름대로 고학년 대접을 해주는 걸까? 좀 덜 걸으라든지.

"어디 보자… 7반이었지?"

등교 시간이었기에 복도에는 수많은 학생이 돌아다니고 있다. 표정은 여러 가지다.

뭐, 방학이 끝났으니 마냥 좋지만은 않을 것이다.

당장 나만 해도…….

"아아, 싫다. 방학은 정말 너무 짧아……."

터덜터덜 걸어 신발장에 신발을 넣고, 실내화로 갈아 신은 후 교실로 향한다.

반 배치 고사를 보긴 했지만 결과는 학교 홈페이지에서 개별로 확인했기에 아직 우리 반 친구들이 누구누구인지는 모르는 상태다.

때문에 기도한다.

아아, 제발 그 프레스티지 보스 좀 우리 반이 아니게 해주세요…….

물론 녀석은 아무런 잘못도 안 했다. 언제나 조용조용한 녀석이라서 나에게 아무런 해도 끼친 적이 없다.

그러나 그럼에도 분명하게 느껴진다. 그 특유의 위험함이.

가까이해서 절대 좋을 게 없다. 최대한 멀리 떼어놓는 것이 안전하다.

"여긴… 앗."

7반 앞에 선다.

문은 닫혀 있다. 그대로 들어가면 되는데 순간 몸이 굳는다.

[원일고등학교]

[휴먼 슬레이어(Human slayer) 이경은]

문 너머에서 보이는 칭호에 멈칫한다.

물론 나에게 투시 능력은 없지만 칭호와 이름 정도는 벽 너머에 있더라도 보이니까.

"어? 어어?"

아니, 지금 이게 중요한 게 아니다.

저, 저 칭호가 왜 지금 문 너머에서 보이는 거지?

왜? 어째서? 뭐 땀시? Why?

"아니야."

그래, 아니야. 아닐 거야.

경은이가 나와 같은 반이라니, 있어서는 안 되는 일이다.

물론 그녀는 학교에서도 유명한, 아니, 사실 이 지역에서 모르는 사람이 없는 빼어난 미녀다.

또한 전교 상위 10%를 벗어난 적이 없는 성적에다 부잣집 딸이라는 타이틀을 가지고 있는 완벽한 아이돌이자 우리 원일고의 트윈 로즈(Twins rose) 중 하나.

그러나 난 그런 칭호에 아무런 관심도 없다. 내가 바라는 것은 오직 평화였기 때문이다.

'좋지 않은데.'

동민, 그러니까 그 프레스티지의 보스 녀석 대신이라고 위안할 수도 없다. 아니, 어떤 면에서 그녀는 동식보다도 더 위험했으니까.

적어도 녀석은 학교에선 조용히 살고 있지 않은가?

드르륵.

"아."

"깜짝이야. 안 들어오고 뭐 해?"

늘씬한 미소녀가 눈앞에 서 있다.

새하얀 피부에 170㎝를 넘는 훤칠한 키, 다른 여학생들하고 똑같은 교복을 입고 있음에도 풍겨 나오는 그 요염함과 섹시함은 이미 고등학생이 가질 만한 것이 아니다.

"아, 미안."

최대한 담담한 표정으로 그녀를 지나친다.

아아, 잠깐 친구 만나러 들른 것이기를.

제발, 부탁이니 그대로 걸어서 다른 반으로, 그것도 최대한 먼 반으로 가다오.

"아, 저기 잠깐만."

그녀의 말에 멈칫한다.

뭐지? 왜 부르지?

순간 의문이 들었지만 마냥 멈칫거리고 있을 수도 없어 천천히 돌아선다.

쫄지 마. 쫄지 말자. 그녀가 이상하게 여기면 끝장이다. 침착해야 해.

최대한 태연한 표정으로 답한다.

"응? 왜?"

"아니, 이제 같은 반이네. 대하, 맞지? 이야기 많이 들었는데."

"아, 그래? 나쁜 이야기가 아니었으면 좋겠네."

침착하게 대답했지만 속으로는 비명을 지르고 있다.

아아아아악!!! 역시 같은 반인가!! 제길! 제길!

올 한 해는 죽은 듯이 숨어 지내야겠구나!

"어? 어디 가?"

"응? 내 자리 찾으러. 더 할 말 있는 거야?"

"아, 아니. 별로. 응, 알았어."

떨떠름한 표정의 그녀를 남겨두고 내 자리로 향한다.

우리 학교는 반 배정을 하면서 좌석까지 다 배치해 놓기 때문에 괜히 자리 잡느라고 신경전할 것 없이 정해진 자리로 가서 앉으면 된다.

물론 이게 절대적인 배치는 아니어서 나중에 교사에게 말해서 변경할 수도 있다.

"오랜만이군."

"아, 그, 그래. 잘 지냈어?"

차분한 목소리에 좌절감을 느낀다.

아아, 제길. 김동민 이 녀석도 같은 반이야…….

"아니, 별로."

"응? 뭐 안 좋은 일이라도 있어?"

"안 좋은 일이라기보다는 번거로운 일이 조금… 이젠 다 해결됐다."

그 번거로운 일이 방학 숙제가 밀렸다거나 친구랑 다퉜다거나 하는 등의 평범한 학생이 겪을 만한 용무는 틀림없이 아닐 거라는 확신이 들었다.

아마 좀 더 큰 스케일의 번거로운 일이었을 것이고 녀석은 그걸 더 큰 스케일의 방식으로 해결했으리라.

물론 그 번거로움이나 해결 방법은 전혀 궁금하지 않다.

"아, 안녕."

"응, 안녕."

자리에 앉는다. 짝은 꽤 귀여운 인상의 여학생이었다. 평소라면 '오예~!'를 외칠 만한 상황이지만 지금 좀 우울해서 기뻐할 수가 없다.

"자~ 이것으로 새 학기가 시작됐다. 하지만 다들 알고 있지? 3학년이 돼서 고생하지 않으려면 지금부터 준비해 둬야 해. 이제 1학년 때와는 달라."

새로 담임을 맡은 30대 중반의 교사가 이런저런 이야기를 하고 있다. 뭐, 결국 놀지 말고 공부하라는 말.

그리고 그는 또 이런저런 이야기를 주절거리다가 말했다.

"…그러니까 얼굴도 익힐 겸 한 명씩 자기소개를 하자. 어쨌든 1년간 얼굴을 마주할 사람들이니까. 그럼 1번부터."

"어, 하하, 어색하네. 음, 반가워. 나는……."

1번부터 차례대로 일어나 자기소개를 하기 시작한다. 나는 27번이니 조금 나중.

나는 슬쩍 시선을 움직여 클래스 메이트들의 칭호를 두루 살폈다. 다행히 다들 평범한 녀석들이다.

하긴, 경은과 동민 외에도 골치 아픈 녀석이 있으면 난 정말 울어버렸을지도 모른다.

"만나서 반가워! 이경은이라고 해. 취미는 TV 보기고 별다른 특기는 없네. 공부도 중요하지만 모두 친하게 지내자~!"

화사하게 웃는 그녀는 내 앞자리다.

아, 이런, 제길. 너무 가깝군.

하지만 뒤에 앉아 있으니 확실히 느껴지는 게 바로 이 녀석의 몸매가 좋다는 것.

여자치고는 상당히 훤칠한 키에 늘씬한 다리, 잘록한 허리는 전체적으로 매끄럽다는 느낌.

게다가 몸이 뭐랄까, 단순히 타고난 몸매라기보다는 잘 단련된 검(劍) 같은 그런 느낌이 든다. 그러니까 탄탄해 보인다고나 할까?

평소 운동을 부지런히 한다는 건가.

'아무리 봐도 인기가 있을 수밖에 없는 녀석이란 말이지.'

붙임성 있는 성격에 매혹적인 미모를 가진 데다 자기 관리마저 철저하니 당장 연예인으로 나선다 하더라도 뒷말이 나올 리 없을 정도로 완벽한 엄친딸의 표본.

그러나 그럼에도 단 한 가지의 결점이 그 모든 장점을 뒤덮는다.

휴먼 슬레이어(Human slayer).

그래, 저 칭호. 저 칭호가 너무나 큰 단점이다.

솔직히 그녀가 사람을 죽였을 거라고는 도저히 믿겨지지 않았지만, 안타깝게도 칭호가 틀리는 경우를 단 한 번도 본 적이 없으니 알아서 조심하는 수밖에.

'그러고 보니 저 녀석은 저 칭호 외에 본 적이 없군.'

나는 이를 고착칭호라고 부른다.

그건 어떤 사람이 아주 특별한 조건이나 행위를 달성했을 때 생기는 칭호로서 이런 칭호를 달고 있는 녀석은 다른 사람들처럼 수시로 칭호가 변하지 않고 그 칭호로 고착된다.

대표적인 예로 우리 아빠도 그렇고 형도 이번에 무슨 일인지 검귀라는 고착칭호가 만들어졌다.

저 동민 녀석도 그렇고 고착칭호가 만들어진 녀석은 그 컨디션이나 상태를 한눈에 파악하기 어렵다.

이해하기 쉽게 설명하자면 이렇다.

만약 [누구에게든 싸움을 걸고 싶은 윤정민]이라는 칭호를 가진 녀석이 보인다면 난 먼 거리에서 그걸 보고 자리를 피할 것이다.

그러나 만약 그 녀석이 고착칭호를 가지게 된다면 난 녀석이 누구에게든 싸움을 걸고 싶은 상태라는 걸 한눈에 알 수 없다. [분류]의 과정을 거쳐야만 하는 것이다.

고착칭호를 가진 녀석은 칭호가 시시각각 변하지 않기 때문에 내가 그의 상태나 마음을 알려면 잠깐의 집중이 필요하다.

"흠."

그러고 보니 문득 그녀의 현재 상태가 궁금해져 분류를 시작한다. 간단하다. 거리는 가깝고 뒤돌아보고 있다고는 해도 칭호는 제대로 보이니 숨 쉬듯 능력을 사용한다.

'어디 보자… 마음가짐보다는 최신 상태를 확인해야겠군.'

[상태]로 들어가 [현재]를 선택한다. 물론 그 과정 전부가 내 이미지일 뿐이지만 이제는 제법 익숙해져서 편하다. 그리고 그렇게 구체화시킨 그녀의 칭호는 이랬다.

[원일고등학교]

[오늘 아침에도 한 명 해치운 이경은]

"……."

오, 하나님, 맙소사.

"왜 그래? 안색이 별로 안 좋은데. 어디 아파?"

"아니, 별로. 고마워."

친절하게도 걱정해 주는 귀여운 짝에게 괜찮다는 미소를 지어 보인 후 침착하게 교과서로 시선을 돌렸지만 머릿속은 복잡하기만 하다.

'해치워? 해치우다니? 뭘 해치웠다는 거야?'

게다가 오늘 아침에'도' 라는 건 무슨 뜻이란 말인가?

"박영웅이라고 해. 앞으로 잘 부탁……."

"취미를 굳이 말하자면 독서……."

"안녕, 나는 민이라고 해~"

내 머릿속이 복잡하거나 말거나 자기소개는 계속된다. 한 반에 30명이나 있는 만큼 소개도 가지각색. 평범하게 자기소개를 하는 녀석도 있고 그냥 개그로 애들을 웃기려는 녀석도 있다.

그리고 그다음이 내 왼쪽 자리에 앉아 있는 녀석.

"김동민이다. 친하게 지냈으면 좋겠군."

이 녀석도 말투가 참 특이하다. 게다가 항상 구석에 있고 누구와도 친하게 지내지 않는다.

성질 더러운 녀석들이라면 한번 건드려 보고 싶을 만한 성격이지만 지금까지 누구도 이 녀석을 괴롭히려 든 적이 없었다.

아니, 한두 번 도발한 녀석은 몇 있었지만 어떻게든 그날은 조용히 넘어갔고, 다음 날 동민이 녀석을 도발한 불량배나 학생들은 [죽다 살아난]이나 [겁에 질린] 등의 칭호를 가지고 나타나곤 했다.

드르륵.

바로 이어서 내 차례가 왔기에 자리에서 일어났다.

사람 앞에 나서는 걸 그다지 좋아하지 않는 편이라 좀 부담이었지만 우리 아버지가 워낙 유명인이라 시선을 받는 것에는 꽤 익숙하다.

나는 주변을 슥 둘러보았다. 그리고 최대한 근엄한 표정으로 말했다.

"나의 성은 관, 이름은 대하."

그러니까 합쳐서.

"나는 관대하다."

"푸훗!"

"헙!"

"큭……!"

여기저기서 웃음이 터져 나온다.

후후후, 나의 필살 이름 개그가 어떠냐? 물론 제 살 깎아먹기라는 느낌이 들긴 했지만 학기 초에 친근한 이미지를 만들어 놓으면 여러모로 편하다.

나는 평화를 사랑하긴 하지만 구석에서 아무하고도 관계하지 않는 그런 성격은 아니다.

뭐, 이 개그는 1년에 한 번 정도밖에 안 하는 희귀성 있는 개그이니 다들 감사히 받들도록 해라.

그래도 이 이름이 개그가 되기 시작한 건 중학교 1학년 때

나온 영화 때문이니 엄밀히 말하면 이 개그를 한 건 손에 꼽을 정도다.

"아… 난 이선애라고 해. 그, 자, 잘 부탁해!"

꾸벅 고개를 숙이고 새빨갛게 얼굴을 붉힌 채 자리에 앉는 그녀의 머리 위에는 [수줍은 이선애]라는 글자가 떠 있다.

칭호도 귀엽구나. 그나마 이 암울한 상황에서 내 마음을 치유해 주는 느낌이다.

오늘은 학교 첫 수업이기 때문인지 전체적으로 널널한 분위기였다.

교사들은 수업을 하기보다 그냥 앞으로 해야 될 단원들을 설명하는 선에서 그쳤고, 그런 영양가 없는 설명들을 들으면서도 시간은 쭉쭉 잘 가서 점심시간까지 지나 모든 수업이 끝났다.

솔직히 난 우리 학교를 썩 좋아하는 편이 아니지만 그래도 딱 하나 마음에 드는 게 있다면 야자 없이 3시 전에 모든 수업이 끝난다는 것이다.

뭐, 결국 그것도 학원 가라는 뜻인 거 같지만 우리 아버지는 학원 같은 건 별로 좋아하지 않기 때문에 따를 필요가 없다. 영 내 성적이 안 좋으면 차라리 직접 가르치겠다고 하셨고.

사실 어떤 족집게 강사가 와도 아버지보다 잘하지는 못하리라.

"집에나 가야지."

교실을 나서며 핸드폰을 꺼낸다. 같이 가기 위해 형을 부르려는 것.

물론 형은 바로 아래층에 있으니 찾으러 가도 되지만 얼굴도 익숙하지 않은 3학년 선배들 사이에서 돌아다니기도 좀 어색하니까.

—응, 대하야. 무슨 일이야?

"집에 가려고. 교실에 있어?"

—응. 아, 그런데 미안. 나 어디 좀 가봐야 할 것 같아.

"친구들하고?"

—응.

정녕 미안한 목소리.

흠~ 친구들이 놀러가자고 꼬신 건가? 뭐, 형은 워낙 인기 있으니 있을 수 있는 일이다.

"응, 알았어. 늦지 않게 돌아와."

—그래, 차 조심하고.

"내가 앤가요."

투덜거리며 전화를 끊고 가방을 챙긴다.

좋아. 뭐, 집에 가서 쉬면 되지.

하지만 신발장에서 신발을 꺼내는 내게 접근하는 이가 있었다.

"여어."

"아, 재석이냐?"

다가온 녀석은 1학년 때 같은 반이었던 녀석이다. 이름은 배재석. 키도 훤칠한 데다 떡대도 대단한 녀석이다.

전문적으로 무술을 배우지는 않았지만 한 성격 하는 데다 천부적인 싸움꾼인 탓에 껄렁거리는 놈들도 함부로 하지 못하는 녀석. 하지만 성격은 꽤 좋아서 친하게 지내는 편이다.

"아, 아깝다. 너랑 반이 갈라지다니."

"뭐, 어차피 옆 반이니까 별 상관 없지 않아?"

"상관있다고. 같은 반이면 네 아버지한테 관심 있어서 몰려오는 여인네들을 후릴 수가 있거든."

"이보세요."

음흉한 마음으로 가득한 녀석을 보며 한숨 쉰다.

뭐, 틀린 말은 아니다. 1학년 때만 해도 시도 때도 없이 접근하는 여학생들 때문에 고생이 이만저만이 아니었다.

물론 시도 때도 없이 접근하는 건 내가 인기 있다거나 해서가 아닌 우리 아버지 때문.

"요새도 집에 초대해 달라고 졸라대는 애들 많아?"

"계속 거절하니까 좀 잠잠해졌어."

"왜, 귀엽잖아. 좀 엄선해서 초대해 보라고. 혹시 알아? 꿩 대신 닭이라고 널 노릴지."

마냥 재미있다는 듯 '끌끌끌' 하고 기분 나쁜 웃음소리를 내는 재석.

하지만 고개를 흔든다.

"하나둘 초대하다 보면 끝도 없다. 뭐, 그것 때문에 오히려 여학생들하고 틀어질 뻔했는데 다행히 아버지가 해결하셨어."

"응? 어떻게?"

"공식 팬클럽 세 군데를 방문해서 말씀하셨대. '우리 아들 귀찮게 하면 미워할 거야, 얘들아~' 라고."

내 말에 재석의 눈이 커진다.

"오호~ 친히 강림하신 거야? 난리 났었겠네."

"알게 뭐냐."

뭐, 그래도 마구 들이대던 여학생들이 없어져서 다행이다.

그들의 관심거리가 나여도 귀찮겠지만 아버지에 대한 관심이 나라는 다리를 밟고 가는 것도 사절이다.

게다가 숙제 같이하자, 뭐 하자 라는 식으로 접근하려던 녀석들도 흑심이 훤히 보여 곤란하다.

심지어 '어, 엄마라고 불러볼래?' 라고 한 녀석도 있다.

뭐래는 거야, 이 녀석들? 그게 동갑내기 남학생에게 할 말이냐?

"그나저나 뭐, 방과 후에 스케줄이라도 있어?"

"아니, 별로. 왜?"

드디어 용건을 꺼낼 모양이군, 하고 중얼거린다.

왜 그런 생각을 하냐면 녀석의 머리 위에 [너에게 용건 있는 배재석]이라는 말이 떠 있으니까.

하지만 그렇게 녀석의 칭호를 보고 있던 나에게 있어서도 녀석이 꺼낸 용건은 좀 뜻밖이었다.

"오락실 안 갈래?"

"오락실?"

별로 원하지 않는 만남. 연속

나는 모든 면에서 아버지와 현격하게 비교되는 아들이다. 총체적인 면은 물론이고, 부분적인 면에서조차 아버지의 발끝에도 미치지 못하는 것.

그러나… 그게 어디 나만의 문제겠는가?

평생을 요리에 바친 요리사가 아버지를 만나면 요리로 좌절하고, 평생을 격투기에 바친 격투가가 아버지를 보면 체술로 좌절하며, 평생 글을 써온 작가가 아버지의 글을 보면 문학으로써 좌절하고, 평생을 음악에 바친 음악가는 아버지가 연주하는 음률에 숨 쉬는 것도 잊어버린다.

내가 모자란 게 아니다.

그가 지나치게 뛰어난 것이다.

'그래, 어쩌면… 그렇게 받아들일 수 있었을지도 모르지.'

그렇다. 그렇게 받아들일 수 있었을지도 모른다.

그가 남이었다면 말이다.

"흐음… 생각보다 성적이 별로구나. 열심히 하는 것 같은데."

나는 늘 비교당해 왔다.

"앗! 네가 바로 그분의 아들이로구나!"
"흠… 그런데… 별로 잘생기지는 않았네."
"야, 애 앞에서 뭔 소리를 하는 거야!"

아주 어릴 적부터의 일이다.

"우, 운동 잘 못하는구나. 의외다……."
"으음… 예술가적 기질조차 없다니……."

친구들이, 선생님이, 심지어 아버지의 유명세를 듣고 찾아왔다가 좌절하던 사람들에게조차 온갖 비교를 당하게 되었다.

'친아들인데. 아니, 남도 아니고 친아들인데 대체 왜 이렇게까지 심각한 차이가 나는 거야? 심지어 닮은 구석 하나 없다니!'

그렇다. 그게 문제였다. 만약 상대가 남이었다면 별세계의 인간으로 여기고 끝이었을 텐데 하늘이 무심하게도(?) 그는 내 친아버지인 것이다.

비교는 당연한 일이다. 나라도 그랬을 것 같다.

아버지를 알고 나를 아는 이들은 도대체 그 우월한 DNA는 다 어디로 가고 이런 평범한 종자—라고 말하기에는 해괴한 초능력을 각성하게 되었지만—가 태어난 것인지 궁금해할 수밖에 없으리라.

그리고 그렇게 온갖 관심을 가지던 이들은 결국 내가 눈치가 좀 빠른 소년이라는 판단을 내리고 관심을 끊게 되었다.

내가 아버지의 재능을 이어받지 못했으며, 그보다 뭔가 더 잘하게 될 일은 절대로 없을 거라고 판단을 내린 것.

그러나 사실 난 아버지보다 잘하는 게 딱 하나 있다.

You win. Perfect.

"우와아아! 쩐다! 32연승!"

"뭐야, 저놈?! 아니, 애초에 대전 게임이라는 게 이 승수가 나올 수 있는 건가? 애들이 다 초보도 아닌데?"

"제길! 뭐, 미래를 보는 것처럼 다 막는데 어떻게 이기라는 거야? 나도 좀 하는데 벌써 8판이나 졌어!"

주위에서 경악하는 소리가 들렸지만 기쁘다기보다는 자괴감이 밀려온다.

"이런 걸 잘해봐야……."

그렇다. 나는 게임을 잘한다.

지금은 이렇게 대전 게임을 하고 있지만 사실 게임이라는 타이틀을 걸고 있다면 종류를 가리지 않고 다 잘하는 편이다.

'아니, 보드게임 같은 건 별로 못하니 컴퓨터게임을 잘한다고 해야 하려나?'

전략 시뮬레이션 게임 같은 경우는 승률이 98%가 넘고, 대전 게임은 솔직히 내가 지려고 마음먹지 않는 이상 진 적이 없다. 그냥 순수하게 져보고 싶어서 대전 게임의 성지라는 대림동까지 찾아가야 했을 정도다.

팀원발도 어느 정도 필요한 FPS 게임이나 AOS 게임조차 승률이 살벌할 정도니 뭔 게임을 하더라도 당장 프로에서 통한다… 고 해도 아마 그렇게까지 틀린 생각은 아니리라.

뭐? 그걸 어떻게 확신하느냐고?

'그야 아버지랑 해서 이겼었으니까.'

처음에는 5판을 해서 전승으로 이기고 일주일 뒤에 다시 5판을 해서 4승 1패로, 다시 일주일 뒤에 해서 3판 2승으로 이긴 다음, 또 하면 질까 봐 다시는 안 하고 있지만—비겁하다 말하지 마라. 솔직히 이것마저 지면 미래를 살아갈 희망을 잃어버릴 것 같아서 그랬다—어쨌든 지금까지 다 이긴 것이다!

물론 다른 사람한테 '저 아빠랑 겜해서 이겼으니까 프로 가서도 통함. ㅇㅋ?' 이러면 '이건 뭐, X신도 아니고' 같은 반응만 돌아오겠지만 우리 아버지를 아는 사람은 생각을 좀 달리할 것이다.

"아, 졌다."

"헉헉… 이, 이겼다!!"

"오오오!!"

결국 패하고 자리에서 일어난다.

물론 져준 것이다. 솔직히 일부로 져주지 않는 이상 영원히 끝나지 않을 테니까.

물론 간단히 져주면 이상하게 여길 거란 생각에 상대 중에서 제일 잘하는 편인 녀석에게, 그것도 좀 말리는 인상을 주며 패했다.

사실 대전 게임이라는 게 항상 100%의 실력을 낼 수 있는 게 아니어서 상대에 따라 상성이 안 좋을 수도 있고, 한순간 판단을 잘못하면 내내 질질 끌리다 질 수도 있다. 설사 고수라고 해도 마냥 이기기만 하는 건 아니니 내가 일부로 져줬다고 생각하는 녀석은 없겠지.

"오, 자식. 아직 실력이 녹슬지 않았는데? 대단해."

"이런 걸로 대단해 봐야 뭐하냐."

몰려든 사람들을 피해 슬쩍 물러난다. 시선이 좀 모였지만 나를 이긴 녀석이 남아 있기 때문에 그리 심한 정도는 아니었다.

"그나저나 이 오락실 대단하네. 시설도 깨끗하고. 전체적으로 첨단을 달리는 느낌이야."

"내가 괜히 불렀겠냐. 규모도 규모지만 최신 게임하고 인기 고전 게임들이 잘 자리 잡혀 있어서 요새 꽤 인기야. 게다가 첨단 게임도 상당수지."

"하긴, 요새 오락실에 별로 사람이 안 모이는 편이었는데 엄청나게 붐비니까."

학생들이 학교만 끝나면 오락실로 달려가던 것도 옛날이야기다.

솔직히 요새 오락실 가는 사람이 얼마나 되겠는가? 가면 PC방이나 플스방을 가고 말지.

바야흐로 오락실이란 곳은 구시대의 유물로 사라져 가고 있는 중이다. 물론 정말 사라지냐면 꼭 그렇지도 않겠지만 예전만 못하다는 건 누구나 인정할 수밖에 없으리라.

“뭐, 솔직히 내 생각에는 좀 모험 같아 보이기도 해. 오락실을 이렇게 꾸미는 데도 돈이 꽤 들었을 텐데 괜찮을까나? 뭐, 내가 걱정할 문제는 아니지만. 아, 이거 마셔.”

“땡큐.”

녀석이 던져준 오렌지 주스를 받아 꿀꺽꿀꺽 마시며 주위를 둘러본다.

하지만 정말 상당한 규모다. 오락 기기만 해도 거의 200여 개에 가까운 데다 단순히 앉아서 하는 종류만 있는 게 아니라 총을 쏘는 오락기도 보이고, 화살을 쏘는 것도 있고, 이름이 뭔지는 모르겠지만 작은 원반을 상대방 쪽에 쳐내는 당구대 비슷한 것도 있고, 농구 골대에 농구공을 던지는 것도, 배팅 연습을 하는 것도, 심지어 던지는 것도 있다.

“그런데 진짜 오락 때문에 부른 거야?”

“뭐, 딴 이유 있겠냐?”

“흠, 있는 것 같은데?”

눈을 가늘게 뜨고 쳐다보자 재석이 녀석이 슬쩍 고개를 돌려 외면한다. 하지만 그러거나 말거나 계속 노려보자 이내 녀석의 이마에 식은땀이 흐른다.

“…망할 놈, 눈치 하나는 진짜 귀신이라니까, 귀신.”

물론 녀석은 전혀 이상한 분위기를 풍기지 않았다.

녀석의 음흉한 마음씨와 잔머리로 점철된 연기는 거의 완성의 경지에 이르러 녀석의 장래 희망이 배우라면 정말 세계적인 연기파 배우가 될 수 있지 않을까 싶을 정도의 연기력을 자랑하고 있었으니까.

하지만 안타깝게도 그건 나에게 소용없는 일이다.

녀석의 머리에는 여전히 [너에게 용건 있는 배재석]이라는 칭호가 떠 있었으니까.

만약 용무가 오락실에 오는 거였다면 오락실에 오는 순간 칭호가 변경되었을 것이다.

"그래서 결국 무슨 일이기에……."

"아, 그런데 들었냐? 신입생 이야기?"

황급히 말을 돌리는 느낌이었지만 쓸데없는 일로 궁지에 몰 필요는 없었기에 받아준다.

"아니, 별로. 신입생 관련 이야기는 못 들었는데."

"역시 못 들었구먼. 관심 없는 건 알지만 그렇게 시끄러웠는데."

"시끄러워?"

고개를 갸웃거린다. 시끄럽다니? 싸움이라도 났던 건가?

"놀라지 마라. 우리 원일고 트윈 로즈 알지? 그게 이제 트리플 로즈(Triple rose)가 되었다."

"……."

잠시 뒤에 이어질 말을 기다렸다. 그러나 말이 없다.

"……."

"……."

"……."

잠시 우리 둘 사이에 어색한 침묵만이 흐른다.

"…뭐야? 설마 그게 용무?"

"야, 이 자식아! 놀라야 할 거 아냐! 이제 트리플 로즈라고,

트리플 로즈! 다른 학교에는 한 명도 없다는 연예인급 미소녀가 이제 셋이란 말이야!!"

분노하는 녀석의 모습에 황당해한다.

아니, 그래서 뭘 어쩌라고? 그게 나랑 뭔 상관인데?

유치한 일이지만 어쨌든 우리 학교에는 트윈 로즈(Twins rose)라는 게 있다.

아, 정말 손발이 오그라드는 호칭이다.

세상이 무슨 무협지냐, 호칭 붙이게? 그리고 이제 셋이니까 트리플 로즈라고?

뭐, 어쨌든 그 둘 중 하나는 같은 학년의, 게다가 같은 반이 되어버린 휴먼 슬레이어 경은이고, 또 한 명은 3학년에 재학중인 현 학생회장 한민경 양이다.

경은이가 좀 활달하고 적극적인 미소녀라고 하면 한민경 양은, 그러니까 정확히 말해 한민경 선배는 차분하고 차가운 얼음 공주라고 해야 하려나?

아니, 얼음 공주라는 말은 틀리겠지. 소문을 들어보면 얼음 공주라기보다는 얼음 여왕이다. 흔히 흑장미라고 불리는 모양인데 무슨 폭력적인 일을 해서라기보다는 그냥 분위기 때문에 그런 모양이다.

"그래서 결국 뭔데?"

"저기, 혹시 이야기 끝났나요?"

그리고 그때 한쪽에서 조심스러운 목소리와 함께 우리 학교 교복을 입고 있는 여학생 하나가 다가온다.

어깨까지 늘어진 물결 모양의 파마머리와 약간은 작은 키.

그건… 뭐라고 해야 하나? 그래, 진짜 미소녀다.

사실 경은이나 민경 선배는 미소녀라기보다 그냥 미녀라고 하는 쪽이 정확할 테니까.

그녀에게는 그 두 미녀에게 없는 것, 그러니까 깜짝 놀랄 정도의 귀여움이라는 게 있었다.

'아, 이런 얼굴들에 익숙해지면 눈 높아져서 안 되는데.'

평화를 원하는 나에게 너무 뛰어난 외모의 여인은 오히려 마이너스. 당장 지금 상황만 해도 그런 사실에서 벗어나지 않아 그녀의 모습에 주변이 술렁거린다.

"하하, 안녕."

손을 들어 알은척하는 배재석. 그리고 그 순간 불길함을 느끼기 시작한다.

오늘 새로 들어온 신입생을 이 녀석이 알고 있을 리가 없는데? 저 떠버리 녀석이 저 정도의 미녀를 미리 알고 있었다면 지금까지 내가 몰랐을 리 없다.

하지만 그녀는 재석을 보고 꾸벅 고개를 숙인다.

"네, 선배님. 아, 저기 그런데 그쪽 선배님이 진짜 관일한 선생님 자제분이신가요?"

그 말에 멈칫한다. 그리고 서늘한 눈으로 재석을 돌아본다.

"너 설마……."

날 팔아먹은 거냐? 하는 표정으로 바라보자 녀석이 어깨를 으쓱인다.

"미안."

"아, 나, 진짜."

아니, 이 자식이! 내가 이 문제로 고민한다는 거 뻔히 알면서!!

하지만 내가 이런 문제로 짜증을 느끼고 있다는 걸 뒤에 서 있는 '문제' 한테까지 들키면 안 되는지라 '나중에 보자' 라고 눈으로 말한 뒤 몸을 돌린다.

"용무가 뭐기에 이렇게… 아, 반말해도 괜찮지?"

"네, 선배님이시니까요."

"고맙네. 그런데 결국 무슨 용무인데? 참고로 아버지를 만나고 싶다는 용무는 안 돼."

"엇, 아, 안 되나요?"

역시 그 용무였구먼.

가볍게 한숨 쉬자 재석이 녀석이 붙더니 안절부절못하며 말한다.

"야야, 내 얼굴을 봐서라도 좀 봐주라."

"아버지께서 친히 팬클럽 돌아다니면서 안 된다고 했다니까?"

"그러니까 재는 그 팬클럽이라는 것도 아니잖아. 게다가 개인적으로도 좀 친분이 있다는데?"

"진짜?"

내 기억으로 우리 아버지랑 개인적인 친분이 있는 사람은 결코 평범한 적이 없다.

좀 넓은 의미로 보면 미합중국 대통령 아저씨도 그중 하나가 아니던가?

"아, 정확히 말하면 제가 친분이 있는 게 아니라 언니가 같이 일했었거든요. 요번에 언니가 좀 전해달라고 한 게 있어서 갖다드릴 겸 여쭤볼 것도 좀 있고 해서."

선량하게 웃으며 해명하는 그녀였지만 난 신경 쓰지 않고 그녀의 머리 위부터 살폈다.

어차피 칭호를 확인하면 그녀의 말이 정말인지 거짓말인지 확실하게 알 수 있다. 내가 괜히 [거짓말 탐지기]라고 불리는 게 아니란 말이야.

하지만 내가 그렇게 올려다본 그녀의 머리 위에는 전혀 기대도 안 하던 결과가 떠 있었다.

[지고의 마탑 수호결계반]

[마법소녀 강보람]

"……"

이러지 마라.

"……?"

내가 아무 말 없이 서 있자 눈을 동그랗게 뜨는 그녀의 모습에 한숨을 쉰다.

아아, 제기랄. 요새 칭호들 상태가 왜 이래? 이건 뭐, 장난하는 것도 아니고. 마법소녀라니, 맞을래요?

"후, 그래서 어떻게 해줄까? 어차피 아버지는 집에 계실 테니 가면 볼 수 있어."

"아, 아니, 아직 준비 안 됐어요."

뭔 준비까지 필요하다는 건지, 원.

황당했지만 여고생의 심정을 헤아릴 정도로 감수성이 풍부하지 못했기에 묻는다.

"그럼 어떻게 해?"

"어, 죄송하지만 선배님 전화번호 좀 알려주실래요? 나중에 따로 전화 드릴게요."

"뭐, 상관없지. 핸드폰 줘봐."

"여기요."

그녀가 내미는 핸드폰을 받아 든다.

손안에 쏙 들어올 만한 사이즈에 분홍색의 토끼를 연상시키는 귀여운 디자인. 참으로 그녀와 어울릴 만한 물건이었지만 내 눈을 사로잡은 건 다른 물건이다.

"어라, 그건 뭐야?"

핸드폰을 내미는 그녀의 손목에는 이상한 물건이 차여 있다.

이걸 뭐라고 해야 하지? 강철 토시라고 해야 하려나?

하여튼 그녀의 손등에서부터 팔꿈치까지 뒤덮고 있는 은색의 금속은 아무리 봐도 여고생이 할 만한 장신구가 아니다.

다시 보니 오른팔뿐만 아니라 왼팔에도 같은 게.

그, 뭐랄까…….

그래. [장착]되어 있다.

그녀의 손등 부분에 박혀 있는 것은 분홍색 빛을 뿌리고 있는 눈알만 한 보석.

생각해 보면 지금까지 왜 이런 걸 못 본 건지 모르겠다.

"네? 뭐, 뭐가요?"

"'뭐가요'가 아니라 그 이상한 디자인 말이야. 어디서 산 거야?"

"엉? 너 무슨 소리 하는 거야? 손목시계가 토끼 모양이면 이상한 디자인인 거야?"

"…어. 아, 응. 하하, 처음 보는 디자인이라."

정말 가까스로 초인적인 눈치를 발휘해 의아해하는 사람들의 시선을 아무렇지 않게 넘긴다.

헉헉헉. 위, 위험했다.

나의 번개 같은 눈치가 유감없이 발휘된 순간이다.

지금 그녀가 장착하고 있는 저 토시는 보통 사람에게 보이지 않는다는 걸 깨달은 것이다.

과연 잠깐 방심하니 어느새 그 토시는 사라져 안 보인다. 아무래도 보통 사람들의 인식에서 벗어나게 만드는 어떤 수단을 사용한 모양이다.

'그런데 나한테는 왜 보이지?'

순간 그런 생각이 들었지만 그냥 넘긴다.

뭐, 나한테도 귀찮은 능력 같은 게 있는 모양이지. 칭호를 보는 것도 따지고 보면 결국 [보는] 능력이 아닌가?

"가능한 한 휴일에 전화 걸어봐. 상황 봐서 괜찮으면 말해줄 테니까."

귀여운 디자인의 핸드폰에 내 핸드폰 번호를 찍어주고 다시 돌려준다.

"아, 감사해요."

"아니, 별로. 내가 하는 건 없으니 고마워할 필요는 없어."

"아뇨. 보니까 저처럼 접근하는 사람이 많은 모양이네요. 귀찮으실 텐데 감사합니다."

꾸벅 고개 숙이는 그녀의 모습에 작게 한숨 쉰다.

예의 바른 녀석이군. 게다가 별로 가식이 섞인 것 같지 않다. 쉽게 말해 정말로 좋은 녀석이라는 거겠지.

하지만 그녀가 좋은 녀석이든 아니든 별로 관여되고 싶지는 않다.

"그럼 난 가보지. 남아서 이야기들 하고."

"어, 잠깐. 대하야?"

"넌 나중에 한턱 쏴라, 자식아. 여자한테 눈이 멀어서 친구를 팔아먹어?"

흥, 하고 몸을 돌려 오락실을 나온다.

뭐, 솔직히 별로 맘 상하거나 한 건 아니지만 마법소녀와 함께하고 싶은 마음은 없다.

그냥 빨리 집에 가야지. 집에 가서 TV나 보며 한가한 시간을 보내고 싶다.

그러나.

"아! 여기 계셨네요."

그것은 너무나 큰 실수였다.

"……."

침묵한다. 상큼한, 정말 듣는 것만으로 머릿속이 청량해지는 것만 같은 목소리였지만 저절로 인상이 찡그려진다.

"우와, 쟤 좀 봐."

"예뻐……."

"연예인인가?"

수군거리는 사람들의 모습에 그냥 도망가 버리고 싶은 충동을 느낀다. 아니, 충동뿐만 아니라 정말 도망가려고 했지만 그보다 먼저 그녀 쪽에서 다가온다.

바닷물을 건져 올려 만든 듯 새파란 머리칼은 허리 아래까지 늘어져 있다.

저 풍성한 머리칼이 저렇게 길면 무게가 상당할 터인데 전혀 그런 기색이 없다. 오히려 그녀가 움직일 때마다 윤기 있게 찰랑이기까지.

그리고 그렇게 다가오는 모습은 세상 그 어떤 남자라도 두근거리게 만들 정도로 매력적이었지만…….

"오늘 마가 끼었나……."

난 단지 울고 싶을 뿐이다.

* ✶ *

그녀를 처음 보았을 때를 떠올린다.

"초면에 이런 질문이나 하게 되어 대단히 죄송합니다만……."

부드러운 목소리로 그녀는 물었었다.

"지구인이신가요?"

"…네?"

그렇다. 그게 첫 만남이었다.

몰래카메라를 의심할 정도로 황당한 질문을 날린 그녀는 마치 희귀 생물을 발견한 관광객처럼 반짝이는 눈으로 나를 바라보았었다.

만약 내가 보통 사람이었다면 그녀가 나에게 작업을 건다고 생각했겠지만… 칭호를 볼 수 있는 나에게 그녀는 엄청난 부담이었다.

아니, 아무리 그래도 외계인이라니?

상상조차 못 해본 상황이다.

아니, 평소 외계인에 대한 이런저런 상상을 해오던 이라도 외계인과 이런 식으로 만날 거라고 생각을 하는 사람은 어디에도 없으리라.

길을 걷고 있는데 뜬금없이 나타나서 지구인이신가요?

장난하는 것도 아니고 이게 무슨 상황이란 말인가?

"죄송해요. 제가 보는 눈이 제법 있는데도 잘 파악이 안 되네요. 지구인이신가요? 아니, 지구인일 수는 없으려나?"

지금 생각하면 나는 나름대로 대처를 잘했다고 생각한다. 당황한 와중에도 극히 일반적인 반응을 보인 것이다.

마치 그녀가 나에게 작업을 거는 것이라고 착각한 사람인 것처럼. 그러나 그러면서도 그녀 정도 되는 미녀가 접근을 한다는 것에 의심을 품고 접근을 거부하는…….

그래, 극히 [일반적인 반응]을 완벽하게 연기했다.

하지만 그럼에도.

"어디 아프세요?"

묻는 목소리에 고개를 끄덕일 뻔했다.

솔직한 심정으로는 '네. 댁이 옆에 서 있는 것만으로 두개골이 깨질 듯 아프답니다. 제발 부탁이니 제발 어디로든 가주시죠?' 라고 말해주고 싶었지만 간신히 자제한다.

"…아니, 별로."

"그런데 아까부터 인상을 찡그리고 계세요."

"그야 네가 이상한 말을 하니까 그러지."

"흠, 하지만 진짜 지구인이란 말인가요?"

"뭐라는 거야. 그럼 넌 지구인이 아니라는 거냐?"

퉁명스럽게 답하며 스스로에게 놀란다.

오오, 대하야, 너 커서 배우 해야겠다. 평소 포커페이스가 좀 되기는 했지만 제법 연기 되는데?

하지만 그러거나 말거나 그녀는 싱글싱글 웃을 뿐이다.

"증거라도 보여 드릴까요?"

"저기, 너 말이야. 보통 외계인이라는 게 마음대로 접근해서 자기가 외계인이라는 증거를 보여주고 그러냐?"

그냥 걷는 것뿐인데도 여기저기에서 날아와 박히는 시선들이 느껴졌지만 애써 무시한다.

얼른 빨리 집에 가고만 싶다.

"그럼 정말 보통의 지구인이란 거예요?"

"그래, 정말 보통의 지구인이시다. 우리 모두 보통의 지구인이지. 이상한 소리 계속할 거라면 난 간다."

그녀를 남겨두고 자리를 뜬다.

아아, 정말 곤란하다. 저 여자는 나한테 왜 이렇게까지 관심을 보이는 거지?

나를 보자마자 지구인이냐고 물었던 것도 그렇고 이렇게까지 적극적으로 부정하는데도 따라붙는 걸 보면 나한테 보통 사람들하고 다른 뭔가를 느꼈단 말이다.

'설마 이 칭호라는 거, 외계인들은 다 볼 수 있는 건가?'

그러나 그럴 리 없다.

난 내 칭호를 자유로이 조절할 수 있고 현재 내 칭호는 [파리 사냥꾼]이다. 능력치 상승이 아니면 낄 이유가 없을 정도로 소소하긴 하지만 인간이 아니라고 생각될 만한 칭호는 아니지 않은가?

게다가 외계인이라서 칭호를 볼 수 있다는 것도 이상하다.

기이이잉———

아직까지 이름 모를 소녀에게서 100m쯤 떨어져 오늘도 대충 넘겼구나, 하고 안심하려는 찰나, 하늘에서 기묘한 소리가 들렸다.

이 소리를 뭐라고 표현해야 할까.

그래, 무슨 제트기라든가 항공기 등이 이륙할 때 내는 소리랑 비슷하다.

그 울림은 꽤 컸는데 어쩐 일인지 주위 사람 중 아무도 위를 올려다보지 않는다.

'보통 사람한테는 안 들리는 소리.'

그렇다면 답은 뻔하다. 나도 안 들리는 척하면 된다.

그러나 잠시 후, 나는 발걸음을 멈출 수밖에 없었다.

우우웅——

그건 거대한 은색의 구(球)였다. 지름은 2.5m 정도.

정체를 알 수 없는 은색의 금속으로 만들어진 그 기묘한 물체는 내 앞에 둥둥 뜬 채 신비로운 빛을 흩뿌리고 있다.

하지만 정말 날 환장하게 만드는 건 이런 황당무계한 물건이 나타났는데도 주위 사람이 다들 안 보인다는 듯 그냥 지나치고 있다.

'이것도 안 보인다고?'

그렇다면 나 역시 안 보이는 척 그냥 걸어가야 하지만 문제는 이 기묘한 물체가 내 앞에 떠 있다는 것이다.

그냥 걸어가면 충돌할 것이다.

"역시 보이는군요."

어느새 내 옆에 서서 '후후후' 하며 기분 나쁜 웃음소리를 흘린다.

제길, 그냥 충돌하는 걸 감수하고 걸어갔어야 하는데.

하지만 후회는 이미 늦어서 내 앞으로 이동해 마주 보고 있는 미소녀는 싱글싱글 미소만 띠고 있다.

"소개가 늦었네요. 세레스티아라고 해요. 편하게 그냥 셀이라고 부르시면 돼요."

"셀이라니, 완전체에는 도달한 거냐? 전투력은?"

"네?"

"…아니, 그냥 질 나쁜 농담. 난 대하야, 관대하."

그건 일종의 패배 선언이었다. 나름대로 이 아가씨는 제대로 상대해 주지 않으면 절대 떨어져 나가지 않으리란 확신이 들었으니까.

이러다가 학교라든지 집으로 찾아오기라도 하면 정말 곤란하다.

내 어떤 게 그렇게나 그녀의 흥미를 자극한 건지 모르겠지만 눈이 다 반짝거리고 있다.

"헤헤, 드디어 포기하셨네요. 어디 조용히 이야기할 수 있을 만한 곳으로 가실래요?"

"…그러지."

최대한 사람 없는 커피숍 같은 거 없으려나? 하고 주위를 둘러보았지만 당최 그런 장소를 가본 적이 있어야 말이지.

하지만 안 가봤을 뿐이지 찾아보면 그런 장소는 의외로 주변에 엄청 흔하게 널려 있다.

"주문하시겠습니까?"

"레모네이드요."

뭐, 이런 장소에 와봤어야 말이지. 게다가 결국 음료수일 뿐인데 이 가격은 또 뭐야?

솔직히 맘 같아서는 커피숍보단 롯데리아 같은 곳을 가고 싶었지만 이 녀석과 해야 하는 대화는 아무리 생각해도 사람이 많은 곳에서 할 만한 종류의 것이 아니어서 어쩔 수 없었다.

"카페 모카(Caffe mocha)."

"레모네이드에 카페 모카, 알겠습니다."

능숙하게 주문하는 세레스티아의 모습을 신기하게 바라본다.

"이런 곳에 많이 와봤어?"

"아뇨. 커피숍은 난생처음이에요."

"진짜? 하지만 익숙해 보이는데."

"그냥 가이드에 쓰여 있는 추천 메뉴를 시킨 거지 뭐가 나올지는 몰라요."

가이드? 추천 메뉴?

뭔가 알 수 없는 말이었지만 별로 물어볼 생각도 들지 않아 그냥 넘긴다.

잠깐 기다리자 레모네이드와 크림으로 뒤덮여 있는 커피 하나가 나왔다. 은은한 초콜릿 향이 난다.

"음, 이런 것도 꽤 맛있네요. 제가 살던 곳에서는……."

"그래서 결국 지구에 온 목적이 뭔데?"

가볍게 말을 자른다.

별로 그녀가 살던 세상에 대해 알고 싶지 않다. 알면 알수록 위험해질 거라는 느낌이 강하게 든다.

"우와, 아무리 그래도 바로 용건이라니."

'어머, 매너 없다' 라고 말하는 것 같은 표정으로 나를 바라보지만 이내 다시 싱글싱글 웃으며 말한다.

"목적은 없어요. 그냥 놀러 온 거죠."

"놀러 왔다고?"

"네. 아트랙션(Attraction)에서 34지구 관광 패키지를 발급받아서 온 거예요. 저, 휴가라서 좀 평화를 만끽하고 싶었거든요? 그런데 왔다가 당신을 본 거죠. 그래서 여행길에 같은 처지의 여행자를 만난 줄 알고 좋아했는데 이렇게 시치미를 떼잖아요."

"……."

잠시 할 말을 잃어버린다.

뭐? 관광 패키지?

"그, 그, 외계인들이 지구에 자주 놀러 와?"

"네. 매년 10만 명 이상씩은 들러요. 34지구는 괜찮은 관광 명소 중 하나니까."

"하지만 우리는 외계인들이 온다는 것도 모르는데."

"당연하죠. [연합]의 규칙상 아직 3문명에 들어서지 못한 지구에 문명을 전파하거나 정체를 밝히는 건 불법이니까요. 지구에 오는 관광객이 많든 적든 사람들이 알 리 없다고요. 물론 극소수의 인간들은 연합의 존재를 알고 협조 체계를 만들었지만 말 그대로 극소수일 뿐이죠."

그렇게 말하며 커피를 마시는 모습은 더없이 태평하다.

"그럼 어떻게 여행하지?"

"그냥 조용히. 저처럼 이쪽 행성의 교통수단을 이용하는 경우도 있고, 개인 우주선을 타고 위성 궤도를 돌면서 구경만 하는 이들도 있어요. 가끔 관광객들 여행선이 지구에 관측되거나 하지 않나요? 뭐, 3문명 이하의 종족에게 관측당하는 건 벌금형이라 휴가비 3분의 1은 날아가지만요."

"…설마 사진에 찍히거나 한 UFO들이 진짜라는 말이야?"

"전부는 아니죠. 조작된 것도 있을 테니까."

들어보니 비밀은 비밀인데 들켜도 그다지 큰일은 아닌 모양이다. 들켰을 때의 형벌도 벌금이라니 말 다 했지, 뭐.

게다가 그 우주 연합? 하여튼 그 존재를 알고 협조 체계를 만든 인간들도 있다니 모든 인간이 외계인의 존재를 모르는 건 아닌 모양이다.

우리 아버지의 지인(?)인 미합중국 대통령도 알고 있을지 모른다.

"그나저나 34지구라는 건 무슨 말이야?"

"별건 아니에요. 자기네 별을 지구(Earth)라고 부르는 곳이 꽤 많아서 [연합]에 먼저 인식된 순서로 번호를 매긴 거죠. 34지구가 발견된 게 대충 1,700년 정도 됐으니까요. 참고로 그중 [연합]에 가입한 건 30지구까지예요. 제 생각에 이곳도 한 150년, 빠르면 80년 안에 3문명에 돌입해서 가입할 수 있을 것 같은데."

태연하게 이야기하고 있지만 정말 무시무시한 이야기다.

즉, 외계의 존재는 아주 예전부터 지구의 존재를 알고 있었고, 그 위를 날아다녔다는 말이다.

쳐들어오거나 정복하지 않는 것은 자기들끼리 정해진 법 때문일 뿐이라니.

"맙소사."

스스로 표정 연기의 달인이라고 생각해 왔지만 이렇게나 거대한 스케일의 이야기를 들으니 얼굴이 딱딱하게 굳는 걸 막을 수가 없다.

물론 난 이 세상과 존재에 대해 많은 생각을 해왔다.

그리고 그런 생각에는 외계의 존재도 많이 등장했지만, 그럼에도 이런 방식의 세계관은 상상도 한 적이 없다.

"흠… 이제 와서 이런 걸 묻는 것도 그렇지만."

그녀는 눈을 가늘게 뜨고 물었다.

"진짜 인간이에요?"

"당연히 진짜 인간이지. 지구에서 태어나 평범하게 교육받고 자란 평범한 인간이라고."

"우주선 같은 것도 요번에 처음 보고?"

"물론."

"하지만 그런 것치고 별로 놀라지 않으시던데요?"

"내 성격이 원래 이래서 그래."

"흐음… 거참."

내 말에 세레스티아는 그 고운 눈매를 찡그렸지만 어쩔 수 없는 일이다.

칭호를 볼 수 있다는, 참으로 괴상한 능력을 가지고 있지만 그래도 난 인간.

하지만 세레스티아는 이해할 수 없다는 듯 중얼거린다.

"그건 좀 이상하네요. 전 처음 보는 순간 노블리스(Noblesse)나 엘로힘(Elohim) 중에 하나라고 생각했는데. 뭐, 말도 안 되는 일이겠지만 어쩌면 언터쳐블(Untouchable)일지도 모른다고 생각하기도 했지만요."

그게 뭔데, 인마.

"게다가 대하 님은 제 비마나(Vimana)의 모습을 확인했죠. 물론 거기에 설치된 인식 장애기는 그리 대단하지 않은 수준이지만 그래도 보통 사람은 볼 수 없어요. 대하 님한테 뭔가 있다고밖에 볼 수 없죠. 외계인이 아니라면… 혹시 돌연변이신가요? 지구에도 관련 연구를 하는 녀석들이 꽤 된다던데. 아, 그러고 보니 능력자도 제법 있다고 들었어요. 그럼 마법사?"

뭐가 그렇게 재미있는 건지 눈을 반짝이고 있지만 난 전혀 재미없다. 돌연변이? 마법사?

자리에서 일어났다.

"이쯤하지. 하여튼 난 그쪽 관련해 아는 일이 없어. 평범하게 태어나서 평범하게 자라왔다고. 앞으로도 관련되고 싶지 않고."

딱 잘라 말한다.

다행히 이 녀석은 뭔가 중요한 문제가 아닌 단순 흥미만을 가지고 접근한 모양이다. 그렇다면 단호하게 거절하면 되겠지.

"앗, 갑자기 가다니… 계산은 제가?"

"그럼 좀 보자고 한 네가 내야지 억지로 끌려온 내가 내리?"

설마 지구에 놀러 왔다는 주제에 돈이 없다고는 안 하겠지. 보통 관광객은 돈을 많이 들고 다니는 법.

하지만 그럼에도 그녀는 놀랐다는 표정이다.

"우와, 보통 저 같은 미소녀랑 데이트하면 돈은 남자가 내는 법이에요."

"……."

미소녀라는 말을 도저히 부인할 수 없다는 점이 기분이 나쁘다. 하지만 보통 그런 말을 자기 입으로 하나?

피식 웃고 커피숍을 나온다.

됐어, 이거면 되겠지, 하고 안심했지만 세레스티아 녀석도 재빨리 계산을 마치고 따라오는 게 아닌가?

"뭐야, 따라오지 마."

발걸음을 빨리해 봤지만 아랑곳하지 않고 내 주위를 빙글빙글 돌기 시작한다.

그러고 보니 이 녀석 발걸음이 엄청 가볍잖아? 짐작하건대 내가 전력으로 달려도 떨칠 수 있는 수준이 아니다.

"어? 저 여자 봤어?"

"와, 미소녀다. 뭐 촬영하는 거야?"

"게다가 저거 봐, 파란 머리야. 색 정말 잘 나왔다."

몇 미터 걷지도 않았는데 시선이 모이기 시작한다.

아, 이거 정말 곤란하다. 재수 없게 날 아는 사람이 보기라도 한다면 학교에 이상한 소문이 나게 되리라.

"따라와."

"예?"

왜 그러냐는 듯 물음표를 띄우는 그녀를 질질 끌고 사람 없는 공원으로 데려간다.

주변 사람들의 시선을 확 사로잡기는 하지만 무슨 강제 최면을 거는 건 아니기 때문에 따라오는 사람까지는 없었다.

"하아……."

별로 먼 거리를 이동한 것도 아닌데 살짝 지친다. 육체가 아닌 정신이 지쳤기 때문이다.

세레스티아와 난 벤치에 앉았다.

물론 바로 옆에 앉으려는 녀석을 밀어내고 벽 삼아 가운데 가방을 내려놓는다. 그리고 고민한다.

왜 이렇게 된 걸까…….

이 녀석을 어떻게 쫓아낼까…….

평소 어떤 일에도 당황하지 않는, 혹 당황하더라도 절대 표시하지 않는 명경지수와 같은 정신을 가지고 있다 생각하던 나지만 그럼에도 초조함이 밀려드는 걸 느꼈다.

그래, 사실은 그녀가 접근한 것 때문만은 아니다. 만약 그녀가 나에게 악의를 가지고 공격해 온다면 문제가 심각하겠지만 그녀는 정말 순수한 호기심으로 다가오고 있으니까. 적당히 대화를 나눠보면 해결책이 나오리라.

그러나 문제는 나다.

내가 평범하지 않다는 건 어릴 때부터 알고 있던 사실이다.

그래, 알고 있다.

칭호를 볼 수 있는 능력. 약간의 집중만으로 남의 사생활을 마음대로 열람할 수 있는 이 능력.

흔히 능력자라고 하면 불꽃을 뿜어내고 사람을 죽여대는 능력자 배틀물이나 떠올리던 나지만 사실 이 정도의 능력만 해도 할 수 있는 일은 정말 많다.

난생처음 보는 상대라도 약 5분 정도의 시간만 있으면 난 그의 칭호를 '분류' 하고 '구체화' 시켜 통장 비밀번호까지—물론 5분 내에 성공하는 건 은행을 갔다 나오는 사람에게나 가능하지만—알 수 있다.

시야 내에 있는 사람이라면 한눈에 그 심리 상태를 확인할 수 있고 마음을 읽는 것도 불가능한 일은 아니다.

남용한다면 세계적인 대혼란도 충분히 일으킬 수 있는 능력인 것이다.

그러나 난 그럴 생각이 전혀 없다. 난 그냥 평화롭게 살면 그만이다.

하지만 이 능력에 대해, 그리고 나 자신에 대해 전혀 모르는 이 상황은 위험하다.

지금 이 녀석만 해도 나에게 [뭔가]를 느꼈기에 접근하지 않았겠는가?

"저기요."

고개를 숙인 채 이런저런 생각으로 복잡한 머릿속을 정리하고 있는 내 눈앞으로 불쑥 얼굴을 내민다.

"웃?"

"저기, 제가 싫어요?"

깜짝 놀라 얼굴을 들었지만 딱 물러선 만큼 다가온다.

윽, 너무 가까워.

게다가 이 녀석, 예쁘긴 정말 예쁘다. 목소리도 맑고 부드러워 듣는 것만으로 청량한 느낌이 들 정도.

TV에서 봤으면 나도 팬이 됐을지도 모른다는 생각이 들 외모를 가진 그녀지만 어디까지나 팬의 입장이지 직접 만나라고 하면 사양이다.

하물며 외계인이라니!

턱!

그녀의 양어깨를 잡아 살짝 민 후, 눌려 있는 가방을 똑바로 세운다.

"선."

"네?"

의아해하는 녀석에게 단호하게 말한다.

"지금 너하고 나 사이에 있는 이 가방이 선이야. 넘어오지 마라."

"우와아, 애도 아니고."

'에에~' 하는 표정으로 바라보는 그녀의 모습에 참담한 기분을 느낀다.

아, 제길. 바보 취급당하고 있다. 바보 취급당하고 있어.

하지만 별수 없다. 나도 좀 살아야 할 게 아닌가?

한숨 쉰다. 세레스티아를 마주 볼 힘도 없어서 시선은 내 발끝으로 향한다.

그리고 그 상태에서 나직하게 말한다.

"난 외계인이라는 게 있는지도 널 보고 처음 알았어. 그리고 태어나서 한 번도 돌연변이라든지 마법사라든지 하는 존재와 연관된 적도 없고, 앞으로도 연관되고 싶지 않아. 그러니까 좀 도와주지 않을래?"

별로 어려운 일도 아닐 것이다. 그냥 이대로 일어나서, 돌아가서, 다시는 안 나타나 주기만 하면 되니까.

하지만 그렇게 말하며 고개를 드는 순간, 멈칫한다.

크고 깨끗한 푸른색의 눈동자가 내 얼굴 앞에 바짝 붙어 있다.

"이상하네요."

"뭐, 뭐가?"

깜작 놀라 물러서지만 그만큼 더 접근한다.

정신 차리고 보니 난 벤치에 거의 눕다시피 하고 있었고 그런 내 위에 세레스티아가 올라와 있는 형국이다.

"날 이렇게 거부하는 남자는 처음이에요."

"아니, 난 널 거부하는 게 아니라……."

"내가 외계인이 아니라 변태 살인마라고 해도 남자들은 절 거부하지 못해요."

"……."

할 말을 잃어버린다. 우, 우와, 이게 무슨 자신감이냐.

하지만 내가 황당해하거나 말거나 그녀는 말을 이었다.

"게다가 당신 정도 나이의 남자라면 오히려 이런 일에 관심을 가지지 않나요? 전혀 근거가 없는 것도 아니고 증거까지 눈앞에 보여줘도 이렇게 피하려는 건 오히려 이상해 보여요."

그녀의 말에 멍해지는 걸 느낀다.

그래, 맞는 말이다.

그래, 나 정도 나이의 학생이 일상에서 소중함을 느끼는 경우는 별로 없다.

대한민국 학생들이 느끼는 매일매일은 사실 소중함이 아닌 짜증과 권태로 가득한, 그저 빠져나가고 싶은 감옥에 불과하다.

나중에 나이 먹고서야 지금 이때가 편하다는 걸 깨닫지만 그건 나중의 일일 뿐. 현재를 살아가는 학생들은 그 소중함을 모른다.

"나는."

"그래요. 당신은 마치 보물처럼 '일상'을 소중히 여기네요. 마치 악몽과도 같은 '비일상'을 겪은 것처럼."

"……."

날카롭다. 마냥 유쾌한 듯 보이지만 결코 보는 것처럼 생각이 없는 존재가 아니다.

귀엽고 아름다운 미소녀의 모습을 하고 있긴 하지만 사실 이 앳돼 보이는 외모도 믿을 게 못 된다.

외계인이 지구인과 똑같은 방식으로 나이를 먹는다고 누가 보장한단 말인가?

지금 내 앞에 있는 이 소녀는 한 100살쯤 먹은 할머니일지도 모른다. 게다가 배 속에 똬리를 틀고 있는 구렁이가 100마리는 있는 것 같다.

"어머, 어머, 저기 좀 봐요."

"공공장소에서 대담하네요."

"요즘 애들은……."

수군거리는 소리에 머리카락이 바짝 일어서는 걸 느낀다.

제길, 사람이 되도록 없는 놀이터를 찾긴 했지만 여기가 무슨 사유지도 아니고 아무도 안 올 리가 없다.

"…좀 비켜줄래?"

"왜요? 설레어요?"

"……."

두말없이 그녀의 어깨를 잡아 일으켜 강제로 벤치에 앉혀 버린다.

세레스티아는 내가 자신의 몸에 손을 대자 '꺅! 변태! 짐승!' 하고 꺅꺅거렸지만 무시한다.

정말이지 정신이 한계까지 피곤하다.

"아아……."

"…뭐야?"

"한숨을 쉬고 싶은 것 같아서 대신 쉬어드리는 거예요."

"정말 친절하군."

이젠 울고 싶을 정도다. 대체 뭐냐, 이 여자.

하지만 세레스티아는 마냥 즐겁다는 듯 웃을 뿐이다.

"후후, 정말 재미있어요, 당신."

난 재미없어. 정말 재미없다.

"…가겠어."

묵묵히 가방을 들고 몸을 돌린다. 다행히 이번엔 그녀도 따라오지 않았다.

* ✶ *

들려오는 것은 잔잔한 음악이다.

현악기 특유의 깊은 소리는 아마도 바이올린으로 짐작된다.

악기는 하나다.

독주.

수많은 악기와 전자 기기로 만들어지는 음악에 익숙한 현대인들에게는 단조롭게 들릴 수밖에 없는 음률.

"아……?"

하지만 멈칫한다.

가느다란 음률. 웅장하게 큰 것도 아니고 뭔가 특이한 효과를 사용한 것도 아니다. 하지만 그럼에도, 단지 그 음률을 접한 것만으로도 눈물이 날 것만 같다.

자랑은 아니지만 난 정말 감성이 제대로 메마른 현대인 중 하나라서 아무리 슬픈 영화를 봐도, 아무리 슬픈 책과 음악을 접해도 코웃음밖에 안 친다.

그런데…….

차르르르르릉…….

마치 모래알이 굴러가는 것 같은 소리에 온몸이 부르르 떨리는 것을 느낀다.

그것은 정말이지 가슴이 떨린다고밖에 표현할 수 없을 정도로 아름다운, 이 세상의 것이 아닌 것만 같은 지고(至高)의 음률(音律).

단언한다. 베토벤이 와도, 모차르트가, 슈베르트가 와도 이 음률 앞에서는 패배감에 몸부림칠 수밖에 없다.

물론 나에게 음악에 대한 높은 이해 같은 건 없다고 해도 좋을 정도지만, 세상에는 아마추어이기 때문에 알 수 있는 것이 있는 법이다.

곡이 점점 더 빨라진다.

절정에 달하고.

마침내 마무리.

상당한 시간이었지만 곡이 끝날 때까지 움직이지도 못했다.

그냥 현관에서 멍하니 서서 연주를 끝마치고 눈을 뜨는 아버지의 모습을 보고 있다.

"아, 왔니?"

"네, 그런데 그 곡… 제목이 뭐예요?"

대단한 곡이다. 단순히 연주를 잘해서가 아니라 곡 자체에 혼이 실려 있는 느낌.

물론 아버지가 아닌 다른 사람이 연주하면 그 느낌이 확 줄어버리겠지만 그래도 정말 대단한 명곡임에는 틀림없다.

이런 곡이 안 알려졌을 리가 없는데.

하지만 아버지는 말했다.

"이 곡? 아침에 만든 거라서 제목은 아직."

네가 만든 곡이었냐!!!

"하… 하."

정말 허탈감에 웃음밖에 안 나온다.

진짜 뭐, 이런 인간이 다 있냐.

정말이지 신은 너무 불공평하다. 한 인간한테 이렇게 다 몰아주는 건 정말 너무하는 거 아냐?

이 한 인간의 재능만 쪼개고, 쪼개도 각 방면의 '역사적인 천재'가 1,000명은 나올 것 같다.

"왜 그래?"

"아뇨, 아뇨, 별로. 뭐, 별일 없었죠?"

"그냥 언제나 그렇듯 평화지. 오랜만에 옛날 생각에 빠졌더니 시간이 금방 가는군."

그렇게 말하며 바이올린같이 생긴 악기를 케이스에 넣어 정리한다.

가벼운 티를 입고 있었기 때문에 단단하게 단련된 근육이 그 매끄러운 윤곽을 드러낸다.

가끔 생각하는 건데 이 인간은 뭘 해도 그, 뭐라고 해야 하나? 위압감? 오오라? 하여튼 그런 게 있다.

앞치마를 두르고 요리를 하고 있어도 문득문득 '이 인간이라면 효도르와 싸워도 이기지 않을까?' 라는 생각을 하게 되는 것이다.

때문에 문득 묻는다.

"아빠, 혹시 마법이나 외계인, 무공, 뭐, 이런 거에 대해 아는 거 있어요?"

"흠… 미안."

"네?"

갑자기 사과하는 아버지의 모습에 의아해하는데 말씀하신다.

"난 요새 개그는 잘 몰라서. TV 프로에 나오는 거냐?"

"…아뇨. 그냥 해본 말이에요."

손을 내저으며 무마한다. 애초에 너무 무리한 이야기였기 때문.

사실 여기서 아버지가 '그래, 사실 나는 9서클 대마법사이자 이기어검을 사용하시는 절대고수이시지!!!' 라고 말해도 웃기는 상황이기 때문이다.

'하지만…….'

하지만 그럼에도 가끔 생각한다.

'아버지는 보통 인간이 아닌 게 아닐까?'

종종 생각해 왔다.

아버지는 뭔가 특별한 존재가 아닐까?

사실 어딘가의 외계인이라거나, 혹은 과거에 세계를 구한 적 있는 용사라거나, 현직 마왕이라거나, 행성의 힘을 타고난 별의 화신같이 뭔가 쉽게 상상하기 힘든 그런 존재가 아닐까 하는 생각.

가끔 보이는 아버지의 모습은 황당함까지 느껴질 정도로 비범해서 보통의 사람이라고 보기 힘든 정도이기 때문이다.

하지만… 식사를 하면서, 혹은 여유 있을 때마다 아버지의 칭호를 아무리 분류하고 분류해 봐도 그런 느낌의 칭호는 나오지 않는다.

나이를 검색하면 틀림없이 36살이고 종족은 인간이다.

마법사라든가 초능력자라든가 하는 칭호는 없고 내공에 관련된 칭호도 가지고 있지 않다.

물론 이상한 칭호는 많다. 진짜 이 인간만큼 해괴한 칭호를 많이 가진 인간도 없을 것이다.

사실 아버지가 가진 칭호 대부분은 이해가 안 가는 종류가 많다.

아버지가 평소 달고 다니는 고착칭호인 '그' 칭호만 해도 그렇지만 그것 말고도 별의별 칭호가 다 있다.

[천상의 연주자]

[세상을 그리는 자]

[기적의 요리사]

[신의 대장장이]

남들은 하나 있을까 말까 한 고착칭호가 그야말로 수두룩하다.

더 무시무시한 건 그 고착칭호 하나하나가 다른 사람은 평생을 노력해도 얻을 수 없을 정도의 수준이라는 점이다.

그야말로 질릴 정도로 유능한 인재라고 해야 하려나.

하지만 그중에서도 가장 압권인 칭호는 바로 이거다.

[인간 대표]

아니, 이게 무슨 말이야? 인간 대표라니, 우리 아버지가 인간 대표라니……!!

"아니, 뭐, 더 잘난 인간이 과거에도, 현재에도, 미래에도 없을 것 같기는 하지만."

"응? 무슨 말이냐?"

"아뇨. 아, 그런데 혹시 강보람이라는 이름을 아세요?"

"강보람? 흠, 일단 들은 이름은 다 기억하는 편인데 확신을 못 하겠군. 정보를 더 주겠니?"

확실히 아버지의 말투는 특이하다. 정보를 더 달라니, 무슨 컴퓨터도 아니고.

하지만 하루 이틀 일이 아니었던 만큼 순순히 고개를 끄덕인다.

"저보다 한 살 어려요. 그리고 그 애 언니가 아빠랑 같이 일한 적이 있다고 하더라고요."

"아, 그럼 알겠다."

그래, 들어봤으면 알겠지.

아버지의 기억력은 3년 전에 봤던 뉴스, 그것도 그 내용도 아니고 그때 아나운서의 옷 색깔이랑 안색, 그리고 뉴스 아래쪽으로 스쳐 지나가는 사건 사고까지 다 기억할 정도니까.

"누구예요?"

"예전 나사에 있을 때 같이 일했던 녀석 중 은하라던 여자아이가 있었거든. 그 아이 동생 이름이 보람이라고 했었지. 난 거길 잠깐 도와주고 만 거지만 녀석은 아직 있을 텐데. 무슨 일이지?"

아버지의 말에 혀를 찬다.

나사라면 분명 제1우주 전초기지라고 불리는 그 NASA를 말하는 거겠지?

하긴, 나사 쪽 사람이라고 알고 있는 원융—중국인이라는데 처음엔 눈치 못 챘을 정도로 한국어가 뛰어났다. 이 인간도 한 5개 국어를 하나 보다—씨도 종종 전화해서 아버지께 이것저것 물어보곤 하니까.

아버지가 죽어라 핸드폰을 안 들고 다니기 때문에 온갖 대단한 인간들의 전화를 내가 다 받아야 한다.

덕택에 쓸데없이 간덩이만 커져서… 나중에 어디 취직해서 사장 같은 걸 봐도 같잖아 보일까 봐 걱정이 태산이다.

"하여튼 그 녀석, 자기 언니가 전해주라고 한 물건이 있어서 잠시 들린다고 하더라고요. 그럴 겸 물어볼 것도 있다던가?"

"은하라… 왠지 나를 무서워해서 말을 하면서도 얼굴을 마주 보지 못하던 녀석이었는데 말이야."

분명 무서워서 그랬던 건 아닐 것이다. 확신한다. 걸라면 내 목도 걸 수 있지만…….

뭐, 그걸 굳이 내가 지적할 필요는 없겠지. 고개를 흔들어 잡념을 떨친 후 묻는다.

"그런데 형한테 연락 없었어요?"

"좀 늦는다고 하더라고. 저녁 먹을래?"

"오늘은 별로 생각이 없네요."

"알았어. 하지만 혹시 모르니까 샌드위치 만들어서 냉장고에 넣어둘게. 나중에라도 배고파지면 데워 먹고."

참으로 배려 넘치는 성격이다. 항상 모든 상황을 예상에 넣고 우리의 선택을 존중하면서도 잘못된 길로 나가려고 하면 따끔한 충고를 한다.

이런 아버지 아래에서 삐뚤어진다는 것도 참으로 힘든 일이리라.

딸깍.

"후……."

그래, 솔직해지자.

나는 아버지에게 일종의 열등감 비슷한 걸 느끼고 있다.

하지만 뭐, 열등감도 어느 정도여야지.

나와 아버지의 차이는 거의 멸치와 고래의 차이다. 멸치가 고래의 거대함을 질투하고 열등감을 느낀다는 것도 사실 우스운 일이리라.

"대단한 사람은 됐어. 그냥 평화롭게 가자."

어차피 내가 뭘 한다 해도 아버지를 추월할 수는 없고, 뭐가 된다 해도 아버지를 놀라게 할 수 없다.

아무리 노력해 봐야 소용없다면 뭐하러 발버둥을 쳐야 하겠는가?

물론 칭호를 본다는, 아버지조차 가지고 있지 않은 이 해괴한 초능력을 악용한다면야 온갖 사고를 다 치고 다니는 것도 가능하겠지만 그렇게까지 막나가기에 내 정신은 너무나 삶에 지쳐 있는 상태다.

'삶에 지쳤다?'

무심코 떠올린 생각에 헛웃음을 짓는다.

삶에 지쳤다니.

고작 고딩이 내뱉기에는 너무나 무거운 말이다.

몇 년이나 살았고, 뭐 얼마나 힘겨운 고난을 겪어왔다고 삶에 지쳤다는 소리를 한단 말인가?

'하지만 동시에… 이게 사실이라는 게 우습군.'

어차피 진짜 경험도 아닌데, 라고 중얼거리는 바로 그 순간이었다.

—대단해. 정말 대단해! 천만, 자그마치 천만 명이라니… 캬하하하하!!! 너야말로 진짜 천재다!

욱씬.

몰려드는 고통에 머리를 부여잡고 신음한다.

—아버지, 주인님, 저의 창조주시여.

내 앞에서 무릎 꿇고 있는 수없이 많은 [무언가]가 보인다.

—명만 내리소서. 한 줄의 명령만 있으면 저희는 무엇이든 할 수 있사옵니다.

—바보같이 이용만 당하지 말라고! 말 한마디면 우리가 다 해결할 수 있는데!"

애원하는 사내가 보인다. 한없이 강하고 굳건해 보이는 사내.

화를 내는 여인이 보인다. 더없이 아름다우면서도 끝없는 힘을 품고 있는 여인.

—위대하신 지혜여. 저희에게 답을 주소서…….

—알고 있잖아! 당신은 다 알고 있잖아!

—만물의 지식을 품은 이여. 부디 우리에게…….

사람들도 보인다.

나를 보며 갈구하는 광기(狂氣)가 넘치는 시선 역시 보인다.

"윽… 제길, 한동안 잠잠하더니 또 왜 이 난리야?"

이마에 손을 올린 채 비틀거린다.

몰려드는 영상과 지식과 힘의 편린이 나를 괴롭게 만든다. 구역질 날 정도의 분노와 슬픔, 공포와 괴로움, 끝없는 후회와 집착에 속이 매슥거리고 구토가 올라온다.

"하아… 하아……."

다행히 두통은 잠시 후 가라앉았다.

아주 잠깐이었을 뿐인데 이마에 식은땀이 송골송골 맺히고 팔다리가 후들후들 떨린다.

반년 가까이 아무 일 없어서 이젠 끝인 줄 알았는데, 아무래도 착각이었던 모양이다.

"짜증 나는 하루군."

교복을 아무렇게나 내던져 놓고 침대에 몸을 던진다.

즐거운 첫 수업이라고 생각했는데 외계인을 만나고 마법소녀도 만나고.

거기에 더러운 기억까지 떠오르다니.

"정말 최악이야."

투덜거리다 잠들어 버린다. 조금 이른 시간이긴 하지만 아무래도 상관없는 일이다.

이상한 오락실의 최첨단 ★ ★ ★

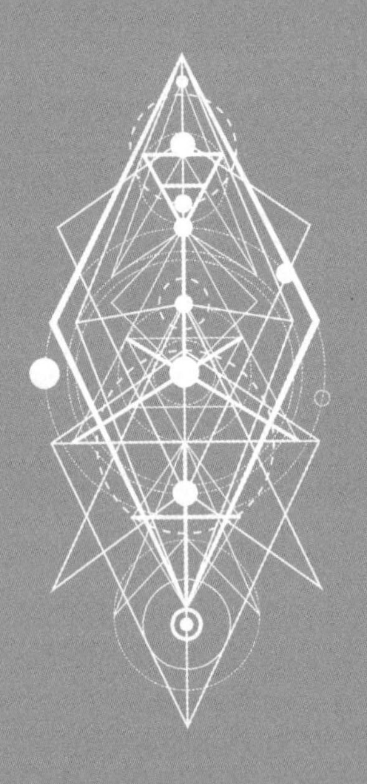

"대하는 꿈이 뭐야?"

언젠가 그렇게 물었던 소녀가 있었다. 머리를 양 갈래로 땋아 내린 귀여운 아이였다. 작은 일에도 잘 웃고, 친절하며, 매사에 열심히 살아가는 소녀.

"흠, 일단 고등학교를 졸업하고 적당히 좋은 대학을 찾아서 졸업해야지."

"그 뒤에는?"

"적당한 회사를 찾아서 나름대로 열심히 살아가고 싶어. 그리고 그렇게 살다가 좋은 여자를 만나서 행복하게 사는 거지."

"후후, 적당함의 연속이네. 그나마 '좋은'이 붙은 건 아내를 구할 때뿐이고."

"그럼, 아내는 꼭 좋은 여자를 구해야 하는걸."

그녀는 편안했다. 예쁘거나, 사람을 잘 다룬다거나, 뭔가 뛰어난 재능을 가지거나 하지는 못했지만 옆에 있으면 뭐라 표현할 수 없는 평온함을 느꼈다.

그녀는 친절하며, 뭐든 최선을 다하는 소녀였다. 귀여웠고, 성격도 좋았다. 그리고 무엇보다… 평범했다.

"너는 꿈이 뭔데?"

"앗… 아, 아마 웃을 텐데."

"응? 아니, 별로. 남의 꿈을 비웃는 취미는 없어."

태연한 내 말에 그녀는 수줍게 얼굴을 붉힌다.

"조, 좋은 엄마가 되고 싶어. 또 사랑받는 신부도."

"……."

"와, 와악! 역시 이상하잖아!"

"아냐, 아냐. 진짜 잘 어울린다."

"정말?"

그렇게 묻는 그녀의 모습은 정말 심장이 다 떨릴 정도였다.

그녀는 대단한 미녀도 아니고, 또 대단한 재능이나 능력을 가지고 있지는 않았지만 옆에 있으면 그냥 한평생을 조용히 살아갈 수 있을 것만 같았다.

첫사랑이었다.

마음이 치유된다는 게 아마 이런 느낌이겠지.

물론 내 마음이라는 건 이미 한번 갈가리 찢어져 엉망으로 기운 누더기나 다름없지만 그럼에도 그녀와 함께라면 평화로이 살아갈 수 있을 것 같다는 느낌을 받았다.

할 말이 있어. 방과 후에 옥상으로 와줘.

그런 편지를 받았을 때, 또 그 대상이 그녀였다는 것을 알았을 때 설레었다고 감히 누가 날 비난할 수 있을까.

"아, 와, 와줬구나……."

옥상에는 그녀가 있었다. 날 발견하자마자 그녀의 얼굴이 새빨갛게 물든다.

"음, 할 말이라는 게 뭐야?"

이런 상황에서도 흔들림 없는 내 침착성이 처음으로 증오스러운 순간이었지만 다행히 그게 문제가 되진 않았다.

"어… 어… 아! 어떻게 해!"

새빨개진 얼굴을 두 손으로 가리는 그녀의 모습은 기절할 정도로 귀엽다.

"괜찮아?"

"으, 으응. 아… 막상 말하려니 정말 떨리네. 처음 본 날부터 말하고 싶었는데."

처음 본 날부터라니! 그렇다면 그녀도 나를…….

"저기 힘들다면."

"아니, 더 이상 시간 끌 수 없어. 오늘 말해야 해."

당장에라도 타오르지 않을까 싶을 정도로 내 얼굴을 빤히 바라본다.

"어, 어……."

떠듬거리는 그녀의 모습을 나 역시 두근대는 마음으로 바라본다. 그리고 마침내 그녀는 마음을 다잡은 듯…….

"어, 엄마라고 불러보지 않을래?"

말하고 말았다.

"…뭐?"

"와! 말했어! 말하고 말았어~!"

'꺄아아~' 하며 부끄러워하는 그녀의 모습은 참으로 순수한 소녀의 그것이었지만… 안타깝게도 내 마음은, 그리고 청춘은 그것으로 무너지고 있다.

아니잖아!

아니잖아!

아니잖아!

"이건 아니잖아!!!"

버럭 소리를 지르며 깨어난 곳은 교실이 아닌 방이다. 그래, 이건 거의 8개월 전의 일이니까.

그러니까 지금 난 예전의 일을 꿈으로 본 것이다.

하지만 하필 이런 꿈이라니.

"허억, 허억, 허억."

힘겹게 숨을 토해낸다. 그리고 중얼거린다.

"아, 악몽이다……."

* ✶ *

언제나와 같이 유쾌한 우리 형은 그 큰 눈을 동그랗게 뜨며 내 쪽을 바라보았다.

"앗! 우리 동생, 아침부터 표정이 왜 이래?"

"거지 같은 꿈을 꿔서."

"악몽?"

"말하자면 그렇지."

투덜거리며 발걸음을 옮기다가 문득 길가에 벌레들이 날아다니는 것을 발견한다.

"아, 차에 치인 건가?"

"음."

그건 시체였다. 물론 사람일 리는 없고 길을 떠돌던 개로 보였는데, 목걸이를 하고 있는 걸 봐서는 원래는 사람에게 키워지고 있던 녀석인 것 같다.

시체는 점점 부패하기 시작한 상태라서 누구라든지 보면 눈살을 찌푸릴 광경이었지만 난 오히려 거기에 접근해 가방을 뒤졌다.

치이익—!

"뭐 하는 거야? 그것보다 살충제를 가지고 다녀?"

형이 의아해하거나 말거나 개 시체 주변에 살충제를 뿌리자 몰려 있던 벌레들이 후두둑 떨어지기 시작한다.

물론 이건 아무 의미가 없는 짓이다.

차라리 시체를 정리해 치우기라도 하면 거리 미관에 도움이라도 될 텐데, 밀폐된 장소도 아닌 야외에서, 그것도 아무 조치도 없이 살충제를 뿌려봤자 다시 벌레들이 꼬일 게 분명하니 쓸데없는 삽질이 아닌가?

아니, 삽질이라도 하면 시체라도 묻을 수 있을 테니 이건 그보다도 못한 짓이다.

"아니. 그냥 뭐, 신경 쓰여서. 가자."

"……?"

하지만 난 공공의 목적을 위해 살충제를 뿌린 게 아니다.

사실을 말하자면 이건 지극히 개인적인 이유다.

"벌써 수천 마리도 넘을 텐데… 아무래도 더 이상은 없는 건가?"

난 칭호를 볼 수 있다.

평소 그게 보이는 건 사람들뿐이지만 조금만 신경 쓰면 동물이나 식물의 칭호를 보는 것까지 가능하고 거기서 더 집중하면 심지어 무생물의 칭호까지 볼 수 있다.

게다가 [분류]에 [구체화]까지 가능하다는 걸 생각하면 이거 은근히 쓸모가 많다.

탐정을 하면 딱 좋은 능력인 것이다.

단, 나로서도 칭호를 볼 수 없는 존재가 딱 한 명 있다.

정확히 말하자면 볼 수 없다고 하기보다는 공란(空欄)이라고 하는 편이 좋겠지.

그렇게 내가 칭호를 볼 수 없는 단 한 명은.

"나지, 뭐."

그래, 나다.

난 나 스스로의 칭호를 볼 수 없다.

만약 볼 수 있다면 내 심리 상태나 대략적인 미래시—물론 지나치게 대략적이라 별 도움은 안 되겠지만—까지 가능하겠지만 안타깝게도 내 머리 위에는 칭호가 떠 있지 않다.

"그럼 공부 열심히 해."

"그다지."

"하하."

어색하게 웃는 형과 헤어져 교실로 향하며 생각한다.

"하지만 새로운 칭호가 생기지 않다니 좀 안타깝네. 그것 때문에 들고 다니던 살충제인데."

그래, 난 내 칭호를 볼 수 없다. 대신 내가 원하는 칭호를 [선택]하여 자유로이 변경할 수 있다.

물론 다른 사람들이 달고 있는 칭호는 대부분 그때그때의 상태를 나타내는 것이기 때문에 변경하는 건 그야말로 무의미한 짓이겠지만 적어도 이 칭호라는 건 내게도 상당히 중요하다.

왜냐하면 상승하기 때문이다.

칭호를 [장착]하면 [능력치]가.

"정말 환장하겠군."

옛날부터 의심해 왔다.

이 세상은 진짜인가?

'나' 라고 하는 객체는 과연 [실존]하는가?

사실 이 세상은 누군가가 프로그래밍해 만들어진 결과물이고 자신의 기억이나 추억 모두 한 편의 시나리오가 아닐까?

이 세상이 불과 하루 전이나 한 시간 전, 심지어는 3초 전에 만들어지지 않았다는 보장은 과연 어디에 있는가?

보통 이건 망상이다. 이런 걸 의심하는 건 그냥 바보에 지나지 않는다.

하지만 난 나이를 먹고 현실적인 성격을 갖추게 되었음에도 이런 의심을 도저히 지울 수가 없었다.

왜냐하면 내 눈에 비친 세상은.

솔직히 말해 게임(Game)이었으니까.

"안녕."

"좋은 아침."

무감동한 아침 인사를 나누며 자리에 앉아 책상 위에 엎어진다.

어차피 이른 아침이기 때문에 다들 비몽사몽으로 보인다.

"어째서 외계인이냐고."

항상 의심해 왔다. 지금 내가 존재하는 이 세상이 사실은 누군가 만들어놓은 프로그램이 아닐까.

내가 보는 세상은 마치 게임 같다.

하늘을 날아다니고 불꽃을 쏘아내는 마법사라든지 검기를 뿜어내는 검사 같은 게 돌아다녀야만 게임인가?

아니다.

'문제는 내게 인식되는 세계의 형태야.'

애초에 [칭호]라든지 [능력치] 같은 건 현실에 있을 만한 종류의 물건이 아니다. 차라리 내가 정신병자로 끝나면 간단한 문제이지만 실제로 난 초능력을 발휘하고 있지 않은가?

때문에 난 늘 생각해 왔다.

지금 이 세계는 사실 초월적인 과학력을 가진 존재가 만든 게임이 아닐까?

쉽게 말해 [인간의 일생 온라인]이라든지.

접속하면 [밖]의 기억을 모두 잃어버리고 지구에서 살아가며, 죽으면 로그아웃되는 그런 게임.

그렇게 가정한다면 지금 내 능력도 대충 설명된다. 말하자면 버그라고 생각하면 끝일 테니까.

게임 밖에서만 볼 수 있는 능력을 버그나 에러가 발생해 보게 되었다면 대충 스스로를 납득시킬 수 있었을 것이다.

그런데 외계인이 나타났다.

아니다. 이건 뭔가 이상하다.

그래, 차라리 만약 모피어스(영화 '매트릭스'에서 네오에게 현실이 프로그램이라는 것을 알려주는 인도자)가 나타나 '여기는 가상의 세계다, 소년'이라고 말해준다면 난 좀 놀랄지언정 곧 납득할 것이다.

아, 물론 그래도 난 파란 약을 먹을 거지만.

스륵.

조심스럽게 의자를 당기는 소리에 고개를 든다.

"좋은 아침."

"아, 미안. 깼어?"

"그냥 엎어져 있던 거지, 뭐."

오늘도 귀여운 짝에게 태연히 말한다.

이 녀석 이름이 이선애였지. 내 평화로운 일상 중 한 명이기 때문에 굳이 올려 봐 칭호를 확인하지 않아도 기억하고 있다.

"피곤해?"

"요새 인생이 피곤하네."

투덜거리며 다시 엎드린다.

뭐, 이야기가 잔뜩 새긴 했지만 어쨌든 난 칭호를 장착하는 것으로 능력치를 올릴 수 있다.

지금 내가 장착하고 있는 칭호는 [파리 사냥꾼]. 심지어 설명도 달렸는데 그 내용이 이렇다.

[파리 사냥꾼]
—근력, 체력, 생명력+10
—파리를 100마리나 잡고 있다. 안타깝다.

아, 설명이 뭐 이래! 기분 나빠!
내심 투덜거리는 순간 묘한 효과음이 울린다.
디리링!
내 주변으로 신비로운 분위기를 풍기는 백색의 기운이 빙글 돌고 지나간다. 당연한 말이지만 주변의 그 누구도 그것을 인식하지 못한다.

[칭호 '파리 학살자'를 획득하셨습니다!]

"……."
잠시 어이가 없어서 가만히 눈앞의 텍스트를 보고 있었다. 정말 뜬금없는 타이밍이었다.
'설마 파리 놈들이 지금까지 골골거리며 살아 있던 건가?'
황당해하며 새로운 칭호의 내용을 확인한다.

[파리 학살자]
—근력, 체력, 생명력+30
—파리를 1만 마리나 잡다니 제정신이 아니다.

적용 능력치가 +10에서 +30으로 증가했다. 내 기본 능력치가 30이 안 될 정도였으니 거의 두 배 가까이 늘어난 셈.

"하지만 왠지 능욕당하는 기분이란 말이지……."

"응?"

"아니, 혼잣말."

의문을 표하는 선애에게 대충 둘러대고 생각에 잠긴다. 칭호가 갱신된 건 자축할 일이지만 도저히 그 개념을 종잡을 수가 없다. 모기, 바퀴벌레, 심지어 풍뎅이나 방아깨비 등 온갖 곤충을 다 잡고 다녀도 칭호를 주는 건 파리뿐이라는 것만 해도 그렇지.

어린 시절, 파리를 잡아 처음으로 얻은 칭호가 바로 플라이 슬레이어(Fly slayer).

그리고 나이를 먹어 별생각 없이 파리를 잡았을 때 얻은 칭호가 파리 사냥꾼이다.

처음에는 영어였다가 다음에는 한글이라는 점에서 일관성조차 없는 칭호지만 어쨌든 능력치는 더 높아졌기에—플라이 슬레이어는 근력, 체력, 생명력+5였다—더 위의 능력을 노리기 위해서 파리들을 전멸시키며 다녔고 이제야 그 결실을 맺은 것이다.

'하지만 파리 학살자가 뭐냐, 파리 학살자가.'

솔직히 너무 폼 안 나는 칭호지만 가슴 아프게도 내가 가진 칭호는 오로지 파리 관련 칭호뿐.

'역시 칭호라는 건 뭘 죽여야 얻을 수 있는 종류라는 걸까? 보통 게임이라는 건 전투를 전제로 하게 마련이니.'

그런 가정 때문에 떠돌이 개 같은 거라도 한번 노려볼까 하고 생각한 적도 있지만… 그냥 포기했다.

그냥 운동하고 말지 도저히 할 짓이 아니다.

'슬레이어라…….'

말이 나왔으니 말인데 슬레이어 칭호는 그리 흔한 게 아니다.

당연하다. 그건 뭔가를 죽여야 가지게 되는 칭호니까.

물론 보통 사람들도 살면서 온갖 생물을 죽이게 되지만 다른 사람들의 칭호는 그때그때 그 사람을 대표하는 '상태'를 나타내기 때문에 파리 사냥꾼 같은 걸 칭호로 달고 나타나는 녀석은 없다.

아무리 시시한 인생이라고 해도 파리를 죽이거나 모기를 죽이거나 하는 게 그 사람을 대표하는 '상태'가 될 수는 없지 않은가?

지금까지 살면서 봐온 슬레이어 칭호는 대여섯 개 정도로 그중에서 가장 충격적이던 게 바로 경은의 휴먼 슬레이어다.

물론 이곳은 평화로운 대한민국이기 때문에 휴먼 슬레이어는 그녀뿐—물론 더 있겠지만 일단 내가 본 건 그녀뿐이다—이고 나머지 슬레이어 소유자 몇 명은 개나 고양이 등을 죽인 것으로 짐작되는 도그 슬레이어, 혹은 캣 슬레이어 등이었다.

사실 휴먼 슬레이어에 비하면 도그 슬레이어나 캣 슬레이어 등은 귀여운 수준이라고 해도 될지 모른다. 하지만 이미 그 정도만 해도 충분히 제정신이 아닌 느낌이 물씬 풍기기 때문에 슬레이어 타이틀을 가진 녀석들과는 이유를 막론하고 멀찌감치 거리를 두며 살아왔다.

"안녕, 경은아!"

"응, 좋은 아침."

여유 넘치는 목소리를 들었지만 고개를 들고 싶지 않다. 마침 그녀 생각을 하던 중이라서 더 그렇다.

사실상 지금 내 근처에 있는 슬레이어 칭호 사용자는 그녀뿐이니까.

"안녕, 대하야. 피곤해?"

엎드려 있는데 왜 굳이 말을 걸어! 혹시 폐가 될까 봐 조심스레 앉으려던 선애랑 너무 차이 나잖아!

"…음."

하지만 고개를 들어 그녀의 얼굴을 보고 아무런 말도 할 수 없었다.

새삼스럽게 그녀의 외모에 다시 넋을 잃었다거나 하는 건 물론 아니다. 난 그런 거에 별로 비중을 주지 않는 편이니까.

그러니까 지금 내 상태를 말하자면, 그래, 넋을 잃었다기보다는 혼란에 빠져 있다는 표현이 맞겠다.

왜냐하면 매일 보고 한숨 쉬던 휴먼 슬레이어 칭호를 오늘은 볼 수 없었기 때문이다.

그녀의 머리 위에는 이런 글자가 떠 있었다.

[원일고등학교]

[인간 사냥꾼 이경은]

"……."

하나님.

"왜 그래? 안색이 어두워."

"어? 나? 아니, 별로."

태연하게 어깨를 으쓱였지만 속으로는 이를 갈았다.

윽, 오버했어. 이상하게 여길 거야.

과연 경은은 눈을 가느다랗게 뜬 채 나를 바라보았다.

하지만 큰 실수를 하지는 않았으니 단지 느낌일 뿐이다. 뭔가 더 생각하지는 않겠지.

"흠."

"왜?"

"아니, 별로. 아, 그런데 영민 선배가 네 형이라는 거 진짜야?"

"응, 왜?"

의문을 표한다.

이 여자는 또 왜 우리 형한테 관심을 가지는 거지? 물론 형은 대단한 미소년으로 여자라면 누구라도 관심을 가질 수밖에 없는 외모를 가지고 있었지만 다른 사람도 아니고 그녀가 관심을 가진다고 하면 아무래도 경계를 할 수밖에 없다.

당연하다. 그녀는 무려 인간 '사냥꾼' 인 것이다!

세상에 전 세계를 떠들썩하게 만든 살인마도 30~40명 죽이는 게 다일 텐데 무려 100명을 죽였다고?

그건 광기나 뭐, 그런 문제가 아닌 좀 더 본질적인, 그래, '능력' 의 문제다!

대체 이 평화로운 법치국가에서 어떻게 100명씩이나 살해하고도 들키지 않을 수가 있지? 그보다 근처에 살인 사건 관련 뉴스 같은 것도 없는데 대체 어디서 사람을 죽이고 있는 거야?

"흠… 하지만 별로 안 닮았네."

"그런 이야기 많이 들어."

정말 그렇다. 나랑 형은 그, 뭐랄까, 기본 골격부터 다르니까.

별로 안 닮은 형제라는 게 있을 수 없는 일은 아니지만 이건 장동건이랑 지상렬이 형제라는 거나 마찬가지 상황—물론 그렇다고 내가 지상렬처럼 생겼다는 건 아니다—인 것이다.

사실 뭐, 친형제가 아니니 당연한 일이지만 굳이 말해주지는 않는다.

아버지의 나이를 생각하면 쉽게 눈치챌 수 있는 일이기 때문에 비밀인 건 아니지만 그렇다고 떠들고 다닐 만큼 유쾌한 내용도 아니니까.

"그 영민 선배 말이야, 휴일엔 뭐 하고 지내?"

"직접 물어보시죠. 형은 친절하니까 다 대답해 줄 거야."

어깨를 으쓱이며 태연히 답했지만 마음속은 조마조마하다. 만약 다른 여학생이 같은 질문을 했다면 그냥 대답해 줬겠지만 그녀가 물어보니 조심스러울 수밖에 없다.

머릿속에서는 위험신호가 울리고 있다.

왜 형의 주말 계획을 궁금해하는 거지?

형한테 반해서 고백하기 위해서라고는 도저히 생각되지 않는다.

"…저기 있잖아, 너 나 싫어해?"

"내가?"

직설적인 질문에 심장이 덜컥 내려앉는다.

윽, 이 녀석, 눈치가 빨라.

하지만 목숨이 걸렸을지도 모르는 일이었기에 표정 연기는 완벽.

내 얼굴을 가만히 바라보던 경은의 얼굴에 의문이 떠오른다.

"아닌가? 귀찮아하는 건가?"

"내 성격이 원래 이래서 그래. 형을 소개해 달라는 사람도 많아서 곤란하기도 하고."

"그렇겠네. 너희 형 잘생겼으니까."

거기까지 말했을 때 선생님이 들어온다.

나로서는 참 고마운 타이밍이다. 어쨌든 표면적으로 모범생의 인생을 살고 있는 경은은 선생님의 시선에 민감할 수밖에 없으니까.

과연 그녀는 '앗, 뜨거라' 하는 표정으로 자신의 자리로 돌아간다.

"어제는 첫날이라 넘겼으니 진도 나간다. 1학년 때는 놀았을지 몰라도 이제 너희도 2학년이니까……."

조용조용한 목소리와 함께 수업이 진행된다.

언제나 똑같은 하루. 그 어떤 변화도 없는 나날이다.

내 나이 또래의 학생 중에는 이런 매일을 진저리 칠 만큼 실어하는 녀석도 있을 테고, 그 정도는 아니더라도 지겹다고 생각하는 녀석이 대부분이겠지.

그러나 나는 이런 매일을 사랑한다.

많은 것을 바라지 않는다.

그냥 이대로 고등학교를 졸업해 대학에 진학하고, 앞으로 해나가고 싶은 일을 찾아 취직하고, 그리 아름답거나 대단하지 않은 여자라도 좋으니 나를 사랑해 주는 여인과 평생을 함께하고 싶다.

딩동댕동~

1교시, 2교시, 3교시, 4교시, 점심시간.

무료한 수업 시간과 시끌시끌한 쉬는 시간, 그리고 점심시간이 지나간다.

다행히 경은은 더 이상 말을 걸지 않았다. 녀석은 인기가 많아서 쉬는 시간마다 몰려드는 녀석들이 많으니 일일이 거절하고 나한테 오기도 애매하겠지.

그리고 수업이 끝났다.

—아, 대하야?

"수업 끝났어?"

—응. 아, 그런데 하교라면 미안. 친구들하고 약속 있는데.

핸드폰 너머로 들리는 형의 목소리에 코끝을 긁었다.

흐음… 그러고 보면 형이 요새 묘하게 친구들하고 노는 시간이 많아졌단 말이야.

물론 형은 예전부터 인기가 많았었지만 본인 스스로는 사람 사귀는 걸 별로 좋아하지 않는 성격이었다. 말하자면 좀 내성적이었다고나 할까?

하지만 요새 들어서는 왠지 활동적이고 뭘 하든 만사 즐거워 보인다. 매일매일이 우울한 나에 비하면 그야말로 행복한 하루하루인 것이다.

무슨 좋은 일이라도 있나?

"뭐 할까나."

그다지 할 일이 없다는 사실에 잠시 고민한다.

물론 이대로 집에 간다는 선택지도 있지만 집에 가봐야 인터넷 서핑을 하거나 온라인에 접속해 전략 게임이나 대전 게임 같은 걸 하겠지.

물론 그런 것도 재미있기는 하지만 슬슬 지겹다. 무엇보다 이기기만 하는 게임은 의미가 없는 것이다.

"차라리 아빠랑 해보자고 할… 아니, 그건 아니다."

순간 떠올린 생각을 지운다.

아서라, 이건 내 최후의 보루다.

이것마저 져버리면 정말 난 회생 불가능의 타격을 입을지도 모른다.

이기기만 하는 게임은 의미가 없다고 한 주제에 무슨 소리냐고 말할지도 모르지만 차라리 다른 사람한테 지면 졌지 이것만큼은 아버지한테 지면 안 된다.

"아차, 그러고 보니 오락실이 생겼잖아?"

게임 생각을 하다 보니 자연스럽게 떠오른다.

그러고 보면 재석이 자식이 마법소녀 같은 이상한 여자애를 데려오는 바람에 매일 하던 대전 게임밖에 못 한 상태에서 나와 버렸다.

뭔가 커다란 상자 안에 들어가서 하던 특이한 형식의 오락기도 많았는데.

"그럼 가보지, 뭐."

망설임 없이 가방을 챙겨 하교한다.

주변은 하교하는 학생들로 북적북적거리는 상태. 우리 학교는 지나칠 정도로 넓기 때문에 교실부터 교문까지 10분 이상 걸린다—교사들은 자동차를 타고 교내 주차장까지 이동한다—는 게 좀 문제라면 문제지만 교문까지 놓여 있는 도로 옆에 가로수들이나 정원수들이 잘 자리 잡고 있어서 풍경은 꽤 괜찮다.

게다가 도로 옆에 심어진 나무는 모조리 벚꽃으로 봄마다 열리는 벚꽃 축제는 이 지역에서도 상당히 큰 축제일 정도로 유명하다.

"…응?"

하지만 그러다가 멈칫한다.

시야의 외각 부분, 그러니까 벚꽃 가지 사이로 축구공만 한 크기의 금속 덩어리가 보였기 때문이다.

약간 빛나는 금속으로 만들어져 있었는데 그 중앙에는 카메라 렌즈 비슷해 보이는 게 달려 있다.

"여, 어디 가냐?"

"아, 재석아."

익숙한 목소리에 뒤를 돌아보았다가 다시 정면을 보았을 땐 이미 그 괴상한 물체는 사라지고 없다.

잘못 본 건가?

"어제 일 사과하려고 하는데 교실에서 왜 안 나와, 자식아. 거 미소녀를 소개해 준 것뿐인데 삐져서는."

"시끄러워. 미색에 홀려 친구를 팔아먹는 놈이 무슨… 그런데 교실에서 왜 안 나오냐니? 사과하려면 네가 오면 되잖아?"

다른 반이라고는 해도 고작 옆 반일 뿐이다. 이 녀석이 그렇게 게으른 녀석도 아니고 여기저기 잘도 돌아다니는 녀석인데 사과하고 싶다면서 교실에도 안 찾아온단 말인가?

하지만 어색하게 웃는 녀석의 모습에 그 이유를 알 수 있었다.

"응? 아, 아니, 별로. 너희 반은 풍수지리학적으로 나한테 안 맞는 그런 게 있어서."

"……."

동민이군.

하긴 이 녀석은 성질도 있고 평소 단련도 제법 하는 천부적인 싸움꾼이라고 할 수 있는 녀석이다.

언제나 차분하게 주변을 장악하고 있는 동민을 눈에 밟혀할 수밖에 없는 성격.

생각해 보면 한번 동민이 녀석을 도발했다가 다음 날 [죽다 살아난]이라는 칭호를 달고 왔던 적이 있던 것 같기도 하군.

간신히 다른 반에 걸려서 신이 나 있을 게 눈에 보이는구나. 다만 난 여전히 같은 반에 걸려 절망적이지만.

"뭐, 어쨌든 미안하게 됐다! 아, 거참 미소녀를 소개해 주고 원망받아야 하는 현실이 억울하지만 네놈의 특이한 인생을 생각해 보면 이해 못 할 것도 아니지."

"그게 사과냐?"

황당해서 헛웃음 지었지만 딱히 크게 화가 나 있던 것도 아니었기에 이내 고개를 끄덕인다.

어차피 지금 마법소녀가 문제가 아니다. 문제는 외계인이지.

"그나저나 그 가방은 뭐냐?"

어쩐 일인지 재석이의 한쪽 어깨에 어중간한 크기의 가방이 걸려 있다.

물론 학생이 가방 메고 다니는 게 뭐 이상하냐고 물을 수도 있겠지만 우리 학교는 개인 사물함이 상당히 크고 안전한 편이기 때문에 학생 대부분이 참고서 등의 개인 물품을 거기에 놓고 다닌다.

만약 하교할 때 가방을 가지고 가는 녀석이 있다면 뭔가 개인적으로 옮길 물건이 있는 녀석이거나 그게 아니면.

"설마… 학원 가냐?"

"엉엉엉엉, 상기시키지 마. 젠장, 내가 어쩌다……."

당장에라도 울어버릴 것 같은 그의 모습에 황당해한다.

"아니, 뭐, 고등학생이 학원 가는 건 별로 이상할 것도 없는 일이긴 하지만… 갑자기 왜?"

"1학년 기말고사 죽 쑀을 때 어머니랑 아버지가 단단히 벼르고 계셨던 모양이야. 적어도 100등 이내에 들지 못하면 3학년 때까지 계속 다녀야 해."

"안 가면?"

"용돈 끊기고 카드 동결. 아, 우리나라 교육이 이래서 안 돼! 성적표 하나로 인간을 평가하다니!"

억울하다는 듯 소리치고 있긴 하지만 재석이네 부모님의 심정도 이해 안 가는 건 아니다. 솔직히 저 녀석이 알아서 공부할 성격은 죽어도 아니니까.

물론 안 할 놈은 학원에 보내든 가정교사를 붙이든 안 하게 마련이지만 부모님 마음은 또 그렇지 않으리라.

"어쨌든 열심히 해라."

"엉엉엉."

징징대는 녀석에게 손을 흔들며 교문을 나선다.

교문 앞에는 수십 대의 차량이 즐비하게 서 있다. 학생들을 학원이나 집으로 태워 가기 위한 차량들이다.

개중에는 부모님이 직접 온 경우도 있지만 대부분의 경우 운전사들이 운전하고 있다.

"부잣집 자제들이란 말이지."

그리고 그 부잣집 자제 중에는 나도 포함된다.

물론 우리 집안은 전혀 부자 가문이 아니지만 결정적으로 아버지가 부자다.

솔직히 말해 우리 아버지는 어느 집에서 태어나든 결과론적으로 부자가 될 수밖에 없으니까.

만약 국가에서 우리 아버지의 전 재산을 모조리 몰수한 다음, 저 멀리 중동 국가나 북한 같은 곳에 던져놔도 아버지는 금세 부자가 되어버리겠지.

아니, 그 정도가 아니라 중동 국가나 북한 같은 곳에 떨어지면 아버지는 정권을 뒤집고 국가원수가 되어버릴 분이다.

뒤틀린 시스템을 두고 볼 성격도 아니거든.

'그나저나 기분… 탓은 아닌 것 같은데.'

이런저런 생각을 하다 문득 묘한 기분에 주변을 둘러본다.

특이한 감각이다. 마치 누가 나를 바라보고 있는 것 같은 시선이 느껴지고 있었다.

'그 외계인 녀석인가?'

순간 그런 생각이 들었지만 그렇다고 해도 내가 할 수 있는 일은 아무것도 없다.

막말로 그 우주선 같은 거에 타서 멀리서 지켜보고 있으면 내가 그녀를 찾아내는 일은 불가능에 가깝기 때문이다.

살짝 경계하는 마음이 들기는 했지만 무시하고 오락실로 향한다.

어차피 내가 할 수 있는 일이 없다면 무시하는 게 제일이다. 괜히 집으로 끌고 가기도 애매한 일이고 말이다.

혹여 그 외계인 여자가 아빠한테 반하기라도 해서 집에 머물게 된다거나 하는 삼류 러브 코미디가 벌어지는 것도 참, 진심, 정말, 진짜, 진정으로 싫은 일이니까.

물론 아무리 멋진 남자라도 과연 그 매력이 외계인에게까지 통할 것인가? 라는 의견도 있을 수 있지만 아버지의 매력은 종족을 따지지 않는다.

농담이 아니라 개나 고양이도 아버지 근처에서는 정신을 못 차린다.

심지어 동물원에서 탈출한 사자가 아버지 앞에서 재롱을 부리다 잡혀 들어간 적도 있다.

'아, 그때 사육사들의 표정을 아직도 못 잊겠어.'

심지어 야생에서 잡아온 지 얼마 안 된 녀석이었다는데 무슨 강아지나 고양이처럼 재롱을 떠는 모습이 정말 가관이었다. 그리고 그 모습을 공황에 빠져 보고 있는 사육사들의 모습도…….

참고로 사자는 암사자였다.

"그나저나 뭐부터 할까나. 대전 게임은 지겨운데."

오락실에 들어서 어슬렁어슬렁 돌아다닌다.

어차피 어지간한 게임은 다 해본 것이라서 크게 흥미가 일지도 않는다.

일반 어드벤처 게임은 결국 타임 어택 이상의 의미가 없고 대전 게임의 경우는 주야장천 이기기만 해서 재미가 없으니까.

"사격 게임이나 할까나. 아니, 그것도 별로 특별한 건… 응?"

하지만 그러다가 오락실 구석에 있는 커다란 오락 기기 하나를 발견한다.

구석이라고는 하지만 어지간한 방 정도의 크기의 기기라서 그 존재감이 장난 아니다.

들어가는 문이 하나 있었는데 슬쩍 보니 무슨 기계들로 가득 차 있다.

기기 내부로 들어가 투입구에 천 원짜리 지폐를 넣는다.

게임 한 판에 천 원이면 너무 비싼 거 아닌가, 하는 생각이 들 수도 있겠지만 난 오히려 다른 감각에 빠졌다.

왜냐하면 게임 기기가 상상을 초월할 정도로 첨단이었기 때문이다.

"겨우 천 원 받는 걸로 장사가 될 것 같지 않은데."

조금 미안한 기분이 들었지만 뭐, 어차피 내 장사도 아니다. 다 이득이 되니까 하는 거겠지.

온몸이 푹 잠겨 드는 의자에 앉아 화면 위에 붙어 있는 착용법에 따라 서클렛 비슷한 걸 착용하고 장갑을 꼈다.

약간은 헐렁한 장갑이었는데 의자에 삑— 하고 전원이 들어오자 삽시간에 줄어들어 사이즈가 재조정된다.

—탑승자 인식 완료. 헤르메스 시스템을 기동합니다.

부드러운 여성의 목소리와 함께 전면 화면이 확 밝아진다. 그리고 그와 동시에 전투가 시작된다.

쿠르릉! 쾅!

여기저기서 폭발이 일어난다.

배경은 우주다. 위에서부터 가로 2m, 세로 1m 정도 되는 기판이 내려와 장치된다.

버튼의 숫자가 최소 100개는 넘어 보인다.

"뭐, 뭐야? 왜 이렇게 복잡해?"

당황하며 허둥거리는데 눈앞으로 새하얀 기체가 모습을 드러낸다.

이족 보행, 그러니까 인간의 형태를 하고 있는 일종의 '로봇' 이다.

"뭐야, 이거 기갑물이었어?"

하지만 그렇게 말하는 순간 하얀색의 기체가 총으로 보이는 물건으로 내 쪽을 겨누고…….

쾅!

화면이 터져 나가는 임팩트 후, 삽시간에 어두워진다.

GAME OVER

어두워진 화면에서 떠오르는 하얀 글자에 망연자실해한다.

"뭐야, 목숨이 한 개야? 시작하자마자 끝?"

게임을 한 시간이 채 10여 초도 되지 못한다. 그야말로 시작하자마자 끝난 것이다.

이 기기에 들어와서 서클렛이랑 장갑 낀 시간이 더 길겠다.

“뭐야, 이거 버튼이 너무 많아. 어쩌라는 거… 아, 책자가 있구나.”

투덜거리다가 구석에 있는 전화번호부 비슷한 책을 들어 올린다. 보아하니 설명서 같다.

대체 무슨 오락기인지 설명서가 전공 서적 수준이다.

팔락, 팔락.

의자에 앉아서 차분하게 페이지를 넘긴다.

설명서에는 조종판의 사용법과 각각의 키가 가진 기능, 그리고 계기판 보는 법 등을 포함해 궁극적으로 게임 속의 머신, 속칭 기가스(Gigas)의 조종법이 실려 있다.

말하자면 이 기가스라는 로봇으로 싸우는 법이 실려 있는 것이다.

“…근데 이거 전투기 조종보다 어렵잖아?”

네가 뭔데 고작 게임을 전투기 조종보다 어렵다고 하냐고 할 수도 있겠지만 적어도 내가 보기에는 그렇다.

이 기가스라는 로봇의 조종법은 보통 난해한 게 아니다. 단순 오락이 아니라 체계적인 학습과 수련이 필요한 학문에 가깝다고나 할까?

물론 실전에서 배우는 게 이론을 공부하는 것보다 체득 속도가 빠르다고는 하지만 이건 그 정도 난이도를 아득하게 벗어난 수준이다.

다시 천 원짜리 지폐를 집어넣은 후 천천히 조종법을 숙지해 나간다.

기본적으로 이것은 메카닉 FPS 게임이라고 할 수 있는 물건이었는데 머리에 쓰고 있는 서클렛과 끼고 있는 장갑, 그리고 조종판이 주된 조작 기기라고 할 수 있다.

—필드 진입. 헤르메스 시스템의 작동을 시작합니다.

부드러운 여성의 목소리와 함께 전면 화면이 확 밝아진다.

상황은 아까와 똑같다. 사방에 설치된 스피커에서 폭음이 울려 퍼지는 걸 느끼며 양손을 슥 움직인다.

슈욱!

이 특이한 오락기의 조작법은 기본적으로 컴퓨터와 비슷했다.

말하자면 조종판은 키보드라고 할 수 있고, 끼고 있는 장갑은 마우스라고 할 수 있다.

다만 다른 게 있다면 양손에 장갑을 끼고 있는 만큼 양손 모두가 키보드와 마우스를 다 조작하는 셈이라고 할 수 있다는 점과 서클렛을 장착한 채 바라보는 방향으로 시점이 이동한다는 점이다.

"왼손으로는 움직임, 오른손으로는 공격을 하는 식으로 세팅하면 조종하기 편하려나."

하얀색 기체가 나타나기 전에 여기저기 움직여 본다.

굴곡조차 없이 판판한 조종판에는 대략 100여 개의 버튼이 있었는데 어떤 버튼을 활성화했느냐에 따라 반응이 전혀 다르다.

게다가 손가락 하나에도 센서가 따로 달려 있는 건지 손가락 모양마다도 반응이 달랐다.

"아니, 이건 뭐, 경우의 수가 너무 많아지는데."

투덜거리면서도 최대한 조종법을 숙지한다.

그러나 이미 시간이 많이 지났다는 듯 하얀색 기체가 눈앞으로 날아들어 총구를 겨눈다.

취잉!

뭐라고 표현하기 힘든 소리다. 굳이 예를 들자면 심벌즈를 모서리끼리 충돌시키는 소리?

하여튼 그런 소리와 함께 날아든 레이저 빔이 내 주위로 펼쳐진 에너지 막에 충돌해 사라진다.

조종법에 따라 실드를 발생시킨 것.

화면을 보니 오른쪽 위에 있는 에너지 창이 5분의 1가량 깎여 나간다.

'보유 에너지? 엠피 같은 건가.'

횡으로 쭉 움직이며 에너지 창을 살핀다. 회피 기동을 하며 두고 보니 서서히 차오르고 있다. 시간이 지나면 회복되는 모양이다.

쾅!

오른손을 움직여 총을 쏘아내자 폭음과 함께 적기 중 하나가 폭발한다.

아직 감각이 완벽하지 않아 어색한데도 용케 명중했다.

"오케이, 좋아! 다 쓸어주겠어!"

피핑! 쾅! 취잉!

왼손과 오른손을 바쁘게 움직이며 적의 공격을 막고 빈틈을 노려 공격을 가한다.

난이도가 장난 아니어서 잡념을 할 틈이 없다.

"어? 뭐야, 저놈. 광선검? 우주 전투에 검이라고?"

그때 느닷없이 달려든 검은색 기체의 공격을 피하며 황당해한다. 아니, 적들과의 간격이 무진장 긴 전투에서 검이라니, 미치지 않은 이상 싸움이 될 리가…….

좌앙!

"우왁?!"

순간 나도 모르게 상체를 크게 트는, 게임하는 사람들이 흔히 하는 꼴불견 자세를 취하고 말았다.

검은색 기체가 들고 있던 광선검이 주욱 길어지며 내 기체를 베고 지나갔기 때문이다.

그야말로 순식간인 데다 예상도 못 한 일격이라 대응할 틈이 없었다.

GAME OVER

"으, 뭐야. 뭐 이런 사기가 다 있어?"

황당해하며 투입구에 지폐를 조공한다. 멈출 수가 없었다.

GAME OVER

GAME OVER

GAME OVER

검을 들고 있던 사기 기체의 머리에 광자포를 먹여주고 다른 전장으로 향하다가 10기가 넘는 적에게 둘러싸여 당한다.

10기가 넘는 적의 움직임을 유도해 서로 충돌하게 하고 사선을 겹쳐 모조리 추락시킨 후, 전진하다가 보스급으로 보이는 거대 로봇을 만나 수천 개가 넘는 미사일의 탄막에 휩쓸린다.

회피 기동을 하며 광자포와 미사일을 모조리 피해낸 후, 마치 작은 체구의 사람이 덩치 큰 사람을 메치듯 거대 로봇을 던져 버려 녀석이 쏘아낸 미사일 무리에 명중시켰다.

그리고 머리를 광자포로 부숴 버림으로써 마무리… 했다가 적의 전함(戰艦)이 뿜어낸 주포에 장렬히 산화한다.

"아~ 전쟁이니 너무 깝치면 적의 시선이 집중되는구나."

즉, 더 오래 살아남아 싸우려 한다면 나대지 말고 전열(戰列)을 유지해야 한다는 뜻.

하지만.

"싫은데?"

게임이라는 게 뭔가? 즐기기 위해 하는 것이 아닌가?

콰과광!

모든 공격을 피하고 파고든다. 아군 사이에 숨어 적을 저격하고 때로는 근접 박투라는, 우주 전투에 전혀 안 어울리는 짓이라도 해서 도저히 이길 수 없는 적을 파괴한다.

단 한 기의 로봇으로 전황 자체를 뒤바꿔 버린다.

놀랍게도 이 게임은 자유도가 거의 무한에 가까워서 전장에서 무슨 짓을 해도 알아서 전황이 조정되는 상황.

그러나… 그럼에도 끝은 있었다.

주변을 완벽히 정리하고, 보스를 물리치고, 주포를 피해낸 일순간, 전장 자체가 소강상태에 들어간 것.

그리고 그렇게.

STAGE CLEARED!

어두워진 화면에서 떠오르는 하얀 글자에 축 늘어진다.

극도의 집중 상태로 플레이해 두 손이 부들부들 떨릴 정도다.

"후우… 후우… 와, 와, 와……."

주먹을 불끈 쥔다. 그리고 벌떡 일어난다.

"완전 재미있다!!!"

오오, 이런 명작이 있었다니!!

난이도가 거지 같아서 다른 사람들은 금방 죽겠지만 오히려 그래서 더 도전 의지가 생긴다.

게다가 영상이나 사운드가 뛰어나서 난이도만 좀 떨어뜨리면 꽤 잘 팔릴 것 같다.

"장인 정신이 느껴지는 작품인데 이렇게 못 알려지다니……. 아휴, 등신들. 좀 쉽게 만들었으면 막 TV에서 공개 방송으로 경기도 열리고 그럴 텐데."

가끔 이런 게임이 있다. 돈도 꽤 들인 것 같고 영상이나 게임성도 괜찮아 보이는데 망하는 게임.

그러고 보면 이 게임에 관련된 광고를 한 번도 본 적이 없다.

이만한 게임을 만들려면 들어가는 돈이 한두 푼이 아닌데 이게 무슨 일이란 말인가?

"뭐, 내가 걱정해 줄 문제는 아니지. 오히려 걱정할 문제는 천 원으로 얼마나 버틸 수 있냐 하는 문제인가?"

'지잉' 하는 소리와 함께 오락기가 지폐를 씹어 삼킨다.

설명서는 제대로 살피지도 않는다. 어차피 이런 건 실전으로 익히는 법이니까.

"엔딩까지 몇 시간이나 걸릴까나."

새로운 게임을 볼 때마다 하는 생각을 자연스레 떠올린다.

이 망할—여러 가지 의미로—게임의 스테이지가 100개나 된다는 걸 모를 때의 일이었다.

무너지는 일상

초보는 아무것도 모르기에 약한 캐릭터를 고른다.

중수는 강한 캐릭터를 알아 이기기도, 지기도 한다.

고수는 자신에게 맞는 캐릭터를 찾아내 승리를 쌓아간다.

그리고 초고수는! 그 로망은!

'최약체 캐릭터를 골라서 모든 강자를 쓰러뜨리는 것이지!!'

레버를 움직인다.

좌삼삼, 우삼삼, 상하상하, 좌우상하, 그리고 AB 버튼!

—훌훌훌훌! 연구 시간이군!

히든 캐릭터(Hidden Character) 사이코 박사.

그 존재를 알지 못하면 고를 수 없는 백발의 노인이 시험관을 들어 올리며 미소 짓자 뒤에서 구경하고 있던 청년 중 하나가 어이없다는 표정을 짓는다.

"아앗? 숨겨진 캐릭이잖아? 밸런스도 있는데 이런 캐릭이 있으면 안 되지. 갓오파는 전 세계를 대상으로 팔아먹는 게임인데 이래도 돼?"

숨겨진 캐릭터나 숨겨진 아이템, 숨겨진 스킬이나 숨겨진 사기급 직업들은 흔히들 내가 얻으면 좋겠다… 라고 생각할 만큼 뻔하디뻔한 콘텐츠이지만 집에서 혼자 하는 RPG 게임이라면 모를까 모두가 다 하는 게임에 이런 말도 안 되는 요소를 집어넣는 건 문자 그대로 미친 짓이다.

힘들게 만든 게임을 스스로 죽이는 자살행위라고나 할까.

똑같이 돈 내고 하는데 누군 박박 기며 고생하고, 누구는 사기 캐릭터로 큰 이득이나 재미를 본다고 한다면 과연 누가 그 게임을 하려 하겠는가?

돈을 더 쓰면 더 강해진다는 나름대로의 형평성이라도 존재하는 캐시 시스템조차 너무 심해지면 유저들이 우르르 떠나는 판국에 운이나 비결로 막대한 이득을 취하는 히든 시스템이라니.

그러나 그렇게 불만을 토하는 사내의 친구가 고개를 흔든다.

"아, 저기 있잖아. 저 사이코 박사는 그런 캐릭터가 아니야. 물론 히든 캐릭터인 건 사실이지만……."

사이코 박사는 히든 캐릭터이지만 그렇다고 그것이 사기 캐릭터라는 말과 동의어는 아니다.

애초에 대전 게임에 그런 캐릭터를 만들어놓을 리가 있겠는가?

사이코 박사는 히든 캐릭터이지만 그 어떤 게이머들도 그 존재를 불만으로 여기지 않는다. 오히려 재미있는 히든 시스템이라고 칭찬할 정도인 것이다.

왜냐하면 사이코 박사는…….

—어이쿠!

주먹질 하나 제대로 못하는 쓰레기 캐릭터였기 때문이다.

철푸덕!

주먹질만 내질러도 넘어진다.

발차기를 하면 아예 1초 정도 누워서 일어나질 않는다.

공격력은 나름 강한 편인데 이 사이코 박사의 공격은 선딜(공격 전의 딜레이)과 후딜(공격 후의 딜레이)이 실로 어마어마하다.

주먹을 내뻗기 전에 붕붕 허공에 두 번 휘두르고, 휘두른 후에는 넘어지고.

발차기는 드롭킥을 하듯 날린 다음 누워서 허리를 잡고 1초간 뒹군다.

뿡!

방귀를 뀌면 적의 피를 절반 이상 깎는 무지막지한 화염 방귀—연구 중에 먹은 약물이 방귀로 뿜어진다는 설정이다—를 뀌는데, 이 역시 맞는 사람이 없다.

왜냐하면 마주 보고 싸우는 대전 게임인데 게임 중에 천천히 뒤돌아서—심지어 돌아서며 허리 두 번 두드리는 모션까지 뜬다—합, 하고 힘을 주니 눈먼 장님이 아닌 이상 누가 맞겠는가?

그러나…….

"악!!! 그걸 맞았어!!"

"이런! 방귀, 으악!!!"

"와, 저 쓰레기 평타로 견제한 다음 들어오는 타이밍에 확정타로 방귀라니 이 무슨 악마적인 심리전!"

"사이코 박사로 이 미친 연승은 뭐야?!"

"사이코다!! 사이코가 나타났다!"

"이런, 미친! 이놈 보고 사람들이 사이코 박사가 좋은 줄 알고 막 고르는 거 아냐?"

적의 움직임을 파악하고 의표를 찔러 치명적인 일격을 가한다.

사이코 박사는 두말할 여지가 없는 쓰레기 캐릭터로 그 어떤 공격도 명중시키기가 힘들지만 공격력만큼은 그가 지금 하고 있는 게임, 갓 오브 파이터의 보스라고 할 수 있는 인비저블 맨(Invisible man)에 맞먹을 정도다. 그러니 두세 번 공격을 성공시킬 수 있다면 더럽다고밖에 표현할 수 없는 커맨드로도 충분히 승리를 따 올 수 있는 것.

—패배하였습니다.

"아, 이런 아깝다……."

물론 그렇다곤 해도 예전처럼 무한정 이길 수 있는 것은 아니다. 이러니저러니 해도 대전 게임에서 사이코 박사처럼 커맨드 자체가 한정적인 캐릭터는 움직임 자체가 파악되면 모든 게 끝이니까.

성능 자체의 부족함을 메꾸기 위한 심리전의 방식에도 한계가 있으니 결국 사이코 박사의 움직임을 완전히 파악하고 다른 사람들이 나에게 죽는 모습을 보면서 [답]을 어느 정도 궁리한 고수 유저를 만나 지게 된 것이다.

아무리 사이코 박사의 모든 스킬을 완전히 파악하고, 적의 빈틈을 노린다 해도 애초에 사이코 박사의 한계는 명확하다.

실력으로 메꾸는 것도 어느 정도지, 사이코 박사의 특징을 파악한 상대가 방심까지 하지 않으면 아무리 나라도 엎치락뒤치락할 수밖에 없다.

“좋아. 충분히 했고.”

당연하지만 재도전 따위는 하지 않는다. 애초에 몸 풀기를 목표로 딱 목숨이 끝날 때까지 하기로 한 것이기 때문이다.

—필드 진입. 헤르메스 시스템의 작동을 시작합니다.

헬멧과 장갑을 착용하고 지폐를 투입하자 부드러운 여성의 목소리와 함께 전면 화면이 확 밝아지고, 그 직후 급작스러운 전투가 시작된다.

처음 게임을 하는 사람을 시작하자마자 사망하게 만들어 멘붕을 유발시키는 사악한 패턴이었지만…….

쿠르릉! 쾅!

폭음이 귓가로 들리자마자 왼손으로 버튼을 누르며 오른손을 획 잡아당긴다. 화면이 빙글빙글 돌며 전장이 순식간에 멀어지기 시작한다.

말하자면 후퇴. 그러나 단지 그뿐이 아니다.

“핸더! 실드 에너지 전부를 주무장으로 집중!”

—경고. 실드 에너지를 전부 소모할 경우 적의 공격에 무방비로 노출됩니다.

“아, 넌 왜 한 번에 말을 듣는 경우가 없니. 명령이야!”

—실행합니다.

황당하게도 이 오락기에는 인공지능이나 다름없는 프로그램이 설치되어 있었으며, 그 조종 방법은 무려 [음성]이다.

설정에 의하면 내가 지금 타고 있는 기가스, [하얀 뱀]의 관제 인격으로 전체적인 시스템을 제어한다고 한다. 관제 인격은 조종사에게 이런저런 조언을 하고 잘못된 명령의 경우 경고를 날리기도 하지만 기본적으로 명령에는 반드시 복종한다.

사실 설명서에는 가급적 관제 인격의 지시를 어기지 말라고 되어 있을 뿐 이렇게 관제 인격이 복종한다거나 하는 이야기는 없는데, 실제로 명령이라고 하면 따르는 걸 보니 아무래도 그런 것 같다는 이야기다.

"읏차!"

가볍게 기합을 토하며 양손을 움직여 하얀 뱀의 에너지를 광자포에 집중한다. 그리고 정면에 적이 등장하는 순간 발사!

콰콰쾅!!!

"트리플 킬~!"

정면에서 날아다니던 적들이 일렬로 쫙 늘어서는 순간을 정확하게 노려 광자포로 휩쓸어 버린다. 물론 녀석들도 나름대로의 회피 기동을 했지만, 그래봤자 뻔히 보이는 루트.

출력 자체가 약해 일격에 강한 위력을 낼 수 없는 하얀 뱀이었지만 실드 에너지를 모조리 공격에 쏟아부어 버리자 일순간에 동급 기체 3개를 파괴하는 기염을 토할 수 있었다.

"그리고… 후퇴."

—아직 후퇴 명령이 들어오지 않았습니다. 전장으로 돌아가십시오, 조종사님.

하얀 뱀의 관제 인격, '핸더'의 경고가 들렸지만 어차피 움직임 자체를 제어하는 건 내 쪽이다.

녀석은 관제 인격일 뿐 나를 강제할 권한이 없는 것.

하지만 녀석은 포기하지 않고 떠들었다.

—조종사님, 전장 이탈은 중대한 범죄행위입니다.

—경고합니다.

—조종사님, 조종사님, 지금 당장…….

전장에서 멀어진다는 텍스와 함께 화면이 붉게 깜빡였지만 아랑곳하지 않고 최고 속도로 전장을 이탈, 전장에서 한참 떨어져 있는 거대한 전함(戰艦)을 향해 날아간다.

결국 포기한 것일까?

전장에서 정도 이상 멀어져 버리자 핸더도, 화면도 잠잠해졌고, 나는 정면의 화면에 집중할 수 있었다.

"라이징 스톰(Rising Storm)……."

우주를 지배한다는 연합.

그리고 그 안에 속해 있는 21개의 세력 중 하나라는 레온하르트 제국(帝國)의 제13번함, 라이징 스톰의 그 위풍당당한 모습이 화면에 비춘다.

내가 지금 타고 있다는 하얀 뱀이 크기가 8m라는 설정을 가지고 있다는 걸 생각해 보면 화면에 보이는 저 전함 하나가 어지간한 시(市)보다도 두 배 이상 크다는 걸 알 수 있다.

콰광! 쾅!

이러니저러니 해도 전투 중이었던 만큼 요란스러운 것은 라이징 스톰 주변 역시 마찬가지다.

새까만 우주가 환하게 밝아질 정도로 어마어마한 규모의 포격과 그 포격을 막아내고 있는 에너지 실드를 잠시 구경하다가 갑판 위로 내려선다.

만약 내가 타고 있는 것이 적기(敵機)였다면 라이징 스톰의 실드에 가로막힘은 물론, 쏟아지는 포격에 벌집이 되었을 것이다.

하지만 식별 코드를 가지고 있는 하얀 뱀은 별다른 문제 없이 갑판에 내려설 수 있었고, 이내 기이잉, 하는 소리와 함께 선내 깊숙한 곳으로 가라앉기 시작했다.

"빠이빠이!"

—조종사님? 조종사님!

푸쉭!

도착과 동시에 핸더의 부름을 가볍게 무시하고 하얀 뱀에서 내린다. 물론 그렇다는 [설정]이니 내가 오락기에서 내린 건 아니다.

다만 화면의 시점이 좁아지고 내가 타고 있던 하얀 뱀의 모습이 보이는 것.

그리고 그렇게 하얀 뱀에서 내린 나는 안쪽의 격납고로 달렸다. 인간 상태라고는 하지만 달리는 방식은 기가스 조종법하고 똑같다.

"히든 피스(Hidden piece)라. 정말이지, 있을 건 다 있다는 말이지."

히든 피스.

숨겨진 조각이라는 뜻을 가진 이 단어는 게임 속에 숨겨진 요소나 시스템 등을 지칭한다. 숨겨진 보스나 직업, 혹은 최강의 무기 등등이 바로 히든 피스라고 할 수 있겠지.

그리고 지금 내가 하고 있는 이 게임, '대전쟁(The Great War)' 에도 그런 요소가 존재한다.

이렇게 전장에서 탈출해 라이징 스톰으로 돌아오게 되면 라이징 스톰에 자리하고 있는 다른 기가스로 갈아탈 수 있는 것!

그리고 그렇게 도착한 곳에는…….

―뭐냐, 왜 황자님도, 황녀님도 아닌 일개 조종사가 이곳에 있는 거지?

거대한 황금(黃金)의 거인(巨人)이 있었다.

황금성좌(黃金星座), 골드리안.

기가스는 신성인수기(神星人獸器)로 등급이 나뉜다.

그중 신(神)급은, 잘은 모르겠지만 운명을 초월한 신적인 강자들, 그러니까 초월자들이 탑승하는 초월병기(超越兵器)라고 한다.

그 힘이 너무나 강해서 작게는(?) 태양 같은 항성(恒星)을 파괴하고 크게는 아예 항성계(恒星系) 그 자체를 말아먹는 무지막지한 기체라나?

지금 내 앞에 있는 골드리안은 바로 그 아래 속하는 성(星)급의 기체다.

사실상 초월지경에 오르지 못한 존재가 탈 수 있는 가장 강한 기가스로 레온하르트 제국에도 딱 5기밖에 없다는 최고급 기체!

아, 참고로 내가 타고 있던 하얀 뱀은 신성인수기에서 맨 뒤의 바로 앞에 위치한 수(獸)급이다.

그래서 하얀 [뱀]인 것이다. 짐승이니까.

―다시 묻겠다. 황녀님은 어디 가고 네가 여기 있는 거지?

황당하지만 나에게 말을 걸고 있는 건 골드리안 그 자체다.

대량생산되어 단순히 기체를 관리하는 관제 인격에 불과한 핸더와 다르게 골드리안은 고유한 자아를 가지고 있는 것.

'확실히 먼치킨 기체는 먼치킨 기체야.'

나는 골드리안을 딱 한 번 타봤다.

그리고… 그 한 번의 기회에 난 레온하르트 제국의 적, 테케아 연방의 3군단 전체를 다 밀어버리고 그들의 전함 [징벌]을 포획—적장도 아니고 어지간한 시보다도 거대한 전함을!—했다.

'솔직히 골드리안은 너무 사기야. 혼자 다 해먹을 정도니, 원.'

그리고 그렇기에 더 이상 골드리안에게 관심이 없던 나는 이쪽으로 고개를 돌리고 있는 골드리안에게 손을 흔들 수 있었다.

"아, 여기 지름길이라 통과하는 거야. 전쟁은 곧 끝날 테니 쉬고 있어."

—뭐라고?

"바이바이~~"

황당해하는 골드리안을 지나쳐 엘리베이터를 타고 사출구 쪽으로 이동한다.

"도착이군. 망할 놈들, 남는 기체는 갑판 근처에 좀 놓지."

다시 한 번 말하지만 기가스의 등급은 다섯으로 나뉘며 그 등급마다 차이가 극명하다.

신(神), 별(星), 사람(人), 짐승(獸), 도구(器).

골드리안에 비하면 하얀 뱀은 하찮다고밖에 볼 수 없는 성능을 가지고 있지만 그조차 아무나 탈 수 있는 기체는 아니다. 적어도 장교급이나 탈 수 있는 고급품인 것이다.

그리고 지금 내 앞에 있는 것이 그런 수급보다도 아래 등급인 기(器)급.

공장에서 대량생산되는 양산기로, 설명서에는 이 기급을 가리켜 병사들의 기가스라고 불렀다.

물론 이조차도 병사 중 엘리트, 혹은 하사관들이나 타는 기체이지만 기가스 중에서는 가장 저열한 성능을 가지고 있다는 것을 누구도 부정하지 못하리라.

"시스템 기동!"

기이잉…….

탑승과 동시에 가만히 쭈그려 있던 기급의 기가스 R-13이 3.5m 정도 되는 몸을 일으킨다.

기급의 기가스였기에 관제 인격조차 없었지만, 오히려 그렇기에 나는 이 기체를 골랐다.

혹시 이 기체에 숨겨진 힘이 있느냐고?

"무슨 섭섭한 소릴."

가볍게 손가락을 푼다. 정신을 집중하고 설계를 시작한다.

아무래도 화력이 부족할 수밖에 없으니 적장을 잡는 방향으로 가야겠다.

기급의 기가스는 누가 뭐라고 해도 쓰레기 기체지만, 나름 무장도 충실하고 우주 공간을 비행—느리지만—하는 것도 가능하니 한정된 공간에서 경우의 수 자체가 별로 없는 사이코 박사에 비하면 훨씬 양호한 상황.

초보는 아무것도 모르기에 약한 캐릭터를 고른다.

중수는 강한 캐릭터를 알아 이기기도, 지기도 한다.

고수는 자신에게 맞는 캐릭터를 찾아내 승리를 쌓아간다.

그리고 초고수는!

그 로망은!

"최약체 캐릭터를 골라서 모든 강자를 쓰러뜨리는 것이지!!"

—탑승자 인식 완료. 헤르메스 시스템을 기동합니다.

부드러운 여성의 목소리와 함께 R-13이 움직인다. 나 스스로가 정한 [최고 난이도]의 도전이 시작되려 하고 있었다.

* ✶ *

고백하건대, 사실 나는 게임 폐인이 맞다.

신체 건강하고 공부도 열심히 해서 전교 상위 10%대의 성적을 유지하는, 나름대로 멀쩡한 학생의 모습을 가지고 있는 나이지만 나와 오래 알아온 이들은 내가 진성 폐인이라는 사실을 너무나 잘 알고 있을 정도.

나는 새롭게 출시되는 대부분의 게임을 한 번 이상 해본다. 용돈에 그리 박하지 않은 아버지와 삼부자가 살기에 지나칠 정도로 넓은 집 덕분에 게임 타이틀만 모아놓는 방이 따로 있을 정도이니 더 말해 무엇 하겠는가?

이미 내가 산 타이틀이 천 개가 넘을 정도로 오래된 취미생활.

나는 마음에 드는 게임을 찾은 그 순간부터 24시간 전부를 그 게임에 할애한다. 방학 때라면 두문불출이 기본이고 지금처럼 학교에 다녀야 하느라 그게 불가능하다면 머릿속에서라도 끊임없는 시뮬레이션을 반복한다.

아침에 일어나자마자 전략을 연구하기 시작하고, 수업을 들으면서도, 걸어가면서도 컨트롤에 대해 고민한다.

반복연습은 말할 필요도 없고 더 완벽하고, 더 획기적인 방식에 대해 상상하는 것이다.

그리고 그렇기에 내가 공략을 시작하면 레벨 노가다가 필요한 게임이 아닌 이상 절대 삼 일을 버티지 못한다.

반드시 그 안에 그 게임의 뼈대까지 파악해 버려, 그 누구보다도 완벽한 달인의 반열에 오르는 것이다.

농담이 아니라 대전 게임이나 전략 시뮬레이션, AOS 게임 등을 하면 반드시라고 해도 좋을 정도로 그 동영상이 인터넷을 타고 돌아다닌다.

리플에 조작 소리가 끊이지 않을 정도여서 요새는 꽤 조심하고 있는 상태.

"그런데 그런 나한테 벌써 열흘이나 버티다니."

항상 그러했듯 학교가 끝나자마자 오락실로 향했다.

아버지도, 형도 별로 가족을 구속하는 성격은 아니어서 별다른 문제는 없다. 아마 예전이었다면 이렇게 매일 오락실에 가는 나를 재석이라도 따라왔을 테지만 녀석은 어머니에게 붙들려 학원에 다니고 있는 상황이라 별다른 문제 없이 오락실로 향할 수 있었다.

'오늘은 뭘 해볼까나? 뭐, R-13 가지고 [징벌]을 토벌하는 건 이미 했고. 아무리 나라도 R-13로 거대 전함을 포획하는 건 불가능하니… 아, 그래. 오늘은 칼전을 해볼까?'

R-13의 주무장이라고 할 수 있는 광자포 대신 보조 무기라고 할 수 있는 초진동 블레이드를 쓰기로 했다.

적들이 광자포를 뿅뿅 쏴대는 상황에서 단검 들고 설치는 건 죽여달라고 사정하는 거나 다름없는 짓이겠지만 이 정도의 페널티는 있어야 게임이 재미있지 않겠는가?

기이이잉—

그런데 그때 기묘한 소리가 들렸다.

'아… 한동안 조용하나 싶었더니.'

뭔가 나를 굉장히 귀찮게 할 것만 같았던 세레스티아는 의외로 한동안 별다른 접촉이 없었다.

당장 우리 집에 쳐들어와서 아버지를 보고 반한 다음, 내 어머니가 되겠다고 설치는 거지 같은(?) 로맨스 코미디가 벌어질 수도 있겠다고 생각했는데 관광을 마저 하기로 한 건지 아니면 여행 기간이 끝난 건지 아무 소식이 없었던 것.

그러나… 선명하게 공간을 울리는, 그러나 그러면서도 주변 누구도 인식하지 못하는 이 소리는 주변에 그녀가 나타났다는 것을 알려주고 있다.

'아니, 잠깐. 그러고 보니 조금 다른 소리인데? 다른 외계인인가?'

웅—

의아해하고 있는데 몸 안에서 뭐라 표현할 수 없는, 그러나 왠지 익숙한 감각이 느껴졌다. 그 알 수 없는 감각은 나에게 [정보]를 전해주고 있다.

—저항하시겠습니까?

정확히 말하자면 정말 그런 텍스트가 나타난 것은 아니었다. 하지만 그럼에도 나는 너무나 선명하게 뭔가가 내 몸을 이동시키려 한다는 것을 알 수 있었으며, 동시에 나의 판단 여부로 그것을 막아낼 수 있다는 것 역시 알았다.

다른 그 어떤 조건이나 자격, 힘의 소모 없이.

그저 나의 의사 결정만 있으면 행사할 수 있는 일종의…….

'이게 뭐야. [권리]라고? 능력이 아니라?'

황당해했지만 그렇게 느껴졌다.

그렇다. 나에게 일종의 권리가 있었다.

그야말로 영문을 알 수 없는 정보였지만 어쨌든 중요한 것은 이게 권리인가, 능력인가 하는 점이 아니다.

과연 나는 이 영문도 모를 간섭에 저항해야 해야 할 것인가?

'하지만 저항하게 되면 또…….'

나는 예전 세레스티아의 우주선을 보고 멈칫했던 기억을 떠올렸다.

'역시 보이는군요' 라며 후후후, 하고 웃던 그녀의 모습 역시. 때문에 저항하지 못하고 망설이는 순간 배경이 변한다.

파앗!

어느새 나는 어떤 방 안으로 이동해 있었다.

틀림없이 오락실 앞에 도착해 상당한 수의 학생들 사이를 지나고 있었지만 너무나 간단히 공간을 넘어 전혀 다른 공간에 와 있는 것이다.

"…뭐야, 이거? 여긴 어디야?"

일단은 당황하는 모습을 연기해 보았다.

어쩌면 나를 이렇게 납치한 것이 세레스티아가 아닌 다른 존재일지도 모른다는 생각이 들었기 때문이다.

내가 도착한 방의 분위기를 말하자면 이런저런 가구가 배치되어 있는 일종의 응접실이었다. 가구들의 모양새는 전체적으로 둥글둥글해 조금 이질적이었지만, 그렇다고 이해 불가능한 현학적인 디자인은 아닌 데다 전체적으로 인간 정도의 신장을 가진 대상이 사용하기 편하게 되어 있었다.

"반갑습니다, 예비 조종사님."

"…깜짝이야."

요번 건 연기가 아니라 진짜였다.

농담이 아니라 1초 전만 해도 아무도 없던 정면에 난데없이 20대 후반으로 보이는 여성이 나타났기 때문이다.

"하하, 정말 태연하시군요."

"태연하게는 무슨. 심장이 떨어질 뻔했거든요?"

최대한 날카롭게 답했지만 믿지 않는 눈치다.

놀란다고 [연기]를 했을 때에는 그나마 놀라는 분위기를 낼 수 있는데 진짜 깜짝 놀라니 오히려 극도의 차분함이 전신을 지배했기 때문이다.

그러나 아무래도 상관없다는 듯 내 앞에 나타난 여인이 환하게 웃으며 말한다.

"놀라게 해드려 죄송합니다, 예비 조종사님. 이렇게 뵙게 되어 매우 기쁘군요."

"…예비 조종사?"

묘한 단어에 의문을 표하며 반사적으로 그녀의 머리 위를 바라본다.

[레온하르트 제국 2군단 사령부]

[~~인사과장~~ 알레이나]

'뭐야, 이게.'

순간 멈칫한다. 내용이 문제가 아니었다.

'이 선은 뭐지?'

칭호의 내용 자체는 평범(?)한데 그 중앙에 취소선처럼 직직 선이 그어져 있다. 마치 글자를 써놓은 다음 그 위에 선을 그어 그 글자를 지우려고, 아니, 취소하려고 한 것만 같은 모양새로, 난생처음 보는 방식의 칭호였던 것이다.

하지만 나를 납치한 상대는 내 당황 따윈 아무런 상관없다는 듯 척하고 가슴 위에 손을 올린다.

"황제 폐하를 위하여! 레온하르트 제국군 2군단 사령부 인사과장, 알레이나 대위입니다."

"레온하르트 제국이라니……."

제국(帝國). 중세 시대에나 어울릴 단어지만 동시에 너무나 익숙한 단어이기도 하다.

그것은 새로 생긴 오락실에 있던, 그 정체불명의 게임기에 설치된 대전쟁에서 몇 번이고 봤던 명칭.

나는 대전쟁에서 레온하르트 제국군 소속으로 셀 수도 없이 많은 적을 무찔러 왔다.

"'그건 오락실에 있던 게임 내용인데?' 라고 생각하시고 있겠군요."

친절하게 웃으며 의자에 앉는 그녀는 농염한 기운이 확 풍기는 여인의 모습을 하고 있다.

스스로의 소개로 보아, 그리고 입고 있는 제복으로 보아 여군이라고 짐작되는 그녀는 나와 거의 맞먹는 훤칠한 키에 탄탄하게 단련된, 그러나 그러면서도 육감적인 몸매의 소유자였다. 노출이 많은 것도 아니고 거의 전신을 싸매고 있다 해도 좋을 정도의 제복에서조차 선명하게 느껴질 정도니 사복을 입고 돌아다니면 온 거리의 시선을 다 빨아들이는 수준이라고 해도 과언이 아닐 것이다.

'아니, 세상에 뭐 이렇게 생긴 군인이 다 있어? AV 기획물이냐?'

전체적인 모습을 보자면 30대 초반. 어쩌면 20대 후반으로 보이는 외모를 가지고 있는 그녀는 반짝인다고 해도 좋을 정도의 금발을 허리까지 늘어뜨리고 있는 게르만계—외계인에게도 이 분류가 적용되는지는 알 수 없지만—미녀의 모습을 하고 있었다. 나로서는 이게 진짜 모습인지, 아니면 인간을 홀리기 위해 설정한 모습인지 아무래도 짐작하기 힘들었지만… 어쨌든 중요한 건 그게 아니다.

'또 외계인이라니.'

그렇다. 그게 문제였다. 세레스티아가 그러했듯, 그녀는 자신을 외계인이라고 말하고 있었다.

"설마 그게 다 실존한다고 말할 생각은 아니시겠죠?"

"물론."

빙긋 웃으며 알레이나가 말한다.

"설마 그게 다 실존한다고 말할 생각입니다. 대전쟁은 단순한 게임이 아니라 사실을 기반으로 한 조종사 육성 시뮬레이션이니까요."

"……."

할 말을 잃었다는 표정으로 그녀를 바라보고 있자 그녀가 슬쩍 의자를 가리키며 앉으라고 손짓한다.

아닌 게 아니라 그녀가 앉은 상태에서 나 혼자 서 있기도 어색한 상황. 내가 머뭇거리며 자리에 앉자 그녀가 설명을 시작한다.

"말했다시피 당신이 플레이했던 대전쟁은 실제 기가스 조종법과 완벽하게 동일한 방식으로 조종하는 시뮬레이션입니다. 우리 레온하르트 제국과 테케아 연방 사이에 있었던 전쟁 정보를 넣어 만들었죠."

부드럽게 설명하며 오른손을 들자 허공에 홀로그램이 떠오른다.

명백하게 [지구 외] 기술로 재현되어 있는 그것은 하도 많이 봐서 이제는 익숙하기까지 한 거대 전함 [라이징 스톰]과 [격노], 그리고 그 사이를 날아다니는 기가스들과 전투기들이었다.

"저기, 죄송하지만… 그런 첨단 물품을 왜 지구에 던져놓은 겁니까?"

"당연히 재능 있는 조종사를 선발하기 위해서입니다. 레온하르트 제국에서는 저희가 영향력을 행사하고 있는 알스트론 은하 대부분의 행성에 여러 가지 방식으로 시뮬레이션 장치를 설치해 재능 있는 자를 선발해 왔지요. 시뮬레이션 장치에서 10만 점 이상의 점수를 획득하게 되면 우주 공간으로 신호가 쏘아지게 됩니다."

"……."

즉, 조종사 선발 시험이라고 할 수 있다는 말이었다. 심지어 지구처럼 외계 문명의 존재를 모르는 이들에게조차 주어지는 범우주적 규모의 선발 시험.

"당연히 당황할 거라고 예상하고 있습니다. 아니, 오히려 예상한 것보다 매우 침착하시군요. 작년에 모셔 갔던 분은 무려 이틀 동안이나 몰래카메라를 찾으며 소동을 벌였거든요. 34지구의 문명으로는 도저히 구현 불가능한 기술을 보여 드려도 현실을 받아들이지 못했죠."

"누군지는 모르겠지만 그건 또 너무 느리네요."

"예비 조종사님이 너무 빠른 것도 사실이지만 말이죠."

그렇게 말하며 품속에서 카드 정도 되어 보이는 크기의 투명판을 꺼냈다. 크리스탈과 비슷한 재질로 만들어진 듯 묘한 빛을 흩뿌리는 그 판은 마치 접힌 종이가 펼쳐지듯 그 크기를 키우더니 부드럽게 적당한 크기의 서류로 변했다.

"…이건?"

"계약서입니다. 여기에 서명하시는 순간 당신은 레온하르트 제국군이 될 수 있는 파이넬 아카데미 입학시험을 치를 자격을 가지게 되죠."

완전히 자기 멋대로 이야기를 진행하고 있다.

내가 거부할 거라는 가능성 자체를 배제시키고 있는 것 같은 태도.

"지구에서는 마음대로 납치해서 계약서를 내미는 상대를 흔히 노예 상인이라고 부릅니다만."

황당하다는 내심을 감추지 않고 드러냈으나 그녀는 태연하게 웃었다.

"그러나 지금껏 이 제의를 받은 예비 조종사 중 90%가 승낙의 뜻을 보였습니다. 더불어 파이넬 아카데미의 입학시험에 합격하는 게 절대 쉬운 일이 아니니 이건 일종의 가계약에 불과하죠. 한번 시도나 해본다는 의미이니 손해 볼 건 없으실 겁니다."

즉, 어차피 안 될 가능성이 높으니 김칫국 마시지 말라는 의미인 건가? 그러나 그렇다 해도 내 뜻은 변하지 않는다.

"죄송하지만 제가 좋아하는 건 게임이지 전쟁이 아니에요. 괜히 목숨 걸고 싶지 않으니 집으로 보내주시죠."

깔끔한 거절이었지만 알레이나는 당황하지 않고 말한다.

"하지만 입학시험을 보는 것만으로… 이만큼의 보상을 드리는데요?"

그렇게 말하며 보여준 계약서에는 0이 10개나 달려 있었다.

다행(?)히 원 단위였지만 단지 시험을 치르는 것만으로 받기에는 어마어마한 재화다.

"보상은 블랙 카드로 지급됩니다. 그 블랙 카드는 세계 어디서든 자유롭게 사용 가능하고 추적당할 일도 없지요. 그리고 무엇보다."

씩 하고 웃으며 알레이나가 말한다.

"입학시험에 합격할 경우 입학시험의 보상이 월급(月給)으로 변하며 이… 원(₩)? 하여튼 이런 한정적인 화폐가 아닌 우주 공용 화폐인 게럴트로 지급이 됩니다. 더불어 파이넬 아카데미의 학생은 1급 이하, 그러니까 살인을 포함한 대부분의 범죄에 대한 감형권과 3급 작전권을 가지게 되며, 이는 이 작은 행성에 있는 나라들의 대통령 이상의 권위를 가지게 된다는 것을 뜻하지요."

한마디로 그 파이넬인지 파이널인지 하는 학교에 들어가는 것만으로 인생 자체가 변할 것이라는 뜻이었지만… 나는 고개를 흔들었다.

'헛소리지.'

아무리 좋은 조건을 내걸어봐야 죄다 허울이다. 애초에 전투를 위해 만들어진 기가스의 조종병을 이만한 대가를 치르고서라도 데려가려는 이유가 무엇이겠는가?

'써먹으려고.'

너무 당연해 고민할 가치조차 없는 이야기일뿐더러 자국의 인재들을 두고 외부 인력을 데려가려는 것부터가 수상쩍기 짝이 없다. 내가 왜 잘 알지도 못하는 단체 간의 전쟁터에 발을 디밀어야 한단 말인가?

더불어 조건조차 의심스럽다. 그녀의 말만 들으면 좋아 보일지 몰라도 지구 [밖]의 사정을 전혀 모르는 나에게는 신뢰성 없는 이야기일 뿐이니까.

애초에 원화 가치가 우주에서 얼마나 통용될지 모르니 저 월급이라는 게 지구 밖에서는 한 끼 식사조차 하기 힘든 돈이라 해도 이상할 게 하나 없는 상황이다. 한국에서는 밥 한 끼 먹기 힘든 3,000원이 아프리카 난민들에게는 전혀 다른 가치를 가지는 것처럼, 미개한—우주에서 온 외계인들 입장에서는—지구의 돈 따위 100억이든 1,000억이든 큰 가치를 가진다고 누가 보장한단 말인가?

"저는 제 삶에 만족합니다. 이런 해괴망측한 일에 연관되고 싶지 않군요."

"그렇지만."

"다시 한 번 말하지만."

혹시라도 오해할지 모른다는 마음에 단호하게 말한다.

"집으로 보내주세요. 제 마음이 변할 일은 절대 없습니다."

당당하게 말하는 나였지만 사실 그러면서도 불안하다. 인간과 같은 모습을 하고 있다 해도 내 앞에 있는 여인은 지구 밖 생명체이자 그들 중에서도 군인인 존재. 농담이 아니라 '그런 거 없고 다 강제였다, 노예야!!!' 라고 소리친다면 나에게 그걸 거부할 힘이 있겠는가?

그러나 다행히 알레이나는 순순히 고개를 끄덕였다. 순간적으로 그녀의 시선에서 '멍청이, 굴러들어 온 복을 차는구나' 라는 감정이 스쳐 지나갔지만, 빠르게 지나가 버렸기 때문에 보통 사람은 눈치채지 못할 수준이다.

"그렇게 말씀하신다면 어쩔 수 없군요. 하지만 비밀 서약은 해주셔야겠습니다."

"기억을 지우거나 하지는 않나요?"

"네? 하하하! 우리 레온하르트 제국은 그런 비인도적인 국가가 아닙니다. 다만 이야기를 너무 넓게 퍼뜨린다거나 방송에 나와 얘기하거나 하면 제재가 들어갈 수도 있다는 걸 기억해 주세요. 뭐, 어차피 증거가 없으니 소용없겠지만."

그녀의 말을 들으니 TV에 나와서 외계인에게 납치당했다는 외국 아저씨들의 미친 소리가 어쩌면 사실일지도 모른다는 생각이 문득 들었지만, 어쨌든 중요한 문제는 아니었기에 고개를 끄덕였다.

"좋습니다. 그럼 비밀 서약만 하고 돌아가면 되나요?"

"…정말 특이하네요. 제가 지구인을 꽤 만나봐서 어느 정도 안다고 생각했는데, 이렇게나 우릴 귀찮아하는 건 처음이에요."

"아, 됐으니까 빨리 좀 보내줘요."

동원 훈련에 끌려온 예비군 같은 태도를 보이며 틱틱거린다. 아무래도 상관없으니 이 망할 놈의 우주선에서 벗어나고 싶은 마음뿐이었다.

'다음에는 강제 텔레포트 같은 걸 시키려고 하면 그냥 저항해야겠어. 어차피 꼬일 놈은 다 꼬이는 분위기잖아?'

혀를 차며 투명한 판의 계약서가 잠시 깜빡이더니 보안 서약서로 변하는 모습을 바라본다. 그리고 망설임 없이 낚아채 사인한다.

"어지간히 가고 싶으신 모양이네요."

"당연하죠. 아니, 애초에 이런 말도 안 되는 계약을 90%나 수락한다는 게 더 의심스럽거든요?"

갑자기 정체도 알 수 없는 외계인들이 군인으로 데려다 쓰겠다는데 좋다고 따라가는 놈들이 오히려 미친놈 아닌가? 아니, 목숨이 한 서른 개쯤 되는 것도 아니고 남의 전쟁터에 머리를 들이밀고 싶어 하다니?

그러나 알레이나는 고개를 흔들었다.

"군인이 된다지만 당신이 생각하는 것만큼 위험한 일도 아니고 지구에서 생각하는 전근대적인 군 생활을 강요받을 일도 없습니다. 필요한 것은 단지 능력. 능력만 있다면 그만큼 보상을 받는 레온하르트 제국군은 누구나 들어오고 싶어 하는 곳이지요. 그리고 무엇보다."

빙긋하고 웃으며 나를 바라본다.

"당신은 기가스에 타보고 싶지 않나요?"

"……."

나는 그제야 왜 이런 말도 안 되는 계약이 90%의 확률로 성공하는지 알 수 있었다. 지구를 하위 문명으로 보는 저 외계인들이 굳이 여기까지 내려와서 스카우트할 정도로 뛰어난 조종 능력을 획득하려면 당연히 어마어마한 시간과 정성을 [대전쟁]에 할애해야만 한다. 그리고 그렇게나 대전쟁을 플레이한 유저들이라면… 우주를 날아다니며 적들을 격추시키는 경험을 실제로도 해보고 싶다고 생각하는 게 자연스러운 사고의 흐름이다. 누구라도 그럴 것이다.

말이야 바른 말이지 [사람들이 잘 알지도 못하는 게임의 고수]보다는 [우주를 누비는 전투 병기 조종사]가 되고 싶어 하는 것은 어쩌면 당연하지 않은가?

물론 전쟁은 참혹한 일이지만 그걸 실감하며 사는 사람은 별로 없다.

"하지만 그렇다 해도 전쟁은 아닌 것 같군요. 받아주세요."

"하아, 설마 대전쟁 플레이어 중에 반전주의자가 있을 줄이야……. 아깝지만 그렇게까지 말씀하신다면 어쩔 수 없군요."

뭔가 오해를 한 것 같은 알레이나가 한숨 쉬며 내가 내미는 보안 서약서를 받아 들었다. 조마조마했지만, 어찌어찌 집으로 돌아가는 분위기. 그런데 그때 한쪽 벽이 위잉, 하는 소리와 함께 열리더니 10대 후반으로 보이는 소녀가 뛰어 들어온다.

"대위님! 스파이예요, 스파이!!"

"뭐?"

황당해서 중얼거리는 나를 똑바로 바라보며 알레이나와 비슷한 제복을 입은 양 갈래 머리의 소녀가 소리친다.

"저 자식, 스파이예요!"

아니, 이건 또 무슨 미친 소리야?

"스파이라니. 혜란, 그게 무슨 말이죠?"

어이없어하는 나와 다르게 알레이나의 표정이 차갑게 식는다. 여태까지의 온화한 미소는 온데간데없고 섬뜩할 정도로 차가운 기운을 뿜어내는 것. 그러나 그런 그녀의 분위기를 아는지 모르는지 혜란이라 불린 소녀가 흥분해서 소리친다.

"제가 저 녀석의 점수를 확인해 봤는데 완전 이상해요! 분명 우리 레온하르트 제국군에 입대해서 정보를 빼내 가려는 스파이라고요!"

소리치는 소녀의 모습에 인상을 찌푸렸다. 어쩌면 누명을 씌운 다음에 마음대로 이용해 먹으려는 속셈일지도 모른다는 생각이 들었기 때문. 그러나 다행히 차갑게 식었던 알레이나의 표정이 풀어지고 입에서는 깊은 한숨이 흘러나온다.

"혜란아, 이분은 그냥 집으로 돌아가기로 했어. 군인을 하고 싶지 않다고 하셨지."

"더불어 지금 보안 서약서에 사인했지요. 당신네랑 연관되기도 싫다는데 스파이는 뭔 헛소리세요?"

귀찮아죽겠다는 태도를 보이자 확신에 가득 찼던 양 갈래 꼬맹이의 얼굴이 혼란에 젖어든다.

"어? 아니, 그럴 리가. 어어? 하지만 틀림없이……."

"예비 조종사님, 잠시 다녀오겠습니다."

"아니, 왜 아직도 예비 조종사……."

따지려 드는 나였지만 알레이나는 딱딱한 표정으로 양 갈래 머리 소녀의 귀를 붙잡는다.

"따라와."

"이, 이상한데… 스파이 맞을 텐……."

"권혜란 소위!"

"네, 네! 대위님! 아아, 아파요! 잠깐만……."

기잉.

버둥거리는 소녀를 질질 끌며 문밖으로 나간다. 그야말로 순식간의 일. 나는 응접실에 혼자 남아 잠시 멍하니 문을 보고 서 있었다. 저 깊은 곳에서부터 참을 수 없는 자괴감이 몰아닥친다.

'아, 아아, 이 미친놈… 이런 등신아… 앞에서 그렇게 조심하면 뭐하냐.'

사실 새로 생긴 대규모 오락실의 구석에 자리하고 있던 대전쟁은 누가 봐도 미심쩍기 짝이 없는 게임기였다.

뛰어난 그래픽이야 뭐, 그렇다고 치자. 그러나 내가 어떤 행동을 취하든 능동적으로 대응하는, 그야말로 인공지능이나 다름없는 관제 인격과 NPC들, 뭘 해도 상관없는 자유도, 극악의 난이도를 가진 주제에 너무나 체계적인 조종법까지.

"으, 그런 말도 안 되는 게임이 있을 리가 없는데. 너무 당연한 거였는데."

심지어 그런 말도 안 되는 게임이 나타났는데 소문조차 안 나던 상황은 누가 봐도 부자연스러웠다. 내가 그놈의 게임에 미쳐서 현실을 외면하고 있던 것이다.

"으으, 과연 게임 중독이란 무섭구나! 이성적으로 생각했으면 상황이 이리되지는 않았을 텐데도 멈출 수가 없었다니."

그러나 이제 와서 후회해 봐야 소용없는 일이었기에 고개를 흔들어 정신을 가다듬는다.

"아, 됐어. 집에 가면 그만이지."

액막이했다고 생각하자. 뼈아픈 실수였지만 아무리 생각해도 새로 발견한 재미있는 게임을 무시하는 내 모습이 그려지지 않으니 어쩔 수 없는 일이었다.

기잉!

다행히도 알레이나는 금방 돌아왔다. 무슨 상황인지 그녀는 꽤 미묘한 표정이다.

"그 꼬맹이는 뭐랍니까? 아니, 그걸 떠나서 그런 꼬맹이도 군인이에요?"

"꼬맹이라니! 내가 학위 딸 때 태어나지도 않았던 핏덩이가 건방… 읍읍!!"

아직 미처 닫히지 못한 문밖에서 들려오는 소리에 눈을 가늘게 뜨자 알레이나가 이내 미묘한 표정을 지우고 사과한다.

"호호, 죄송해요. 시스템에 오류가 좀 있었던 모양이군요."

"오류요?"

"네. 황당하게도 예비 조종사님이 100스테이지를 클리어했다고 표시되어 있어서요."

"…아, 그래요? 이상하네요."

"호호, 역시 그렇지요?"

필사적으로 억눌러 '그게 왜요?' 라고 되묻지 않을 수 있었지만 머릿속으로는 별별 생각이 다 떠오른다.

'아니, 뭐가 어떻게 된 거야?'

대전쟁은 100개의 스테이지로 이루어진 게임이다. 즉, 올 클리어한다면 100스테이지를 클리어하는 게 오히려 정상이라는 뜻. 그런데 그걸 오류라고 받아들이다니…….

딱히 장난을 치는 분위기도 아니었던 만큼 그들과 나의 인식 중 뭔가 다른 점이 있다는 걸 깨닫고 당황했지만, 다행히 알레이나는 나를 보며 차분하게 설명했다.

"대전쟁을 플레이해 보셨다면 당연히 눈치챘겠지만 스테이지가 100개라고 해도 그건 [이렇게 하면 단 한 기의 기가스가 전쟁의 판도를 다 뒤집어엎겠다]는 가정하에 만들어진 숫자일 뿐입니다. 물론 우주적인 관점에서 본다면야 그런 전례도 전혀 없는 건 아니지만… 전쟁은 현실이고 한 기의 기가스가 적군을 다 쓸어버리는 것 따위는 있을 수 없는 일이죠. 대전쟁은 결국 동료 NPC들과 호흡을 맞추고 작전에 순응해 전쟁을 배워가는 과정입니다. 평범한 조종사가 클리어 가능한 스테이지는 15스테이지 정도로 예비 조종사 자격을 얻을 수 있는 10만 점은 7스테이지만 클리어해도 획득할 수 있죠."

"……."

나는 잠시 멍한 표정을 지었다. 그러고 보니 그녀는 우주를 누비던 자신들이 굳이 지구로 찾아온 것은 대전쟁의 시뮬레이션 게임기가 우주로 쏘아 보낸 신호 때문이며, 그 조건은 대전쟁을 플레이한 유저가 10만 이상의 점수를 획득하는 것이라고 했었다.

즉, 레온하르트 제국은 대전쟁에서 10만 점의 점수만 획득할 수 있어도 어느 정도의 대가와 인력을 사용해서 포섭할 가치가 있는 조종사라고 판단했다는 것이다.

그렇다. 10만 점이다.

겨우.

겨우…….

겨우 10만 점.

'조용히 돌아가야 한다.'

위기감이 몰려온다. 여태까지는 단지 귀찮고, 번거롭고, 짜증 나는 일에 말려들었다는 생각만 하고 있었는데 상황이 조금 심각하다는 사실을 깨달은 것이다.

고작 10만 점을 획득한 유저가 쓸 만한 조종사라면, 어쩌면 녀석들은 나를 [반드시 포섭해야 할 대상]으로 판단할지도 몰랐다.

'쓸데없는 재능 때문에 이게 무슨 날벼락이야.'

언젠가 내 인생에 문제가 생긴다면 당연히 칭호를 보는 능력 때문일 거라고 생각했지 설마하니 게임에서 터질 거라고는 상상도 못 했다. 아니, 애초에 [오락실에 이상할 정도로 좋은 오락기가 들어왔다]는 정보에서 [외계인이 설치했을 것이다!]라는 미친 판단을 누가 내릴 수 있단 말인가?

'칭호라도 확인했다면…….'

아마 그랬다면 오락실에 있던 대전쟁에서 외계인의 존재를 유추하는 것 역시 가능했을 테지만 일단 오락실에 도착하면 게임하기 바빠서 한 번도 그러지 못했다는 게 통한의 실수다.

"뭐, 어쨌든 돌아갈 거면 상관없는 일이겠죠?"

"네? 물론 그렇기는 하죠."

"그럼 보내주세요."

"흠."

알레이나가 눈을 가늘게 뜨며 나를 바라본다. 아무래도 뭔가 미심쩍다는 표정. 하지만 그렇다 해도 날 붙잡을 명분은 없는 듯 이내 고개를 끄덕인다.

"안타깝군요. 전우가 될 수도 있었을 텐데."

"끔찍한 소리 마시죠."

쓰게 웃으며 고개를 흔든다.

다행히 그날의 용건은 거기까지였다.

* ✶ *

"언니! 그 녀석 이상하다니까? 대전쟁은 수백억 대나 팔린 신뢰도 높은 시뮬레이션이야! 이유 없이 오류가 날 리가 없잖아?"

"소리치지 마. 나도 알고 있으니까."

대하를 돌려보낸 알레이나는 떽떽거리는 혜란을 무시한 채 생각에 잠겼다. 대놓고 응접실로 뛰어 들어와 소란을 피운 그녀의 행동은 물론 경솔했지만, 그렇다고 해도 전혀 이해가 안 가는 수준은 아니었다.

'확실히 이상하긴 해. 하지만 정말 스파이라면 100스테이지 클리어라는 말도 안 되는 기록으로 조작할 리도 없고… 무엇보다 그 어처구니없는 점수를 만들 일은 더더욱 없을 거야.'

눈까지 감고 생각에 잠겨 있는 알레이나였지만 혜란은 신경 쓰지 않고 중얼거린다.

"그 녀석, 분명 자기가 스파이인 걸 내가 눈치챈 것 같으니까 곱게 돌아간 거야. 아니었으면 사양하다가 미녀의 애원에 어쩔 수 없이 들어온다, 라는 콘셉트를 잡아서 제국군에 들어오려고 했겠지."

단정적인 어투였지만 알레이나는 고개를 흔들며 아직 이름도 확인하지 못한 한국의 소년을 떠올렸다. 문명 수준이 수백 년 이상 차이 나서 그렇지, 그녀도, 혜란도 [지구] 출신이었기에 그의 가치관이나 사고방식이 그녀들과 그리 크게 동떨어져 있지 않다는 것을 알고 있다.

'꺼려하고 있었어.'

사람을 상대하는 일을 오래 해온 만큼 사람의 감정을 읽는 데 능숙한 그녀는 그 소년이 레온하르트 제국군의 존재에 당황하고 꺼려하는 마음을 가지고 있다는 걸 느낄 수 있었다. 스파이라? 물론 그녀를 속일 수 있는 사람이 없다고 생각할 수는 없지만 그런 인재를 거느린 단체가 이렇게나 어설프게 일을 처리할 거라고는 도저히 믿을 수 없다.

무엇보다 결국 별다른 접촉 없이 돌아간 이상 그 어떤 작전도 무용지물인 상태가 아닌가?

"결국 대전쟁이 오류가 났다는 결론인데."

"아, 있을 수 없는 일이라니까?"

"그럼 대전쟁을 해킹해서 점수만 수정하는 건 있을 수 있는 일이야?"

"그, 그건……."

말문이 막힌 듯 입만 벙긋거린다. 왜냐하면 대전쟁의 점수를 아무 흔적 없이 수정하는 것 역시 있을 수 없는 일인 건 마찬가지였기 때문이다.

"우리끼리는 결론이 안 날 것 같으니 기술부에 보고나 올려 둬. 이거 참, 오류가 날 리가 없는데 오류라니."

대전쟁은 전 우주를 대상으로 수백억 대나 팔려 나간 신뢰도 높은 시뮬레이션이다. 대전쟁에서 일정 점수만 넘어도 레온하르트 제국 최고의 교육기관인 파이넬 아카데미의 시험을 볼 자격을 부여할 정도니 더 말해 무엇 하겠는가? 만약 대전쟁의 점수를 조작하는 게 그리 간단한 일이었다면 파이넬 아카데미의 입학시험에 온갖 부정이 판을 치게 되었을 것이다.

"하지만 그렇다고 이 점수가 진짜일 리는 더더욱 없고."

만약 대하가 획득한 것이 어지간한 높은 점수였다면, 알레이나는 당연히 오류에 대해서는 생각도 하지 않고 그 점수가 사실이라고 믿고 그를 포섭하기 위해 최선을 다했을 것이다. 대전쟁이 표시하는 점수를 [신뢰]했기 때문이다.

만약 대하가 얻은 점수가 50만 점이었다면? 그녀는 자신이 빼어난 인재를 얻었다고 보고를 올렸을 것이다. 대전쟁에서 50만 점 이상의 점수를 얻어내는 건 숙련된 파일럿들에게조차 쉬운 일이 아니었으니 당장 기가스를 맡겨도 괜찮을 정도의 실력을 가졌다고 증명한 것이나 다름없는 상황이기 때문이다.

만약 그가 얻은 점수가 100만 점이었다면? 그녀는 자신이 놀라운 천재를 발견했다고 보고를 올렸을 것이다. 실전 경험 없이 대전쟁에서 100만 점 이상 획득할 수 있는 유저는 파이넬 아카데미의 조종학부에서 수석을 차지하고 최후에는 영관급 장교가 될지도 모를 정도의 재능을 가졌다고 해도 무방하기 때문이다.

1,000만 점이었다면?

그럼 바로 보고를 올리지는 못하고 좀 더 확인했을 것이다. 대전쟁에서 1,000만 점의 점수를 딸 수 있는 이는 레온하르트 제국에도 5명밖에 없는 기간트 마스터(Gigant Master)의 자질을 타고난 자로, 제국군에 충성을 맹세하고 라인을 잘 탄다면 대장군의 자리에 오르는 것조차 가능할 정도니 재확인은 필수이기 때문이다.

하지만 그런 점수에서조차 대전쟁 자체의 오류를 의심하지는 않았을 것이다. 몇 번이나 말했다시피 대전쟁은 신뢰도 높은 시뮬레이션이니까.

그러나…….

"하하, 아무리 그래도 이런 말도 안 되는 점수면 오류인 게 당연하지."

피식 웃으며 알레이나가 중얼거렸다.

"12억 8,000만 점이라니."

I' m not your father ✶ ✶ ✶

너무나 당연한 말이지만 외계인들에게 납치당했던 그날로 대전쟁을 그만두었다. 더 이상 외계인들과 얽히고 싶은 마음은 추호도 없었기 때문이다.

그러나 그러고 고작 하루.

너무나도 당연하다는 듯이… 금단증상이 찾아왔다.

"딱 한 판만 더 하는 건데. 하다못해 칼전이라도 했으면……. 으으, 공략 다 세워놓고 실행을 못 하다니."

차라리 완벽하게 클리어하고 [이 게임은 이제 끝!]이라는 느낌이었으면 깔끔했을 텐데 내가 보기에 아직 대전쟁에서 즐길 수 있는 콘텐츠가 무궁무진하다는 점이 문제였다.

"무엇보다 기(器)급이랑 수(獸)급 기가스의 가능성을 반도 실험 못 했다는 게 아쉬워. 게다가 R-13로 징벌 안에 있던 성(星)급 기체랑 일대일도 못 해봤잖아? 물론 그 경우에는 주변 환경을 이용할 수밖에 없겠지만……."

머릿속이 폭주한다.

R-13의 상세한 전력과 그것을 기반으로 한 온갖 전략이 떠올랐다가 사라지고 적의 전함인 징벌의 구조와 형태가, 적들이 주로 사용하는 전략과 파훼법이 차례로 떠올랐다가 사라진다.

다시는 외계인들과 접촉할 생각이 없는 만큼 다 쓸데없는 공략들이었지만, 원래 게임 생각이란 건 이성으로 막을 수 있는 종류의 것이 아니다.

"…아차."

그리고 그렇게 잡념 가득한 걸음걸음을 옮기고 있던 나는 스스로가 어느새 오락실 근처를 헤매고 있다는 사실을 깨달았다. 꾸벅꾸벅 조는 김유신을 평소 그가 뻔질나게 들랑거리던 천관녀의 집으로 이끈 그의 말처럼 내 다리가 자연스럽게 오락실로 향한 것이다.

"이 멍청한 놈아, 잘려야 정신 차릴래?"

내 다리에 대고 헛소리를 하며 몸을 돌린다.

물론 집에서 그다지 멀지 않은 오락실 근처를 돌아다니는 것만으로 문제가 터질 정도라면 집에서도 안심할 수 없어야 할 테니 의미 없는 조심성이었다.

하지만 이렇게 계속 오락실 근처를 돌아다니다 순간 정신이 나가서 대전쟁을 시작해 버리면 어찌한단 말인가?

불안할 때는 그냥 몸을 사리는 게 상책.

그러나 그렇게 몸을 돌리려던 발걸음을 멈춰 세우는 목소리가 있었다.

"어? 또 만났네요?"

"……"

"우와, 완전 신기해요. 요 열흘간 지구를 4바퀴나 돌았는데 어떻게 이렇게 자주 만나죠? 설마 절 찾아오신 건가요?"

자연적으로는 절대 있을 수 없는, 마치 사진에서나 볼 수 있을 법한 새파란 바닷물을 한 올 한 올 건져 올려 만든 것 같은 머리칼을 가진 절세 미소녀가 눈을 동그랗게 뜨며 나를 응시하고 있다.

"무슨 되도 않는 헛소리를… 그때도, 지금도 여기는 우리 동네거든?"

"엑? 전에 그 동네라고요? 와~ 비마나 이 녀석, 아무리 아무 데나 내려달라고 했다지만 왔던 나라에 왔던 동네로 데려왔단 말이야?"

뭔가 알 수 없는 소리를 하며 주변을 두리번거린다. 그러더니 '어? 진짜 건물 구조가 눈에 익어요!' 따위의 말을 지껄이고 있었다.

"…나는 간다."

"아, 왜 또 도망가요! 이렇게 만난 것도 인연인데 식사나 같이하죠!"

"내가 왜?"

"와! 지금 절 까신 거예요? 우주 제일의 미소녀인 저를?"

"…너 진짜 외계인 맞냐? 그냥 인간 아니고?"

솔직히 타이틀 때문에 쉽게 넘어가는 거지 그녀는 누가 봐도 그냥 인간이다.

물론 저게 본모습이 아닐 수도 있지만 그렇다 치더라도 지나칠 정도의 [인간스러움]이다. 게다가 외계인이면 미적 관점도 당연히 다를 텐데 스스로의 미모를 너무나 잘 알고 있는 것 같은 태도라니?

'아니, 그러고 보니 그 레온하르트 제국 녀석들도 인간 모습을 하고 있었지? 심지어 복장도 그 몸에 맞춰져 있었어.'

순간 이상하다는 생각이 들었다.

세레스티아가 인간의 모습을 하고 있는 건 당연하다.

관광차 지구에 내려와 인간들 사이에 녹아들어야 하는데 지구인과 다른 모습을 하고 있으면 여러 가지 문제가 터지는 것이 너무나 당연한 일이기 때문이다.

그러나… 레온하르트 제국군 녀석들이 굳이 인간의 모습을 취해야 하는 이유가 어디 있단 말인가?

그래, 뭐, 백번 양보해서 인간인 나를 놀라지 않게 하기 위해 그랬다고 치자. 굳이 군복까지 거기에 맞출 이유가 있는가?

'게다가 대전쟁에 나온 NPC들도 다 인간 형태였던 것 같아. 그러고 보면 기가스 사이즈도 이상해. 누가 봐도 인간이 타는 걸 감안하고 만든 디자인 아닌가? 거기에 이족 보행 병기이기도 하고.'

그러고 보면 이상한 점이 한두 가지가 아니어서 혼란에 빠지자, 마치 내 마음을 짐작이라도 한 듯 세레스티아가 웃는다.

"호호호! 외계인이면 왜 인간이 아닌데요?"

"뭐? 그게 무슨 헛소리야. 외계인이면 당연히 인간이 아니지."

"지구인이 아닐 뿐이죠."

"뭐?"

순간적으로 그녀의 말을 이해하지 못해 멍한 표정을 짓는다.

지금 뭐라고?

당황하는 나에게 그녀가 말했다.

"인간은 대우주에 가장 흔한 종이죠. 솔직히 숫자로만 치면 전 우주의 모든 지성체 중 70%는 인간, 혹은 인간과 매우 흡사한 종족이라고 알려졌을 정도니까요."

즉, 인간은 지구에만 존재하는 종이 아니라는 뜻이었다. 아니, 단지 그게 아니라 우주 전체에 퍼져 있는 매우 흔하디흔한 종이라는 말.

나는 황당해서 물었다.

"그런, 어떻게 그럴 수가 있지? 아니, 설마 이 지구에 인간이 부흥하게 만든 것도 외계인들인가?"

"너무 멀리 가지 마시죠? 이 34지구의 존재들은 정상적으로 진화해 지금의 인간이 되었으니까."

"아니, 그러니까, 어떻게 그럴 수가 있다는 거야? 외부의 간섭 없이 정상적으로 진화 절차를 밟았는데 우연히 외계인들하고 같은 종이 된다고? 그게 생물학적으로 말이 된다고 생각해?"

"생물학(生物學)적인 문제가 아니라 신학(神學)적인 문제라면 가능하죠."

"뭐? 그게 무슨……."

"자꾸 이런 재미없는 이야기만 할 거예요?"

전 신학자도 과학자도 아니에요, 라고 중얼거리며 눈을 치켜뜨는 그녀의 모습에 멈칫한다.

물론 미색이 워낙 뛰어난 그녀였기에 화난 표정을 지어봐야 매력적일 뿐이었지만, 내가 너무 그녀를 다그쳤다는 점을 깨달았기 때문이다.

'이 망할 호기심!'

어릴 때부터 항상 궁금해하던 세계의 진실에 대한 이야기를 들을 기회라고 느낀 것일까? 나도 모르게 정신이 나갔던 모양이다.

연관되지 않겠다고 생각하면서도, 그것에 대해 궁금해하는 내가 있었다.

"흠, 미안해. 지구에서는 얻을 수 없는 정보여서. 그러고 보니 알려주면 안 되는 지식이겠구나."

"문명 수준에 영향을 끼칠 정보는 아니니까 그런 건 없어요. 다만 저를 앞에 두고 그런 질문이나 하는 건 불쾌하네요."

"그럼 어떤 질문을 해야 하는데?"

"쓰리 사이즈? 취미 생활? 좋아하는 요리나 관심 분야?"

"……."

이 여자가 뭐라는 거야. 공주병인가?

그런데 잠시 할 말을 찾지 못하고 있는 나를 부르는 목소리가 있었다.

"선배님!"

"응?"

고개를 돌려 보니 어깨까지 늘어진 물결 모양의 파마머리를 토끼 모양의 핀으로 고정한 소녀가 종종거리며 뛰어온다.

"안녕하세요!"

"아, 음, 무슨 일이야?"

"네? 물론 인사하러… 와아!"

내 쪽으로 다가온 보람이 세레스티아를 보고 깜짝 놀라 눈을 동그랗게 뜬다. 그러더니 종종걸음으로 내게 바짝 다가와 귀에 대고 속삭인다.

"와, 완전 예쁜 언니네요. 누구죠?"

"……."

뚱한 눈으로 그녀를 바라본다.

얜 나랑 몇 번이나 봤다고 이렇게 친한 척이야? 내 퍼스널 스페이스(The Personal space)에 함부로 들어오지 마라.

"그냥 지나가다 알게 된 사이."

"그럼 지금 약속은 없으신 건가요?"

"음? 말하자면 그렇지."

당연한 말이지만 저 외계인하고 뭘 같이할 계획 따위는 없었던 만큼 고개를 끄덕이자 보람이 마치 기다렸다는 듯 냉큼 말한다.

"저, 그럼 지금 관일한 선생님을 뵈러 가도 될까요?"

"…지금?"

"네, 지금."

약간은 상기된 얼굴로 고개를 끄덕이는 보람의 모습에 그제야 나는 뭔가 이상하다는 것을 깨달았다.

내가 본 보람은 뭐랄까, 기본적으로 예의가 바르고 소심해 보이는 미소녀였다. 약간이지만 문학소녀 느낌이 난다고 할까?

그런데 지금 그녀는 뭐랄까, 적극적으로, 그래, 마치 대사를 하듯 행동하고 있다. 심지어 내 옆에는 절세 미소녀라고밖에 말할 수 없는 세레스티아가 있는 상태가 아닌가?

물론 그녀와는 아무 일정도 없고 그 어떤 관계도 아니지만 그 사실을 보람은 전혀 모르는 상태일 텐데 이런 무례한 태도를 취하다니…….

과연 세레스티아가 눈살을 찌푸리며 말한다.

"어머, 누구 마음대로 제 친구를 데려가는 거죠?"

"앗! 죄송해요, 언니. 하지만 딱히 친구는 아니신 것 같은데."

"흐음~"

나는 시선조차 피하지 않은 채 서로 빤히 바라보고 있는 두 소녀의 모습에 식은땀을 흘렸다.

두 미소녀가 서로를 바라보고 있다.

아니, 사실 그건 진실이 아니다.

외계인 소녀와 마법소녀가 서로를 노려보고 있었다.

'뭐, 뭐야. 설마 이 녀석들 적대 관계거나 뭐, 그런 건 아니겠지?'

마법소녀와 외계인은 판타지와 SF로 전혀 다른 장르의 존재들이지만 잘 생각해 보면 세레스티아가 나를 보면서 마법사라는 존재를 언급한 적이 있었다. 그렇다면 적어도 세레스티아는 마법사라는 존재를 알고 있고, 내가 보통 사람이 아니라는 걸 인식한 그 수단으로 보람의 정체 정도는 벌써 파악하고 있을 것이다.

"죄송한데 조금 급한 일이 있어서요. 가봐도 되나요?"

"흐음~ 뭐, 상관은 없지만."

그렇게 말했지만 기분이 좋지는 않은지 눈을 가늘게 뜨는 세레스티아.

그러나 보람은 아랑곳하지 않고 꾸벅 고개를 숙여 그녀에게 사과를 표시하고 내 손을 잡아끌었다.

"어서 가요!"

"영문을 모르겠지만… 그러지."

솔직히 외계인이고, 마법소녀고 다 꺼지라고 하고 싶었지만 그나마 나은 걸 고르라면 아버지와 친분이 있는 그녀 쪽이었기에 순순히 그녀를 따라간다.

같은 외계인이라 해도 세레스티아와 레온하르트 제국군은 전혀 상관없는 관계로 느껴지는, 하지만 일말의 불안감이 그쪽과 아주 거리를 두게 만들고 있었다.

"조, 조금만 더 빨리 걸어주시겠어요?"

나보다 키도 작고 보폭도 훨씬 작은 주제에 성큼성큼 나를 이끌며 보람이 말한다. 무슨 이유인지 그녀의 안색이 제법 창백하다.

"왜?"

"아, 저, 이상하게 들리겠지만.… 저기 저 예쁜 언니는 아주 위험해요!"

"정말 이상하게 들리는군."

뚱한 얼굴로 대답해 준다.

외계인들만으로도 골치 아픈데 마법소녀까지 와서 설치니 대략 난감한 상태.

그러나 그런 내 심정을 아는지 모르는지 그녀는 내 손을 잡은 채 우리 집으로 향하며 뜻밖의 이야기를 꺼냈다.

"저기, 선배님은 어머님에 대해 얼마나 알고 계신가요?"

"어머니? 돌아가신 내 어머니?"

"…네."

"아니, 여기서 내 어머니가 왜 나와? 네가 우리 어머니를 알기는 또 어떻게 알고?"

정말 뜬금없는 이야기다.

차라리 세레스티아처럼 나에게서 [뭔가]를 느꼈다면 그냥 그런가 보다, 하겠지만 어머니에 대해 얼마나 알고 계신가요? 라니.

내가 살짝 인상을 찡그리자 으으, 하고 신음을 내뱉은 보람이 굳은 얼굴로 내게 얼굴을 가까이했다.

"아, 음, 지금부터 제가 하는 말을 전부 비밀로 해주실 수 있나요?"

"…어려울 건 없지."

무시하기에는 너무 간절해 보이는 시선에 고개를 끄덕여 주었지만, 보람은 그러고도 한참이나 더 망설였다.

'말해도 될까?', '괜찮을까?', '하지만 상황이……' 라고 중얼거리는 걸 보니 그녀에게 뭔가 급박하고 혼란스러운 상황이 벌어졌다는 걸 짐작할 수 있었다.

"이봐?"

"아, 네. 흠, 아마 제 말이 미친 소리처럼 들리겠지만……."

그러고도 잠시간 더 망설이다가 마침내 보람이 말한다.

"선배의 모친이셨던 함은정 님께서는 대마녀의 재능을 타고 나셨던 분이세요."

"……."

정말 미친 소리였다.

"너, 너무 그런 표정 짓지 마세요. 상처받아요."

"아, 미안. 내가 너무 중2병에 걸린 정신병자 여자애 보듯이 했나?"

"그렇게까지 심하게 보셨나요……."

우우, 하고 눈물을 글썽이는 보람의 모습을 보다 말고 잠시 주변을 살핀다. 기묘하게도 길에는 사람이 단 한 명도 없다.

'느낌이 싸한데…….'

이 근처 주택가가 직장인들이 잠만 자고 가는 곳이라서 낮에 사람이 그리 많지 않은 곳이기는 하다. 하지만 그들도 자녀가 있을 테고 지금은 하교 시간인데 주변에 단 한 명의 인기척도 느껴지지 않는다니.

'마법인가?'

그러나 클로킹 상태로 생각되던 우주선을 봤던 때와 다르게 지금은 별다른 이상이 느껴지지 않는다.

다 알 수는 없다는 것일까? 아니면 내 [보는] 능력에도 한계가 있나?

"저기, 선배님?"

"아, 그래. 뭐, 일단 그 미친 소리라는 거 해봐. 대마녀의 재능은 또 뭐야?"

"말하자면… 함은정, 아니, 아주머님? 하여튼 그분은 특별한 힘을 타고난 분이셨어요. 그녀가 태어났을 때 온 세상의 마법사들이 그녀를 주시했다고 전해질 정도지요."

21세기를 배경으로 하고 있는 게 맞는지 의심될 정도로 황당무계한 이야기였지만, 굳이 거기에 태클을 걸지는 않는다.

사실 그녀가 진실을 말하고 있다는 것 정도는 충분히 인지하고 있다.

[지고의 마탑 수호결계반]

[진실을 전하려 하는 강보람]

어렵지 않은 일이다. [현재 성향]을 칭호로 구현시키면 이런 식으로 어느 정도 마음을 읽어내는 것이 가능하다.

칭호는 매 순간순간 변화하며 [거짓말을 하고 있는]이나 [아는 게 별로 없는] 등의 칭호가 뻴 소리를 걸러주기 때문에 내 앞에서 거짓말을 할 수 있는 사람은 거의 없다고 해도 무방하다.

'아, 그러고 보니 그 외계인들한테도 써볼 걸 그랬나?'

물론 거짓말을 한다는 느낌은 별로 없었지만 정신이 없어서 이것저것 읽어보지 못한 것이 아쉽다. 쓸데없는 일에 휘말리기 싫은 건 사실이지만 정보를 최대한 많이 습득해 두어서 손해 볼 건 없을 테니까.

"그래서 뭐야, 설마 어머니가 특별한 존재라서 그 피를 타고 난 나도 뭔가 이상한 힘을 지니고 있다고?"

여기서가 중요하다.

표시를 안 내고 살아왔을 뿐이지 난 틀림없는 초능력자이며… 그 힘은 아무래도 출처가 있음이 분명하다.

'다만 걸리는 것은 [악몽]에 대한 것인데…….'

나는 머리가 별로 좋지 않지만 그럼에도 예전부터 조숙하다는 소리를 듣고 자랐다. 어릴 때부터 나를 괴롭혀 온 기억과 악몽이 내 자아 성립에 많은 영향을 주었기 때문이다.

"어, 엄마라고 불러보지 않을래?"

무, 물론 저런 악몽은 예외고.

"흠, 실망하실지도 모르지만 선배님은 완전한 일반인이에요. 정말 이해할 수 없는 일이지만… 마탑의 대마법사들까지 나서서 확인한 사항이었어요. 원래 대마녀의 재능을 타고난 여인은 임신 자체가 불가능하다는 걸 생각해 보면 존재 자체가 이해 불가능한 경우였다고 해요."

생각해 보면 어릴 때 이런저런 테스트를 받았던 것 같기도 하다. 나는 그냥 아이큐 검사 비슷한 거라고 예상했었지만 말이다.

'그럼 결국 내가 가진 능력을 알지는 못한다는 건가?'

하지만 그러면 다른 의문이 떠오른다.

"그럼 뭐야?"

"네?"

"네 말이 다 맞다고 쳐. 그럼 결국 난 아무것도 아닌데 왜 이런 비밀을 알려주는 거야? 미친 사람 취급이나 받을 게 너무나 뻔한데?"

의중을 파악하기가 힘들다.

그래, 그 외계인들이야 내가 대전쟁에서 기록적인 점수를 획득해서 접근했다 치자. 세레스티아는 나에게서 [뭔가]를 느꼈다고 하고.

그런데 나를 일반인으로 본다면서 갑자기 나타나 이런 소리를 늘어놓다니? 그것도 이런 여자애를 요원으로 써서?

'나같이 피 끓는 고등학생한테는 이런 미소녀가 잘 먹힌다고 생각해서인가?'

어쨌든 미친 사람 취급당할 걸 알면서도 이렇게 주절주절 늘어놨다는 건 목표가 있다는 뜻.

과연 보람은 한숨 쉬며 설명했다.

"경호를 위해서예요. 우리 지고의 마탑에 있는 [하늘의 눈]이 선배님을… 조심하세요!!!"

"무슨… 우엑?!"

난데없이 어깨를 짓누르는 우악스러운 힘에 짓눌려 엎어진다.

160에도 미치지 못하는 자그마한 미소녀의 모습을 하고 있는 주제에 힘이 무슨 롤랜드 고릴라급이었다.

쾅—!

엎드린 내 귀로 폭음이 울린다. 깜짝 놀라 고개를 들어보니 우리가 걷던 도로 옆의 건물이 통째로 날아가 있었다.

"뭐야?"

"이런, 벌써 왔어요! 역시 아까 그 여자도 한패였던 건가!"

"그 여자라니 설마… 윽!"

보람이 막 뭔가 말하려는 내 멱살을 잡고 확 일어난다. 키가 어느 정도 되는지라 절대 적지 않은 체중을 가지고 있는 내가 지푸라기처럼 허공에 붕 뜰 정도로 거친 기세였다.

콰득!

폭음과 함께 거대한 창이 바닥에 박힌다. 윙, 하고 떨리는 창날의 진동이 피부로 느껴질 정도였다.

"이런."

경악하지는 않는다. 대신 땅을 박차고 일어나 뒤쪽으로 굴렀다.

피잉!

묵직한 창날이 내 머리가 있던 자리를 스치고 지나간다.

뭐야, 이 미친놈들은? 일언반구 없이 죽이려고 들다니.

어느새 공격당한 건지 고정한 머리칼이 다 풀어져 버린 보람이 창백한 얼굴로 내 앞을 가로막는다.

"괘, 괜찮으세요?!"

"뭐, 괜찮지. 머리가 터질 뻔하긴 했지만."

투덜거리며 몸을 일으킨다. 그리고 그런 내 모습에 창을 휘둘렀던 사내가 휘파람을 불었다.

"오~ 뭐야, 이 녀석. 완전 태연한데? 어나더 플레인(Another Plane)에 대해 아는 게 전혀 없는 일반인이라고 들었는데 아니었나?"

"그러고 보니 이 녀석 그 기둥서방의 자식이라고 했었지. 그 녀석, 겁나 무술 고수라 맨손이면 3레벨 능력자도 이긴다고 하더라."

"뭐? 무능력자가 능력자를 이긴다고? 그런 게 가능해?"

"실제로 개망신당한 등신들이 있다던데."

나는 일단 내 유일한 방패막이라고 할 수 있는 보람 뒤에 숨어 시끌시끌 떠드는 사내들의 머리 위를 바라보았다.

[흑월회]

[창술 전문가 마곤]

당연한 말이지만 칭호만 봐서는 알 수 있는 게 없었다.

녀석이 창술을 쓰는 거야 당장 들고 있는 무기만 봐도 알 수 있는 것이니 사실상 아무 정보도 아니다. 정말이지 고착칭호는 귀찮기 짝이 없는 개념인 것.

그리고 그렇게 내가 칭호를 살피는 사이 보람이 보라색의 영기(靈氣)를 피워 올리며 분노하는 모습이 보인다.

"당신들! 선배가 2급 보호 대상이라는 건 알고 일을 벌인 건가요? 이건 절대 용서받지 못할 일이에요!"

"우리야 돈 받고 하는 일인데 알게 뭐야. 게다가 어차피 안 들키면 그만인데."

"하하하! 하도 숫자를 많이 모아서 걱정했는데 상대가 고작 견습 마법사 하나라니 기가 차는군. 아무리 지고의 마탑 소속이 정예로 유명하다지만 이건 아니지."

"뭐, 어때. 공돈 얻어 가면 우리도 좋지."

골목골목에서 하나둘 사람들이 걸어 나오기 시작한다.

귀랑 입술에 피어싱을 덕지덕지하고 있는 불량배 같은 놈부터 회사원 차림을 하고 있는 사내까지 복장은 가지각색.

다만 그렇다 해도 충분히 현대에 있을 만한 모습들이었는데, 묵직해 보이는 철창이나 해골이 달린 지팡이 등을 들고 있어 지독히 이질적인 모습이다.

"맙소사, 작전부에서 완전히 판단을 잘못했어요. 어, 어째서 이렇게 엄청난 숫자가…….”

보람은 창백한 얼굴로 주변을 둘러보았다.

예의 그 강철 토시가 나타나 그녀의 양팔을 뒤덮고 있었지만, 적들의 수는 계속 늘어 어느새 서른을 넘고 있었다.

불량배 서른과는 전혀 다른 차원의 문제다. 저들은 하나하나가 절대 무시할 수 없는 강자의 분위기를 풍기고 있는 것이다.

그런데 추가 등장인물은 그걸로 끝이 아니었던 모양이다.

“대장! 이면 공간에 침입자가… 크악?!”

“뭐, 뭐야? 지원군인가?”

“공격해!”

자신만만하게 우리를 포위하던 녀석들 사이에서 소란이 일기 시작한다. 허공에 실선이 그어지더니 거기에서부터 2.5m나 되는 괴한들이 하나둘 모습을 드러내 습격자들과 충돌하기 시작했기 때문이다.

새로이 모습을 드러낸 건 검은색의 망토를 두르고 있는 녀석들로 하나같이 괴상한 디자인의 가면을 쓰고 있는 데다 온몸을 싸매고 있어 외모도 성별도 알 수가 없는 상태. 다만 전투력만은 엄청나서 녀석들의 주먹과 습격자들의 무기가 충돌하자 천둥이 치는 소리가 들린다.

콰앙!

번쩍!

그리고 그렇게 난무하는 폭음과 섬광에 노출된 나는 속이 울렁거리는 걸 느꼈다.

아니, 정신을 차리고 보니 그냥 울렁거리는 정도가 아니다.

"쿨럭!"

피를 토한다.

농담이 아니라, 내장이 울렁이는가 싶더니 그대로 피를 한 됫박은 쏟아낸 것이다.

"제 뒤에 바짝 붙으세요!"

보람이 내 앞에 서더니 양손을 좌우로 뻗는다. 그녀의 양팔에 장착된 토시가 빛을 뿌리더니, 뭔가 홀로그램 같은 빛 무리가 둥그렇게 주변을 감쌌다.

"뭐야, 내가 무슨 공격을 당한 거지?"

"공격이 아니라 저쪽에 있는 사내가 무슨 탄두 같은 물건을 창으로 쳐내면서 충격파가 전해진 거예요. 일반인의 몸은 약하다는 걸 알면서도 대비하지 못하다니……."

죄송스럽다는 그녀의 반응에 황당해한다.

"뭐? 충격파?"

지금 그러니까 공격을 당한 것도 아니고 그냥 여파만으로 이 꼴이 되었다고 말하는 것인가?

'이거 잘못하면 비명에 가겠구나.'

칭호 효과도 있고 해서 나름대로 허약하지는 않은 몸 상태를 가지고 있는 나였지만 이건 상식을 벗어난다.

고개를 돌려보니 눈에 보이지도 않는 속도로 '팡팡팡!' 하고 움직이는 녀석들이 보인다.

습격자들 중에서 우두머리로 보이는, 창술 전문가 마곤이라는 녀석이 괴상한 디자인의 가면을 쓴 녀석에게 창을 휘두르자 공기가 찢어지는 소리가 난다. 창끝이 음속을 넘었다는 증거였다.

"완전 괴물들이군."

"흑월회의 마곤에 타나토스 학파의 세미도 있어요! 아무리 그래도 그렇지 마스터급 강자들까지 용병으로 오다니 이게 무… 합!"

순간 보람이 기합을 내지르자 양팔을 채찍처럼 휘두르며 덤벼들던 양복 차림의 사내가 양팔이 이상한 방향으로 꺾인 채 튕겨 나간다.

"크! 뭐 이런 결계가!"

"흥! 숫자가 많으니 무서웠던 거지 하나하나는 제 방어를 뚫을 수 없거든요?!"

평소의 수줍은 인상에서는 연상하기 어려울 정도로 매섭게 소리치며 뒤로 빠진다.

의문의 적과 싸우지 않는 암살자 몇이 덤벼들었지만 보람의 주변을 둘러싼 결계에 모조리 격퇴당한다.

단지 방어만 하는 것이 아니라 공격을 오히려 강화해 되돌려 보내는 결계인 모양이다.

'그러고 보니 지고의 마탑 수호결계반이라고 했었지.'

예전에 봤던 그녀의 소속을 떠올리며 따라 달린다.

주변은 아주 난리도 아니었다.

콰광! 콰득!

촤르륵!

"으아악! 살려줘!"

"뭐야! 이 녀석들 뭐야?!"

"검기가 안 통해!"

"정신계도 안 통해! 아니, 이 녀석들… 인간이 아니잖아?"

용병 녀석들과 전투를 벌이던 괴인들의 가면이 부서지자 여기저기에서 비명이 터져 나온다. 왜냐하면 가면 뒤에 있는 얼굴이 금속으로 만들어져 있었기 때문이다.

"아는 녀석들이야?"

"모, 몰라요! 이, 인간형 로봇이라니. 저런 과학력은 들어본 적도 없는데."

"외계인들이라면 다룰 거 아냐?"

"외, 외계인이요?"

내 물음에 보람이 그 급박한 와중에도 황당하다는 표정을 짓는다.

"세상에 외계인이 어디 있어요?"

"……."

너무 상식적인 소리를 해서 벙찌고 말았다. 아니, 뭐라고요, 마법소녀 씨? 황당해서 따지고 싶은 마음이 들었지만 일단 자제한다.

'됐어. 일단 상황 파악부터 해야지.'

즉시 눈을 감고 정신을 집중했다. 상황이 어떻게 돌아가는지 모르고 어버버거리다가는 정말 아무것도 못 하고 죽을 위기라는 것을 깨달았기 때문이다.

"후우……."

숨을 몰아쉰다. 그리고 [전체 설정]을 변경해 [목적]이 보이도록 만든다. 기본적으로 내가 칭호를 조작하는 건 특정 대상하나뿐이지만 약간 무리를 한다면 시야에 보이는 전체를 대상으로 하는 것도 가능하다. 물론 숨을 참는 것처럼 부자연스러운 일이라서 오래 유지할 수는 없지만, 개나 소나 고착칭호를 차고 있는 상태니 별수 없는 일.

먼저 본 건 창을 들고 설치던 녀석이다.

[흑월문]

[너 잡으러 온 마곤]

"젠장."

"네?"

"아냐. 상황이 개판이라고."

"개판… 네, 맞아요. 개판이네요. 물론 저희들로서는 다행인 상황이기는 한데 뭐가 뭔지."

혼란스럽다는 표정을 지으면서도 결계를 유지하며 슬금슬금 구석으로 이동하는 보람을 따라가며 시선을 돌린다.

참고로 새롭게 나타났던 기계 인간들의 원 칭호는 이랬다.

[아몬 공작가]

[살육 병기 135호]

당장은 쓸데가 없는 소속과 칭호다.

아몬 공작가가 어딘지도 모르겠고 살육 병기 135호, 17호, 221호 이따위는 전혀 정보가 되지 않는다.

물론 상세한 [분류]에 들어간다면야 저놈들이 어디서 만들어졌는지는 물론 주인은 누구인지까지 알 수 있겠지만 거의 5분 넘게 가만히 서 있어야 하는데 그런 기회가 나올 리 없다. 정신 놓고 있다가 저놈들이 목이나 안 따 가면 다행이지…….

어쨌든 고쳐진 칭호는 이것이었다.

[아몬 공작가]

[황녀를 죽이러 온 17호]

'…황녀? 웬 황녀? 여기서 황녀가 갑자기 왜 튀어나와?'

너무나 뜬금 터지는 단어에 머리가 핑핑 돌아간다.

여전히 주변은 개판이고 우리를 노리는 녀석들이 보람의 결계를 두들기고 있었지만, 어차피 내가 할 일이라곤 그녀의 뒤를 졸졸 따라가는 것뿐이었으니 잡념에 빠질 틈은 충분하다.

'설마 우리를 습격한 녀석 중에 황녀가 있나? 하지만 아무리 세상이 넓어도 황녀를 암살자로 쓰는 황제가 있을 리… 황제?'

순간 머릿속에서 단어장이 좌르륵 지나간다.

황녀란? 황제의 딸을 이르는 말이다.

황제란? 왕이나 제후를 거느리고 나라를 통치하는 임금을 뜻하는 단어다.

제국이란? 황제가 다스리는 나라를 가리키는 말이다.

당연한 말이지만 21세기 현대에서는 황제도, 황녀도, 제국도 없다. 역사서에서나 나올 단어.

그러나… 나는 아주 최근이 이 단어를 들어본 적이 있다.

"황제 폐하를 위하여! 레온하르트 제국군 2군단 사령부 인사과장, 알레이나 대위입니다."

그렇다. 레온하르트 제국이 있었다. 만약 녀석들의 배에 황녀가 타고 있었다면?

'하지만 그러면 우주선으로 쳐들어가야지 왜 여기에 와서 설치고 있……'

"꺄악!"

그런데 그때 날카로운 비명 소리가 들린다. 물론 지금은 난전 중이라 사방에 비명과 고성이 가득 찬 상황이지만, 이 비명 소리만큼은 확실하게 귀에 들어온다.

왜냐하면 아는 목소리였기 때문이다.

"셀? 네가 왜 여기 있지?"

"아, 하하하, 그냥 좀 신경이 쓰여서 쫓아왔다가… 읏차!"

콰쾅!

순간 폭음과 함께 그녀를 덮쳤던 살육 병기 하나가 튕겨 나간다. 어느새 세레스티아의 양손에는 금색으로 화려하게 빛나는 권총 한 쌍이 들려 있었다.

콰과과광!!!

무슨 권총이 아니라 기관총처럼 탄환을 쏘아내자 탄환의 비에 휩쓸린 살육 병기들이 산산이 부서진다.

'우와, 이게 무슨 사기템이냐!'

나는 대번에 세레스티아가 들고 있는 쌍권총이 보통 물건이 아니라는 걸 눈치챌 수 있었다.

'물리적인 탄환이 아니라 기가스에나 탑재될 광자포야! 자체적으로 역장을 펼쳐 사용자를 보호하고 총신이 물리 에너지를 흡수해 대부분의 반동을 제거한다!'

게다가 말이 좋아 권총이지 사이즈가 엄청나다. 권총과 소총의 중간 정도 되는 크기라고 할까?

구경도 20㎜는 되는 기형적인 구조.

양손에 대포를 들고 있는 것이나 다름없는 상태이다.

게다가 저 쌍권총의 슬라이드에 새겨진 황금 사자 문양에서는 뭐라 표현할 수 없는 강렬한 기운이 느껴진다.

"뭐, 뭐야 이게? 검기도 안 통하는 괴물들이 겨우 총을 맞고 박살이 난다고?"

"지고의 마탑에서 보낸 적인가!"

"어쨰 좀 쉽나 했더니!"

모두가 혼란에 빠진 사이에 세레스티아가 우리 곁으로 다가온다.

일행이 되겠다는 의미이겠지만, 보람이 펼쳐낸 역장에 가로막힌다.

"열어."

"싫어요."

"뭐, 뭐라고? 너 내가 누군지 알아?"

"누군데요?"

당연하다면 당연한 질문에 세레스티아가 멈칫한다.

"그, 비밀이지……."

"바보세요?"

"으아악! 이래서 하위 문명이 싫어! 아, 그러고 보니 이것들하고 얽혔으니 법무관들한테 한 소리 듣겠구나!"

그녀 역시 혼란스러운 상태인지 고운 눈썹을 찡그리며 주변을 경계한다.

그런데 그때였다.

파앗!

공간이 일렁거리더니 주변 배경이 급변했다. 검기와 폭발에 박살 났던 집들이 삽시간에 원상 복구되고 우리를 포위하고 있던 적들의 모습이 싹 사라진 것이다.

"뭐야, 이게. 이동했어?"

"차 안이라니. 그러고 보니 장소는 방금 거긴데 환경만 변했군……. 아이고, 힘들어."

나는 푹신푹신한 시트의 느낌에 한순간 힘이 풀려 등을 기대 버렸지만, 보람은 결계를 재생성하고 세레스티아는 권총을 들어 주변을 경계했다. 너무나 순식간에 강제적으로 공간을 이동했으니 오히려 그쪽이 당연한 반응.

그러나 곧 운전석에서 나직한 목소리가 들린다.

"…이상한 덤들이 붙어 왔군."

"김동민……."

전혀 예상치 못한 얼굴이 거기 있었다.

작년에 이어 올해에도 반 친구가 되어버린, 그러나 절대 친하다고 할 수 없는 동민.

그리고 그 옆에는 20대 중반 정도 되어 보이는 웬 형이 불안한 표정으로 앉아 있다.

"괘, 괜찮은 거예요, 보스? 제가 적들까지 데려온 건 아니죠?"

"둘 다 적의는 보이지 않으니 안심해. 뭐, 그래도 확인차 묻지. 대하, 거기 두 여자는 아군인가?"

"…말하자면?"

자신 없는 태도였지만 동민은 그 정도면 충분하다는 듯 고개를 끄덕이고 그대로 엑셀을 밟았다.

너무나 자연스러운 태도에 깜짝 놀라 물었다.

"어? 동민이 너 운전면허 있어?"

"…팔자 좋군. 지금 면허가 문제가 아닐 텐데."

확실히 그의 말대로 면허는 문제가 아니었다.

진짜 문제는 아무래도 이 녀석도 [저쪽]에 속하는 인물일 것 같다는 생각이 든다는 점이다.

"하아……."

언제나 평범하고 평온한 일상을 바랐다.

현실을 의심해 왔지만, 그건 [우려] 섞인 의심이지 절대 그런 세상을 바라는 것이 아니었으니까.

나는 이미 지치고 지쳤다. 마모되고 상처 입어 그 어떤 자극도 원하지 않았다.

내 기억과 정신을 침탈하고 짓눌러 온 기억과 힘에 고통받아 온 나에게, 평온한 매일매일은 너무나 소중한 보물이나 다름없었기 때문이다.

'평온하고 평범한 일상은… 그냥 내 착각 속에서만 존재했단 말이군. 어쩌면 내가 외면해 오고 있던 걸지도 모르지.'

하루 만에 너무 많은 일이 벌어져서 정신이 없다.

혼란스러운 건 나뿐이 아닌 듯 보람 역시 미묘한 표정을 짓고 있다.

"세상에 이면 차원에서 몇 명을 특정해 꺼내는 게 가능하다니… 설마 당신들, 초능력자 집단이라는 프레스티지 소속인가요?"

"이제는 초능력자냐……."

기가 차서 헛웃음 짓는다.

나름대로 평범하게 자라왔는데, 돌아보니 주변에 평범한 녀석이 없다. 다 이상한 놈들이다.

'재석이 놈은 막 무림 고수고 그런 건 아니겠지?'

뻘 생각을 하는 사이에도 벤은 계속 움직이고 있다. 어디에 가나 했더니 점점 더 눈에 익은 건물들이 보인다.

"뭐야, 지금 우리 집으로 가는 거야?"

"당연하다. 지금 이 순간 거기보다 안전한 곳이 있을 리 없으니까."

차분한 동민의 목소리에 머릿속에 벼락이 친다.

"역시 그랬구나!"

"…뭐가?"

"역시 아버지는 대단한 강자인 거지? 무림 고수 아니면 대마법사 뭐, 그런 거지?"

나름대로 확신을 가지고 한 말이었는데 동민이, 심지어 보람마저도 나를 한심한 표정으로 바라본다.

"아버지에 대해 아무것도 모르는 거예요?"

"선생님은 평범한 인간이다. 아, 물론 여기서 말하는 '평범한' 이라는 건 이능에 한정된 이야기지. 나머지 부분에서는 아주아주 비범하신 분이니까."

말하는 사이에 집에 도착한다.

우리 집은 규모가 꽤 큰 편이어서 전용 주차장에 차를 세우고 집으로 들어갔다.

"실례하겠습니다~"

"…야, 넌 왜 집까지 쫓아와?"

넉살 좋게 집에 발을 들이는 세레스티아의 모습에 눈살을 찌푸리자 세레스티아가 상처받았다는 표정을 짓는다.

이러니저러니 해도 청순한 분위기의 미소녀였던지라, 단지 표정 좀 바꾸는 것만으로 한 떨기 꽃이 떨어지는 것만 같은 그림이 나온다.

"어머, 너무해. 이 가녀린 미소녀를 위험에 내던질 생각이야?"

"위험은 무슨. 그 비마나인가 하는 거 타고 너희 별… 아니, 집으로 돌아가면 되잖아? 애초에 넌 누가 노리는 것도 아니……."

그러나 그 순간 멈칫한다.

누가 노린다? 누군가 세레스티아를 노린다?

그러고 보니 이 녀석이 잘 숨어 있다가 비명을 지르며 모습을 드러낸 이유가 뭐였던가.

그 살육 기계 중 하나에게 공격받아서가 아닌가?

"…너구나."

"어? 뭐가?"

당연한 말이지만 '황녀가 너지!' 라는 멍청한 소리는 하지 않는다.

“그 이상한 로봇들, 널 노리고 왔던 거지? 게다가 태도를 보아하니 녀석들에게는 널 추적할 수단이 있군.”

“……”

너무 깔끔히 정곡을 찔려 버리자 부정도 못 하고 굳어버린다.

그녀가 어설퍼서는 아니다. 아마 부정해 봐야 소용없으리라는 걸 알았기 때문일 것이다.

그만큼 나는 확신하고 있었으니까.

‘저 녀석이 처음 만난 외계인이 아니었으면 바로 황녀라는 사실을 알아챘을 텐데.’

칭호는 절대적이고 객관적인 정보를 나타내는 척도가 아니다. 굳이 말하자면 주관적이고 종합적인 단어의 나열이라고 할까? 예를 들어 아까 목표로 칭호를 정했을 때에는 [너 잡으러 온]이라는 식의 칭호가 뜨지 않았던가?

내가 세레스티아를 처음 봤을 때 그녀의 칭호는 [외계인]이었다.

그러나 한 번만 더 생각해도 그 칭호가 얼마나 이상한지 깨닫기는 어렵지 않으리라.

어찌 자신을 대표하는 [상태]가 외계인일 수가 있는가?

외계인이라는 건 상대적인 개념이다.

저기 저 먼 안드로메다 성운에 어떤 종족이 산다면 그들 입장에서는 지구인들이 외계인이듯이 말이다.

그녀의 칭호가 나에게 외계인으로 보였던 건 그녀가 내가 본 유일한 외계인이었기 때문이다.

그리고 지금 보이는 칭호는 이렇다.

[데트로 은하 연합 4군단 제1돌격대]

[우주 아이돌 세레스티아]

'뭐야, 결국 아직도 황녀는 안 뜨네. 게다가 우주 아이돌은 또 뭐야, 미친.'

어이없어하다가 이내 고개를 흔들었다. 어쨌든 중요한 건 그게 아니었다.

"그나저나 너무 무방비하게 우리 집에 온 거 아냐? 아까 그 놈들 쳐들어오면 집이 다 박살 날 것 같은데."

"…정말 아무것도 모르시네요. 여기는 일종의 성지(聖地)예요. 감히 누구도 함부로 들어올 수 없죠."

"왜? 아버지는 그냥 보통 사람이라면서."

이해할 수 없는 상황에 의문을 표하자 보람이 한숨 쉬었다.

"관일한 선생님은 평범한 사람이지만… 마탑들은 물론이고 그 어떤 무법자도 감히 건드릴 수 없는 분이에요."

"그러니까 그게 왜냐니까? 물론 아빠가 유능하고 온갖 재주를 가진 건 사실이지만 아까 그 괴물들이 덤비면 답이 없을 텐데?"

이해할 수 없는 일이다. 물론 아버지는 무술의 달인이지만 철창 한번 휘둘러서 건물 한 채를 날려 버리는 괴물이 상대라면 잠시도 못 버티는 게 정상 아닌가? 의아해하는 나를 보며 동민이 나직한 목소리로 말했다.

"우리들의 세계, 어나더 플레인에 사는 사람들은 선생님을 '신의 마음을 훔친 자'라고 부르지."

"신의 마음을 훔친 자?"

이해할 수 없는 말에 여전히 모르겠다는 표정을 짓자 보람이 설명한다.

"우리 별의 성계신이 선생님께 홀딱 빠졌거든요."

"…성계신?"

"벌써 세 번이나 차였다고 하더라고요."

"……."

어이가 없다.

아니, 그러니까 어떤 대단하고 강력한 초월적인 존재가 아버지한테 완전히 빠져서 마법사는 물론이고 그 누구도 감히 건드릴 엄두조차 못 낸다는 말이 아닌가?

그러고 보니 우리를 습격했던 녀석들이 기둥서방 어쩌고 했던 기억이 난다.

"성계신이라는 게 대단한 거야?"

내 물음에 동민이 쯧, 하고 혀를 찼다.

"신이라는 단어를 허투루 들은 모양이군."

"솔직히 저희 입장에서는 전지전능이라고 봐도 무방할 정도의 존재예요. 인간사에 거의 간섭하지 않지만 절대 거스르면 안 되는 존재죠."

초능력자—라고 짐작되는—동민과 마법소녀인 보람이 입을 모으는 걸 보니 아무래도 진짜 신적인 힘을 가진 모양.

나는 혹시나 해서 세레스티아를 향해 물었다.

"너희도 성계신을 알아?"

"당연히 알지."

거기까지 말하고 슬쩍 고개를 움직여 내 귓가에 속삭인다. 아무래도 외계인이라는 건 동민이나 보람에게도 비밀이라 그런 것 같았다.

"하위 문명에서 설치다가 성계신들한테 멸망한 나라가 한두 개가 아냐. 그중에서 [제국] 클래스만 해도 엄청난 숫자지. 사실상 [하위 문명 접촉 제한법]이 만들어진 것도 성계신들 때문이니까."

"얼마나 강한데?"

"우리 수준에서는 답이 없을 정도."

절레절레 고개를 흔드는 세레스티아의 모습에 황당해한다.

그러니까 마법사들도, 외계인들도 그 존재를 선명하게 알고 있는 신이란 말이 아닌가?

아버지에게 반했다는 존재인 만큼 접촉이 많아질 것 같다는 생각에 슬쩍 옆구리를 찌르자 세레스티아가 작게 설명을 시작한다.

무슨 수를 쓴 것인지 바로 옆에 있는 동민이나 보람은 그 말을 듣지 못하는 분위기다.

"하나의 행성에 문명이 태동함과 동시에 태어나는 성계신(星界神)은 고위 초월자 중에서는 그나마 [가장 흔히 볼 수 있는] 신이야."

그러나 가장 흔하다 해도 무시할 수 있는 존재라는 건 절대 아니다. 성계신은 태어날 때부터 상급 신위를 가지고 있기 때문이다.

세레스티아는 성계신의 존재 목적 자체가 전투와 거리가 멀어 전투력은 중급 신보다도 약하지만 창조신의 위계(位階)를 가지고 있어 [신]으로서의 거의 모든 권능을 다 가지고 있다고 설명했다.

"정도 이상의 문명을 가진 행성 하나에 한 명씩 있기에는 너무나 강력한 존재지. 실제로 지금 대우주에서 활동하는 중급 신위 초월자를 다 합쳐도 스무 명이 안 되는데 말이야."

당연하지만 와 닿는 이야기는 아니다. 신이면 신이지 상급인지, 중급인지, 하급인지 알게 뭐란 말인가?

다만 아버지에게 반한 존재가 그렇게나 대단하다, 라는 정도로만 이해하면 되는 모양이다.

"실존하는 유일한 신이에요. 인류의 의지가 현현(顯現)된 존재죠."

당연한 말이지만, 보람과 동민의 설명은 세레스티아와 좀 달랐다.

"저건 지고의 마탑 입장이고 정확히는 지구의 탄생과 역사를 같이해 온 초월적인 신이다. 허상과 거짓을 이야기하는 인간들의 종교에서 떠드는 신과는 차원이 다른 유일무이한 존재이며, 수십 수백 차례 이상 지구를 멸망에서 지켜낸 존재야. 신이라기에는 좀 가벼운 성정을 가졌다고 해도 감사하고 숭배해야 할 대상임에는 틀림없지."

"……."

평소 말도 없던 녀석이 좔좔 늘어놓는 모습에 놀란다. 이 녀석 설마 성계신교 같은 종교를 믿고 있나?

하지만 그러면서도 떠오르는 의문에 묻는다.

"그런데 유일한 신이라고? 우리 별의 성계신이라고 했잖아. 그럼 다른 별에도 있는 거 아냐?"

당연한 질문이라고 생각했는데 보람이 눈살을 찌푸린다.

"저기… 아까부터 왜 이렇게 외계인을 찾으시죠? SF 소설을 좋아하시나요?"

"성계신이라는 단어 때문에 그러는 모양인데 그건 그녀 스스로의 소개 때문에 붙은 호칭이고 일반적으로는 '가이아' 라고 부르지. 뭐, 외계인이야 이 넓은 우주에 있을지도 모르지만 증명되지 않은 존재는 가설에 불과한 거고."

"판타지가 나왔다고 SF까지 있으리라고 기대하시는 건 좀……."

왠지 둘이 번갈아 가며 나를 바보 취급하는 것 같은 분위기에 주먹이 부들부들 떨렸지만 대인배의 마음으로 참았다.

어쨌든 중요한 건 이 어나더 플레인의 녀석들이라고 해도 딱히 외계의 존재에 대해 알지 못한다는 점이다.

"잠깐 기다려."

가볍게 한숨 쉬고 일행을 집 안으로 이끈다.

기분은 상당히 미묘하다.

'아버지는 왜 이런 이야기를 전혀 안 해주신 거지?'

아무리 일반인—이라고 말하기에는 너무나 비범하지만—이라지만 신을 제삼자들까지 알 정도로 뻉뻉뻉 차댔으면서 이런 초현실적인 상황을 전혀 몰랐다고는 믿을 수 없다.

좀 멍청하고 눈치가 없는 사람이라면 또 모르겠지만, 적어도 내가 아는 아버지는 세계 최고의 천재다.

그냥 지나가는 말 한마디에서도 단서를 잡아내고 추론하여 진실을 파악할 수 있는 그가 아무것도 모른 채 있는 상태다?

'그럴 리 없지.'

고개를 흔들며 내 뒤를 따르는 세 명을 바라보았다.

그러고 보면 참 호화찬란한 멤버다.

'마법소녀에, 초능력자에, 외계인이라니.'

솔직히 이것들을 내 집에 들이고 싶지 않았지만 밖에 뭐가 나올지 모르는 상태에서 그럴 수는 없다.

귀찮은 걸 싫어하는 나이지만… 단지 귀찮다는 이유로 녀석들을 죽음으로 내몰 수는 없다.

"아, 그러고 보니 그 습격자 녀석들이 여기가 성지라는 걸 신경 쓸까? 괜히 막 다 박살 나고 그러면 곤란한데."

"그럴 일은 절대 없어요. 절대 누구도 불가능하죠."

"어떻게 그렇게 확신하는 거야?"

당연한 물음이었지만 보람은 뭘 그런 걸 묻느냐는 표정이다.

왠인지 모르겠지만 이 집에 들어올 때부터 묘하게 흥분한 상태라 처음 보았던 가녀린, 더불어 소심한 모습은 거의 사라진 상태이다.

'그러고 보니 셀 녀석은 어느새 말을 놨고.'

너무 자연스러워서 어느 타이밍에서부터였는지 기억도 안 날 정도다. 당연하다는 듯 친한 척을 하고 있으니 이거야, 원.

어쨌든 보람이 설명했다.

"이 집을 포함한 성지를 침범할 수 없는 건 의식적인 문제가 아니라 물리적인 문제예요. 성계신이 '살의(殺意)를 품고 성지에 들어오면 죽는다' 는 [법칙]을 만들었다고 하더군요. 대상을 특정하지 않은 법칙이라 아까 그 괴상한 기계들이라도 어길 수 없어요."

"헐."

맘대로 법칙을 정하고 그 법칙을 어기면 그냥 죽는다니 무시무시한 일이다. 농담이 아니라 정말 신을 자처해도 부족함이 없을 정도.

"아, 왔니?"

인기척이 들리자 한참 부엌에서 요리를 하고 있던 아버지가 몸을 돌린다.

슬슬 날이 풀리고 있어서인지 얇은 티셔츠에 청바지를 입고 있는 상태다.

그리고 그 앞에는.

"아, 앞치마… 와, 팔에 힘줄……."

뜬금없이 흘러나오는 신음 소리에 뒤를 돌아본다.

"보람아?"

"아! 아니에요!"

"뭐가 아니야?"

"하여튼 아니에요!!"

왠지 모르게 버럭버럭 소리 지르는 보람의 모습에 혀를 찬다.

이 녀석, 초반 모습은 다 가식이었나.

그런데 돌아보니 그녀의 인중을 따라 한 줄기 피가 흐르고 있다.

"너 언제 다친 거야?"

"네? 아뇨, 멀쩡한데요."
"근데 코피가……."
"……!!"
순간 보람의 몸이 사라졌다.
정확히 말하면 사라진 건 아니고 뒤로 빠진 거였지만, 적어도 내 눈에는 그 과정이 보이지 않았다.
번쩍!
그리고 문밖에서 뿜어지는 온화한 빛. 나는 그걸 사용한 사람이 보람이라는 걸 알았다.
'뭔가 회복 기술 같은 건가? 아니, 그런데 아주 조금밖에 안 흘렀는데 저런 것까지 필요해?'
어이없어하는데 아무 일도 없었다는 듯 그녀가 다시 안으로 들어온다.
그 기가 차는 과정을 다 봤을 텐데도 아버지는 아무렇지 않다는 표정이다.
"친구들이니?"
"그럴 리… 아니, 동민은 반 친구라면 반 친구겠네요."
"오랜만에 뵙습니다, 선생님."
"그래, 오랜만이구나. 보람이도 오랜만."
"네, 네! 안녕하세요!"
발개진 얼굴로 헤헤거리고 있다. 아주 눈에서 하트 모양의 레이저 빔이라도 쏘아낼 기세구만.
"와, 너희 아버지 되게 분위기 있다. 진짜 일반인 맞아?"
"글쎄, 저게 일반인이면 [일반]이라는 단어를 내가 잘못 쓰고 있었다는 뜻이겠지만."

쓰게 웃는다.

그런데 그때였다.

"오셨군요. 꽤 기다렸어요."

놀랍게도 집 안에 있는 건 아버지 혼자가 아니었다.

"알레이나… 당신이 왜 우리 집에 있죠?"

"호호호, 너무 차갑네요. 남자들은 제가 집에 찾아오면 하나같이 좋아하던데."

농염하게 웃는 여인은 나를 납치했던 레온하르트 제국의 군인인 알레이나.

아버지는 오븐에서 새로이 구워낸 케이크를 꺼내 들며 별로 대수롭지 않다는 듯 말했다.

"너한테 볼일이 있다고 찾아왔더구나. 진로 관련이라는데."

"맞아요. 솔직히 저는 아직까지 반신반의지만… 기술부에서 스카우트 제의가 들어와서요."

"기술부?"

예상치 못한 단어에 의아해한다.

기술부? 웬 기술부?

그녀가 여기까지 찾아왔다면 당연히 대전쟁에서의 내 점수를 보고 파일럿으로 만들기 위해서일 거라고 예상했는데 어째서 기술부가 튀어나온단 말인가?

의아해하는 나를 향해 알레이나가 이어 말한다.

"이렇게나 문명 수준이 낮은 곳에서 대전쟁을 해킹할 수 있는 천재는 쉽게 볼 수 있는 게 아니라고 하더군요. 교육만 확실히 시킨다면 놀라운 엔지니어가 될 거라고 들었어요."

"……."

어이가 없어서 할 말을 잊는다.

고작 12억 포인트가 그렇게까지 못 믿을 점수란 말인가? 도저히 플레이 점수라고는 못 믿고 해킹을 생각할 정도로?

'솔직히 까고 말해서 재미 다 버리고 점수 노가다를 하면 100억 점도 그냥 찍을 거 같은데…….'

그때 보람이 내 옆구리를 찌르며 묻는다.

"…선배, 저 불여시같이 생긴 건 누구죠? 아는 여자예요?"

한결같이 수줍은 태도를 유지하던 그녀가 도끼눈을 뜨고 있는 모습이 꽤 볼 만하지만, 세상 누구라도 자기가 좋아하는 남자 옆에 알레이나가 서 있다면 같은 표정을 지을 것이다. 우주선에서 만났을 때와 달리 사복을 입고 있는 그녀는 노출이 거의 없는 제복을 입고 있을 때와는 차원이 다른 모습을 하고 있었으니까.

하얀색의 블라우스를 입고 단추를 세 개나 풀러 폭력적이라고밖에 표현할 수 없는 풍만한 가슴을 선명하게 드러내고, 아래로는 검은색의 H 라인 스커트를 입어 넓은 골반과 쭉 뻗은 다리를 과시하고 있는 그녀의 모습은 비현실적이기까지 하다. 그냥 저러고 인도를 걷기만 해도 옆 차도에서 교통사고가 수십 건은 날 것 같은 외양이니 같은 여자로서 신경이 안 쓰일 수가 없겠지.

"누구냐면… 아오, 비밀 서약 이거 되게 거슬리네. 야, 셀, 너무 불편한데 그냥 나한테 다 털어놓은 것처럼 하면 안 돼?

어차피 둘 다 이상한 단체인 건 피장파장… 셀?"

"야, 부르지 마. 부르지 마."

어느새 뒤쪽으로 숨어서 작게 중얼거리는 세레스티아의 모습에 황당해한다.

앤 또 왜 이래? 그러나 이해할 수 없는 셀의 행동과는 상관없이 알레이나의 설명은 계속된다.

"전에 말씀하신 대로 조종사가 하기 싫으시다면 기술부에 들어가시는 것도 괜찮을 거라고 생각해요. 우리 기술부장님의 추천을 받으면 그것도 나름대로 출세가 보장되는 삶일 테고."

"흠, 저기 죄송하지만."

너무나 당연하지만 거절하려 한다.

안 그래도 마법소녀, 초능력자, 게다가 세레스티아까지 얽혀서 상황이 개판인데 이 상황에서 레온하르트군에 입대라니?

설사 전투병이 아니라 기술부원이 된다 하더라도 문제다. 애초에 별다른 배경지식도 없는 첨단 SF 세계에서 어떻게 기술자를 한단 말인가?

그런데 그때 아버지가 뜻밖의 말을 꺼냈다.

"알겠습니다."

"거절… 네?"

"곧 준비하지요. 몇 시간 후에 출발하는 것도 가능합니까?"

"아, 네. 물론."

"그럼 준비를 좀 할 테니 다시 와주시죠."

"호호, 알겠어요. 잠시 후에 봬요~"

뭔가 마음의 짐을 덜었다는 듯 잽싸게 집을 나서는 알레이나를 막지도 못하고 버벅인다.

"아빠?"

이해할 수가 없는 일이다. 도대체 왜, 무엇 때문에 나를 저 정체도 모를 외계인들한테 떠넘긴단 말인가?

그러나 아버지는 마치 오래전부터 오늘을 준비하기라도 한 듯 극히 평온한 얼굴로 말을 이었다.

"동민아."

"네, 선생님."

"지금 바로 노야께 찾아가 나와 약속했던 날이 왔다고 전해 드려라."

"약속했던 날… 말입니까?"

"그렇게 말씀드리면 아실 거다."

"흠, 알겠습니다. 그럼."

팟!

순간 동민의 모습이 사라진다. 고속 이동 뭐, 이런 게 아니라 누가 봐도 공간을 뛰어넘는 모습.

이어 아버지는 보람을 쳐다봤다.

"보람아, 지금 이 시간부로 1급 변신을 포함한 모든 봉인을 해제한다."

"네? 아하하… 무, 물론 선생님이 우리 마탑에 많은 권한이 있는 건 사실이지만."

철컹!

위이잉——!

"무, 뭐라고?! 말도 안 돼!"

무슨 소리를 하냐는 듯 손을 흔들던 보람이 비명을 지른다.

그녀의 양팔에 채워져 있던 강철 토시가 오색으로 빛나며 기동음을 낸 것이 그 원인 같았다.

"너도 지금 즉시 마탑으로 돌아가 마탑주께 궁니르를 꺼내 달라고 하렴."

"그, 그걸 지금 왜 꺼내요? 3차 세계대전이라도 열리나요? 게다가 변신한 제가 궁니르까지 들면."

"일단."

아버지는 의문이 있든 없든 즉시 시키는 대로 행동한 동민과 다르게 당황을 감추지 못하는 보람의 말을 끊었다.

"마탑주께 말씀드려 보면 알겠지?"

"그런… 아, 알겠어요. 금방 다시 올게요!"

동민처럼 공간 이동은 할 줄은 모르는 듯 서둘러 현관문을 열고 나가는 보람의 모습을 멍하니 바라본다.

뭐가 뭔지 정신이 하나도 없다.

"아빠? 지금 뭐 하시는 거예요?"

"은정이가 부탁했던 일을 하고 있지."

"지금 이 상황에서 엄마 이름이 튀어나오다니……."

황당해하는 나를 보며 아버지가 언제나와 같이 차분한 태도로 말한다.

"은정이에게는 예지능력이 있었거든. 이미 네가 태어나기 전부터 오늘을 예상하고 있었단다."

"……."

어머니가 대마녀의 혈통이라던 보람의 설명이 떠오른다.

그러면 그녀의 말대로 어머니가 특별한 힘을 가지고 있었단 말인가?

"아, 그런데 저기 아가씨는 누구지? 장래를 약속한 사이?"

큰일 날 소리에 고개를 흔든다.

"그냥 길가다 만난 애예요. 누군지도 잘 모르는."

"와, 그렇게 딱 자르면 좀 섭섭한데."

뚱한 표정의 세레스티아였지만 그녀를 신경 쓰기에는 머리가 너무 복잡한 데다가 실제로 그게 사실이기도 한 상황이다.

그리고 그녀를 별로 신경 쓰지 않는 건 아버지 역시 마찬가지인 듯 세레스티아를 보며 말한다.

"별 관계가 아니라면 좀 나가주지 않겠니? 집안 문제로 아들과 할 이야기가 있는데."

"어머, 제가 알면 안 되는 일인가요?"

세레스티아가 얼굴에 화사한 미소를 피워 올린다.

그녀의 미모가 워낙에 뛰어나서 어지간한 남자라면 [사람 좀 죽이면 안 되나요?^^] 같은 헛소리를 해도 승낙할 정도였지만 당연히 아버지는 별다른 표정 변화조차 없이 답했다.

"그렇단다."

"……."

미모를 이용해 좀 비벼볼까 하다 씨알도 먹히지 않자 당황하는 세레스티아를 거실로 몰아내고 아버지의 방으로 들어간다. 언제나와 마찬가지로 아버지의 방 한편에는 새하얀 웨딩드레스를 입은 묘령의 소녀가 은은하게 웃는 사진이 걸려 있다.

'어머니…….'

나를 낳고 돌아가신 어머니는 아버지와 소꿉친구였다고 한다.

다만 소꿉친구라고 그렇게까지 친한 건 아니고 그냥 알은척만 좀 하는 사이?

그러나 고등학교에 들어선 어머니는 얼마 안 있어 자신이 불치병에 걸렸다는 것을 알았고, 그 사실을 아버지께 고백했다.

그리고 그녀는 이야기했다.

"내가 세상에 존재했다는 증거를 남기고 싶어."

그리고 아버지는 그 말을 받아들였다. 어쩌면 자신의 인생을 망가뜨릴지도 모르면서 곧 죽을 어머니와 결혼식까지 올린 것이다.

'미담이지.'

이건 나만 아는 게 아니라 꽤 널리 퍼진 이야기이다.

이건 아버지가 경솔했다거나, 주변 사람들이 입이 가벼웠다거나 하는 문제가 아니다.

이러니저러니 해도 고등학생 커플이 결혼해서 아이까지 낳은 충격적인 사건이 아니던가?

주변 사람들의 관심이 쏠리는 것은 너무도 당연한 현상이었다.

'그런데 어쩌면 거짓일지도 모르겠군.'

나는 아버지의 비범함만 신경 썼지 어머니에 대해서는 별생각이 없었다. 그냥 평범한 여학생 정도로 생각해 왔던 것이다.

그런데 대마녀의 재능이라.

"예지능력이라는 건 뭐죠?"

차분하려고 노력했지만 나도 모르게 날을 세우고 만다.

"약속했던 날이라는 건 또 뭐예요. 지금까지… 저를 속이고 있었던 건가요?"

물론 나에게 아버지를 원망할 자격이 없다는 것쯤은 알고 있다. 아버지가 나에게 비밀을 가지고 있었다고 해도 그건 나 역시 마찬가지다.

내 자아와 가치관 성립에 지대한 영향을 주었던 기억에 대해서도, 머리 위에 칭호를 볼 수 있는 이 특이한 능력에 대해서도 나는 그에게 털어놓은 적이 없다.

멋대로 아버지에게 열등감을 느끼고 먼저 벽을 만든 내가 이런 투정이라니?

그러나… 나는 항상 불안과 초조함을 안고 살아왔다.

세계의 진실된 모습을 모르는, 그러나 그러면서도 그 이질감만을 선명하게 느끼는 나는 언제나 얼음판 위를 내딛는 불안감을 느꼈기 때문이다.

나는 언제 이 소중하고도 소중한 일상이 무너질지도 모른다는, 어느 날 갑자기 악몽 같은 기억이 현실이 될지도 모른다는 망상이 물리적인 실체를 가지고 덤비는 것만 같은 기분을 매순간 느꼈다.

결과적으로 그 모든 불안을 외면하고 무시해 잘 넘겨왔지만, 내 정신력이 이상할 정도로 높지 않았다면 절망에 빠져 엇나가도 전혀 이상할 게 없는 상황이었던 것이다.

하지만 만약 아버지가 어릴 때부터 모든 것을 말해주었다면.

그래서 나에게 명확한 [세계관]을 잡아주었다면.

그리고 그런 나를 보며 아버지가 서글픈 표정을 지었다.

"미안하다."

"……."

아버지는 변명하지 않았다.

분명 그에게는 합당한 이유가 있을 것이고, 나에게 말할 수 없는 이유가 있었을 텐데도 그 사실을 주절주절 늘어놓지 않았다.

대신 아버지는 물었다.

"오는 길에 공격을 당했겠지?"

"그것도 어머니가 예언하던가요? 자신의 피를 노린 적들이 저를 공격할 거라고?"

말하자마자 후회한다. 쓸데없이 날카로운 반응이었기 때문.

그러나 아버지는 화를 내는 대신 고개를 흔들었다.

"아무리 대마녀의 혈통이라고 해도 성계신의 심기를 건드릴 각오를 할 정도의 가치는 없어. 공격은 모계 쪽 혈통이 아니라 부계 쪽 혈통이 원인일 거다."

"네? 아니, 아빠 피가 문제면 저같이 덜떨어진 녀석보다는."

"대하야."

차분하게, 그러나 엄하게 꾸짖는 눈빛에 멈칫한다. 스스로를 비하하지 말라는, 몇 번이고 들어왔던 말을 어겼기 때문.

그러나 차마 사과하지 못하고 있는 나를 보며 아버지가 한숨 쉬었다.

명백하게 평소와 다른 그의 태도에 내가 당황하는 순간 아버지가 말했다.

"대하야, 네 존재가 가지는 무게감에 비하면 순수 인간인 내 혈통에는 그리 큰 가치가 없단다. 고작 정자 보관소에서 좀 더 높은 가격에 팔리는 정도지."

"…네?"

순간 그의 말을 이해하지 못하고 반문한다.

누가 봐도 터무니없이 비범한 아버지가 순수 인간이라는 사실 때문은 당연히 아니다.

내가 당황한 것은 아버지의 말이 어떤 의미를 내포하고 있었기 때문이다. 지금 아버지의 말은 마치, 그래, 마치…….

"그래, 네 생각이 맞다."

아버지는 내 표정을 보며 고개를 끄덕였다.

"너는 내 아들이 아니다."

"뭐라… 고요?"

사고가 정지한다. 머리가 어질어질하고 구역질이 올라온다.

하지만 그럼에도, 아버지는 차분하게 나와 눈을 마주쳤다.

"넌 내 아들이 아니라고 말했다."

내가 잘못 듣지 않았다는 것을 재확인시켜 준 후, 추가타를 가한다.

"더불어… 지구인도 아니지."

너무나 현실성 없는 이야기에 뭐라 대답도 하지 못하고 침묵을 지킨다.

물론 그건 나 역시 수백수천 번 생각해 왔던 일이다.

나와 아버지는 닮지 않았다.

만능의 천재라고 할 수 있는 그와 다르게 내가 잘하는 거라고는 게임 정도이고, 월드 스타 저리 가라 할 정도의 외모를 가진 그와 다르게 나는 그냥 허우대만 멀쩡하다고 할 수 있는 평범한 외모를 가지고 있다.

사실 이쯤 되면 누구라도 의심하는 게 정상인 것이다.

하지만 오히려 그렇기에 나는 원하든 원치 않든 수많은 검증을 거쳤다.

"유전자… 검사를 받았잖아요. 각기 다른 단체에서 10번은 한 것 같은데 아무리 아버지라도 그들을 다 속였다고요?"

의심병 환자라 해도 과언이 아닌 나조차도 인정할 수밖에 없는 결과였다. 그런데 그들이 다 틀렸다니?

그런데 아버지가 하는 말은 더 가관이다.

"너에게는 DNA가 없어."

"…네?"

어이가 없어 되묻는다. 아니, 세상에 DNA가 없는 생명체가 어디에 있어?

하지만 그러거나 말거나 아버지는 말을 이었다.

"그들이 본 것은, 말하자면 내 유전자를 기반으로 한 페이크 DNA다. 은정이 입혀놓은 거지."

그렇게 말하며 아버지는 어머니의 사진을 바라보았다. 뭔가를 추억하는 얼굴. 그러나 그는 이내 표정을 풀고 나에게 말했다.

"앉아서 들어라."

순간, '서서 듣겠어요' 라는 말이 목구멍까지 치고 올라왔다.

그러나 이 얼마나 치기 어린 반항이란 말인가?

나는 어떻게든 스스로를 진정시키며 소파에 앉았고 아버지가 설명을 시작했다.

“사실 나는 처음부터 은정이에게 많은 관심을 가지고 있었단다. 다만 친하게 지내지 못한 건 그녀가 주변의 모든 사람을 경계했기 때문이지. 장모님과 장인어른은 평범한 인간이라 모르시지만 사실 그녀는 특별한 존재였거든.”

대마녀의 혈통이라지만 그게 대를 이어 전해지는 종류의 힘은 아니었다. 수백 년, 수천 년에 한 번씩 돌발적으로 생겨나는 세계의 특이점이었던 것.

“그런데 어느 날 그녀가 날 찾아왔단다.”

“아빠를 사랑한다면서요?”

비꼬듯이 한 말이었는데 뜻밖에도 아버지는 고개를 끄덕였다.

“그래.”

“…….”

역시 재수 없는 인간, 하고 허탈해하는 나를 보며 아버지가 말을 이었다.

“다만 그 말을 급하게 하게 된 건 그녀가 죽음을 향해 걷고 있었기 때문이었지.”

“불치병은… 아니었겠군요.”

“물론이야. 은정이같이 대마녀의 힘을 타고난 존재는 불사신이나 다름없다고 했어. 불로 태워 잿더미로 만들어도 부활할 정도라고 했지.”

그녀는 스스로 살 수 있었지만 그걸 포기했다.

물론 그녀는 자신의 죽음을 절대 바라지 않았지만, 그럼에도 그 죽음은 스스로의 선택이었던 것이다.

"그녀는 너를 낳기를 원했으니까."

간접적으로 돌려 한 말이었지만 나 역시 바보는 아니었던 만큼 거기에 담긴 뜻을 이해하고 이를 악물었다.

아버지는 도저히 믿기 힘든 말을 하고 있었다.

"저 때문에… 어머니가 돌아가셨다고요?"

"틀려."

가볍게 고개를 흔들며 말을 잇는다.

"그녀는 자신의 미래 대신 너의 미래를 선택한 거다."

"결국 같은 말이잖아요!"

화가 나 소리쳤지만 아버지는 얄미울 만큼 침착하다.

"달라. 지금 그 말을 은정이가 들었다면 자신에 대한 모욕으로 이해했겠지."

그렇게 말하고는 무언가를 생각하듯 잠시 침묵에 잠긴다. 그리고 잠시간 고민하다가 이내 고개를 끄덕였다.

"네 문제이기도 할 테니 상세히 알아야겠구나. 은정이가 나를 찾아온 건 고등학교 2학년에 들어설 때였단다."

"사랑한다고 말이죠."

나도 모르게 나온 빈정거림이었지만 아버지는 별다른 반응 없이 답했다.

"그건 부차적인 주제였어. 그녀가 찾아온 진짜 이유는 작별인사 때문이었다."

아버지는 계속해서 설명했다.

"그녀는 이 세상을 떠날 예정이었단다. 그리고 마지막으로 후회하고 싶지 않아 나를 찾아왔었지. 정말 대단한 건 그녀가 자신이 처한 상황을 대부분 그대로 말해줬다는 거야. 어나더 플레인(Another Plane)이라는 단어를 안 것도 그녀를 통해서였다."

그때 그녀는 이미 나를 배고 있었고, 나를 낳기로 결심한 상태였다고 한다.

솔직히 말하면, 이해가 불가능한 심리다.

어머니는 원래부터 아버지에게 마음이 있었다고 했다. 다만 사는 세계가 달라 표현하지 않았을 뿐.

그런데 그렇게 좋아하는 상대에게… 어떻게 자신이 다른 남자의 아이를 임신했고, 출산을 위해 목숨을 걸어야 한다는 사실을 말할 수 있다는 말인가? 오히려 숨기는 쪽이 정상 아닌가?

그런데 어머니도 어머니지만 그런 어머니의 행동에 아버지가 보인 반응도 상상 초월이다.

"그때 청혼했지."

"…네?"

뭔가 상식을 뛰어넘는 답변에 입을 벌리는 나를 보며 아버지가 슬쩍 웃었다.

"그리고 그녀를 안았단다."

"……."

아, 나 이 커플 도저히 모르겠다… 하고 황당해하는데 아버지는 싱글벙글 웃고 있다.

아까 사과할 때만 해도 진중하던 그가, 어머니 이야기를 하면서 점점 미소를 보이고 있는 것이다.

"후후, 그러고 보면 그녀도 그때 엄청나게 당황했었지. 수백 수천 개의 반응을 예상하고 왔는데 그게 다 틀린 표정이라고나 할까? 그리고."

"아니, 아니, 잠깐만요."

손을 들어 아버지의 말을 끊고 묻는다.

"그냥 죽을병에 걸린 것도 아니고… 다른 남자의 아이를 가진 어머니에게 왜 청혼한 거죠?"

"그야 그녀가 울고 있었으니까. 그리고… 아까도 말하지 않았니?"

피식 웃으며 아버지가 말한다.

남자인 내가 봐도 정말 짜증 날 정도로 멋진 미소였다.

"나는 처음부터 그녀에게 관심이 많았다고."

그렇게 말하고는 뒤로 몸을 돌려 책장을 조작한다. 황당하게도 거기에는 평생 이 집에서 살아온 나조차도 전혀 몰랐던 금고가 숨겨져 있었다.

삑삑삑.

나는 아버지가 16자리나 되는 비밀번호를 입력하는 모습을 바라보았다.

묵직한 소리를 내며 금고가 열리고, 그 안에 있는 물건이 모습을 드러낸다.

"열쇠… 군요."

"친아버지라는 녀석의 유품이다. 은정이에게 받았지."

열쇠라고는 하지만 특이한 디자인이었다. 마치 수십 개는 되는 쇳조각을 조립하고 짜 맞춰 만든 것 같은 모양새라 망치로 내려치면 깨질 것만 같다.

"그 친아버지라는 사람은 누구죠?"

"알 수 없다. 단지 고위 초월자라는 것만 알지."

"초월자라……."

대전쟁의 설명서에 포함된 설정집에 대략적인 내용이 들어 있어서 나 역시 알고 있는 단어였다.

다만 그게 나랑 연관될 일이 있을 거라고는 상상조차 못 했지만 말이다.

'운명을 초월한 신적인 강자들.'

어떤 존재가 세계의 진리를 깨닫든 스스로를 끝없이 갈고닦든 마침내 궁극의 경지에 이르게 되면 운명의 틀을 초월해 신의 영역에 들어서는 것이 가능하게 된다고 한다.

실감조차 나지 않는 일이지만… 전투 계열 초월자는 맨몸으로 성(星)급 이상의 기가스도 때려 부순다고 한다.

'하지만 정체를 알 수 없다는 게 무슨 말이지? 어머니가 말해주지 않았다는 건지, 아니면 어머니도 몰랐다는 것인지.'

그러나 이미 모른다고 한 이상 아버지에게 캐묻는 건 아무런 의미가 없었다. 게다가 중요한 건 그게 아니기도 했고.

"약속의 날이란 뭐죠?"

"오늘이지. 은정이에게는 특별한 힘이 있었고 네가 태어나기도 전에 오늘을 예지했단다. 적들에게 습격당하는 날 손님들이 찾아올 것이고 너를 그들에게 보내야 한다고 했지."

"제가 싫다면요?"

"죽게 될 거라더군. 하늘 아래 살 방도가 없다고. 그때는 그 말이 무슨 말인지 몰랐는데 이제 보니 우주를 뜻하는 말이었던 모양이야."

어깨를 으쓱이는 그의 모습에 잠시 침묵을 지켰다.

머릿속이 복잡하다.

우주로 나갈 생각은 0.1mg도 없지만, 그러지 않으면 죽을 것이라고 말하니 마음이 심란했기 때문이다.

“그 예언, 혹시 틀리거나 하지는 않나요?”

“적어도 사라는 맞을 거라고 하더군. 푼수 같은 녀석이지만 명색에 신이라니 아마 맞겠…….”

쿵!

그때 묵직한 진동음이 느껴진다.

나는 깜짝 놀랐으나 아버지는 예상하고 있던 소음이라는 듯 문을 열었다.

“다녀왔습니다, 선생님.”

“으아, 으아아, 이게 어떻게 된 거야. 외계인은 무슨 말이야. 게다가 우주로 간다니? 으으…….”

거실에는 와 있는 것은 언제나와 마찬가지로 차분해 보이는 동민과 혼란스러운 표정으로 중얼거리고 있는 보람이다.

한쪽 소파에 편하게 앉아 있던 세레스티아가 늘씬한 팔을 쭉 펴며 버둥거린다.

“이게 뭐야, 우리 존재를 드러내도 괜찮은 상대는 몇 안 된다고 그렇게 겁을 주더니 개나 소나 다 알고.”

구시렁거리는 그녀의 모습에 눈을 가늘게 뜬다.

외계에도 개나 소가 있는지 모를 상태에서 [개나 소나]라는 표현을 자연스럽게 쓰는 외계인을 보자니 머리가 복잡했기 때문이다.

그러나 아버지는 세레스티아에게 전혀 신경 쓰지 않는 듯 나를 보며 말했다.

"이 둘을 너와 같이 보낼 생각이다."

"우주로요?"

"그래. 말하자면 경호 인력이지. 아까 그 아가씨도 두 명 정도는 동행해도 상관없다고 하더군. 가족까지 다 데려가는 케이스도 있어서 이 정도는 양반이라고 말이야. 마음 같아서는 나도 따라가고 싶지만 사정이 좀 있어서 그건 어렵겠군."

그렇게 말한 아버지는 금고에서 꺼냈던 특이한 디자인의 열쇠를 내 목에 걸어준다.

이제 보니 금줄이 달려 있어서 목에 걸고 다닐 수 있는 물건이었다.

"저기, 잠깐만요. 혹시나 해서 묻는 건데… 저 오래 나가 있어야 하나요?"

"얼마나 걸릴지 짐작도 못 할 정도로."

당연한 거 아니냐는 반응에 당황한다.

아니, 설마 학기 시작하자마자 장기간 결석이란 말인가? 게다가 학교에는 뭐라고 할 생각인가?

"우리 아이가 잠시 우주로 나가 있어서요."

…라고 말할 수는 없는 일 아닌가!

그러나 아버지는 그 일을 별로 크게 생각하지 않는 듯 동민을 보며 말했다.

"그럼 동민아, 부탁한다."

"아니, 언제까지 가야 하기에 벌써 부탁해요?"

뭔가 이상한 분위기에 의문을 표하는 나를 보며 아버지가 말한다.

"지금."

"네?"

예상치 못한 상황에 당황하는 순간 동민의 손이 내 어깨를 잡는다.

그리고 그대로.

파앗!

나는 지구를 떠나게 되었다.

* ✶ *

"쯧, 설명해야 하는 게 조금 더 있었는데."

대하는 물론이고 동민, 보람, 심지어 세레스티아까지 사라진 거실에 혼자 남은 일한은 혀를 차며 오른손을 들었다.

어느새 그의 손에는 그의 키만큼이나 거대한, 일반인이라면 드는 것조차 어려워 보이는 크기의 클레이모어(Claymore)가 들려 있다.

쾅!

순간 폭음과 함께 집 천장을 부수며 커다란 무언가가 떨어져 내렸다.

그야말로 느닷없는 등장이었지만 이미 예측하고 있던 일한은 가볍게 클레이모어를 휘두르는 것만으로 모든 충격에서 벗어날 수 있었다.

[아슬아슬했네.]

[그래, 아슬아슬. 그런데 너 이 녀석, 내 안전은 네가 책임지기로 한 거 아니었냐? 누구도 못 들어올 결계라고 하더니.]

[우웅… 저런 거물을 상정하고 만든 결계는 아니란 말이야.]

머릿속에 울려 퍼지는 영언(靈言)을 들으며 일한은 자세를 바로잡았다.

목숨은 당연히 아깝지 않지만 잃어서 좋을 것도 없을 테니 조심할 필요가 있었다.

"크르르르……."

짐승이 으르렁거리는 소리가 공기를 저릿저릿하게 짓누르며 퍼져 나갔지만, 그 소리를 낸 것은 짐승이 아니었다.

아니, 사실 [그것]은 생물체조차 아니다.

황소 열 마리 정도를 합친 것보다 더 거대한, 눈높이가 일한보다도 더 높은 사자 모양의 그것은 검은색의 광택이 자르르 흐르는 금속으로 이루어진 몸을 가지고 있었다. 주먹보다도 커다란 눈동자 안에서는 대여섯 개의 태엽이 돌아가는 모습이 보이고 발톱과 이빨은 LED 램프라도 되는 양 은은하게 반짝거리고 있다.

"여기는, 어디지?"

잠시 으르렁거리던 거대한 사자 모양의 로봇은 의외로 명료한 발음으로 입을 열었다.

그 역시 혼란스러운 듯했다.

"갑자기 쳐들어와서 그걸 나한테 물으면 안 되지. 넌 누구냐? 무슨 목적으로 여기에 온 거지?"

"목적… 목적… 뭐지?"

고개를 갸웃거리자 강철로 된 풍성한 갈기가 마치 진짜 털처럼 자연스레 흔들린다. 그 역시 자신이 왜 여기에 온 것인지 모르는 눈치였다.

"이곳은 신의 성역이다. 헛소리할 거라면 돌아가."

"아… 그래. 흠, 미안하군. 그러고 보니 확실히 성지야. 대체 내가 왜 여기로 온 거지."

이해할 수 없다는 듯 중얼거리며 오른쪽 앞발을 들어 올린다. 그리고 그의 발톱이 은빛으로 빛나고.

키이이잉———!!

그의 정면 공간이 그대로 찢어져 버린다. 그리고 그 틈으로 들어서는 사자를 향해 일한이 소리친다.

"잠깐! 넌 누구냐! 도대체 여기에는 왜 침입한 거지!"

[와, 역시 연기도 마스터네.]

[시끄러워.]

머릿속에 울리는 목소리를 무시한 채 열연하는 일한을 잠시 돌아보았던 거대한 사자는 이내 다시 몸을 돌려 찢어진 공간 틈으로 들어간다. 그리고 찢어졌던 공간은 복원력에 따라 원래대로 돌아온다.

[그래도 곱게 갔네.]

[원래 난폭한 녀석들이 아니니까.]

그러나 그는 알고 있었다.

자신이 아들을 조금만 늦게 빼돌렸어도… 상대가 절대 그냥 가지 않았을 것이라는 걸.

그리고 그 괴물이 날뛰면 아무리 자신이라도 막는 게 불가능에 가깝다. 본체라면 또 모를까 지금의 그는 다룰 수 있는 힘이 극히 한정적이기 때문이다.

"후우, 사라, 복구 부탁해."

더 이상 영언으로 대화할 필요가 없어진 만큼 소리 내어 말하는 일한을 향해 답이 돌아온다.

[데이트해 주면.]

"사라, 우리 그냥 친구로 지내기로 하지 않았던가?"

[우웅, 친구도 데이트 정도는 할 수 있잖아.]

"아, 머리야."

골치가 아프다는 듯 고개를 흔들던 그는 잠시 후 고개를 들어 하늘을 바라보았다.

"…괜찮을까."

순간 걱정이 일었다. 그러나 그는 이미 할 수 있는 걸 모두 한 상태였다.

더불어 아들이 지구 밖으로 나간 이상, 그가 할 수 있는 일은 아무것도 없으리라.

"부디."

쓰게 웃으며 그는 몸을 돌렸다.

"자신의 운명에 지지 마라, 아들아."

그리고 그 모습이, 그대로 사라져 버린다.

취직, 그리고 전쟁 ★ ★ ★

"언니! 그 녀석을 기술자로 받아들이기로 했다는 게 진짜예요?!"

만약 여닫이문이었다면 박살이라도 냈을 것 같은 기세로 뛰어 들어오는 혜란의 등장에도 알레이나는 고개조차 들지 않은 채 보고서를 살피고 있다.

어차피 그녀가 이렇게 찾아오리라는 건 지구로 내려갈 때부터 예상하고 있던, 새삼스러울 것도 없는 일이었기에 평온한 태도인 것이다.

"그래."

"아니, 하위 문명에서 살던 녀석들을 기술자로 받았다고?"

황당해하는 그녀의 말대로 그것은 있을 수 없는 일이다. 기술 수준이 극도로 낙후된—물론 상대적이지만—하위 문명에 살던 이들을, 설사 그들이 대단하고 대단한 천재라 하더라도 상위 문명의 기술자로 활용하는 것은 불가능에 가깝다.

일단 기초과학부터 다 새로 가르쳐야 하는데 어느 세월에 그를 써먹을 인력으로 만든단 말인가?

문명이 발달하면 발달할수록 배워야 할 지식이 너무 많아져서 지식 주입기를 쓴다 해도 몇 년 단위로는 해결이 불가능하다. 그냥 짐 덩어리가 되어버리는 것.

그러나 알레이나는 놀랄 것 없다는 듯 답했다.

"아아, 걱정하지 마. 아무래도 대단한 초능력자인 모양이니."

"초능력자?"

"그래. 하비 씨도 그쪽 계열이잖아."

"아… [그런] 기술자를 말하는 거구나. 하긴 생각해 보면 이쪽인 게 당연하네."

희귀한 확률로 태어나는 초능력자 중 일부는 전자 계열 기기들을 마치 제 몸처럼 다룰 수 있다. 이것은 지식도, 기술도 아닌 [감각]의 영역이라서 약간의 훈련만 거쳐도 충분히 활용할 수 있는 수준으로까지 끌어올릴 수 있는 것이며, 지금 그들의 함선 알바트로스에 상주하는 정비사 중에도 그런 인물이 몇 존재한다.

"뭐야, 그럼 아무래도 보조나 수리 쪽이겠네."

"그렇겠지. 기술적인 지식은 전혀 없을 테니."

"아… 그러고 보니 전에 그 스카우트에서 빨리 도망가려고 했던 것도 그런 이유구나? 자기가 범죄를 저질렀다고 생각해서?"

"아마 그렇겠지. 하지만 튼튼하기로 유명한 대전쟁의 보안을 뚫다니 상당히 고위 능력자인 모양이야. 성계신하고도 인맥이 닿아 있는 모양이고."

"뭐? 성계신? 그게 진짜야, 언니?"

깜짝 놀란 혜란이 눈을 동그랗게 뜨며 알레이나에게 묻는다.

직책으로는 '인사과장'과 '기술자', 계급으로도 대위와 소위의 차이가 있는 그녀들이었지만 10년 가까이 함께 작전을 수행해 오면서 이미 친자매나 다름없을 정도로 가까워진 상태였기에 공적인 자리가 아니라면 편하게 대화하는 편이다.

그것은 제국군의 군기(軍紀)가 지구에서 생각하는 군대 문화와는 상당한 차이가 있기 때문이기도 하고, 더불어 그녀가 월양(月陽) 권가(權家)의 영애로서 계급 이상으로 배려받는 위치였기에 가능한 일이기도 했다.

"그래. 황당하게도 그 녀석은 성계신이 직접 선포한 최상위급 성지(聖地)에서 살고 있더라고. 어째 우리 배에 초대당하고도 전혀 당황하지 않더라니 다 이유가 있었던 거지."

성계신은 어느 은하, 어느 행성을 가든 무조건 조심해야 하는 최고 등급의 언터쳐블(Untouchable)이다.

기본적으로 [침략] 행위만 하지 않는다면야 크게 반응하지 않는 게 그들의 기본 성향이지만 그렇다 하더라도 가진 힘 자체가 워낙 크니 신경 쓰지 않을 수가 없는 것이다.

"아, 그럼, 그 녀석 초대한다고 하고 그냥 이렇게 대기권으로 올라와 버린 게."

"그래, 알아서 보내준다고 하더라고. 그러니까… 지금이군."

파앗!

그때 한쪽 공간이 일렁거리더니 삽시간에 네 개의 인영을 토해낸다.

그야말로 한순간의, 더불어 조짐조차 없이 일어난 일이어서 미리 들은 이야기가 있는 알레이나조차 멈칫할 등장.

하지만 정말 놀라고 있는 것은 이동한 당사자들이었다.

"으아, 이런 맙소사. 땅에서 여기까지 한 번에 이동시킨다는 게 말이나 돼? 당신, 초월자였어?"

어쩐 일인지 크게 당황하는 세레스티아의 말에 동민이 고개를 흔든다.

"그럴 리가 있나. 현 지구에 존재하는 초월자는 단 한 분이고, 모습도 보기 힘든 분인데. 가이아 님이 도와주신 모양이군."

"뭐 성계신?! 아니, 뭔 성계신이 뭐 이런 사소한 일에 힘을 써! 우리 성계신이 100년 동안 모습을 드러낸 건 아버지 임명식 때 딱 한 번뿐이었는데! 설마 아까 세 번 차였다는 헛소리가 진짜였어?"

"그럼 거짓말인 줄 알았나?"

눈살을 찌푸리는 동민의 말에 세레스티아가 고개를 끄덕였다.

"말이 말 같아야 믿지. 그래도 성지는 진짜라서 따라 들어갔는데 그것도 정말이었다고……?"

그렇게 중얼거리며 한쪽 벽으로 다가갔지만 그 아래로 보이는 지구의 모습에 망연자실할 뿐이다.

아무리 그녀라도 대기권 밖에서 지상으로 내려갈 재주는 없었기 때문이다.

"일행분들이 개성적이군요. 보통은 가족 단위로 와서 이렇게 젊은 분들만 찾아오는 건… 당신은?"

이미 대하의 부친이라고 소개한 일한에게 대하 일행이 찾아올 거라는 언질을 받았던 알레이나는 느닷없는 등장에도 당황하지 않고 환영의 인사를 하기 위해 일행 앞에 섰다.

그런데 뜻밖에도 그녀는 일행 사이에서 익숙한 얼굴을 보았다.

"아이고……."

알레이나가 자신을 보았다는 걸 눈치챈 세레스티아는 앓는 소리를 내며 대하의 등 뒤로 숨었지만 당장 모델을 해도 좋을 정도로 훤칠한 키의 그녀가 숨어봐야 얼마나 숨겠는가?

"으, 하위 문명 여행이라도 위장은 할걸……."

그러나 후회는 아무리 빨리해도 늦은 법.

이내 그녀의 정체를 눈치챈 알레이나가 척, 소리가 나도록 부동자세를 취하고 소리친다.

"황제 폐하를 위하여! 저희 알바트로스함에 오신 것을 환영합니다!"

"저기, 언니, 갑자기 왜… 으악?! 황녀 폐하?!"

경악하는 두 여인과 한숨을 내쉬는 세레스티아.

그리고 아예 황녀라는 직위 자체에 별로 느끼는 게 없는 둘.

이미 세레스티아의 정체를 짐작하고 있었기에 그다지 놀라지 않은 나는 한쪽 벽을 통해 보이는 녹색의 별을 내려다보았다.

"지구를 떠나다니."

허탈함에 한숨 쉬고 있는데 이내 연락이 간 듯 문이 열리고 이 사람 저 사람이 튀어나오기 시작했다.

"황제 폐하를 위하여! 황녀님을 뵙게 되어 영광입니다!"

"알바트로스함에 오신 것을 환영합니다!"

"세상에! 세레스티아 황녀님이다!"

"우와, 진짜냐?!"

"오! 오오, 황녀님! 황녀님, 사랑해요!"

"세상에, 진짜 황녀님이야!"

"아! 름! 다! 운! 셀 황녀!"

초반에는 자신의 함선에 방문한 높은 사람을 대하는 태도들이었는데 뭔가 뒤로 가면 갈수록 분위기가 이상해진다.

사람들의 눈에 뿅뿅 하트가 떠 있고 자기들끼리 팔에 장착한 기기를 조작하더니 이상한 홀로그램 영상 같은 걸 허공에 띄우기 시작한 것이다.

'아, 그러고 보니…….'

나는 세레스티아의 칭호 중 하나였던 [우주 아이돌]을 떠올렸다. 이 녀석, 아무래도 황족이라는 지고한 위치보다 다른 걸로 더 유명한 모양이다.

[조용!]

그러나 묵직하게 울리는 고함 소리에 왁자지껄하던 주변이 삽시간에 조용해진다. 그냥 단순한 고함이 아닌, 주변을 짓누르는 기백이 담긴 외침이었기 때문이다.

저벅.

거대한, 더불어 새하얀 몸체를 가진 존재가 모습을 드러낸다. 근육질의 몸매를 가진 그는 몸에 척 달라붙는 제복을 입고 있었는데 목에는 두 개의 별이 그 존재감을 과시하고 있다.

"황제 폐하를 위하여. 뵙게 되어 영광입니다, 황녀님. 알바트로스함의 함장인 천현일 소장입니다."

가슴 위에 손을 올리며 예를 표한다.

아니, 저걸 손이라고 할 수 있을까? 앞발이라고 해야 하지 않을까? 아닌가? 설마 이런 내 생각이 대우주에서는 종족 차별적인 사고방식인가?

잠시 혼란스러워하는데 옆에 있던 보람이 중얼거린다.

"선배, 저거, 곰 아니에요?"

"적어도 나한테는 그렇게 보이네."

"더불어 북극곰이군."

그렇다. 스스로를 현일이라고 소개한 존재는 두 발로 똑바로 선 2m 50㎝ 정도의 백곰이었다.

그러나 일반적으로 생각하는 일어선 곰하고는 느낌이 전혀 달라서 구부정하게 잠시 앞발을 들고 있는 게 아니라 척추부터 뒤꿈치까지 못이라도 박은 듯 완벽한 직립보행을 선보이고 있었으며, 더불어 털을 단정하게 정리하고 전신 근육을 팽팽하게 단련해 거대한 신장에도 불구하고 날렵한 느낌이다.

"하하… 네. 반가워요, 소장님. 의도하는 바는 아니었지만 뵙게 되어 저도 영광입니다."

우주선에 올라온 직후 멘탈 붕괴가 온 듯 정신을 못 차리던 세레스티아는 이내 현실을 인정한 듯 능숙하게 대처하고 있었다. 어차피 상황이 여기까지 온 이상 어쩔 수 없다는 걸 깨달은 모양이었다.

하긴, 분위기를 보아하니 아군인 모양인데 여기서 목숨 걸고 탈출하는 것도 웃기는 모양새가 아니겠는가?

"함께하게 되어 기쁘군요, 대하 님."

"사실… 저는 별로 기쁘지는 않지만 그렇게 되었군요."

"하하하, 정말 재미있으신 분이에요."

맑게 웃는 알레이나의 모습을 보며 한숨 쉰다. 악의는 없어 보이지만 외모도 그렇고, 성격도 그렇고 왠지 어려운 타입이다.

뭐, 앞으로 이 우주선에서 생활해야 한다면 친해져야겠지.

"아, 들으셨겠지만 이 둘은 제 호위 역할이에요. 그리고 저 녀석… 아니, 분은 그냥 사고로 딸려 왔고요."

내 말에 알레이나가 고개를 돌려 현일이라는 백곰과 대화 중인 세레스티아를 바라보았다.

그리고 다시 고개를 돌려 속삭이듯 묻는다.

"뭐, 적당한 사연은 황녀님 스스로 밝히시겠지만… 왜 저분이 여러분과 함께 있었던 거죠?"

"아, 그건."

나는 적당히 상황을 설명했다. 세레스티아를 노리는 적들이 출현했고, 나와 일행은 우연히 그들과 접촉했고, 그래서 적들의 공격을 피하기 위해 세레스티아가 성지—우리 집—로 피신했다는 이야기.

당연한 말이지만 그 이야기를 들은 알레이나는 분노했다.

"어느 녀석들이 감히 암살자들을……! 황실에서 황녀님이 밖으로 나돌아서 걱정이 태산이라고 하더니 이런 이유에서였군요. 황권이 이렇게나 튼튼한 상황에서 암살자를 보내는 녀석들이 있다니."

잠시 고민하던 그녀는 말을 이었다.

"아무래도 경호를 더 철저히 하고 보호해야겠군요. 세레스티아 황녀님은 15개가 넘는 은하계를 떨쳐 울릴 정도의 스타입니다. 그녀의 영향력은 이미 황족 그 이상의 것이죠. 암살당한다면 어떤 상황이 벌어질지 상상할 수도 없습니다."

나는 나직하게 으르렁거리는 알레이나를 보며 어쩌면 세레스티아가 정체를 숨기고 있던 이유가 이런 것 때문이 아닐까 짐작했다.

그녀는 워낙 대단한 배경의 소유자였고, 그렇기에 직위대로 움직이면 새장 안의 새처럼 밖에서 살 수 없기 때문이다.

'뭐, 내가 알 바는 아니지만.'

그보다는 내 앞가림이 우선.

나는 알레이나를 보며 물었다.

"앞으로 내가 해야 할 일은 뭔가요?"

"당연하지만 당장 일을 시키지는 않아요. 일단 기술부장님께 면접을 봐야 하고 한 일주일 정도는 오리엔테이션을 받게 되죠. 아무래도 문명 레벨이 다른 행성에서 오셨으니 교육이 필요하거든요. 모두 따라오세요."

알레이나의 안내에 따라 세레스티아와 그녀를 둘러싼 수없이 많은 사람에게서 멀어진다.

당황해서 지금까지는 잘 못 봤지만, 자세히 보니 현일이라는 백곰이 그러하듯 인간 외 종족이 상당히 섞여 있었다.

"흠, 저기, 선배님. 여기 외계 맞아요? 왜 다 말이 통하죠?"

"하하, 귀여운 아가씨, 알바트로스에는 언어 통일 장치가 설치되어 있습니다. 적어도 이 함선 내에서라면 어떤 언어로 대화를 하더라도 서로 뜻이 통하죠."

색기 넘치는 누님의 외모를 가진 주제에 아저씨 같은 어투로

'하하하' 웃으며 보람의 머리를 쓰다듬는다.

보람은 일순간 싫은 표정을 지었지만 악의를 가진 것도 아닌 상대에게 날카롭게 행동하지는 못하겠는지 슬쩍 손을 밀어내는 정도에서 그쳤다.

'이 아줌마, 사람 대하는 데 능숙하구먼.'

필요할 때는 온몸의 색기를 다 뿜어낼 기세로 요염함을 뽐내다가도 또 어떨 때는 수염이 덥수룩한 아저씨 같은 털털함을 보여준다.

기본적으로 여자의 적이 되기 딱 좋은 외모임에도 지나가는 사람들 모두 그녀를 좋아하는 분위기인 걸 보면 그녀가 얼마나 처세에 능한지를 알 수 있다.

'그러고 보니 이 녀석도 특이한 칭호였지. 아니, 칭호 자체가 특이하다고 할 수는 없으려나?'

나는 알레이나를 따라 걸으며 슬쩍 머리 위를 올려다보았다.

[레온하르트 제국 2군단 사령부]

[~~인사과장~~ 알레이나]

여전히 특이한 방식의 칭호다. 멀쩡한 칭호 위에 취소선처럼 직직 선이 그어져 있는, 마치 글자를 써놓은 다음 그 위에 선을 그어 그 글자를 지우려고 한 것 같은 모양새.

나는 무심코 분류를 시작했다.

'언제 이런 칭호를 또 보게 될지 모르니 정체는 알아내야지.'

이리저리 돌아다닌다.

소속, 단체, 현재 상황. 뭐, 이런 걸 대충 읽어 들이면서 직직 그어져 있는 칭호의 정체를 파악하려 하는 것.

그리고 곧, 나는 그 취소선의 의미를 알게 되었다.

'가짜… 칭호라고?'

그리고 그 칭호를 걷어낸 진짜 칭호는 이랬다.

[데트로 은하 연합 4군단 제1암살대]

[스파이 다나]

"……."

"왜 그러시죠?"

"아뇨, 별로."

언제나 그러하듯 놀라운 포커페이스로 동요를 숨기며 고개를 흔들자, 그런 나를 보며 무슨 생각을 했는지 '우훗~' 하고 웃어 보인 알레이나가 다시 길을 안내하기 시작한다.

"아, 진짜."

무심코 중얼거린다.

"뭐 좀 그냥 넘어가는 게 없구먼……."

한숨 쉬며 알레이나를 따라간다.

당연한 이야기이지만 스파이 이야기는 입에 담을 생각도 없다. 이 레온하르트 제국의 입장에서야 당연히 스파이를 잡는 쪽이, 아니, 하다못해 알고 있는 쪽이 좋겠지만 어차피 내가 보기에 다 외계인인데 소속감이 있을 리 있겠는가?

'아니, 그걸 넘어서 어쩌면 이미 알고 있을지도 모르고.'

애초에 괜한 소리를 지껄여서 위험을 자초할 정도로 정의감 넘치는 성격이 아니다. 무엇보다 증거도 없고.

딩동~

“엘리베이터네.”

“…이거 진짜 지구에서 만든 거 아니에요? 건축 양식이 너무 익숙하잖아요. 게다가 이 숫자들, 아라비아 숫자랑 너무 비슷하지 않아요?”

기가 막힌다는 보람의 중얼거림에 알레이나가 웃었다.

“하하하, 이름이 뭐죠, 아가씨?”

“…강보람이요.”

“네, 보람 양. 보람 양이 생각하기에 외계인인 저와 보람 양의 외모가 너무 비슷하지 않나요?”

“…….”

그렇다. 비슷하다. 아니, 비슷한 정도가 아니라 알레이나는 누가 봐도 그냥 인간이었다.

나는 세레스티아가 했던 말을 떠올렸다.

“생물학적인 문제가 아니라 신학적인 문제라면 가능하죠.”

그녀의 말대로라면 아마 이 세상을 만든 창조신 같은 게 있을지도 모른다. DNA 단위에서 생물의 형태에 영향을 줄 수 있는 초월적인 존재…….

물론 신의 존재에 대해서 그다지 깊이 생각해 본 바가 없지만, 성계신이라는 게 이렇게 당연시되는 상황이니 더 상위의 존재가 있다 해도 이상할 게 없다.

아예 세상이 가짜일 수 있다는 생각을 늘 하며 살아서일까? 지구에 알려진다면 어마어마한 파장을 불러올 만한 사실을 난 너무나 가볍게 받아들일 수 있었다.

"오리엔테이션에서 다 알게 될 테니 조급해하실 필요는 없어요. 아, 잠시만. 지니, 올라갈게."

알레이나의 말에 엘리베이터 위쪽이 잠시 반짝이더니 녹색의 빛줄기가 그녀의 전신을 훑고 지나간다.

[네, 알레이나 대위님… 신원 확인되었습니다. 어디로 가시겠습니까?]

"기술부로 가줘."

그렇게 말하고 엘리베이터에 들어선다. 나는 문득 궁금해져서 물었다.

"방금 그건 인공지능인가요?"

대답은 알레이나에게서가 아니라 스피커에서 나왔다.

[알바트로스 시스템을 전반적으로 통제하는 관제 인격 지니(Genie)라고 합니다. 사적인 공간을 제외한 대부분의 공간을 감지권하에 넣고 있으니 문의하실 내용이나 도와 드릴 점이 있다면 언제든지 불러주십시오.]

인공지능이라고는 믿을 수 없을 정도로 매끄러운 반응에 보람이 신기하다는 표정을 지었다. 내색은 안 했지만 동민도 비슷한 상황.

하긴, 우리 셋 다 시골에서 서울 상경한 촌놈들보다 훨씬 심각한 상황이니 촌스럽게 두리번거리지 않는 것만 해도 다행이라 할 수 있겠지.

위잉—!

그렇게까지 생각할 때 문이 열렸고, 알레이나는 다시 우리를 안내하기 시작했다.

"기술부장님은 아마 지구 출신인 여러분이 느끼기에 가장 이질적인 외모를 가지고 있을 거예요. 더불어… 아직 초월지경에는 못 이르렀다 해도 귀족(Noblesse)이니까 염두에 두시고요."

"귀족?"

뜻밖의 단어에 의아해한다. 이미 황녀, 그러니까 황족도 만난 우리인데 귀족이라는 게 중요한 문제일까?

'아니, 어쩌면.'

문득 귀족, 혹은 황족이라는 단어가 가지는 원래의 어감을 떠올렸다. 어쩌면 세레스티아 녀석이 드문 경우고 다른 귀족들은 상당히 까다로운 성격일지도 모른다. 말을 함부로 했다가 쫓겨난다거나 시빗거리가 된다거나.

그러나 그런 의미는 아닌 듯 알레이나가 웃었다.

"후후후, 무슨 상상을 하시는지 알겠는데 중세 시대 같은 개념이 아니에요. 무엇보다 여기서 말한 귀족은 종족의 개념이기도 하니……. 이것 역시 차차 배우게 될 거예요."

그렇게 말하며 복도 끝에 있는 방으로 날 안내한다. 그리고 가는 길에 보람이 속삭였다.

"저기, 그런데 선배님."

"응."

"지금 분위기를 보니 선배님을 기술자로 쓴다는 거 같은

데… 외계 기업에 취직할 수 있을 정도의 기술을 가지고 있으셨나요?"

"그럴 리가."

고개를 흔든다. 사실을 말하자면 나도 상당히 무대책인 상황이었기 때문이다.

'근데 대체 뭘 어째야 하는 거야?'

당연한 말이지만 나는 대전쟁을 해킹하지 않았다. 그럴 능력은 더더욱 없는 상황.

하지만 이미 한번 숨긴 일을 가지고 이제 와서 '사실 그거 그냥 실력으로 딴 점수인데요?' 라고 말하는 것도 웃기는 상황이 아닌가?

'결국 최악의 상황에는 어쩔 수 없이 밝혀야 하나.'

너무나 당연한 말이지만 기술부에서 활동할 능력은 전혀 없다. 애초에 상황에 밀리고 밀리서 여기까지 온 거니 뭐 어쩌겠는가?

"두 분은 잠시 대기해 주십시오."

"어? 괜찮을까요?"

알레이나의 말에 동민이 슬쩍 팔을 들어 벽을 짚는다. 그리고 고개를 끄덕였다.

"이 정도 벽이라면."

"아, 더불어 저희는 호위니까 분위기가 이상하면 무력을 써도 되죠?"

작고 귀여운 느낌의 미소녀인 주제에 살벌한 소리를 해대는 보람의 모습에 혀를 찬다. 이 녀석도 갑자기 외계로 던져져서 그런지 상당히 흥분한 상태인 것 같다.

"어머, 꽤나 실력에 자신들이 있는 모양이군요."

"사실 그렇지도 않아요. 대체 외계인들이 무슨 힘을 얼마나 발휘할지 알지 못하는 상태여서요."

언뜻 들으면 겸손해 보이나 나는 그 안에 담긴 음험함을 읽었다.

그러고 보면… 아버지가 1급 변신인가 하는 것의 봉인을 푼다고 했었지. 더불어 '궁니르' 라고 하는 무기를 꺼내 오라고도. 그리고 그 말을 들은 녀석은 3차 세계대전을 언급했었다.

'즉, 저 녀석이 군대에 버금갈 정도의 힘을 가지고 있다는 뜻일지도 모르겠군. 애초에 변신이라는 것 자체가 허무맹랑하지만……. 마법소녀는 원래 변신을 할 수 있는 게 정상일지도 모르니.'

더불어 동민조차 심상치 않다. 아무렇지도 않게 공간을 휙휙 넘어 다니는 걸 보니 녀석도 영화에서나 나올 법한 초능력자라는 뜻이었으니까.

물론 그래봤자 지구 수준에서이고 우주에서는 씨알도 안 먹혀! 라는 상황이 될지도 모르지만.

'그렇지는 않겠지. 우주에서 전혀 안 먹힐 정도라면 굳이 호위로 보낼 의미조차 없었을 거란 말이지……. 무엇보다 예지능력이 있는 어머니의 말을 듣고 아버지가 긴 시간 동안 준비한 모양이고.'

나는 언제 한번 시간을 내서 녀석들의 칭호를 살펴봐야 할 필요성을 느꼈다.

물론 칭호를 아무리 봐봐야 녀석들이 얼마나 강한지, 무슨 능력을 쓰는지 따위의 정보를 정확히 알 수 없지만 아는 게 아무것도 없어서야 이야기가 되지 않는다.

"기술부장님."

[아, 들여보내게.]

대답과 함께 문이 열리고 그 안으로 들어간다. 그리고 문을 지나기가 무섭게 멈칫하고 말았다.

"…어?"

[아, 신입인가? 만나서 반갑군.]

들린 것은 목소리가 아니었다. 머릿속을 윙~ 하고 울리는, 흔히 텔레파시라고 부르는 종류의 방식.

하긴 상대방에게는 발성기관이라는 것 자체가 없었으니 이게 당연한 일일지도 모른다.

"빛… 덩어리?"

사람 머리통보다 조금 큰 빛 덩어리가 시야에 들어온다. 마치 도깨비불처럼 허공에 둥둥 떠 있는 그 빛 덩어리 주변에는 대여섯 개의 디스플레이가 설치되어 각종 화면을 비추고, 앞에 있는 길이 5m에 폭은 3m나 되는 커다란 책상에는 온갖 기기가 어지러이 늘어져 있다.

[아, 그러고 보니 34지구에서 막 올라왔다고 했었지? 우리 캔딜러족을 보는 건 처음이겠군.]

그렇게 말하더니 그대로 슈웅, 하고 날아 내 앞에 도착한다. 나는 무심코 그의 머리(?) 위를 올려다보았다.

[레온하르트 제국 알바트로스함]

[창조계/변이계 완성자 니단]

'완성자?'

아무래도 무슨 경지를 나타내는 말인 것 같다. 저런 외양으로 무술 같은 걸 쓰지는 않을 테니 아무래도 마법이나 초능력 뭐, 그런 쪽 계열이겠지. 기술부장이라고 했으니 비전투 계열일 테고 말이다.

"뵙게 돼서 반갑습니다. 관대하라고 합니다."

[니단 호프먼일세. 나도 만나게 되어서 반갑군. 내 비록 어린 나이지만 그래도 너보다 열 배 이상 많을 테니 말 놔도 상관없지?]

"아, 네 물론이죠."

대답하면서도 기겁한다.

아니, 외견상 나이를 짐작하는 게 불가능한 모습이기는 하지만 열 배라니, 200살이 넘는다는 소리 아닌가? 심지어 그 나이가 '어린' 나이라니?

[미안하지만 시간이 없어서 면접을 오래 볼 수는 없겠군. 이것들을 고쳐보게.]

그렇게 말하더니 대뜸 문제를 낸다.

내 몸체만 한, 뭔지도 모를 기계들이 허공을 날아 내 앞에 내려선 것이다.

쿵, 쿵.

그리고 그건 하나가 아니었다.

무슨 엔진으로 보이는 부품과 기동이 중지되어 있는 듯 움직이지 않는 인간 형태의 로봇, 그리고 손목에 착용하는 걸로 보이는 시계 비슷한 물품까지.

뭘 어째야 하나, 하는 시선으로 그것들을 보는 나에게 니단이 말했다.

[셋 다 고쳐도 되고 그것 중 하나만 고쳐도 되네. 나야 자네의 능력만 보면 되는 것이니.]

그의 말을 듣고 기계들에게 다가간다. 그러나 너무나 당연하게도… 나에게 이것들을 고칠 재주 따위는 없다. 그냥 막연하게 '뭐 어쩔?' 이라는 생각밖에 안 드는 것이다.

'아니, 애초에 내가 대전쟁을 해킹했다고 생각해서 불러들여 놓고는 해킹이 아니라 대뜸 물건들을 고치라고?'

물론 그것은 그들이 나를 전자 계열 초능력자로 판단했기에 나온 착오였지만 아직 그걸 모르는 나는 막연한 기분을 느끼며 그 기계들을 바라보고만 있다.

'어떻게 하지.'

기가스를 조종하고 싶지 않다.

아니, 솔직히 말하면 기가스 조종하는 것 자체에는 매우, 정말, 아주아주 많은 관심이 있었다.

직접 기가스를 타고 움직여 보고 싶다. 내 실력에 어느 정도 자신감이 있으니 확인해 보고 싶은 것도 사실이다.

그러나… 그 결과가 전쟁으로 이어질까 봐 겁이 난다.

시뮬레이션인 대전쟁 속에서야 적들도 프로그램이었을 따름이지만 실제로 전투가 벌어지면 상대편 기가스에도 분명히 사람이 타고 있을 것이다.

심지어 외계로 나와서도 대부분의 외계인이 문어 형태나 다른 형태 등이 아니라 인간이랑 다를 바가 없는 상태에서 전쟁터에 들어서게 된다면?

'물론 군인이 된다고 무조건 전쟁에 나가는 게 아니라는 것도 사실이긴 하지.'

하지만 동시에 군인이 된다는 건 [그런 상황] 역시 충분히 감내한다는 전제를 까는 것이나 마찬가지다.

군인이 돼서 월급을 받은 주제에 전쟁이 벌어지면 '전 사실 평화주의자거든요? 월급은 받았지만 그냥 평시 임무나 하려고 한 거지 누굴 해치기 싫어요!' 이러면서 안 싸우겠다는 것도 미친 소리가 아닌가?

'하지만 그렇다고 이런 정체도 모를 기계들을 수리하는 게 가능할 리 없… 아니, 잠깐.'

순간 멈칫한다. 그리고 크게 숨을 몰아쉰다.

"후우……."

정신을 집중해 [전체 설정]을 [상태]-[문제점]으로 변경한다. 당연한 말이지만, 수리는 못 해도 고장 난 지점을 [보는] 것에는 아무런 문제가 없었다.

"여기 이 로봇은 바이러스에 감염되어 있군요. 기동은 되겠지만 그 방식을 신뢰할 수는 없을 것 같아요. 그리고 이 시계는 어디서 무슨 일을 당한 건지 버그를 먹었네요. 한번 강제로 꺼졌다가 켜진 상태고요. 그리고 이… 엔진이었군요. 하여튼 이 엔진은 7번하고 23번 부품이 마모되었습니다. 교체해야 할 것 같아요."

차분하게 설명하자 니단이 잠시 생각에 잠겼다가 답했다.

[흐음… 그렇군. '보는' 쪽 능력인가. 수리는 불가능하고?]

"네."

[시스템에 간섭해 바이러스를 수정하는 건?]

"안타깝게도 그런 재주는 없네요."

솔직하게 말한다. 아닌 게 아니라 못하는 걸 할 수 있다고 말해봐야 파탄만 불러올 뿐이니까.

[미묘한 걸… 너무 한정적이야. 아니, 그보다 좀 이상한데… 보고받은 능력은 전자 능력이라고 했었는데……. 뭐, 거짓말을 하는 것 같지는 않으니 상관없긴 한데, 으으음…….]

잠시 허공을 부드럽게 날아다닌다. 아무래도 나를 받아야 할지 돌려보내야 할지 고민하는 모양새. 그리고 그런 그를 보다가 품속에서 스마트폰을 꺼내 든다.

"아, 그런데 혹시 알바트로스의 언어 통일 장치가 문자도 번역해 줍니까?"

[그런 기능까지는 없지. 시야에 간섭하는 것도 아닌데. 하지만 자네, 지구에서도 한국 출신이지? 한국어는 내가 할 줄 아니 걱정 말게.]

"한글을 아신다고요?"

기가 막혀서 허공에 떠 있는 니단을 바라본다.

아니, 이 외계인이 한글을 어떻게 알아?

그러나 니단은 대단할 것도 없다는 분위기다.

[심심할 때마다 취미 삼아 이런저런 언어들을 배우거든.

300개쯤 익혔는데 다행히 지구의 언어와 문자들도 익혔지.]
"그럼 다행이네요. 이걸 읽어주시겠어요?"
그렇게 말하며 스마트폰의 메모장에 글자를 써서 보여준다.

제 기준으로 오른쪽, 니단 님 기준으로 왼쪽에 있는 세 번째 디스플레이에 도청 기기가 설치되어 있습니다. 책상 위에 있는 기기에는 정보를 유출하는 종류의 바이러스가 설치되어 있고요.

아무래도 이 역시 [문제점]이라고 인식하는 것인지 칭호에 표시되었다. [도청기가 설치된 모니터]라고 떠버리니 모를 수가 없는 것.
이건 꽤 충격이 컸던 듯 니단의 몸이 크게 깜빡인다.
[이게… 정말인가? 그리고 계속 이 능력을 사용할 수 있나?]
"문제점을 찾는 정도라면 충분하죠."
고개를 끄덕인다.
일단 기술부에 들어갈 것 같은 분위기니 기계 관련 능력이 있는 쪽으로 속이는 게 좋다는 판단이 들었기 때문이다.
칭호를 보는 능력은 누구나 위협으로 느낄 수밖에 없을 정도로 위험하지만 기계의 문제점을 찾아내는 정도라면 괜찮을 것이다.
[이건… 대단하군. 능력의 방향은 한정적인데 등급이 높은 모양이야. 오히려 이렇게 되면 평범한 전자 능력보다 더 쓸데가 많겠는데?]
그렇게 중얼거리더니 내 앞에 내려놨던 부품들을 가볍게 치

워 버린다. 손도, 발도 없는 대신 강력한 염동 능력을 지닌 것인지 몇십 킬로는 가볍게 넘어 보이는 물건들이 슉슉 날아가 벽에 진열된다.

“그럼 면접은 어떻게 될까요?”

[두말할 필요도 없지. 합격일세. 앞으로 자주 보게 되겠군.]

가볍게 날아온 니단이 내 이마에 자신의 몸을 맞댄다. 약간은 따듯하게 느껴지는 몸체. 아무래도 인간으로 치면 악수 정도의 행위인 것 같았다.

“잘 부탁드립니다.”

[나 역시.]

슬쩍 웃는다. 아직 고등학교 졸업도 안 한 주제에 외계 함선에 취직한 어느 날의 일이었다.

* ✶ *

새로운 환경에 적응하는 건 언제나 힘든 일이다.

작게는 학교를 옮겨 전학을 하는 것부터 크게는 입대해 군인이 되는 것까지 새로운 환경은 언제나 새로 들어온 신입에게 상당한 스트레스를 안겨주게 마련이니까.

알지 못했던 사람, 새로운 룰, 익숙하지 않은 일 등을 받아들이는 것은 절대 쉬운 일이 아니며 거기에 적응하기 위해서는 어느 정도의 노력과 시간이 필요하다.

“지니, 저기 171번째 총기랑 3,141번째 총기 명중률에 관련해서 테스트해 주겠어? 그리고 저기 7번 엔진의 경우는 그냥 버려. 내구도가 불량이야. 아, 그리고 저기 저 계측기인가 하는 건 어디 보자, 이 부품하고 이 부품을 교체하고."

그러나 내 경우에는… 너무 쉽게나 적응했다.

당연하지만 내가 적응력이 높아서 그런 것은 아니다. 단지 내가 맡은 일이 너무 쉬웠으며, 기술부장인 니단이 내 능력을 어느 정도 숨기는 게 좋겠다고 판단, 외부인의 접촉이 적은 작업실을 내줬기 때문이었다.

[작업을 시작하겠습니다.]

그리고 그렇기에 작업실에 있는 건 나 혼자였다. 아니, 정확히 말하면 나 혼자는 아니고 내가 타고 있는 테라급의 함선, 알바트로스의 관제 인격인 지니(Genie)가 실질적인 정비와 수리를 하고 있었다.

"저기 근데 지니, 꼭 그런 모습을 하고 있어야 해?"

나는 작업을 시작하는 지니를 보며 조심스럽게 물었다. 본디 그녀는 생명체가 아닌 프로그램일 뿐이지만, 지금 내 앞에서 인간의 모습을 하고 있었기 때문이다.

키는 나와 비슷하다. 포니테일로 길게 늘어뜨린 갈색 머리칼은 중력과 무관하게 찰랑거리며 떠 있고, 연한 갈색의 눈동자에 유려한 얼굴선 때문에 우아해 보이는 외모를 가지고 있다.

전체적으로 기품 있어 보이는 인상인데, 문제는 몸매와 복장이다.

'이게 무슨 컵이야. 짐작도 안 간다. 소문으로 듣던 G컵이나 H컵이 이런 건가? 아, 아니, 어차피 영상인데 이런 거에 신경 쓰면 지는 거?'

알레이나가 요염함으로 인간의 끝에 도달했다면 인간을 넘어선(…) 몸매를 가진 그녀는 황당하게도 이 우주선에 전혀 어울리지 않는 복장을 하고 있다.

마치 사막의 무희들이 입을 것만 같은, 하체는 속이 은은히 비치는 천을 두르고 상체는 손바닥 네다섯 개만 한 크기의 천을 이어 만든 것 같은 조끼와 목에 거는 형식의 가슴 가리개를 걸쳐 허리와 배꼽은 물론이고 속가슴까지 훤히 보이는 파격적인 노출을 선보이는 것이다.

목소리만 들으면 회장님 비서같이 차분하고 단호한 느낌을 주는 그녀가 저런 모습을 하고 있으니 오히려 내가 시선 둘 바를 모르는 상태.

그러나 지니는 익숙하게 답한다. 아마 나 같은 질문을 한 녀석이 많았던 모양이다.

[제 캐릭터 이미지(Character Image)를 말씀하시는 거라면 제작자님의 취향이 반영된 영역이어서 저로서도 접근할 권한이 없습니다. 기본 세팅의 메탈 바디(Metal Body)가 드러나겠지만 보기 불편하시다면 위장을 지워 드릴까요?]

"아니, 뭐 그럴 필요까지야."

[그렇다면 다시 작업 시작하겠습니다.]

차분한 목소리로 대답하더니 능숙하게 작업을 시작한다. 뿐만 아니라 그녀의 눈이 반짝이자 작업실 한쪽에 있던 정비 기계들이 움직여 내가 지적한 기기를 치워내고, 그녀는 두 개의 총기를 걸러내 능숙하게 분해하더니 검사를 시작한다.

철컥! 기이잉!

들려오는 금속음을 들으며 푹신한 의자에 몸을 기댄다.

당연한 말이지만 나에게는 기계들을 수리할 능력이 없었고 그 과정은 전부 그녀와 정비 기계들이 대신했다.

지구의 기술로는 감히 구현할 엄두조차 낼 수 없는 완벽한 인공지능인 지니와 나노 단위의 조작까지 가능할 정도의 성능을 가지고 있는 정비 기계들이 있으니 사실 기술적인 문제는 전혀 걱정할 게 없다. 문자 그대로 손 하나 까딱할 필요가 없는 것이다.

'하긴, 그래서 이 배에 기술부장은 있어도 정비부장은 없는 거지만.'

기술적인 대부분의 요소는 인공지능과 기계들이 커버 가능하다. 다만 아무리 뛰어난 인공지능이라도 새로운 기술을 받아들이거나 신기술을 개발하거나 하는 것이 불가능하기 때문에 기술부의 존재는 필연적이다.

수년에서 십 년 단위의 장기 작전을 목표로 만들어진 알바트로스함에서 자체적인 업그레이드 능력은 필수적이었기 때문이다.

[전부 정확합니다. 심지어 총기의 명중률 불량을 일견하는 것만으로 알아채는 능력은 정말 놀랍군요. 수천 정 중에 두 정. 그것도 약간의 오차였는데 말이에요.]

"뭐, 고치는 건 결국 다 네가 하잖아."

[그건 알바트로스함의 관제 인격으로서 당연한 일입니다.]

"성실한걸. 아, 그런데 질문 좀 해도 돼?"

[물론입니다, 대하 님.]

지니가 알바트로스함 내부에서 이런저런 일들을 처리할 수 있게 보조하는, 말하자면 일종의 중계기와 비슷한 역할을 가진 메탈 바디가 일을 하고 있는 동안 나는 그녀와 잡담을 시작했다.

지니는 인공지능이었기 때문에 저기 메탈 바디에도 있지만 지금 내 옆에도 있으며, 동시에 알바트로스함 모든 곳에 존재하며 사람들의 편의를 돌봐주고 있었으니 일을 하며 나와 이야기 나누는 것쯤은 너무도 간단하다.

"데트로 은하 연합에 대해서 말해줄래?"

[어떤 지식을 원하십니까?]

"보편적인 지식."

나는 과거 세레스티아를 보았을 때의 칭호를 떠올렸다. 그리고 칭호 위에 있던, [데트로 은하 연합 4군단 제1돌격대]라는 소속 역시.

칭호는 현재 그 사람을 대표하는 상태를 보여주며 소속은 현재 그 사람이 들어가 있는 단체를 보여준다. 즉, 그녀는 레온하르트 제국의 황녀이지만 실제로 지구에 왔을 때 데트로 은하 연합 4군단의 제1돌격대에 속해 있었다는 뜻이다.

그런데 나는 또 다른 사람에게서 같은 소속을 보았다.

'알레이나…….'

레온하르트 제국의 인사과장인 알레이나는 드러난 것 외에도 다른 소속 단체를 가지고 있었다. 그녀는 [데트로 은하 연합 4군단 제1암살대]라는 단체에도 소속되어 있었던 것이다.

주변 사람들에게 대충 들어본 이야기에 따르면 그녀는 10년 가까이 알바트로스함에 탄 상태라고 하는데 여전히 소속이 저

암살대인가 뭔가 하는 데 들어가 있다는 것은 그녀가 10년 가까운 시간 동안 자신의 본분을 전혀 잊지 않고 있다는 뜻이다.

[데트로 은하 연합은 데트로 은하에 자리 잡은 행성들이 서로 연합해 만든 세력으로 우주 전체의 중심이라고 해도 무방할 교통의 요지입니다. 중립국으로서 많은 나라가 손에 넣고 싶어 하면서도 감히 손을 대지 못할 정도의 강대국이기도 하죠.]

"교통의 요지?"

다른 단어보다 그 단어가 너무나 신경 쓰였다.

"우주에 교통의 요지 같은 게 있어? 그냥 날아가면 그만 아닌가?"

물론 바다에도 길이 있고, 하늘에도 길이 있다는 것쯤은 알고 있다. 하지만 우주에서 교통의 요지라고 할 만한 장소가 존재할 수 있다니.

의아해하는 나에게 지니가 설명한다.

[대하 님, 그냥 날아가서는 은하단(銀河團: 수백에서 수천 개의 은하 집단)을 벗어나는 데 하나의 문명이 생겨났다 사라질 정도의 시간이 걸립니다. 테라급 이상의 우주선에나 설치가 가능한 아스트랄 드라이브(Astral Drive)를 가동해 중첩가속(重疊加速)을 최대 출력으로 뽑아낸다 하더라도 100년은 걸리죠.]

"무지막지하구만……."

지구인의 시각으로 아득하다고밖에 볼 수 없는 기술력을 가진 우주인들에게 있어서도 대우주는 너무나 넓다. 일방적인 방식으로는 문명이 단절된 거나 다름없는 상황을 피할 수 없다는 것.

대신 그들은 다른 방법을 찾은 모양이었다.

[거리가 먼 항성 간 이동을 위해서는, 또 은하 간 이동을 위해서는 스타 게이트(Star Gate)가 반드시 있어야만 해요.]

"스타 게이트라… 흔히 말하는 워프 게이트 같은 건가?"

[비슷합니다. 항성들 간의, 그리고 은하 간의 거리를 줄여주는 차원의 문이지요. 특히나 은하군(銀河群: 수십 개로 이루어진 은하 집단)을 가로지를 정도의 출력을 가진 초장거리 게이트는 클래스 텐의 마왕급 마법사들만이 설치할 수 있어서 우주에서도 흔치 않지요.]

그녀의 말을 들은 나는 이제야 교통의 요지라는 게 무슨 말인지 이해할 수 있었다.

"그렇군. 결국 데트로 은하 연합이라는 곳이 교통의 요지라는 것은……."

[예. 수백 개가 넘는 은하 간 게이트가 존재하기 때문이지요. 심지어 그중 3개는 1,000만 광년 이상의 거리를 뛰어넘을 정도로 엄청난 출력을 가져 어지간한 은하단 하나를 관통할 정도니……. 때문에 데트로 은하 연합은 대우주에서도 엄청난 위상을 가진 세력입니다. 상주하고 있는 대마법사가 100명에 가깝고 대우주 최고의 학문 기관인 우로보로스(Ouroboros)가 자리하고 있는 세력이기도 하죠.]

"즉, 적도, 아군도 아니지만 강대한 세력이다?"

[규모 자체로 보면 수많은 은하를 지배하고 있는 레온하르트 제국에 비할 바가 아니지만 그렇다고 무시할 수도 없는 세력이지요. 현재 레온하르트 제국과는 좋은 관계를 유지하고 있습니다. 왕래도 자유롭고요.]

그녀의 말에 속으로 안도의 한숨을 내쉬었다. 솔직히 좀 불안했는데 적국이 아니라니 다행이다.

"그럼 테케아 연방은?"

[레온하르트 제국과 인접하고 있는 연방 국가입니다. 레온하르트 제국과는 크게는 5번, 작게는 셀 수 없이 싸워온 오랜 적이지요.]

"왜 적이지? 같은 [연합]이라면서."

보통 사람이라면 짜증을 낼지도 모를 정도로 자잘한 질문들이었지만 지니는 성실하게 이런저런 내용들을 설명해 주었다.

그녀의 말에 따르면 이 우주에 존재하는 대부분의 종족은 [연합]이라는 이름 아래 범우주적인 단체를 만들었다고 한다.

이는 물질계 밖에 있는 초월적인 존재, 그러니까 천족이나 마족, 혹은 신들같이 도저히 감당 불가능한 재앙 같은 존재들에게 대항하기 위해서이다.

[그러나 연합이라는 거대한 이름으로 묶여 있다고 해도 우주는 끝없이 광대하고 그 구성원의 숫자는 너무나 많습니다. 그 안에는 십여 개가 넘는 제국과 연방, 수백 개가 넘는 왕국과 자치령이 존재하지요. 연합의 힘은 연합법의 행사와 범우주적인 문제를 해결할 때만 발휘되기 때문에 그 안에서는 전쟁이 끊이지 않고 일어나고 있습니다.]

한국은 지구에 있다. 북한도 지구에 있다. 하지만 둘 다 지구에 있다는 이유로 이 두 나라를 [아군]이라고 할 수 있을까?

마찬가지로 연합이 우주의 대부분의 세력을 품었다 해도 그 억제력은 그리 강하지 않다. 그 구성원들의 개성과 사고방식이

각각 다 다르며, 서로의 원한이 골수에 뻗쳐 도저히 화합이 불가능한 세력들 역시 존재했기 때문이다.

때문에 모두 연합이라고 해도 그 소속감이란 극히 희박하다. 모두 지구에 살아도 외계인이 나타나기 전에는 지구인이라는 것 자체에 소속감을 느끼는 사람이 적은 것처럼.

[아, 작업이 종료되었습니다. 이것으로 일과는 끝이군요. 수고하셨습니다, 대하 님.]

"수고는 네가 다 했지, 뭘. 혹시 문제가 있으면 연락 줘."

가볍게 손을 흔들고 작업실을 나선다. 그리고 그와 동시였다.

삑삑!

알바트로스에 취직(?)하면서 받았던 전자시계 형태의 통신기에 [3,000게럴트가 입금되었습니다]라는 텍스트가 떠오른다.

황당하게도, 이곳에서의 급여 형식은 일당이었던 것이다.

"어디 보자, 현재 시각 1게럴트가 1만 7,000원……."

마법소녀인 보람이나 초능력자인 동민 모두 외계인의 존재를 모르기는 했지만 그거야 녀석들이 권력과 인연이 없어서일 뿐 아무래도 각국 최고위층에 가면 외계의 존재를 알고 협력하는 이가 상당수 존재하는 것 같다.

안 그렇다면 이렇게 환율이 정해질 리 없으니까.

심지어 통신기에 표시되는 환율이 매일 조금씩 변하는 걸 보면 아무래도 실시간인 모양.

나는 무심코 계산했다.

"5,100만 원이라니… 하루 5시간 일해서 일당이 5,100만 원이라니… 어허허허."

기가 차서 헛웃음만 나온다.

솔직히 내가 뭘 하는가?

출근 시간이라고 해봐야 아침도 훨씬 지난—물론 해가 뜨는 건 아니지만 놀랍게도 이 녀석들의 시간개념은 지구와 똑같이 하루 24시간, 1년 365일이었다—10시쯤이었고 몇 개 좀 둘러보다가 점심 먹고 오후 3시까지 일하고 퇴근이다.

일반적으로 자기 일이 제일 힘들다고 하는 게 보통이라지만 양심이 있지, 이걸 힘들다고 할 수는 없다. 심지어 5시간 근무 중에는 점심시간이 포함된다.

"물론 기가스 조종병이 되는 것보다는 조금 받는 모양이지만."

기억을 되새겨 보면 그 파이넬 아카데미인가 뭔가에 합격하면 월마다 100억 원이 나온다고 했으니 한 달에 고작(?) 15억 원 정도—휴일도 평균 일당이 계산되어 나온다—를 버는 지금보다 훨씬 많이 버는 셈이겠지만…….

군사학교에 가면 당연히 군사훈련을 할 테고 어쩌면 전쟁터에 나갈지도 모르는 기가스 조종병과 지금의 입장은 완전히 다른 상황.

심지어 5시간조차 그냥 노는 시간이다. 저거, 저거, 저거 이상해, 라고 찍어주면 지니가 알아서 수리하거나 확인하고, 나는 그 시간 동안 앉아서 책을 보거나 지니랑 잡담이나 나누는 것이다.

처음에는 너무 조건이 좋아서 '이것들이 날 속이나?' 하는 생각까지 들었는데, 어느새 3주의 시간이 흘렀다. 눈치가 없기는커녕 매우 빠른, 더해서 칭호를 본다는 사기적인 초능력을 가지고 있는 나는 그동안의 이 모든 상황에 그 어떤 음모조차 없다는 것을 알 수 있었다.

나는 물론이고 한동안 초긴장 상태였던 보람과 동민까지 잘 적응하고 있는 상황.

"이거 몰랐는데……."

천천히 기술실을 나서다 무심코 중얼거린다.

"개꿀이네?"

"무슨 꿀이요?"

들려오는 목소리에 고개를 돌리자 문 옆에 기대고 있던 보람이 벽에서 등을 뗀다.

이러니저러니 해도 내 호위 역을 맡고 있는 보람과 동민은 번갈아 가며 나를 지키고 있었던 것이다.

"그냥 이 생활 자체가 말이야."

별로 당황하지 않고 답한다.

사실 내가 지금 느끼는 이 감정은 우리들 사이에서 그리 새삼스러울 것도 없는 종류이기 때문이다.

"아아~ 선배 말이 맞아요. 외계로 나온 거라서 잔뜩 긴장했는데, 심지어 1급 변신까지 허가하고 이런 평화라니. 심지어 벌써 3주째예요. 집에는 언제나 가련지."

투덜거리며 내 옆을 스쳐 지나가는 그녀의 모습을 잠시 바라본다.

어깨까지 늘어진 물결 모양의 파마머리와 약간은 작은 키를 가진 그녀는 누가 봐도 벌레 한 마리 잡지 못할 것 같은 미소녀의 모습을 하고 있다. 작고 귀여운 이미지라고 해야 하나?

그녀의 토끼 모양의 핀과 토끼 모양의 손목시계는 그런 그녀의 이미지를 더욱 강조한다.

'그런데 이런 녀석조차 나 정도는 단매에 때려죽일 강자란 말이지.'

그냥 흘러흘러 이런 상황이 되긴 했지만 참 특이한 경험이다.

무려 [마법소녀]씩이나 되는 녀석이 나를 경호한다고 매일 붙어 있다니.

"뭘 봐요?"

"…야, 너 처음 만났을 때랑 이미지가 완전히 다른 건 알지?"

"원래 여자들은 여러 개의 얼굴을 가지고 있는 법이니까요."

그렇게 말하고 터벅터벅 걷는다.

우주선 안이라지만 중력은 충분히 존재했다. 지구의 중력보다는 약한 것인지 미묘하게 몸이 가벼운 느낌이었지만 그리 심한 차이는 아니다.

[거주 구역에 도착했습니다. 편히 쉬십시오.]

"그래. 고마워, 지니."

엘리베이터의 한쪽에 뜬 지니의 SD 캐릭터(Super Deformation Character: 2등신 혹은 3등신으로 표현되는 사람 형태의 캐릭터)를 향해 손을 흔듦과 동시에 엘리베이터의 문이 열리고 지상이 드러난다.

물론 지상(地上)이라는 표현은 사실 정확하지 않다. 아무리 엘리베이터를 타봐야 우주선인 알바트로스 안인데 어찌 땅 위로 나올 수 있겠는가?

그러나 엘리베이터가 열리고 드러난 광경은 충분히 지상이라는 단어를 사용할 만한 수준이었다.

"언제 봐도 대단한 규모야."

"그러게 말이에요. 말이 좋아 거주 구역이지 어지간한 마을보다 커요. 산책 삼아 한 바퀴 돌아봤는데 걸어서 돌면 거의 한 시간 가까이 걸리더라고요. 선내라는 게 믿을 수 없을 정도의 크기죠."

우리가 지구를 떠나 가장 먼저 도착했던 장소는 알바트로스함의 승강구 중 하나로, 우주선의 내부라는 SF적인 환경에 충분히 부합될 만한 곳이었다.

금속으로 만들어진 바닥과 착륙한 지 얼마 안 되어 보이는 우주선들, 무엇보다 두꺼워 보이는 유리벽 밖으로 보이는 지구의 모습까지.

그러나 엘리베이터를 타고 올라온 장소는, 만약 맨 처음 도착한 곳이 여기였다면 우주로 왔다는 사실 자체를 믿지 않았을지도 모를 정도로 [우주선]이라는 개념과 동떨어진 것이었다.

"레온하르트 제국에도 20대밖에 없는 테라(Tera)급 함선이라고 했지. 함선 내에서 거주하고 있는 탑승자의 숫자만 해도 1만 명이 넘어간다고도 했었고."

놀랍게도 거주 구역에는 수백 채 이상의 건물이 둥그렇게 자리 잡고 있었다. 그 중심부에는 마치 지구의 도시들이 그러하듯 편의점이나 식당 등은 물론이고, 각종 스포츠가 가능해 보이는 커다란 운동장까지 존재했으며, 아래로 보이는 도로에는 상당한 수의 사람이 돌아다니고 있다. 차도가 있어 자동차와 비슷한 탑승물들이 달리고 있기도 하다.

심지어 천장의 거대한 디스플레이가 파랗게 빛나 [하늘]을 구현하고 있어 눈여겨보지 않았으면 우주선 안이라는 걸 눈치채지 못했을지도 모를 정도다.

"동민은 뭐 하고 있지?"

"늘 그렇듯 수련이죠. 여기서는 초능력이나 이능이 전혀 비밀이 아닌 데다가 트레이닝 룸이 잘 갖춰져 있고 능력자도 많아서 돈만 내면 개인 교습까지 받을 수 있거든요. 게다가 도서관도 완전 개방되어 있어서 지구에서는 억만금을 주고도 못 구할 최상급 정보들이 돌멩이처럼 굴러다녀요."

세상에, 군인이라면 다들 하나쯤 이능을 가지고 있는 세상이라니, 하고 중얼거리는 보람과 함께 집으로 돌아온다.

"열어줘."

[네, 관대하 정비관님… 신원 확인되었습니다. 어서 오십시오.]

가벼운 인사말과 함께 열리는 문 안으로 들어간다. 우리 집을 관리하는 인공지능이 거주자인 내 신원을 확인하고 문을 열어준 것이다.

삑삑!

그리고 그때 보람의 시계가 울린다. 보람은 미묘한 표정으로 시계를 바라보았다.

"일당 들어왔네요, 200게럴트."

"340만 원이네."

"정말 지나칠 정도로 사원 복지가 철저한 외계인들이에요. 솔직히 선배야 여기에서 일하고 있으니 돈 받는 게 당연하지만 저랑 동민 선배는 뭘 한다고 챙겨주는 걸까요? 솔직히 말이 좋아 호위고 경호지, 이 우주선 치안 상태 완전 좋아서 일을 하고 싫어도 할 게 없는데."

테라급의 거대 전함 알바트로스는 1만 명이 넘는 탑승자를 태우고 있는 상태고 그 안의 거주 형태는 마치 도시의 그것과 비슷하다.

어떤 도시에 사람 한 명이 이사 왔다고 도시 사람들이 다 아는가?

마찬가지로 우리가 이 우주선에 탔다는 사실 자체가 별로 알려지지 않았다. 더구나 외계인들이라고 해봐야 태반이 인간이어서 겉모습으로는 구분이 불가능하다. 그냥 원래 타고 있던 승무원인가 보다, 하고 다들 그냥 넘어가는 것이다.

'반면 셀 녀석은 상황이 전혀 달랐지.'

우리가 처음 이 함선에 도착한 날 세레스티아의 정체가 황녀라는 게 밝혀지며 난리가 났었고, 그 소란은 적어도 일주일 이상 유지되었다. 그냥 길을 걸어가도 사람들이 그녀에 대한 이야기를 하는 걸 들을 수 있을 정도였으니까.

그들의 말에 따르면 세레스티아는 레온하르트 제국의 정상에 위치한 현 황제 앙겔로스 3세의 네 번째 딸이자 전 우주에서도 이름이 쟁쟁한 아이돌 가수라고 한다.

'도대체 그런 녀석이 왜 중립국의 군부대에 들어가 돌격병 같은 걸 하고 있는 건지.'

그러나 그 이유가 무엇이든 결과적으로 제국의 배에 탔으니 곱게 내려줄 리가 없다.

세레스티아 녀석은 단숨에 이 배 최고의 귀빈이 되어 일종의 사원 아파트 비슷한 건물에서 사는 우리로서는 얼굴조차 보기 힘든 존재가 되었다.

너무나 당연히 알레이나에게 어떻게 황녀님을 만났냐는 추궁을 당했지만 별문제는 없었다. 애초에 난 그녀와 아무런 관계도 아니었으니까.

'그러고 보면 녀석도 참 재수가 없다고 할 수 있겠네.'

굳이 중립국의 돌격대에 들어가 있었다는 건 황녀로서 대접받으며 사는 것에 관심이 없다는 뜻인데 하필이면 우리 일행에게 엮여 강제적으로 텔레포트되어 버렸으니 지금 상황은 납치를 당한 것이나 마찬가지겠지.

게다가 녀석은 나에게 휴가 중이라는 단어를 썼었다. 군대에서 휴가를 나와서 복귀를 안 하면 그건 탈영이다,

"다녀왔군."

집 안에는 동민이 있었다. 한쪽에서 물구나무서서 팔굽혀펴기를 하던 녀석은 인기척을 느끼자마자 가볍게 몸을 튕겼다.

'와, 저게 말이 되냐.'

물구나무선 상태에서 손목의 힘만으로 휘릭, 하고 한 바퀴 돌아서는 동민의 모습에 혀를 내두른다.

극도로 단련된 동민의 전신 육체는 잘게 쪼개지고 압축되어 보는 사람을 위축되게 하는 흉기나 다름없는 외양을 하고 있다.

몸 좋아하는 여자들이 본다면 '꺄악~' 하고 비명을 질러도 이상할 게 없는 광경인데 보람은 마치 흔히 봐왔던 걸 여기 와서 또 본다는 표정으로 묻었다.

"흐음~ 동민 선배는 초능력자면서 왜 이렇게 몸을 단련하는 거예요? 아무리 노력해 봤자 결국 이능 앞에서는 아무 소용

없는 게 육체 단련 아니에요?"

"맞는 말이지만 나는 몸으로 직접 싸우니까. 회로가 너무 많이 열려 무공도, 생체력도 익힐 수 없으니 초능력을 받쳐주기 위해서라도 육체의 단련은 필요하지."

그렇게 말하며 가볍게 손가락을 튕기자 녀석의 전신을 타고 흐르고 있던 땀들이 훅, 하고 사라져 몸은 물론이고 머리카락까지 뽀송뽀송해진다. 말 그대로 편리한 능력이었기에 약간은 부럽다고 생각하며 한쪽 벽에 손을 내밀자 벽에 여러 가지 음식이 떠오른다.

터치스크린 같은 건 아니었다. 아니, 뭐, 지금처럼 터치스크린 역할도 할 수 있지만 [힘]을 실어 지니를 부른다면 음성 인식 시스템이 가동되고 그렇게 되면 음성으로 주문이 가능하다.

'망할 마나. 무슨 외계인들이 개나 소나 마나를 써.'

당연하지만 칭호를 볼 수 있을 뿐 먼지만 한 마나도 없는 나는 언제나 직접 움직여서 화면을 터치해야 한다. 사적 공간에 음성 인식 시스템을 장치해 놓으면 도청의 우려가 있어 평소에는 비활성화 상태이기 때문이다.

"어디 보자… 으, 역시 여기 물가 너무 비싸네."

"비싸봤자 일도 안 하는 주제에 받는 일당에 비하면 별거 아니지."

"그건 그렇지만… 뭐, 어쨌든 평소대로 시킨다."

알바트로스함에서는 기본적으로 선원들에게 조식과 중식을 제공하지만 석식은 알아서 사 먹어야 한다.

음식값은 2.5게럴트의 기본 식에서 10~50게럴트의 고급

메뉴까지 다양했는데 현재 환율이 1게럴트에 1만 7,000원이라는 걸 생각하면 절대 만만한 값은 아니었다. 지구 시점에서 보면 5,000~8,000원 사이로 보이는 식단이 2.5게럴트니 한 끼에 최소 4만 원 이상은 쓰는 셈이니까.

물론 지구 내에서도 물가 차이가 수십 배도 난다는 걸 생각해 보면 문명 수준 자체가 다른 외계와 지구에서 이 정도 차이는 애교라 할 만하다.

동민의 말대로 우리가 받는 일당에 비하면 별게 아닌 것도 사실이고.

파앗! 파앗!

나는 스크린을 조작해 돈가스와 김치볶음밥, 그리고 된장찌개 정식을 시켰다.

외계 함선씩이나 와서 이런 것들을 먹고 있는 상황이 웃기지만 우리 일행은 대체로 먹을 걸로 모험을 안 하는 스타일이었고 뜻밖에도 이런 식사들 역시 매우 잘 나왔다.

"와, 이 된장찌개 누가 만드는 걸까요? 어머니의 손맛이네요."

"글쎄, 기계들이 만들려나. 아니면 지구 출신 요리사가 있으려나."

소소한 잡담을 나누며 식사를 한다. 우리 셋 다 서먹서먹한 관계였지만 아무래도 함께 3주나 같이 먹고, 자고 하다 보니 어느 정도 친해지게 된 것이다.

그 후 흩어져 각자 훈련을 하든 공부를 하든 자유 시간을 보낸다. 내 경우에는 주로 웹 서핑을 하며 외계의 음악이나 문화를 경험하거나 게임을 다운받아 플레이하느라 최근 정신이 없고, 보람은 도서관에 틀어박혔으며, 동민은 무술 수련을 다녔다.

그리고 밤이 되면 각자의 방에 들어가 수면을 취한다.

"이것 참."

나는 중얼거렸다.

"평화롭군요."

"하하하, 그래서 불편한가요?"

"아뇨, 매우 편하죠. 이런 대우를 받아도 되나 불안할 정도로요."

"그런 말씀 마세요. 기술부장님께서 대하 님이 아주 큰 도움이 된다고 몇 번이고 칭찬하셨는데. 요번에 대하 님을 발견하고 스카우트한 공적이 쌓여서 드디어 소령이 될 수 있게 되었을 정도예요."

"앗, 축하드립니다."

"후후, 감사합니다."

나는 오랜만에 알레이나를 만난 상태였다.

내가 찾아간 건 아니고 내 작업실로 그녀가 찾아온 상태였다. 그녀는 인사과장이었고 나를 관리하는 입장이었던 것이다.

"최근에 뭐 힘든 일은 없으시고요?"

"일은 별로 힘든 게 없고 저를 괴롭힐 상사 같은 것도 없네요. 그러고 보니 저는 앞으로도 계속 혼자서만 일하게 되나요?"

내 물음에 알레이나는 고개를 흔들었다.

"아니요. 물론 기술부장님이 대하 님께 맡기신 일이 있으니 한동안은 그렇겠지만 아마 어느 정도 일이 정리되면 기술부로 배치될 겁니다. 물론 기술부장님의 속을 제가 제대로 알지는 못하지만요."

그렇게 말하며 들고 있던 패드에 이런저런 내용을 입력한다. 그리고 그런 그녀의 모습에 문득 물었다.

"아, 그런데 과장님, 제 작업실 한쪽에 있는 문은 대체 뭔가요? 지니에게 물어봐도 답해주지 않던데."

아닌 게 아니라 내 작업실에 있는 커다란 문은 요새 내 최고의 관심사다.

그리 작지 않은, 탱크는 물론이고 전투기도 우습게 오갈 것 같은 큰 문이 마치 한쪽 벽처럼 자리하고 있는데 황당하게도 그 입구 근처에서는 지니를 불러도 응답하지 못한다. 아무래도 그 근처는 접근할 권한이 없는 것 같았다.

"아… 그러고 보니 이 작업실이 그 부근이었군요."

알레이나는 미묘한 표정을 지었다.

"그 부근이요?"

"하하하, 신경 쓰지 마세요. 어차피 안 열릴 문이니까. 슬슬 퇴근 시간이고 하니 오늘은 여기까지 할까요?"

그렇게 말하면 더 신경 쓰이는 걸 아는지 모르는지 대충 자리를 정리하고 일어난다. 그녀 역시 바쁜 몸이어서 자주 보지는 못하는 상태였다.

[인사과장님이 나가셨군요. 이것으로 일과는 끝입니다. 수고하셨습니다, 대하 님.]

언제나와 같이 지니의 인사와 함께 일당이 지급된다.

근무시간이 끝난 만큼 지니의 메탈 바디와 정비 기계들 역시 작업실 한쪽 벽 안의 케이스에 들어가 작동을 정지하고 있었기 때문에 나는 허공을 보며 물었다.

"혹시 지니, 저기 저쪽 끝에 있는 문이 뭔지 알아?"

[죄송하지만 말씀드릴 수 없는 내용입니다.]

"기밀 사항인가?"

[그렇습니다.]

"흐음."

나도 모르게 작업실 한쪽으로 간다. 너무나 거대한, 그래서 처음에는 문인지도 몰랐을 정도의 문이 보인다. 좌우로 열리는 방식인데 온통 금속으로 만들어져 있고 그 두께는 가늠이 불가능할 정도여서 침투가 불가능해 보이는 곳이다.

"아, 궁금병 도지네. 큰일이다."

벽에 손을 대본다. 분명 재질은 금속인데 은은하게 온기가 도는 문은 굳건하기만 하다.

"뭐, 확실히 어차피 안 열릴 문이면 신경 쓸 필요가 없긴 한가."

슬금슬금 치밀어 오르는 호기심을 누르며 몸을 돌린다.

그리고 그러다, 무심코 중얼거린다.

"열려라, 참깨."

그때였다.

그그그그긍—— 키기긱!

"엑? 억? 엥?"

마치 기다렸다는 듯 열리는 문에 당황한다. 하지만 그러거나 말거나, 문은 완전히 다 열려 탱크 세 대는 나란히 달려갈 수 있을 것 같은 통로가 모습을 드러냈다.

설마 뭔 일이 터지나, 하고 잠시 몸을 움츠린 채 주변을 살피던 나는 단지 문이 열렸을 뿐 다른 어떤 변화도 없다는 사실에 허무함을 느꼈다.

"뭐야, 그냥 열리잖아? 싱거운 녀석들 같으니."

투덜거리며 복도를 들여다본다. 그리고 뒤를 들여다본다. 아무도 없다.

"흠."

잠시 고민한다. 되돌아보면 '이 작업실이 그 부근이었군요' 라고 말할 때 그녀의 표정에서는 경계심도 뭣도 아닌 미묘함만이 지나갔었다.

만약 그녀가 '신경 쓰지 마세요' 라고 말했으면 뭔가 가치 있는 물건이 있다는 뜻이었을 것이다.

'접근하시면 안 됩니다' 라고 말했으면 뭔가 위험한 것이 그 안에 있다는 뜻이었겠지.

그런데 그녀의 표정은 그냥 단지 미묘했다.

'뭐지?'

그래서 호기심이 인다. 뭔가 좋지 않은 선택지를 마주했을 때의 불길함은 전혀 느껴지지 않았다.

'잠깐 보고 오는 것 정도야 상관없겠지.'

천천히 앞으로 걷는다.

복도는 그리 길지 않았다. 그 엄청난 넓이를 생각하면 이건 복도가 아니라 그냥 방의 일부라고 봐도 좋을 정도의 길이였다.

[뭐냐, 네놈은?]

그리고 나는 거기에서 그것과 마주했다.

"머리?"

그렇다. 그것은 말하자면 거대한 머리통이었다. 용의 비늘을 엮어 만든 것만 같은 묵직한 투구를 쓰고 있는 사내의 모습을 한 거대한 머리가 허공에 둥둥 떠 있던 것이다.

[무례하군. 너는 상대를 부를 때 신체 일부분을 지칭하나?]

강철로 만들어진 눈썹을 섬세하게 꿈틀하자 주변 공간이 지잉, 하고 울렸다. 뭔가 진동 비슷한 것이 주변을 훑고 지나가서 진동이 일어난 것이다.

"오, 묘한 느낌."

[…묘한 느낌? 뭐야, 너 괜찮아?]

기가 차다는 듯 나를 응시하는 눈동자는 뭔가에 많이 놀란 듯 동그랗게 나를 응시하고 있다.

이런 말을 하면 조금 이상할 테지만… 로봇 주제에 굉장히 표정이 풍부한 녀석이다.

"그나저나 넌 누구야?"

[아레스다. 전신(戰神) 아레스(Ares).]

오만한 목소리다. 세상을 깔아보듯 자신감에 가득 찬 목소리.

그러나 그 목소리 따위는 알 바 아니고, 그 명칭과 이름만을 생각한다.

'전신이라?'

나는 이제 신이 실존한다는 것을 안다.

얼굴도 보지 못했지만 어쩌면 새엄마(…)가 될지도 모르는 성계신의 힘에 의해 우주 공간으로 던져졌으며, 방마다 자리하고 있는 PC에서 여러 신에 대한 정보를 접할 수 있었기 때문이다.

사실 지구인인 내 입장에서 신의 존재는 신화나 환상의 영역이고 우주인의 존재는 SF의 영역이라 그 둘이 너무나 당연하게 서로를 인지하고 살아가는 현실은 아무래도 어색하다. 이질감이 느껴지는 것이다.

그러나 내가 이질감을 느끼거나 말거나 하는 건 현실과 아무런 상관도 없는 일이며, 사실 냉정하게 둘 다 존재한다고 가정을 내리고 보면 과학의 끝을 본 외계인들이 신을 인지하는 게 그리 이상하기만 한 문제는 아니라는 걸 알 수 있다.

'하지만 이 녀석은 신이 아냐.'

물론 신을 본 적이 없으니 확신할 수는 없지만, 지금 내 앞에 있는 이 녀석은 묘하게 [만만해] 보인다.

물론 오만하고 자신감이 넘치는 목소리에는 힘이 담겨 있지만 신의 위엄 같은 건 먼지만큼도 안 보이는 것.

그러나 그 순간 나는 [신]이라는 호칭을 사용하는 또 다른 존재를 떠올릴 수 있었다.

"설마 신(神)급 기가스?"

[그렇다! 내가 바로 아레스다!]

기가스는 신성인수기(神星人獸器)로 등급이 나뉜다.

그것은 신, 별, 사람, 짐승, 기계의 명칭을 가지며 수백수천만 대가 넘게 굴러다니는 짐승, 기계 등급을 넘어서면 그 숫자가 급감한다.

물론 사람 인(人)급의 기가스만 해도 레온하르트 제국만 2만 대 이상 보유하고 있다고 하지만 그 위 단계인 성(星)급만 해도 오직 5기밖에 없을 정도로 희귀하다.

'그런데 신급이라?'

현재 레온하르트 제국이 보유했다고 알려진 신급 기가스는 단 1기로 레온하르트 제국의 초대 황제 레온하르트의 기가스라고 알려진 라(Ra)였다.

단 1기라지만 초월병기 넘버 92번에 빛나는, 대우주에서도 최강—솔직히 92번째인데 뭐가 최강이라는 건지는 잘 모르겠지만—의 기가스 중 하나라서 레온하르트 제국의 자랑으로 불릴 정도.

그런데 지금 내 앞에 역시나 자신이 신급의 기가스라고 주장하는 녀석이 있는 것이다.

"그건… 좀 이상한 말이군. 레온하르트 제국에는 신급 기가스가 단 한 대라고 알고 있는데, 그건 네가 아니거든?"

[당연하지! 난 레온하르트 제국의 기가스가 아니니까!]

"레온하르트 제국의 기가스가… 아니라고?"

순간 위험한 게 아닌가, 하는 생각이 들었다.

레온하르트 제국의 기가스가 아닌데 여기에 있다는 건 어쩌면 이 녀석이 적국의 기가스이거나 어디에선가 몰래 빼돌린 기가스일 수 있다는 뜻이니까.

그러나 아레스는 당당히 말했다.

[나는 단지 내 몸을 되찾아준다면 한동안 돕겠다고 계약을 했을 뿐이다! 이 우주선이 돌아다니는 목적 중 하나는 다른 내 몸을 찾기 위해서이기도 하지!]

호탕한 목소리에 고개를 끄덕인다.

'협상과 계약까지 가능하다니. 말이 좋아 인공지능이지 인성이 존재한다고 해도 과언이 아닐 정도군.'

나는 녀석에게서 상당한 기백과 자존심을 읽어냈다.

만약 녀석이 온전한 상태였다면 어쩌면 레온하르트 제국이라도 함부로 접근하지 않았을 정도로 강한 성격의 소유자인 것.

그러나 여기에 있는 건 오직 녀석의 머리뿐이며… 아무리 거대 전함보다 압도적으로 강한, 항성계조차 말아먹는 게 가능한 파괴의 화신인 신급 기가스라 하더라도 이런 상태로는 할 수 있는 일이 많지 않다.

물론 남은 힘이 상당하고 더불어 온전한 상태가 되었을 때 녀석이 발휘할 경천동지할 힘에 대한 기대가 있기 때문에 그와 계약을 한 상태일 것이다.

[그나저나 여기는 어떻게 들어온 거냐? 내 부품을 찾지 않는 이상 이곳을 찾는 이는 없을 거라고 했는데. 뭔가 연락이라도 들어왔나?]

"아니. 전혀 아는 바가 없는데."

[…그럼 대체 왜 온 건데?]

어이없어하는 아레스의 모습에 나는 어깨를 으쓱였다.

"그냥 궁금해서."

그렇다. 그게 다다. 뭔가 말해주고 싶어도 다른 이유가 없었다.

만약 다른 사람이 이렇게 들어와서 신급 기가스의 머리를 봤다면 꽤 호들갑을 떨었을지도 모르지만, 어쩐 일인지 나는 녀석이 별로 대단해 보이지 않았다.

아니, 사실 뭐, 대단해 봐야 내 기가스도 아니니 별 상관도 없겠지만.

'에이, 그냥 R-13 같은 거나 좀 있었으면 타보는 건데 뜬금 터지게 뭔 신급 기가스야.'

투덜거리며 몸을 돌리자 아레스 녀석이 깜짝 놀라 나를 부른다.

[어이! 어디 가는 거야?]

"어디 가기는. 돌아가는 거지. 뭔가 하고 왔는데 별일 아니었네."

[벼, 별일이 아니라고? 야, 인마, 잠깐! 야!]

버럭버럭 소리 지르는 소리가 들렸지만 그대로 걸어 복도를 나선다. 호기심을 풀었으니 되었다.

"닫혀라, 참깨."

그긍———— 킥!

최초 열릴 때보다는 약간 더 부드럽게 문이 닫힌다. 아무래도 꽤 오랫동안 닫혀 있었던 모양이다.

그 후로는 뭐, 별거 없었다. 바로 집에 돌아온다.

"열어줘."

[네, 관대하 정비관님… 신원 확인되었습니다. 어서 오십시오.]

오늘은 동민이 경호를 맡았지만 기본적으로 말이 별로 없는 녀석인 데다가 남정네 둘이었던 만큼 별다른 대화는 없었다. 그냥 그대로 집 안에 들어와 도서관에서 돌아온 보람과 저녁을 먹고, 방에 들어가서 게임을 켠다.

"흠, 생각해 보면 아까 너무 충동적이었어. 이 좋은 평화를 깨버릴 위기였을지도."

기본적으로 귀찮은 일에는 접근조차 안 하는 내 성격을 생각해 보면 그 복도 안으로 들어간 것도 상당히 돌발적인 일이었다.

아무래도 몇 주간의 평화가 내 간덩이를 키워놨었던 모양이다.

[와, 무명 님 오셨군요! 오늘 같이 한판 하실래요?]

[무명 님, 레이드 몹으로 살육성좌(殺戮星座)가 나왔어요. 제발 도와주세요ㅠㅠ]

[안 돼, 안 돼. 무명 형은 나랑 같이 암흑마룡을 잡으러 가야 한단 말이야! 이 망할 게임이 노블레스들한테 고소 처먹으려고 암흑마룡을 집어넣네. 존나 세. 과연 신이구나.]

[야, 이 등신아. 암흑용신하고 암흑마룡하고 전혀 다른 놈이거든?]

[어쨌든 미친 듯이 세! 아, 나도 신기 좀 얻고 싶다!]

로그인과 동시에 너도나도 말을 걸어온다.

그들은 어떤 특정한 게임의 유저가 아니라 여러 게임을 플레이하는 알바트로스의 선원들로 아바타 상태의 반투명한 모습이 보인다. 여러 가지 게임에 접속하기 위한 대기 채널에 들어간 상태이기 때문이다.

알바트로스의 탑승자는 1만 명이 넘고 십 년이 넘는 장기 작전을 수행하는 중이다. 그 지루하고도 긴 시간을 보내기 위한 오락거리가 있어야 함은 너무나도 당연한 일이었고, 그 오락거리를 1만 명의 다른 승무원과 함께하기 위해 온라인 시스템이 활성화되어 있었다.

'오늘은 블레이즈 오브 스톰을 해야지.'

쏟아지는 귓속말을 대체로 무시하고 십수 개의 게임 중 하나를 골라 접속한다. 게임을 하루 이틀 하는 것도 아니고 이런 귓속말에 일일이 대답하다 보면 게임 못 한다.

[오! 이게 소문의 무명 씨인가?]

나는 온라인 게임을 하면서 대충 막대기 두 개를 그어 '——' 로 아이디를 만들었다. 이곳에서 게임으로 유명해질 이유가 없다고 생각했기 때문이다.

그러나 온갖 게임의 랭킹을 죄다 갈아치우고, 나름대로 새로운 플레이 스타일을 선보이면서, 우연히 맵핵과 치트를 쓴 적까지 짓밟아 내 존재가 사람들에게 드러나게 되었다.

그리고 내 아이디가 공란이나 다름없어서인지 사람들은 나를 이름 없는 자, 무명(無名)이라고 부르게 되었다.

"중앙 전선 갑니다. 혼자 가요."

[뭐? 중앙 전선을 혼자 간다니 미친 거 아냐? 현실에서 어떤 능력자신지는 모르겠는데 여기서는 다 1레벨의 입문 능력자에서부터 시작하거든요?]

매번 그랬듯 대번에 반발이 튀어나온다.

'블레이즈 오브 스톰' 은 전쟁 게임으로 100명의 유저가 각각 50명씩 팀을 나눠 적군을 무찌르는 게임이었기 때문이다.

특히나 중앙 전선은 중립 몬스터와 병사 NPC가 가장 많이 존재하기 때문에 유저들 역시 50명 중 10명 이상이 모여든다. 혼자 가면 아무것도 못 하고 죽는 게 정상이니 나 역시 초반에는 여러 전선을 두루두루 돌아다니며 이런저런 역할을 수행해 봤다.

그러나 이제 와서는 상황이 좀 다르다. 명성이 쌓였으니까. 과연 아군 중 일부가 고개를 흔든다.

[하하하하! 그래! 어디 무명 씨 실력 한번 볼까!]

"고마워. 대신 다른 전선은 인원이 추가되었으니 쉽사리 밀 수 있겠지?"

대화를 나누고 있지만 서로의 목소리를 듣는 걸로 현실에서 정체를 파악하는 건 불가능하다.

우리가 내는 목소리는 스스로의 목소리가 아닌 우리가 선택한 영웅들의 목소리였으니까.

나는 활과 화살을 샀다. 대번에 귓가가 시끄러워진다.

[아니, 저게 뭐야?! 왜 1레벨에 활하고 화살을 사? 기본 자금으로 활 사면 화살을 3개밖에 못 사! 원샷 원킬이 될 리도 없지만 돼도 3킬이 전부인데? 진짜 타워에 서서 적 견제만 하면서 경험치만 먹으려고 하나? 돈 하나도 안 벌고?]

물음표 가득한 말이 난무했지만 당연히 신경 쓰지 않는다.

퍼억! 퍼억! 퍼억!

[—— 님이 알테어 님을 처치했습니다!]

[—— 님이 세라 님을 처치했습니다!]

[—— 님이 알라딘 님을 처치했습니다!]

[—— 님이 서영 님을…….]

그냥 묵묵히 적을 해치울 뿐이다.

[악! 뭐야! 이게 뭐야! 무슨 궁수가 이렇게 가까이에서 싸워?]

[익, 시바! 묘하게 멀어서 검이 안 닿아! 거, 검기만 뿜으면… 제기랄, 1레벨이라 아무것도 못 해! 게임 캐릭터가 내 본신보다 약한 타이밍에 이러는 게 어디에 있어?]

[이런 미친! 근접해서 싸우다가 화살을 회수해서 다시 쏜

다고??]

[으아, 망했어! 게임 터진다! 저놈 벌써 숙련자야! 이러다 완성자 되겠다!!]

학살의 현장이었지만 그렇다고 내가 마냥 쉽게 하는 건 아니다. 기본적으로 게임은 모두 평등한 입장에서 시작하고, 숫자에는 장사 없는 법이니까.

내가 이렇게 유리한 건 철저하게 [검은 안 닿는 근거리]를 유지하기 때문이다. 만약 그러지 못해 포위당하면 바로 죽는 게 당연하고 아무리 사격을 잘해도 적들이 갑주 트리를 올려 버리면 일반 활질은 거의 무용지물이다.

즉, 나는 외줄타기를 하고 있다.

애초에 모두가 공평한 입장에서 시작하는 이런 게임에서 한 명이 다수를 압도하려면 하이 리스크 하이 리턴을 노릴 수밖에 없고, 이런 극공격 패턴은 킬을 따기 좋은 대신 한 발만 삐끗해도 그냥 나락이다.

그러나… 나는 발을 삐끗하기는커녕 외줄 위에서 덩실덩실 춤을 추고 묘기를 하다가 마침내 날아오르기 시작했다.

하지만 너무 나댔기 때문일까?

[야, 저놈 죽여! 여기서 안 끊어서 저격 궁극기 배우면 난리난다!]

[뒈져라! 십자가의 검!]

막 완성자에 오르려는 그 순간 후방에서 스무 명의 적이 나타났다.

이 미친놈들이 정글을 뺑 돌아 그냥 포탑한테 얻어맞으면서 후방에서 덤벼든 것이다!

'아뿔싸, 아직 숙련자인… 응?'

당황하며 어차피 죽을 거 한 놈이라도 죽이고 죽으려고 활을 들다가 경험치를 확인한다. 98%였다.

[시바, 오버 골드는 내 거야!]

[아냐, 내 거야!]

[뒈져라! 원수!]

몰려드는 적들은 전부 갑주 트리를 탔다. 포탑한테 맞고 있는 녀석은 그냥 그 자체가 임무인지 저 뒤에 있어서 공격 자체를 할 수가 없다.

'그렇다면.'

유저를 죽이는 걸 포기하고 한 발짝 물러서며 마침 서로서로 싸우느라고 에너지가 별로 없던 병사 NPC를 살해한다.

[—— 님이 완성자의 경지에 이르렀습니다!]

텍스트가 떠오르는 순간 궁극기가 생성된다. 8개의 궁극기 중 하나를 선택할 수 있었고, 나는 그중 하나를 골랐다.

"궁극기, 아리넨의 발걸음."

가볍게 속삭이자 몸이 가벼워진다. 그리고 한 발짝 걷자 팀원들을 대신해 포탑에게 얻어맞고 있던 중갑병이 코앞으로 다가온다. 여기까지가 딱 0.5초 내외였다.

퍼억!

그냥 아무 데나 맞춘다. 어차피 타워한테 하도 많이 맞아서 피도 없었다.

[억! 안 돼!]

[도망… 크악?!]

다음으로 타워한테 얻어맞기 시작한 녀석의 발등에 화살을 꽂아버린다. 처치는 타워가 대신해 주었다.

그리고 다음 녀석, 다음 녀석, 다음 녀석…….

아무리 숫자가 많다고 하지만 아리넨의 발걸음을 익힌 내가 타워 주위를 뱅뱅 돌고 있으니 근거리 위주의 녀석들로는 답이 없다. 하나둘씩 타워에게, 그리고 나에게 얻어맞아 죽어나가기 시작하는 것이다.

만약 적 중에 한 명이라도 추적형 궁극기나 타기팅 형태의 마법을 익혔다면 회피고, 뭐고 그냥 죽겠지만 지금 이 순간 나보다 레벨이 높은 녀석이 있을 리 없지 않은가?

[이게 뭐야…….]

[와, 말도 안 돼……. 지금 적이 뒤에서 나타나는 순간 적 대신 병사를 쳐서 레벨 업을 한 다음 이동형 궁극기를 찍어서 뒤쪽 중갑병을 죽인거야? 그다음 타워 허깅하면서 다 조지고?]

[침착성은 둘째 치고 이게 무슨 말도 안 되는 판단 능력이냐…….]

[죽을 듯 안 죽을 듯 절대 안 죽네…….]

[블레이즈 오브 스톰에서 1 VS 20이 웬 말이냐…….]

기막혀하는 목소리는 환호의 목소리보다 달디달다. 아아, 게임하는 맛 나는구나! 이런 거 즐기면 안 되는데…….

[승리했습니다!]

당연하지만 이겼다.

그리고 쏟아지는 채팅을 대충 넘기고 게임을 종료한다.

"아이고, 힘들어……."

헬멧을 벗고 침대에 늘어진다. 극도의 집중 상태를 유지하느라 어지러웠지만 충족감이 가득하다.

"역시 난 천재야. 근거리 활질 할 만하군. 적들이 숙련자만 돼도 답이 없지만 그전에 조지면 된다."

하나의 발상이나 전략을 떠올리고 그걸 실현시켰을 때의 쾌감은 뭐라 말할 수 없을 정도다.

심지어 이 가상현실 게임들의 체험감은 지구에서 하는 게임들과 비교 자체를 불허한다.

"으으, 그러고 보니 지구에는 가상현실 게임이 없잖아……. 으으, 갑자기 지구로 돌아가기 싫어지네."

분명 여기 올 때만 해도 너무너무 싫었고 어떻게 하면 돌아갈 수 있을까 하는 생각밖에 없었다.

그러나 직장에서 꿀을 빨고 가상현실 게임을 하게 되면서… 상황이 좀 달라졌다.

그건 나만의 이야기가 아니다.

동민은 물론이고 보람 역시 그다지 집에 돌아가고 싶은 기색이 없다. 여기에서의 삶이 마음에 든다는 뜻이다.

녀석들은 나와 달리 도서관이라든지 훈련소라든지 하는 것들 때문 같지만 중요한 건 결국 잘 적응했다는 점이다.

"이것 참, 의외로……."

피식 웃으며 중얼거린다.

"살 만하구만, 불안할 정도로."

처음에는 '학교 이렇게 빠져도 돼?', '으아, 삼 일이 지났어',

'으아, 일주일이 지났어' 뭐, 이러고 있었는데 슬슬 '이왕 휴학한 거 한 1년 쉬는 것도 괜찮지 않을까?' 하는 생각이 들고 있다.

"우~ 자야지. 내일도 일하려면."

어느새 새벽 4시가 넘은 만큼 침대 위에 쫙 늘어진다.

그런데 그때였다.

쿵———— 우르릉———!

"우왁?!"

지진이라도 일어난 것처럼 땅이 흔들리고 책상 위의 물건들이 바닥에 쏟아진다.

그러나 우주선 안에서 지진이 일어날 리 만무하지 않은가?

황당해하는데 급박한 목소리의 방송이 조용하던 방을 울린다.

[전원 1급 전투 배치! 전원 1급 전투 배치! 이것은 훈련 상황이 아니다! 반복한다! 이것은 훈련 상황이 아니다! 전원 1급 전투 배치하여 명령에 대기하라!!]

들려오는 방송에 깜짝 놀라 통합망에 접속해 긴급 공지를 확인한다.

급박한 상황이었기에 거기에 떠오른 정보는 매우 짧았지만, 그 내용이 매우 심각하다.

"…그럼 그렇지."

순간 나도 모르게 그렇게 중얼거렸다. 놀라고 당황해야 하는 상황이었지만, 그보다 한숨이 터져 나온다.

이유는 모르지만…….

왠지 이렇게 될 것 같은 예감을 이 배에 타는 그 순간부터 느끼고 있었던 듯한 기분이다.

나는 공지 사항을 읽었다. 그곳에는 [테케아 연방 기습 공격 후 선전포고!]라는 글자가 쓰여 있다.

"그래, 내 인생이 그렇지, 뭐."

다시 한 번 한숨 쉰다.

그렇다.

전쟁이었다.

비인(非人)

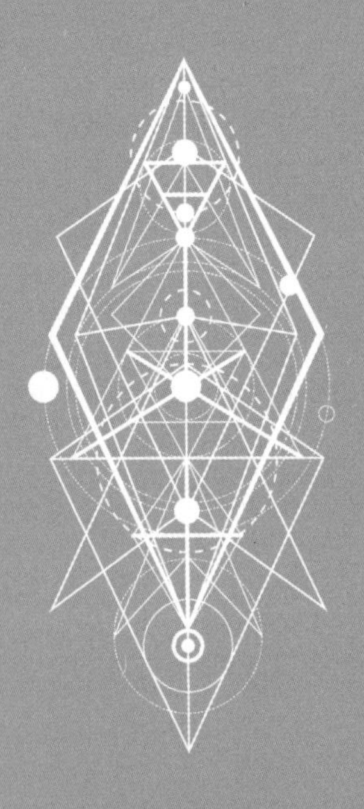

지금은 5문명에 들어서 물질계를 떠나 버린 고대의 인류가 처음으로 외계인과 조우한 것은 약 150억 년 전의 일이었다고 한다.

사실 [외계 문명과의 만남]이라는 것 자체가 절대 쉬운 일이 아니다.

하나의 문명이 자신이 탄생한 항성계를 벗어난다는 것도 물론 어려운 일이지만, 생명체가 탄생하는 항성이 은하계 단위에서도 극히 희귀하다는 것이 더욱 큰 문제이기 때문이다.

외계 문명과 조우하려면—외계 문명이 직접 접근해 오지 않는 이상—적어도 자신의 은하 정도는 무리 없이 벗어날 수 있을 정도의 문명 수준에 도달해야 한다. 우주란 너무도 크고 중간에 문명이 쇠퇴할 수준의 전쟁이나 사고가 발생할 수 있다는 걸 감안하면 거의 쉽지 않은 일.

그러나 고대 인류는 그 모든 조건을 클리어함으로써 새로운 문명, 새로운 외계의 존재들과 마주하게 되었다.

그런데 그렇게 인류가 처음으로 맞이한 외계의 존재 또한 인류(人類)였다. 먼 우주에서 처음으로 만난 [외계인]이어야 할 존재가, 동종이었던 것이다.

당연히 엄청난 혼란이 일었다. 우연인지 필연인지 문명 수준은 고대 인류와 별 차이가 없었고, 그들은 전쟁 대신 정보를 교류하는 방식으로 서로에 대해 알아갔다.

그리고 그들의 결론은… 그들 서로가 일말의 연관도 없는, 머나먼 우주에서 독자적으로 발전한, 완전히 무관계한 존재들이라는 것이었다.

혼란스러운 와중이었지만 그들은 서로 싸우는 대신 힘을 합쳐 우주를 탐험하기 시작했다.

물론 드넓은 우주에는 그들이 감히 어찌할 수 없는 상위 종족과 위험천만하기 짝이 없는 우주 괴수들이 존재했지만 인간은 그 특유의 친화력과 적응력으로 때론 그들과 타협하면서, 때론 그들과 투쟁하면서 활동 영역을 넓혀 나갔던 것이다.

그리고 그렇게 그들은 또 다른 인류를 만났다.

이어 또 다른 인류를 만났으며.

다시 다른 인류를 만났다.

결국 인류는 공포에 빠지고 말았다.

그들은 다른 은하, 다른 환경에서 탄생한, 절대 같을 수 없어야 할 종족의 모습이 동일하다는 사실에 충격을 받았다.

가까워도 수십 광년에서 멀게는 수천만 광년 이상 떨어진 장소에 [동종]이 태어난다는 건 절대 정상이 아니었기 때문이다.

심지어 DNA도 완벽에 가까울 정도로 일치해서 대부분 2세를 보는 데에 문제가 없을 정도였으니, 이제 막 우주를 누비며 스스로의 힘에 대해 자만에 빠져 있던 인류가 혼란에 빠지는 건 어쩌면 당연한 일일지도 몰랐다.

왜냐하면 전혀 다른 은하에 있는 그들의 동족들은… 그들을 [설계]하고 [창조]한 초월적인 존재에 대한 단서나 다름없었으니까.

"현재 배 상태는 어떻지?"

"함선 좌현 함미 대파! 강제 차원 이탈로 인한 과부하로 아스트랄 드라이브 기동이 완전히 멈췄습니다!"

"선수의 주포 손상으로 수리 전까지 사용이 불가능합니다!"

"유폭으로 거주 구역에 화재가 발생! 현재 진화 중입니다!"

전투함이 아니었던 만큼 대체로 여유로웠던 함교가 시장 바닥처럼 시끄럽다. 중대장들이 자신의 부대를 호출해 명령을 전하고 조타수를 비롯한 조종사들은 가용한 엔진들을 활용해 주변에 널려 있는 암석군과 거리를 벌리면서 2차적인 공격에 대비하고 있었다.

"무슨 공격을 당한 거야? 어떻게 아스트랄 드라이브 중에 전조도 없이 공격을 할 수 있었지?"

"공뢰(空雷)입니다! 떠돌이 암석군 사이에 아스트랄계에 겹쳐 있는 공뢰가 설치되어 있었습니다!"

"우리 항로를 알고 있었다……."

알바트로스의 함장인 천현일 소장은 칼날같이 날카로운 발톱이 달린 앞발로 목덜미를 긁었다.

그의 배는 전 우주를 누비는 순양함으로 우주를 탐사하고 장기 작전을 실행하려는 목적으로 만들어졌지만 레온하르트 제국에서도 흔치 않은 테라(Tera)급 함선으로 전투 능력 역시 만만한 수준이 아니다. 어지간한 행성은 대기권에 들어갈 필요조차 없이 초토화시킬 수 있는 화력과 2급 이하의 실드는 그냥 관통해 버리는 주포, 아스트랄 드라이브 가동 후 최대 300시간의 중첩 가속을 실행할 수 있는 출력을 가지고 있으니 웬만한 전함조차 함부로 이빨을 드러낼 수 없는 수준인 것이다.

하물며 알바트로스는 자체적으로 강력한 전투부대인 강철십자 비행여단과 하늘거인 기갑여단을 소유하고 있다. 홀로 우주를 누비고 있다고 먹음직스러운 먹이로 생각했다가 파멸한 해적선단이 한두 곳이 아닐 정도였다.

"공격을 한 것은 역시 비인(非人)들인가."

"어머, 함장님. 그런 차별적인 단어를 사용하면 안 되죠. 함장님도 인간은 아니시면서."

"아니, 지들이 그렇게 불러달라는데 나보고 어쩌라고."

다음 은하, 다음 은하로 점점 영향력을 뻗어나가며 스스로의 힘과 기술에 대해 자만심을 느끼던 고대 인류는 자꾸자꾸 드러나는 신의 흔적에 당혹스러워했다.

그런데 바로 그때, 그들은 드디어 인간 외의 거대 문명을 만나게 되었다.

비인(非人).

그것은 인간도, 초월종이나 영수도 아니면서 독자적인 진화를 이뤄낸 종들을 통틀어 이르는 말이다. 연합의 구성원 중

70%가 인간, 혹은 아인종이라면 그들은 나머지 30%를 차지하는 존재들로 현재 인간이라면 이를 가는 적대 관계이다.

애초에 비인이라는 호칭조차 반인(反人)에서 완화되어 지금에 이르렀을 정도니 더 말할 필요조차 없는 상황.

사실 이제는 사라지고 없는 [인류 연합]과 비인들과의 첫 만남은 매우 온화했다고 한다. 우주에서 외계의 존재를 만나면 틀림없이 전쟁이 날 거라던 학자들의 걱정과 다르게 전쟁 자체가 불가능했기 때문이다.

스타 게이트도 설치가 되기 전이었던 그 시기의 우주는 너무나 거대해 가장 이웃한 문명을 만나려 해도 수십 년의 세월이 필요했다.

만나기조차 힘든데 전쟁이 가능할 리가 있겠는가?

거기에다가 비인들은 우주 어디를 개척해도 자꾸 인간만 튀어나오는 현실에서 가장 [외계인다운 외계인]들이었다.

외계인을 만났을 때를 대비해 수없이 많은 준비와 매뉴얼을 준비해 왔던 인류는 기쁘게 그것을 사용했다.

문제는 그다음이었다.

"테케아 연방 측으로부터 선전포고가 도착했습니다. 즉시 세퍼드 항성계에서 모든 활동을 중단하고 나가라는 내용입니다."

담담한 목소리로 보고하는 것은 부함장인 나탈리였다. 두터운 검은색 뿔테 안경에 양복을 입고 있는 그녀는 몇 가지 주문을 사용해 지니와 연결, 통합망에서의 정보를 빠르게 받아들여 정리하고 있었다.

"흔히 하던 짓거리지만… 이건 냄새가 나는군."

현일은 하얀 털을 벅벅 긁으며 심각한 표정을 지었다. 현재 알바트로스함이 세퍼드 항성계를 지나가던 중이긴 했다. 그러나 어디까지나 외곽 쪽이었으며 아스트랄 드라이버로 [투과]하던 중이기까지 했다는 걸 생각해 보면 그냥 넘어가는 편이 정상인 상태이다.

아스트랄계의 존재에게 간섭하는 게 불가능한 일은 아니지만 아스트랄계를 비행하던 함선을 타격할 만한 공뢰는 절대 아무렇게나 뿌릴 수 있는 물건이 아니라는 것을 알고 있는 현일은 아무래도 적들이 알바트로스의 항로를 파악해 기습을 준비했다고 판단했다가, 이내 거기서 한발 더 나간 가정을 떠올렸다.

"우리를 공격하면서 눈을 흐리기 위해 선전포고를 한 거라면 어떨까?"

"너무 과한 생각 아닐까요? 아무리 테라급 함선이라지만 그거 하나 때문에 선전포고라니."

충분히 일리 있는 나탈리의 말이었지만 현일은 고개를 흔들었다.

"느낌이 좋지 않아. 호위함 전부 내보내고 강철 십자 비행여단은 주변을 탐색, 하늘거인 기갑여단이 방호진을 펼치라고 해."

"알겠습니다, 함장님."

나탈리는 꾸벅 고개를 숙이더니 그대로 눈을 감는다. 그녀는 함선 누구와라도, 아니, 심지어 접근한 다른 함선의 대상과도 연결이 가능한 강력한 텔레파시 능력자였던 것이다.

'아마 곧 녀석들이 들이닥치겠지.'

알바트로스는 언제나 조금씩 항로를 변경하며 비행하기 때문에, 공뢰에 충돌하는 순간 적이 공격해 들어오는 상황은 피할 수 있었다. 적들 역시 수십 개 이상의 공간에 공뢰를 뿌려두었을 뿐 정확한 위치를 확정하지는 못하는 것이다.

그러나 일단 공뢰에 충돌해 폭발이 있었던 이상, 적들은 틀림없이 그것을 탐지해 추적해 올 것이다.

아스트랄 드라이브는 기나긴 가속과 철저한 안전이 동반되어야 사용할 수 있기 때문에 일차적으로라도 적을 다 물리치지 않으면 이 자리를 피하기는 어려운 상황이다.

"전원 전투 준비! 망가진 부분은 즉시 수리하고 충격에 대비하라!"

포효와 같은 외침과 함께 알바트로스를 푸른색의 광구가 둘러싼다.

바야흐로 세퍼드 대전(大戰)이 시작되려 하고 있었다.

* ✶ *

"움직여! 더 빨리빨리 움직여!"

"마지막 점검 후 출격한다!"

"가용 가능한 모든 정비기를 주포로 보내! 어차피 엔진을 급하게 수리하긴 글렀고 주포를 약식으로라도 사용할 수 있게 해놔야 해!"

모두 긴박하게 움직이고 있다. 전투가 시작될지 모르는 분위기니 너무나 당연한 일이었다.

한쪽에서는 수십 대의 전투기가 레일을 따라 비행하다 사출구로 쏘아져 나가고 한쪽에서는 두터운 무장을 덕지덕지 붙인 기가스들이 무장을 정비하고 사출기 쪽으로 다가가고 있다.

'오, R-13이다. 엄청 많아.'

R-13은 기(器)급의 양산 기체에 불과하지만 동시에 레온하르트 제국군의 주 전력 중 하나이다.

어지간한 타격으로는 고장이 나지 않는 터프함과 몸의 대부분이 파괴되더라도 기동하는 높은 신뢰도, 특수 무장은 물론이고 공병 장비까지 착용할 수 있는 범용성까지 갖추고 있어 오랜 시간 사랑받은 기체라고 한다.

'아, 타보고 싶다.'

유리창 밖으로 보이는 R-13를 보며 침을 삼켰지만 당연히 탈 생각은 없다. 내가 사이코패스도 아니고 안 나가도 되는 전쟁터에 제 발로 나갈 생각은 없으니까.

내가 죽는 것도 문제지만 내가 죽여야 하는 것도 문제다.

어차피 전쟁에 몸을 담은 건 마찬가지면서 싸우는 걸 피하는 건 비겁자라 욕먹을 짓일지도 모르지만… 가능하면 살인은 피하고 싶은 게 솔직한 마음이다.

"3중대! 출동하십시오!"

"3중대 출동!"

기이잉— 하는 소리와 함께 기가스들이 사출구로 쏘아져 나간다. 대충 비율을 보니 기급 기가스 20대당 수(獸)급 기가스가 1대씩 섞여 있다. 아마 분대장이나 소대장이 타는 기체인 모양.

나는 즉시 녀석의 머리 위를 올려다보았다.

[하늘거인 기갑여단]

[준비 완료된 큰 범]

이건 처음 보는 기가스였다. 전체적으로 불그스름한 도색에 R-13보다 네 배는 커 보이는 덩치의 기가스다.

온몸을 철갑으로 둘러싼 녀석의 양어깨에는 녀석의 큰 덩치를 감안하더라도 너무나 큰 주포가 두 개나 달려 있다.

"포격용인가……."

'만약 내가 저걸 타면 어떨까?' 하고 대략적인 그림을 그려 본다.

일단 방어 에너지를 전부 공격으로 쏟은 후.

"중대장님 나가신다! 주무장 준비해!"

"모두 물러서!"

그런데 그때 한쪽이 소란스러워지더니 '기잉—! 쿵!' 하는 소리가 들린다. 고개를 돌려보니 거대한 기가스가 모습을 드러내고 있었다.

"뭐야, 인(人)급인가?"

순간 그런 생각을 했지만 가만히 보니 대전쟁에서 봤던 맥아더, 관우, 클레오파트라 등의 인(人)급 기가스에는 아무래도 못 미치는 수준이다.

방금 전 봤던 큰 범과 마찬가지로 수급인 모양인데 또 같은 수급에서는 출중한 성능을 가진 모양이다.

나는 반사적으로 기가스의 머리 위를 확인했다.

그리고 멈칫한다.

"엉?"

거기에는 이렇게 쓰여 있었다.

[하늘거인 기갑여단]

[폭탄이 설치된 천둥룡]

뛰쳐나가 직접 경고할 수도 있었지만 그건 멍청한 짓.

대신 나는 지니를 호출했다.

"지니."

[네, 대하 님.]

내가 있는 곳은 정비실 한편에 마련된 자리였기 때문에 언제든 그녀와 대화할 수 있었다.

"지금 나가는 기체에 폭탄이 설치되어 있어."

[…폭탄의 명칭도 알 수 있겠습니까?]

'정말이냐?' 라든지 '그럴 리가!' 같은 반응은 당연히 나오지 않는다. 그녀는 기술부장 니단을 제외하고는 내 능력을 대략적이나마 가늠하고 있는 유일한 존재이며 지금까지 계속해서 나와 같이 근무해 오며 내 능력을 확인했기 때문이다.

"잠깐 기다려. 아, 그보다 먼저 제자리에 좀 서 있으라고 그래."

[알겠습니다.]

대답과 동시에 뭔가 말이 전달된 것인지 천둥룡이 자리에서 멈춘다. 주변에 있던 다른 병사들이 어리둥절해했지만 그건 둘째 문제.

나는 즉시 [분류]에 들어갔다.

“어디 보자… 이게 뭐야. 아르테인의 절망? 폭탄 주제에 굉장히 서정적인 명칭이네.”

중얼거리는 순간 지니가 말한다.

[아르테인의 절망, 틀림없습니까?]

“아, 응.”

[알겠습니다.]

그렇게 말하고 대화가 끊긴다.

나는 혹시나 몰라 다른 기가스들도 살폈다.

‘다행히 더는 안 보이지만 폭탄이라니. 설마 알레이나가 설치한 건가?’

순간 그런 생각이 들었지만 동맹군 소속인 녀석이 굳이 폭탄 테러를 해야 하는지에 대해서는 잘 모르겠다.

게다가 아군한테 피해를 입히려면 굳이 움직이는 기가스에 설치하는 것보다 배에 폭탄을 설치해서 내부 파괴를 노리는 게 이득일 텐데.

잠시 이런저런 생각이 들었지만 내가 고민해 봐야 소용없는 일이다. 단지 머리 위를 보는 것만으로 상대방에게서 많은 것을 읽어낼 수 있는 나이지만, 그래봐야 알 수 있는 일에는 한계가 있으니까.

내가 무슨 독심술을 배운 것도 아닌데 모든 상황을 완벽하게 파악할 수는 없다.

기이잉—! 철컹!

그런데 그때 묵직한 소리와 함께 한쪽 벽이 열리고 탱크에 포신 대신 안테나를 올려놓은 것 같은 디자인의 장비가 모습을 드러낸다.

아무래도 쉽게 꺼내는 물건은 아닌지 주변에 있던 다른 정비관들과 기가스 조종사들이 당황하는 모습이 보인다.

"잠깐! 지니, 왜 EMP포를 꺼낸… 미쳤어?! 어딜 겨누는 거야?!"

"지니, 멈춰!! 지금 막 출격하려는 기가스에 무슨 짓이야?"

그러나 그들이 당황하거나 말거나 위쪽에 [오랜만에 꺼내진 CM-3]이라고 쓰인 장비가 안테나를 천둥룡에게 겨눈다.

천둥룡이 깜짝 놀라—정확히는 거기에 탄 조종사가 놀란 것이겠지만—자리를 피하려고 했지만 그보다 안테나 위쪽에서 빨간 불이 번쩍이는 게 빨랐다.

투웅——!!

안테나를 중심으로 묘한 파동이 퍼져 나간다.

내가 알고 있는 단순한 EMP가 아닌 듯 주변에 있던 정비사들이 죄다 밀려 넘어진다.

물론 그냥 넘어진 정도인 데다가 이 함선에 타고 있는 녀석들은 조금씩이라도 다 이상한 마법이나 초능력 같은 걸 익히고 있어서 다친 사람은 없다.

기유웅…….

그리고 그 한 방으로 천둥룡이 주저앉는다.

"지금 지니가 천둥룡을 망가뜨린 거야?"

"방어 시스템을 다 정지하게 하더니 EMP를 쏴버렸어!"

"뭐야? 지금 이게 무슨 상황이야?"

그야말로 상상도 못 한 사건에 모두 어안이 벙벙한 표정으로 CM-3라는 EMP포를 바라보았다.

그리고 그때 '쾅!' 하는 소리와 함께 천둥룡의 등이 열리더니 붉은 머리칼의 미남자가 뛰쳐나온다.

"모두 즉시 개인화기로 무장하고 통합 시스템과의 제어를 끊어!"

"네? 하지만 중대장님……."

"서둘러! 지니가 적에게 당했으면 주변 모든 기기가 적이나 다름없어!!"

꽤나 상황을 심각하게 받아들인 듯 녀석의 몸 주위로 붉은색의 영기가 휘몰아친다.

그러나 그전에 그들의 앞으로 지니의 홀로그램이 떠오른다.

[진정하고 천둥룡에서 물러나세요. 비상 매뉴얼에 따라 알바트로스의 관제 인격으로서 긴급 조치에 들어가겠습니다!]

"어? 지니, 너 정상이야? 적들한테 당한 거 아니고?"

[저를 그렇게 쉬운 여자로 보다니 실망이군요, 알렉스 대위님.]

사막의 무희 같은 복장의 지니가 슬쩍 눈웃음치며 가볍게 손짓했다. 그러자 기다렸다는 듯 주변에 모여 있던 정비 기계들이 동시에 움직여 천둥룡의 왼팔을 떼버렸다.

정확한 위치를 짚어주지 않았는데 망설임 없는 동작인 걸 보면 아무래도 따로 조사를 해서 폭탄을 찾아낸 모양이다.

철컹! 기이잉———!

천둥룡의 팔을 떼버린 정비 기계들이 떨어진 팔을 사출기에 올려놓았다.

사실 사출기라고 해봐야 특별히 뭔가 있는 건 아니다. 알바트로스의 사출기는 일종의 전자식 사출기로 자기부상열차와 비슷한—자세히는 모른다—원리로 자기적 반발을 일으켜 전투기나 기가스를 쏘아내는 방식이기 때문에 바닥에 있던 천둥룡의 팔은 저절로 허공에 떠올라 화살처럼 날아가는 걸로 보였다.

파앙!

사출구가 열리고 왼팔이 에너지 장으로 유지되는 공기 막을 급작스럽게 뚫고 나갔다. 그 바람에 한순간 주변에 거센 바람이 몰아쳤지만, 그건 사소한 일이었다.

그보다 중요한 건… 우주 공간으로 날아간 팔이 폭발해 버렸다는 점이다.

쿠우우웅————!!

정비실 안쪽에 있는 나조차도 느낄 수 있을 정도로 강렬한 진동에 식겁한다.

만약 저게 그냥 여기서 터졌다면?

"허허, 뭐 이런 게 다 있어?"

기가 차서 헛웃음이 나온다.

우연히 칭호를 안 봤으면 뭔지도 모르고 비명에 갈 뻔했다.

"이, 이게 뭐야, 지니? 왜 천둥룡의 팔이 폭발한 거지?"

[그곳에서 폭탄이 감지되었습니다. 놀랍게도… 완전히 팔의 부품과 동일하게 보이는 부품들로 이루어진 폭탄이었지요. 우연히 발견하여 즉시 처리했습니다.]

"내 전용기에 폭탄을 설치하다니 어떤 놈이……!"

붉은 머리칼의 미남자, 그러니까 알렉스라는 대위 녀석이 펄 펄 뛰고 있는 모습을 바라보며 나는 잠시 생각에 잠긴다.

내가 죽을 위기였다는 생각 때문은 아니었다.

그건 어디까지나 일어날 '뻔' 했던 일이었을 뿐 결과적으로 나는 털끝 하나 다치지 않았으니까.

다만 신경 쓰이는 것은 지니의 권한과 상환 판단 능력이었다.

'이게 뭐야. 누구한테 묻지도 않고 바로 자기가 판단을 내려서 마음대로 실행에 들어간다고? 내가 생각하는 인공지능의 개념하고 전혀 다르잖아?'

나는 지니에게 천둥룡에 폭탄이 설치되어 있다는 걸 말하면 당연히 그녀가 그걸 상부에 보고할 거라고 생각했다.

그녀가 아무리 뛰어난 인공지능이라고 해도 [판단]은 인간의 영역이라고 생각했기 때문이었다.

그러나 그녀는 독자적인 판단으로 EMP포를 꺼내 들어 당황하는 사람들을 무시하고 즉시 천둥룡에게 발사해, 천둥룡은 물론이고 천둥룡의 안에 장치되어 있던 폭탄의 작동을 멈춰 버렸다.

아마 해체하거나 몸에서 분리하는 순간 폭발하는 상황을 막기 위해서였을 것이다.

더불어 그녀는 대담하게도 폭탄이 설치되어 있던 팔을 통째로 분리, 우주에 던져 버리는 기지를 발휘했다.

결과적으로 아무런 피해 없이 위기를 극복한 것이다.

'이 정도면 인간 이상의 판단력이야. 게다가 이 정도의 판단을 스스로 행동으로 옮길 수 있는 권한이라니.'

물론 보고는 올리는 모양이지만 이건 전형적인 선조치 후보고가 아닌가? 당장 행동하는 데에는 딱히 허락이 필요 없다는 뜻이다.

인공지능에게는 인간을 보조하는 정도의 권한만 있을 거라고 생각했던 내 예상을 완전히 벗어나는 행동이다.

짐작이지만, 어쩌면 지니는 알바트로스 내부에서 벌어지는 범죄에 대한 경찰 역할을 하고 있을지도 모른다.

'아니, 여기 녀석들은 인공지능에게 이런 권리를 주고 불안하지 않나? 시스템 오류 같은 걸로 폭주하면 어떻게 하려고?'

해킹이나 버그에 대한 불안감 같은 게 없다고 하기에는 알렉스라는 녀석의 행동이 걸린다. 틀림없이 녀석은 지니가 이상한 모습을 보이자 관제 인격의 폭주를 상정하고 방비하려 했었다.

즉, 그의 행동은 관제 인격이 [적에게 당하는] 상황이 과거에도 있었다는 방증이 아닌가?

복잡한 상황에 내심 생각에 잠겨 있을 때 내 옆으로 홀로그램이 떠오른다. 당연하지만 그녀는 알바트로스함 전체를 통제하는 관제 인격, 지니였다.

[도움에 감사합니다, 대하 님. 큰 피해를 입을 수 있는 상황을 막으셨으니 차후 보상이 있을 것입니다.]

"아, 음. 뭐, 내 안전을 위해서이기도 하니까."

왠지 머쓱해져서 웃었지만 화면 속의 지니가 고개를 흔들었다.

[그것과 별개의 사항이지요. 혹시 다른 문제가 있는지 알 수 있겠습니까?]

"적어도 내가 확인하기로 더는 없어. 아까 그 폭탄도 사실 내 생각에는 좀 뜬금없어서."

내가 발견해서 지니가 즉시 제거하긴 했지만 냉정하게 생각해 보면 과연 그 폭탄들이 당장 터질 물건이었을지는 잘 모르겠다.

내가 보는 칭호가 표시하는 정보는 당장의 정보만이 아니다. 그 대상을 대표하기만 한다면 짧게나마 미래까지 보여줄 수 있는 복합적인 능력인 것이다.

'그래, 만약 당장 터질 폭탄이었다면 터질 거라는 언급이 있었을 거야. 카운트 1시간 남은 폭탄이 설치된 뭐, 이런 식으로라도 이야기가 있었겠지.'

칭호는 [현재의 상태]를 나타내며… 터지는 게 목적인 폭탄에게 폭발은 너무나도 강력한 [상태]다.

적어도 내가 아는 칭호는 이런 중요한 상태를 무시할 리 없다.

'하지만 이런 이야기를 굳이 하는 것도 위험한 일이지.'

칭호를 보는 힘이 위험하다는 것은 스스로도 느끼고 있기 때문에 일단 조심한다. 기계에 한정해서 드러낸 지금도 많이 드러낸 게 아닌가, 하는 생각이 조금은 있을 정도였으니까.

조심은 아무리 해도 과하지 않다. 일견하는 것만으로 스파이를 잡아내고 남의 정보를 멋대로 열람하는 게 가능한 능력을 누가 좋아하겠는가?

나라도 그런 능력자의 존재를 알게 되면 그걸 위협이라 느껴 잡아두거나 아니면 이용하려고 들 것이다.

쿠우―! 쿠우우―!

내가 이런저런 생각에 잠겨 있는 사이 전투기들은 물론이고 대부분의 기가스가 사출구를 통해 우주로 쏘아진다.

나는 적어도 EMP를 얻어맞아 움직이지 못하는 천둥룡의 조종사인 알렉스는 출동하지 않을 거라고 예상했지만 뜻밖에도 그 역시 다른 수급 기가스를 타고 출동해 버렸다.

분위기는 상당히 급박해서 '가용할 수 있는 병력은 다 출동한다' 는 느낌이다.

"저기, 지니. 지금 전투 중인 거야?"

[죄송하지만 전시 상황은 기밀이라 알려 드릴 수 없습니다.]

차분한 대답에 살짝 실망했지만 수긍한다.

하긴, 무슨 TV 방송도 아니고 전시 상황을 중계하는 경우가 어디 있겠는가?

물론 일종의 전투 지휘실이라고 할 수 있는 함교에서라면 전투 상황을 정확하게 파악할 수 있을 테지만 일개 정비관에 불과한 내가 발을 들일 수 있는 공간은 아니다.

"그럼 난 이제 뭘 해야 하지? 기가스들도 죄다 나가 버렸는데."

내 질문에 지니는 당연하다는 듯 답했다.

[숙소에 가서 쉬고 계시면 됩니다.]

"…전쟁인데?"

[전쟁이라 하더라도 각자의 역할이 있는 법이고 이미 정비관님은 충분한 역할을 하셨습니다.]

"허."

쓴웃음을 짓는다.

물론 일반인이라도 소총 하나 들면 어느 정도 병사의 역할을 할 수 있는 지구에서와 다르게 이런 우주전에서 일반인은 아무 도움도 안 되는 게 사실이지만, 아무리 그래도 그냥 숙소에 가서 쉬고 있으라니.

“평시 꿀보직은 전시에도 꿀이라는 건가. 너무 편해서 불안할 정도인데.”

중얼거리며 정비실을 나온다. 문밖에는 보람과 동민이 와 있는 상태였다.

“아, 기다렸어? 나는 그만 집에 돌아…….”

“죄송해요. 저희 둘 차출됐어요.”

“가서 쉬… 뭐라고?”

“근접 전투를 위한 인원이 필요하다는 요청이 들어왔다. 우리 둘은 이곳에서도 전투 병력에 속할 정도는 되니까.”

동민은 ‘전력이 아님에도 말이지’ 라고 중얼거리며 품속에서 종이 쪼가리를 하나 꺼내 들었다.

황당하게도, 그건 부적이었다.

“위험하면 찢어라. 이 녀석을 데리고 네 옆으로 즉시 이동할 테니까.”

“여기에서 임무를 맡는다고 했잖아. 그렇게 빠져도 돼?”

“우리 원래 임무는 네 호위다. 미리 이야기해 놨으니 상관없겠지.”

“아직 여기 있었군! 보병대가 다 집결했으니 즉시 이동하라!!”

“아, 금방 갈게요, 언니!”

“언니라고 부르지 말고 중대장이라고 불러!”

“네, 언니!”

몸에 착 달라붙는 가죽옷을 입고 자기 몸만큼 거대한 대검을 든 여인을 따라 보람과 동민이 사라지고 나만 덩그러니 남는다. 돌아보니 수많은 사람으로 북적거리던 주변에는 남은 사람이 거의 없었다.

"…진짜 심각한 상황일지도?"

순간 그런 생각이 들었지만 상황을 알 수가 없다.

이거 편하게 쉬다가 맥없이 전쟁에 져서 지옥 같은 상황에 빠지는 거 아냐?

내가 아무리 조심해서 산다 해도 거대한 전쟁의 급류에 휘말리면 아무것도 못 하고 최악의 상황에 빠질 수 있다.

"오히려 이렇게 되면 숙소에 가서 게임이나 하고 있기 찝찝한데."

하지만 단지 궁금하고 불안하다고 해서 스스로 전쟁에 참여한다고 나서기도 애매하다.

이러니저러니 해도 지금 내 직위는 정비관일 뿐이니까.

그것도 직접 부서진 기체를 수리하는 그런 방향도 아니기 때문에 전투 중에는 아무런 도움도 되지 않는다.

결국 내가 향한 곳은 매일 출근하던 작업실이다.

"이게 뭐냐 싶기도 한데."

피식 웃으며 작업실 안쪽으로 걸어 들어간다. 당연한 말이지만 이곳에 온 것은 출근을 위해서가 아니었다.

"열려라, 참깨."

각성(覺醒)

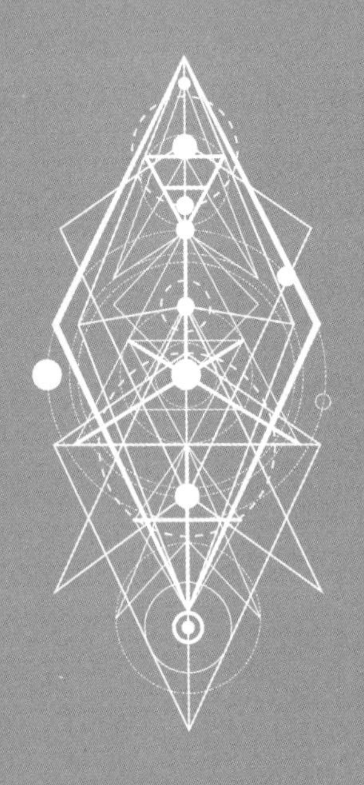

문이 열리고 큼지막한 복도가 모습을 드러낸다. 나는 망설임 없이 그 안으로 걸어 들어갔다.

[뭐야, 또 왔어? 어떻게 자꾸 들어오는 거야?]

허공에 둥둥 떠 있는, 눈동자가 내 상체만 한 거대한 머리통이 인상을 찌푸리며 투덜거리는 모습에 나직하게 웃는다.

"짜식, 반가우면서 틱틱거리긴."

[뭐, 뭐라고?]

당황하는 녀석의 반응에 웃으며 주변을 둘러본다.

맨 처음 왔을 땐 자세히 보지 않아 몰랐는데, 녀석이 있는 방에는 각종 무기가 전시되어 있었다.

그중에는 칼도 있고, 활도 있으며, 내 키만 한 방천극이나 할버드 같은 것들도 있다.

무슨 무기 전시장 같은 모습이다.

"어디 앉을 데는 없어? 뭔 무기들만 잔뜩… 오, 이게 좋겠군."

나는 적당히 둘러보다가 주변을 굴러다니던 갑옷 하나에 걸터앉았다.

말이 좋아 갑옷이지 무슨 3m짜리 괴물이 입었던 물건이기라도 한 듯 커다란 사이즈라서 거의 올라탄다는 느낌이었는데 그걸 본 아레스가 기겁한다.

[그건 투왕 카델의 갑주야! 운석을 맞아도 사용자를 지키는 강력한 갑주를 깔고 앉다니!]

"운석에 맞아도 멀쩡할 정도면 깔고 앉는 정도로는 흠집도 안 나겠네."

태연하게 답하며 아레스를 바라본다.

기계 주제에 얼굴 표정이 제법 섬세해 드러나는 표정이 다양하다. 마치 어릴 때 보던 애니메이션에 나오던 합체 로봇 같은 녀석이다.

뭐, 머리만 있어서 몸은 어떻게 생긴지 모르겠지만 말이다.

[…그나저나 왜 온 거냐? 저번에는 그냥 가버리더니.]

"아, 별건 아니고."

단도직입적으로 묻는다.

"혹시 너 우주선 밖을 볼 수 있어?"

내가 굳이 여기까지 온 이유는 한 가지 가설 때문이다.

아무리 신(神)급 기가스라도 머리밖에 없는 상태에서는 전투가 불가능하다. 설령 가능하더라도 그 전력은 원래 상태에 비할 바가 아닌 것이다.

적을 박살 내버릴 팔도, 적의 공격을 견뎌내며 무한의 에너지를 뽑아낼 몸체도, 땅을 박차고 뛰어다닐 다리도 없다면, 원래 아무리 대단한 존재라도 한계가 명확하지 않겠는가?

그러나 머리만이 남은 녀석이라면.

적어도 [머리의 기능]은 남아 있지 않을까?

과연 내 가설은 틀림이 없었던 듯 아레스 녀석은 자신만만하게 고개를 끄덕인다.

[그래. 나에게는 전신안(戰神眼)이 있으니 주변에 존재하는 모든 전장은 물론이고 전쟁의 징조까지도 볼 수 있지.]

"오~ 대단한데?"

[대단? 하하하하! 당연하지! 전신안은 신의 눈 시리즈에서도 최상급이거든!]

묘하게 기뻐하며 웃음을 터뜨리는 녀석의 모습에 최대한 자연스럽게 묻는다.

"지금 전쟁 상황은 어때?"

[글쎄?]

씩, 하고 음흉하게 웃는 아레스의 모습에 혀를 찬다.

쳇, 묘하게 허술해서 그냥 답해주지 않을까 했는데 아무래도 그렇게까지 만만하지는 않은 모양이다.

"전쟁이 시작되긴 했나?"

[알아서 뭐하냐고 해주고 싶지만, 후후후. 뭐, 이 정도는 말해줄 수 있군.]

씨익 하고 웃으며 아레스가 말했다.

[너희는 질 것이다.]

"……."

너무나 단호한 확언에 할 말을 잊는다. 그냥 약간의 불안함에 전황을 알고 싶어 왔을 뿐인데 최악의 상황을 듣게 된 것.

그리고 그런 내 모습에 녀석이 차분히 말을 이었다.

[너희는 기습당했고, 적의 전력을 파악하지 못했으며, 적들은 만반의 준비를 갖춘 상태다. 이 배의 전력은 나름대로 대단하다고 생각하지만 안타깝게도 적은 그 이상이로군.]

지금까지는 가볍고 만만했던 녀석의 표정에 진중함이 어린다.

적어도 [전쟁]에 대해서는 허언하지 않는, 전쟁의 전문가다운 모습을 보이고 있는 것이다.

"지금 그 말은 소규모 교전을 말하는 거야? 아니면."

[전체적인 전황을 말하는 거다. 이 배는 적에게 패할 것이며, 그 탑승자는 대부분 죽고 남는 이들 역시 적에게 유린당할 것이다. 승리의 가능성은 1%도 되지 않으니 그 어떤 희망도 있을 수 없다.]

선언한다. 마치 그것이 절대 어긋날 수 없는 운명이라는 것처럼.

내가 할 말을 잊고 자신을 바라보고 있자 아레스는 씩 웃으며 말했다.

[하지만 듣기만 해서는 와 닿지 않겠지? 직접 봐라.]

그리고 그와 동시에 배경이 변한다.

* ✶ *

"미쳤군……. 엑사(Exa)급 우주 모함(Carrier)이라고? 테케아 연방에도 두 개밖에 없는, 그것도 방어용이나 다름없는 우주 모함을 이런 분쟁 지역에 데려왔단 말이야?"

알바트로스함의 함장, 천현일 소장이 이를 갈고 있다. 거대한 백곰의 모습을 하고 있는 그는 함교 중앙에 위치한 자신의 몸에 걸맞은 사이즈의 의자에 앉아 으르렁거리고 있다.

—우주 모함?

무심코 소리 내어 말했다가 깜짝 놀랐지만 천현일 소장은 내가 보이지 않는다는 듯 화면을 보며 이를 갈고 있다.

주변을 둘러보니 이야기만 들었던 함교(艦橋)에 와 있다는 사실을 알 수 있었다.

—자체적인 전투력에 집중하는 전투순양함과 다르게 전투기와 기가스를 잔뜩 싣고 있는 녀석이지. 속도도 느린 데다 어마어마한 물자를 소모하기 때문에 전투순양함처럼 자체적으로 보급을 해결하고 장거리 항해를 하지는 못해 방어전에만 활용되지만… 전투력만 치면 당연히 전투순양함보다 위 줄이다. 활용할 수 있는 물량 자체가 다르니까.

돌아보니 어느새 내 옆에는 양팔이 훤히 드러나는 조끼 모양의 판금 갑옷을 입고 있는 사내가 있었다.

전체적으로 사나워 보이는 눈매에 회색 머리칼을 치렁치렁하게 늘어뜨리고 있는 그는 내 허벅지보다도 두꺼워 보이는 근육질 팔에 내 허리만 한 허벅지를 가지고 있는 어마어마한 거한이었다.

—아레스?

—그래, 나다. 하지만 날 신경 쓸 때가 아닐 텐데?

아레스의 말에 나는 고개를 돌려 적의 우주 모함을 비추고 있는 화면을 바라본다.

그 순간 우주 모함의 위쪽으로 빛이 번쩍이더니 어두워야 할 우주가 환해지면서 알바트로스를 둘러싸고 있는 수백수천 대의 전투기와 기가스들이 모습을 드러낸다.

[진리를 걷는 위대한 현자 모르네의 이름으로 선언한다! 간악하고 사악한 인간들은 우리의 막강한 군세에 도망조차 치지 못하고 짓밟히게 될 것을……!]

머리가 윙윙 울릴 정도로 압도적인 힘이 모든 이에게 전해진다.

이게 무슨 소린가 하고 주변을 둘러보니 당황하는 사람들이 보인다.

"외부 방송은 또 뭐야, 미친놈들이! 게다가 자기 입으로 위대한 현자라니 테러범 새끼가!!"

"젠장, 초월기(超越技) 임전무퇴(臨戰無退)야!"

"끝까지 가자는 건가!!"

비명과 고함이 난무한다.

그리고 그런 그들의 모습을 본 현일이 소리친다.

"모두 진정하고 전투에 집중해! 나간 병력들은 함선 주변으로 집결하라고 전하고 이쪽도 초월기를 준비한다!"

"네! 함장님!"

현일이 의자에서 박차고 일어나자 의자가 즉시 바닥으로 가라앉고 지름이 5m나 되는 거대한 고리가 그의 주변으로 내려온다.

왜 녀석이 앉아 있는 의자 근처에는 아무런 기기도 없나 했더니 아마 이런 설계를 상정하고 있었기 때문인 것 같았다.

—초월기?

—두 가지 뜻이 있지. 하나는 신적인 존재들이 만들어낸, 그야말로 상식을 뛰어넘는 강력한 위력을 가진 기술들이고 또 하나는… 어빌리티(Ability)의 상위개념이다. 초월병기를 활용해 사용할 수 있는 기술인데, 지금의 경우는 후자이지.

내공을 사용하려면 강인한 심력과 체술에 대한 재능이 필요하지만 무엇보다 중요한 건 마나에 대한 능력이다.

마나를 인식하는 능력과 제어하는 능력이 없으면 아무리 빼어난 체술을 가지고 있다 해도 그는 그냥 뛰어난 무술가일 뿐이지 강대한 무인이 될 수 없는 것이다.

마찬가지로 마력을 다루려고 해도 마나에 관한 능력은 필수적이다. 뛰어난 지능과 지혜도 중요하지만 마나를 다루지 못해서야 다 소용없는 일.

그런데 뛰어난 기가스 조종사가 되려면 필요한 재능은 무엇일까?

'아이언 하트와의 동조 능력'.

물론 조종술과 전투에 들어가서의 상황 판단 능력 역시 중요하다.

마치 내공 사용자에게 전투 센스가 필요하고 마법사가 되기 위해서 머리가 좋아야 하는 것처럼 조종 자체를 못 하면 아무리 동조 능력이 뛰어나도 소용없는 것이다.

그러나 조종 능력은 누구나 후천적으로 어느 정도의 학습이 가능하니 결과적으로 기가스 조종사에게 무엇보다 중요한 건,

바로 강철의 심장 아이언 하트(Iron Heart)와의 동조 능력이라고 할 수 있다.

아이언 하트의 정확한 명칭은 [기계식 영자 기관]이다.

놀랍게도 4문명의 끝에 도달한 몇 종족은 '영력을 생산하는 발전기'를 만들어내는 데 성공했다.

그러나 아이언 하트에서 생산해 내는 영력은 단순한 에너지에 가까워서 진정한 영력이 되기 위해서는 아이언 하트 자체에 동조해 염(念)을 담는 과정이 필요하다.

그리고 그 능력을 가진 이들이 바로 일부 전투기와 기가스의 조종사가 되며 각자의 성격이나 특성, 능력에 따라 아이언 하트에서 특수한 능력을 뽑아낼 수 있게 된다.

그것이 바로 기가스 조종사들의 특기 어빌리티(Ability)이며 그중에서도 빼어나거나 희귀한 능력을 가진 이들은 거대 함선이나 전함의 함장이 된다.

—아니, 잠깐. 지금 여기에 초월병기가 어디에 있다는 거야?

—쯧쯧, 멍청한 놈. 테라급 이상의 함선은 대부분 초월병기야. 물론 초월병기 중에서는 양산형에 가까워서 등급은 아주 낮지. 아, 저기도 쓰여 있군.

그렇게 말하며 아레스는 한쪽 벽을 가리킨다. 그의 손짓에 따라 벽을 바라보니 이렇게 쓰여 있었다.

5,000시리즈

알바트로스

자랑스럽다는 듯 쓰여 있는 두 줄의 문구에 의문을 표한다.

—5,000시리즈?

—그쯤 되는 위치라 이거지. 초월병기는 1,000위 안의 넘버링이 아니면 명확한 순위가 없으니까.

—아, 그렇군……. 아니, 잠깐. 그러고 보니 초월병기를 다룰 수 있다는 건.

나는 무심코 알바트로스의 함장 현일을 바라보았다. 그의 주위에서는 백색의 영기가 휘몰아치고 있는 상태.

아레스는 순순히 고개를 끄덕였다.

—그래. 저 곰탱이 녀석은 초월자다. 이 배에서 나를 조종할 자격이 먼지만큼이라도 있는 유일한 녀석이라고 할 수 있지.

그리고 그때였다.

[울부짖어라———!!!]

포효와 함께 어마어마한 위압감이 사방으로 퍼져 나간다.

함께 일하면서 그의 기질에 익숙함이 분명할 승무원들조차도 휘청거릴 정도의 힘.

잠시 압도되어 할 말을 잃은 나를 보며 아레스가 말했다.

—이건 밖에서 보는 게 좋겠군.

말과 함께 순식간에 배경이 변한다.

어느새 우리는 알바트로스에서도 훨씬 떨어진 장소로 이동해 알바트로스의 모습을 바라보고 있었다.

콰앙——! 쿵—!

펑!

알바트로스에서 뿜어지는 어마어마한 파장과 함께 알바트

로스를 포위하고 있던 전투기와 기가스들이 마구 터져 나가기 시작한다.

그것은 강렬한 영력으로 이루어진 우주 태풍이나 다름없는 공격이었다.

—펜릴의 포효. 초월기 중에서도 제법 유명한 기술이지. 저 녀석은 무투형 초월자인 동시에 제법 훌륭한 조종사의 자질 역시 타고난 거야.

아레스의 말에 따르면 그가 '겨우' 소장밖에 못 하고 있는 이유는 평범한 곰으로 태어난, 영물이라는 출신 성분 때문이라고 한다.

만약 그가 인간이었다면 벌써 대장의 자리에 올라갔을 것이라는 말이다.

—아니, 잠깐. 저렇게나 강력한 초월자가 함장인데도… 우리가 이길 가능성이 1%도 안 된단 말이야?

—큭큭큭, 원래 한 손으로 열 손 못 당하는 법이고.

아레스가 쓰게 웃으며 우주 모함을 바라보았다.

—무엇보다 강함이라는 건 상대적이지.

[인간의 발바닥을 핥으며 연명하는 짐승이 발악하는구나!]

우주 공간을 쩌렁쩌렁 울리는 영적인 외침이 우리에게까지 전해진다.

그냥 초월기를 발동한 현일과 다르게 기술을 쓸 때마다 이렇게 외쳐대는 걸 보면 적군의 수장이 어지간히 허영심에 찌든 인물인 모양.

하지만 허영심에 찌들어 있다 해도 적의 능력은 진짜였다.

쿠우우우——

—맙소사, 저게 뭐야?!

우주 공간에 떠오르는 거대한 창의 모습에 기겁한다.

황당하게도 어지간한 도시보다 훨씬 거대하고 알바트로스보다 더 기다란 창이 스스로 빛나고 있다.

전체적으로 고풍스러운 이미지를 가진 그 창은 잠시 허공에서 진동하더니 벼락처럼 알바트로스를 덮쳤다.

우웅—!

그리고 그에 대항하듯 알바트로스에서는 백색의 방패가 떠올라 창을 마주한다.

평소 함선을 보호하는 실드와는 명백하게 다른 힘으로, 십자가의 문양이 그려진 그 방패에서는 무엇이든 막아낼 수 있을 정도로 강맹한 힘이 느껴졌다.

—백십자의 방패. 제법 훌륭한 방어형 초월기지만.

그러나 아레스는 어림없다는 듯 고개를 흔든다.

—신창 알리에타를 막을 정도는 아니야.

쾅!

폭음과 함께 우주의 모습이 단숨에 사라지고, 나는 어느새 거대한 아레스의 머리 앞으로 돌아와 있다는 걸 깨달았다.

바닥이 흔들리는 충격에 넘어졌기 때문인 것 같았다.

[이런, 알바트로스가 관통당했군. 지금 공격으로 300명가량이 죽거나 우주로 날아갔다. 내가 말했지?]

기쁘지도, 슬프지도 않은 목소리로 아레스가 말했다.

[승리의 가능성은 1%도 없다고.]

"젠장!"

이를 갈며 몸을 돌려 작업실로 뛰쳐나간다. 가능할지 모르지만 최악의 상황에는 이 배에서 탈출해야 할지도 모른다고 판단했기 때문이다.

그러나 막 작업실을 나서다가, 마주 달려오던 녀석들을 발견한다.

"크륵! 선원을 발견했다! 따라가면 더 있을 거야!"

"한 분대 빼서 다 죽여 버리고 우리는 함교로 향한다!"

소리치며 달려오는 한 무리의 괴물은 실로 기묘하다고밖에 말할 수 없는 외양을 가진 생물들이었다.

내가 지금까지 세레스티아나 알레이나 등 우주선에서 근무하는 외계인들을 보면서 '이게 뭐가 외계인이야, 그냥 인간이지' 라는 감정을 느껴왔다면 지금 내 앞에 있는 놈들은 누가 봐도 외계인인 것이다.

"맙소사."

특이하다. 뭐라 표현하기 어려운 외양이다. 굳이 힘들게 설명을 하자면…….

'스파게티 같다.'

그렇다. 굳이 스파게티라고 할 필요는 없지만 대충 면(?) 종류의 형태에 불그스름한 색을 띠고 있다.

마치 스파게티를 포크로 돌돌 말아 뭉친 것 같은 외향을 가진 그들은 자신의 몸을 이루는 촉수 중 수십 가닥을 서로 뭉쳐 바닥을 디디고, 다시 수십 가닥을 서로 얽어 세 손가락의 손을 네다섯 개씩 만들어 총화기를 장비했다.

그리고 그 중앙에 있는 눈.

내 머리통만 한 커다란 눈동자에서 전해지는 살기는 쓰라릴 정도로 따가워 마주하는 것만으로 섬뜩한 기분을 느끼게 한다.

"아……."

몸을 돌려 도망가려 했지만 발이 떨어지지 않는다.

정신을 제압당했다거나 염동력 같은 것에 묶인 것은 아니다.

단지 녀석의 살기가, 그리고 그 살기가 그려내는 나의 죽음이 공포가 되어 심장을 억누르는 느낌이다.

물론 나름대로 멘탈이 강한 나는 이내 그 살기를 떨쳐낼 수 있었지만, 이미 상황은 늦어 녀석은 인간이 듣기엔 애매한 직선 형태의 화기로 나를 겨누고 있다.

"죽어라, 더러운 인간."

으르렁거리는 녀석의 모습에 이를 악문다.

당연하지만 마주하고 있는 총구를 피해 갈 재주가 나에게는 없다. 나는 동민처럼 공간 이동을 할 수 있는 것도 아니고 보람처럼 보호막을 칠 수 있는 것도 아니니까.

그러나 그렇게 죽음을 마주한 그 순간.

퓨웅!

내 뒤에서 뿜어진 빛줄기가 녀석의 눈을 관통해 버린다.

녀석의 커다란 눈은 뇌의 역할도 같이하는지 그 한 방으로 커다란 덩치가 단숨에 무너져 버린다.

"킈르르! 무슨 일이야!"

"기계병이다!"

"죽여!"

그리고 그 모습에 뒤에 있던 다른 병력들이 나를 향해 몰려오기 시작한다.

나는 기겁해 소리쳤다.

"닫혀라!"

쾅!

평소엔 기기깅, 하고 천천히 닫히던 문이라서 속이 터졌었는데 놀랍게도 지금은 기다렸다는 듯 순식간에 닫혀 버렸다.

닫히는 기세가 얼마나 빠른지 나를 향해 달려오던 비인 중 하나가 문짝에 끼어 즉사했을 정도다.

"하아… 하아… 죽는 줄 알았네. 고마워, 지니!"

내 뒤에서 광자총을 쏜 것은 작업실 한쪽에 대기 상태로 있던 메탈 바디(Metal Body)였다.

기계들의 문제점을 볼 수 있을 뿐 그 외에는 아무것도 할 수 없는 나를 보조하기 위한, 지니의 분신체라고 할 수 있는 그것.

그러나 그녀는, 아니, 어째서인지 위장을 하지 않아 그냥 마네킹처럼 생긴 메탈 바디는 나를 보며 말했다.

[미안하지만 그 아가씨는 지금 바빠서 이런 데 신경 쓸 여력이 없어.]

"…아레스?"

[그래. 아무래도 죽어버릴 꼴이라 도와줬다. 그런데.]

메탈 바디의 몸을 잠시 제어하던 아레스는 뭔가 꺼림칙하다는 목소리로 말했다.

[대체 왜 전신의 보물 창고가 네 녀석의 말을 듣는 거지?]

"보물 창고?"

녀석의 말을 이해하지 못하고 의문을 표했을 때였다.

콰쾅! 쾅!

문 너머에서 폭음이 울린다. 밖에 있는 병력이 안으로 침입하려는 모양이었으나, 폭음이 무색하게도 거대한 금속 문은 진동조차 하지 않는다.

벽 너머에서 당혹스러운 목소리가 들려온다.

"뭐야! 이 문 왜 안 부서져!"

"포격에도 견딥니다! 이상한 힘에 보호받고 있습니다!"

"중요 시설인 모양이군. 일단 상부에 보고하고 우리는 함교로 향한다!"

잠시 몇 번 더 굉음이 울려 퍼지다가 이내 인기척이 멀어진다.

나가야 하는 거 아닌가, 하는 생각에 문 근처로 다가가자, 한심하다는 듯한 아레스의 목소리가 머릿속을 울린다.

[멍청아, 적들이 떠난다고 말해주니까 그걸 믿고 나가려고 하냐? 지금 문 열면 네 머리에 예쁜 구멍이 뚫릴 거다.]

"응? 하지만 인기척이."

[멍청한 놈.]

순간 시야가 변한다. 아레스가 다시 전신의 눈을 나에게 건 것.

어느새 나는 문밖에 서 있었다. 언제나 숙소로 돌아가기 위해 지나치는 복도는 적막하기만 하다.

—뭐야, 아무도 없… 이런.

그러다 벽에 바짝 붙어 있는 녀석들을 발견한다.

놀랍게도 이 스파게티 같은 녀석들이 자신의 몸을 풀어내 양탄자처럼 펼쳐낸 것이다. 실로 교묘한 방법이었지만 벽 한쪽이 평소와 달리 붉은색이 되어 있었기에 눈치챌 수밖에 없었다.

—봤군.

—아, 응. 깜빡 속을 뻔했어. 저 면발 같은 몸을 설마 저런 식으로 풀어낼 수가 있다니……. 설마 저 녀석들 몸을 다 이어서 몇십 미터짜리 긴 뱀처럼 만들 수 있는 거 아냐?

그리고 그 몸의 양 끝에는 총이 들려 있다. 아레스의 말대로 만약 내가 멋모르고 문을 열었다면 머리에 구멍이 났을 것이다.

—'봤군' 이라는 말은 단지 그런 의미가 아니지만… 그렇군. 스스로에 대해서는 잘 모르는 건가. 뭐 하는 녀석이지?

중얼거리는 아레스의 모습에 의아해하며 주변을 둘러본다.

지금 이 상태, 그러니까 아레스의 전신의 눈이 가동한 상태는 일종의 유령 상태와도 비슷해서 벽도 투과할 수 있고 의식하는 것만으로 장소를 이동할 수 있다. 이왕 녀석이 사용해 준 이상, 주변 상황이라도 파악해야겠다.

"모두 조심해!"

"제기랄, 대대 병력이 들어왔어! 완전히 작정했군!"

알바트로스함 곳곳에서 치열한 전투가 벌어지고 있다.

적들은 각양각색이다.

내가 봤던 스파게티 녀석들도 있었고 무슨 골렘처럼 비슷한 바위로 만들어진 녀석들도, 문어 비슷한 형태로 허공을 날아다니는 녀석들도 있다.

정말 명백하게 비인(非人)이라는 이름에 걸맞은 외양들이다.

'동민은, 보람은 어디 있지?'

의식을 집중해 둘을 찾아낸다.

녀석들은 거주 구역에 솟아오른 격벽 사이에서 쏟아지는 탄환을 막아가며 전투를 하고 있었다.

"으, 너무 역겹게 생겼어요."

"거기에 악의와 살의가 심각한 수준이군. 타협이 불가능하겠어."

둘은 별로 친한 사이가 아니었지만 그래도 동향 사람이라는 인식 때문인지 함께 싸우고 있었다.

게다가 수호결계반이라는 소속에 걸맞게 보람의 방어 능력은 실로 대단했고, 동민의 능력은 공격 쪽에 집중되어 있었기에 둘의 호흡은 상당히 괜찮았다.

콰!

온몸으로 전기를 뿌리며 멧돼지처럼 돌진한 바퀴 모양의 비인이 보람의 결계에 충돌해 멈춰 선다.

원래 그의 역할은 적의 전열을 엉망으로 헤집어 후에 이어질 아군의 돌격을 돕는 것이지만 중전차를 넘어서는 돌진력으로도 희미한 결계 하나를 넘어설 수 없었다.

"오느라 수고했다."

그리고 그런 그의 앞으로 동민이 다가서 허공에 손을 뻗는다. 아무것도 없던 허공에서 마치 마술처럼 생수 한 통이 나타났고, 동민은 그것을 비인에게 뿌렸다.

찌저저저적!!!

돌진이 막혔기에 다시 몸을 돌리려 했던 비인의 몸 한 부분이 쏟아지는 생수와 함께 얼어버린다. 그리고 동민의 몸이 순간 흐릿해졌다.

콰작!!!

"크아아아악————!"

몸의 한 부분이 깨져 나가자 고통스러운 비명이 터져 나왔지만 동민은 아랑곳하지 않고 녀석의 상처에 손을 쑥 집어넣는다.

"다행히 피는 흐르는군."

그리고 그와 동시에 발버둥 치던 비인의 움직임이 서서히 멎어간다.

놀랍게도… 동민은 녀석의 몸 안에 손을 꽂아 넣음으로써 녀석의 피 자체를 얼려 버린 것이다.

제아무리 괴상한 외계인이라 해도 생명체인 이상 몸 안의 피가 얼어붙는데 살아남을 수는 없는지 이내 움직임이 완전히 멎어버리고 만다.

"제법이군. 정비관 호위로 오기에는 아까울 정도의 전투력인데? 완성자에 이른 결계사에 4종류가 넘는 복합 능력자라니."

"언니도 대단해요! 언니같이 강력한 소드 마스터는 처음 봤어요."

"언니 아니다. 중대장이다. 그리고 소드 마스터가 아니라 검술 완성자다."

콰득!

그렇게 말하며 거대한 대검을 벼락처럼 휘두르자 아군을 향해 돌진하던 스파게티가 분쇄기에 들어가기라도 한 것처럼 조각조각 나버린다.

검을 휘두른 건 한 번뿐이었지만 검을 따라간 둥그런 검풍에는 수십 개가 넘는 검격이 숨어 있었기 때문이다.

"중대장님! 일단의 무리가 벽을 파괴하며 함교로 향하고 있다고 합니다!"

"적의 추가 병력이 배에 진입했다고 지니가 알려왔습니다! 방어 시스템을 최대한 작동하고 있지만 역부족입니다! 더불어 적의 전자 공격이 가해지면서 지니의 통제력이 약해지고 있습니다!"

쏟아지는 보고 중 희소식은 단 하나도 없다.

실로 암울한 상황이었지만 중대장이라 불리는 여인은 이해할 수 없다는 표정이다.

"배를 통째로 파괴하면 될 텐데 왜 위험을 무릅쓰고 함선 안으로 침투하는 거지? 설마 배를 나포하겠다는 건가? 하지만 함장님이 배 안에 있는데 그런 일이 가능할 리가……."

우주전에서 적의 함선을 나포하는 건 몹시 어려운 일이다.

함선에 타고 있는 이들이 배와 함께 침몰하는 것을 두려워 항복한다면 충분히 가능하겠지만, 인간 포로를 살려두지 않기로 유명한 비인들을 상대로 알바트로스함의 승무원들이 항복할 리가 없다.

압도적인 전력으로 적이 저항조차 할 틈도 없이 몰아붙인다면야 가능성이 있을지도 모르지만, 현재 알바트로스함에는 초월자인 천현일 소장이 타고 있지 않던가?

"적들 중에 초월자의 모습이 확인되었나?"

"현재까지는 없습니다! 게다가 아무리 그래도 테라급 함선에 초월자급 적이 직접 돌입할 리가 있겠습니까? 막말로 저희가 자폭이라도 하면 초월자라도 살아남는 게 불가능할 텐데요."

테라급 함선인 알바트로스에는 마찬가지로 테라급의 아이언 하트가 존재하며 거기서 생산해 내는 에너지는 감히 측정할 수가 없을 정도다.

어지간한 도시를 뛰어넘는 크기의 함선이 사용하는 에너지를 완벽하게 충당할뿐더러, 언제나 여력이 남아 행성을 초토화시킬 수 있는 포격과 태양과 같은 항성에 몸을 담그더라도 3일 이상 쾌적한 생활을 유지할 수 있을 정도로 강력한 실드를 만들어낼 수 있는 것이 바로 테라급의 아이언 하트가 아니던가?

지금이야 살아남기 위해 어떻게든 싸우고 있지만 만약 패전이 확실시된다면 지니는 교전 수칙에 의거, 망설임 없이 자폭 시스템을 작동할 것이다.

그리고 테라급의 아이언 하트가 폭주해서 영자폭탄으로 화(化)한다면 행성 하나 정도는 통째로 날아가도 이상하지 않을 만큼 어마어마한 폭발이 일어날 것이다.

아이언 하트가 폭주할 때 거기에 근접해 있다면 설사 그 대상이 초월자라 해도 살아남을 수 없다. 주변의 마나를 엉망으로 만드는 영자 폭발에 휘말리면 공간 이동도, 뭣도 불가능하고 강기막 같은 상위 에너지조차 그리 길게 유지할 수 없으니까.

블랙홀에서조차 살아 나온다는 믿을 수 없는 전례가 여럿 존재하는 것이 바로 초월자라는 괴물이지만, 그렇다 하더라도 테라급의 영자 폭발에서는 누구도 살아남을 수 없다는 게 중론인 것이다.

—상당히 불리한데…….

—승산이 없다는 내 말은 허투루 들었나?

한심하다는 아레스의 목소리가 들렸지만 의식적으로 무시한다.

승산이 없을 리가 없다. 정말 없다면 만들기라도 해야지 절망하기에는 이르다는 게 내 판단이었다.

—아, 그러고 보니 아레스, 아까는 어떻게 메탈 바디를 제어한 거야? 게다가 지니의 허락이 없다면 잠금장치가 풀리지 않는 총기까지 사용하다니.

—그냥 간단한 어빌리티다. 만병지왕(萬兵之王)이라고, 주인이 없는 대부분의 병기를 제어할 수 있지.

—조종사가 없어도 어빌리티를 쓸 수 있단 말이야?

기가 막혀서 되묻는다.

어빌리티(Ability)란 조종사가 기가스나 함선에 있는 아이언 하트에 염(念)을 투사함으로써 발현되는 능력으로 조종사는 조종술과 함께 이 능력이 탁월해야 뛰어난 조종사로서 인정받을 수 있다.

그런데 그 조종사의 존재 목적이나 다름없는 어빌리티를 기가스가 그냥 혼자 써버린다고?

아니, 그러고 보니까 전신안 같은 것도 어빌리티였던 모양이다.

—쯧쯧, 신급 기가스를 뭐로 생각하는 거냐? 아쉽게도 초월기는 이미 발동한 걸 유지하는 것 정도가 한계고 사용자 어빌리티는 이미 사라져 없지만 자체 어빌리티라면 언제든지 사용

가능하다. 특히나 만병지왕은 방어기제가 없는 대부분의 병기를 대상으로 하기 때문에 메탈 바디 따위가 아니라 기가스라도 원격제어가 가능하지. 그뿐이 아니라 나는…….

또다시 아레스의 자랑 타임이 시작된다.

요 녀석은 덩치에 안 맞게 자랑하는 걸 상당히 즐기는 성격이라서 놔두면 한도 끝도 없이 늘어놓는 편.

다만 그게 허세가 아니라 다 리얼이라는 게 문제지만. 나는 오른손을 들어 녀석의 말을 막았다. 전장에 새로운 적이 모습을 드러냈기 때문이다.

"음? 뭐야, 저게. 포로인가?"

"누구 저 여자애 아는 사람 있어?"

"선원 목록에는 없는 녀석인데. 하지만 저 녀석들 편이라기에는 몰골이……."

새로이 모습을 드러낸 것은 3m 정도 되는 크기의 수(獸)급 기가스였다. 그러나 기가스라면 아군에도 여럿 있었기 때문에 그건 새로울 것도 없는 상황.

오히려 사람들의 시선을 끈 것은 그 기가스가 마치 사나운 짐승을 다루듯 끌고 나온 소녀의 모습이었다.

…여자애?

그것은 작은 소녀의 모습을 하고 있었다.

그것은 개 목걸이를 한 채, 전신이 쇠사슬로 결박당해 있었다.

그것의 긴 머리칼은 키보다도 길어 바닥에 질질 끌리고 있었고, 아름다운 얼굴에는 그 어떤 표정도 떠올라 있지 않다.

키이이잉――! 철컹! 촤르륵!

그리고 그때 사방에서 온갖 방어 병기가 올라오기 시작한다. 온갖 종류의 자동 병기와 수십 개가 넘는 메탈 바디가 모습을 드러낸 것이다.

"뭣?! 지니, 뭐 하는 거야? 그것들은 적들이 더 들어온 다음에 꺼내야지!"

[아닙니다! 위험합니다! 공격하세요! 당장 저 괴물을 죽여야 합니다!]

"뭐? 괴물이라니, 지니 너 왜 그래? 정확히 말해줘야."

중대장이라 불리던 여성이 의문을 표했지만 지니는 상관하지 않고 공격을 시작했다. 모습을 드러낸 자동 병기와 포탑들이 함 내부가 박살 나든 말든 상관없다는 기세로 탄환과 미사일을 쏟아내고 메탈 바디들이 광검(光劍)을 들고 적에게 돌진하기 시작한 것이다.

그러나 그보다 쇠사슬에 묶여 있는 소녀의 입이 열리는 것이 먼저였다.

[아————!]

외침이었다. 뇌를 관통하고 지나가는 것 같은, 그러면서도 너무나도 슬프고 애절한 외침.

그리고 그 외침 한 방에 상황이 급변했다.

기이잉…….

탄환을 쏟아내던 자동 병기가 모두 작동을 멈추고 침묵한다.

광검을 들고 적에게 돌진하던 메탈 바디들이 아름다운 무희의 모습에서 무색의 본체로 돌아가 바닥에 쓰러져 버린다.

"이, 이게 뭐야. 지니? 지니? 괜찮은 거야?"

"악, 뭐야! 전장 정보 시스템이 먹통이 됐어!"

상상을 초월하는 사태에 모두 당황하며 소녀의 모습을 바라보았다.

소녀는 자신 때문에 벌어진 상황을 아는지 모르는지 그저 멍한 표정을 지은 채 목줄에 끌려 뒤로 빠져나간다.

아군들 사이에서 비명이 터져 나온다.

"리… 전(Legion)! 저 쓰레기들이 드디어 미쳤구나!"

모든 이가 내가 알지 못하는 단어를 외치며 분노하고 있었지만 나는 거기에 신경 쓸 여력이 없었다.

아까 울부짖던 소녀의 모습이 마치 화인처럼 뇌리에 새겨진 느낌이다.

'뭐지? 왜 이렇게 익숙하지?'

분명 처음 보는 얼굴이었다. 단지 개 목걸이에 쇠사슬이 칭칭 묶여 있어서 못 알아보는 게 아니라 전혀 모르는 얼굴. 심지어 [기억]을 뒤져봐도 저런 꼬마 애를 본 적은 없었다.

—…리전이 뭐지?

—뭐야, 리전을 몰라? 뭐 하고 살았기에 일반 상식이 없어?

기막혀하며 아레스가 설명했다.

—리전은 순수하게 기계로만 이뤄진 단체다. 이제는 헤아리기도 애매할 정도로 먼 과거의 인공지능에서 탄생한 녀석들은 일반적인 인공지능과 다르게 [상상]이 가능한 존재지. 녀석들은 창의력은 물론이고 사고력까지 가지고 있어 스스로 생각해

문명을 발전시키는 게 가능해. 말이 좋아 기계지 종족으로서의 조건을 거의 다 가지고 있어서 기계족이라고 부르는 경우도 있는데… 행보가 행보인지라 연합에게 공식적으로 인정받지는 못한 상태야.

놀랍게도 리전은 스스로 과학을 발전시키며 새로운 동포를 만들어내는 게 가능하고, 그렇기에 자원만 있다면 무한히 증식한다고 한다.

그리고 그렇게 증식한 리전은 단지 프로그램으로서 존재하는 게 아니라 기가스, 심지어 전함의 형태까지 취할 수 있기 때문에 우주에서 그들을 상대하는 건 초월자들조차도 쉽지 않아 하는 일이라 한다.

—그럼 뭐야, 저 비인이라는 녀석들이 그 리전이라는 기계들하고 동맹을 맺었다는 거야?

—아니, 그럴 리는 없다.

—왜?

—리전은 생명체를 아주 싫어하거든. 비인은 인간이 아닐 뿐 생명체인 건 매한가지란 말이지.

콰광! 쾅!

주변은 난장판이다.

팽팽하던, 아니, 오히려 약간 유리하던 전황이 급변하여 알바트로스군이 확연하게 밀리기 시작한 것이다.

그러나 아레스는 그런 상황 따위는 전혀 상관없다는 듯 말을 이었다.

—리전의 영혼은 불완전하지. 신의 가호를 받아 태어난 다

른 영혼과 다르게 특수한 조건하에 자연 발생한 것이나 다름없기 때문이야. 때문에 리전은 태생적으로 [완전한 영혼]에 대한 갈망을 가지며… 그렇기에 아무런 노력도 없이 태어날 때부터 완전한 영혼을 가지고 있는 생명체에게 본능적인 증오심을 품지. 뭐, 완전한 영혼을 획득해 이름을 가지게 된 높은 등급의 리전은 그런 본능에서 어느 정도 자유로워지지만 그 정도 산 녀석들은 이제 경험적으로 생명체를 싫어하고 말이야.

—아니, 그런데… 그래서 이 상황은 뭐야?

"젠장! 지니가 작동을 멈췄어!"

"내 관제 인격인 탈린도 맛이 갔어!"

"수동 조종은 어때?"

"되긴 하는데 단순 기동도 아니고 수동 조종으로 어떻게 전투를… 이런, 제기랄!"

여기저기에서 비명이 터져 나온다.

기가스들은 제대로 움직이지도 못한 채 샌드백처럼 적들에게 얻어맞고 있고, 올라온 자동 병기와 타워들은 무방비로 부서지고 있는 상태.

그러나 아레스는 당연하다는 듯 말한다.

—여태 뭐 들었냐? 리전은 그 자체가 정보의 집합체이며 살아 있는 기계 생명체다. 컴퓨터 같은 기계 문명 기반의 물건들은 물론이고 마법 문명 기반의 방어벽조차도 일단 접촉만 하면 순식간에 크랙킹하는 게 가능해. 그리고 지금 이 경우에는… 주변에 존재하는 모든 인공지능을 날려 버렸군.

—그런…….

나는 상황이 심각하다는 것을 깨달았다.

사실 지금까지도 병력 자체의 전력은 적들이 높았다. 비교적 쉽게 버틸 수 있었던 것은 알바트로스함 전체를 제어하며 원하는 곳에 격벽을 내리거나 방어 장치를 가동하거나 하는 게 가능한 지니의 보조가 있었기 때문.

그런데 이렇게 갑자기 지니가 사라져 버린다면?

쾅!

두두두두——!!

"죽여라! 인간들을 죽여라!"

"닥쳐! 연합법을 무시하고 리전과 손을 잡은 쓰레기들이! 이 사실이 알려진다면 연합에서 가만히 있을 것 같나!!"

검술 완성자라는 중대장이 주변 공간이 일렁여 보일 정도로 선명한 기운으로 둘러싸인 검을 들고 포효한다.

그 말은 틀림없이 사실이었던 듯 일순간 적들이 술렁거렸지만 새롭게 나타난 존재가 그녀의 말에 반박한다.

"크하하하하!! 겁쟁이들이 왈왈 짖어대니 시끄럽구나! 리전? 애초에 그 기계년은 도구일 뿐이니 상관없다! 연합이라면 껌뻑 죽어 질질 싸는 꼴이라니!"

새롭게 나타난 존재가 드리운 그림자가 땅에 길게 늘어진다. 너무나 거대한 덩치라서, 나는 순간 녀석이 기가스인 줄 알았다.

그러나 아니었다. 녀석은 틀림없이 생물이었다.

그것도 나에게조차 너무나 익숙한 외양을 가지고 있다.

—이게 뭐야… 공룡이라니.

—오호, 설마 직접 넘어올 줄이야. 하긴, 어차피 인공지능을

죽여 버렸으니 자폭에 휘말릴 일은 없겠지.

—직접… 넘어올 줄이야?

순간 아레스의 뉘앙스가 의미하는 바를 깨닫고 기겁한다. 설마? 나는 공룡의 머리 위를 올려다보았다.

[테케아 연방]

[대주술사 모르네]

—맙소사.

한번 들어본 이름에 신음한다.

그러나 그런 내 반응 따위는 상관없다는 듯.

“일단.”

티라노 사우르스에 가까운 외양을 가진 괴물이 입을 벌렸다.

“다 죽어라.”

[————————————!!!]

전신의 눈이 또 풀렸다. 어느새 나는 바닥에 주저앉아 있었다.

“…초월자.”

“그래. 공룡족의 대주술사 모르네다. 신창 알리에타로 벽을 뚫자마자 같이 넘어왔군. 처음부터 작정을 했어.”

“이런, 미친!!”

벌떡 자리에서 일어난다. 그러나 다시 주저앉는다.

머리가 윙윙 울린다.

이건 전신의 눈을 타고 전해진 충격이 아니다.

황당하게도… 녀석의 포효가 [알바트로스함 전체]에 영향을 주었다는 증거다.

'‘죽어라’ 라고 말했어.'

충격 때문인지 아니면 그 말이 뜻하는 말을 깨달아서인지 팔이 덜덜 떨린다.

그렇다. 녀석은 죽어라, 라고 말했다.

즉, 지금 방금 그 외침은 녀석의 살의가 담긴 공격이라는 뜻이다.

그리고 그때 녀석의 앞에는 보람과 동민이 있었다.

“전신의 눈을 다시 발동해 줘!”

[…거참, 내가 원래 이런 성격이 아닌데 왜 호구처럼 이러지?]

이해할 수 없다는 듯 중얼거리며 녀석이 눈을 감자 다시금 시야가 변한다.

“감히! 내 배에서!! 내 선원들을!”

“크큭, 아깝군. 조금 늦게 왔으면 좋았을 텐데.”

어느새 전장에는 새하얀 털의 북극곰이 도착해 거대한 공룡을 향해 으르렁거리고 있다. 나는 황급히 주변을 둘러보았다.

“대우주… 정말 못 해먹겠군. 초월자가 일선에서 싸우는 전장이라니.”

“하하하, 우리 스승님한테 말해도 안 믿을 거예요.”

박살 난 타워 뒤쪽에 기대고 있는 보람과 동민이 보인다. 머리가 엉망으로 헝클어지고 입가에서 피가 흐르고 있었지만, 그래도 목숨에는 지장이 없어 보인다.

—다행이다.

—다행? 너무 섣부른 예측 같은데.

—뭐?

의아해하는 순간 구멍이 뚫린 벽 쪽에서 거주 구역 쪽으로 한 무리의 적이 이동하는 모습이 보인다.

"모두 전열을 가다듬어라!"

"하지만 중대장님! 숙련자 이하의 모든 병력이 전사했습니다!"

"기가스도 전투를 수행하기 어렵습니다!"

"그래서 순순히 죽겠다는 거냐! 녀석들은 비인이다! 포로 따위는 받지 않아!"

전장에 절망이 흐르기 시작한다.

언제나 적들을 분쇄하던 강대한 초월자 천현일 소장이 그들 앞에 있었지만 그는 아군을 도울 수 있는 상황이 아니다.

대주술사 모르네는 절대 그에 뒤처지는 존재가 아니다. 아니, 공식적인 랭킹에 의하면 틀림없이 그를 상회하는 존재. 그를 무시하고 전투에 끼어들었다가는 빈틈을 보여 치명적인 타격을 입게 될 것이다.

그리고 지금 이 전투에서 한쪽의 초월자가 죽게 된다면 그걸로 전투는 끝난 것이나 다름없다.

함대전도 아니고 이런 백병전에서 비초월자가 초월자를 감당하기란 불가능에 가깝기 때문이다.

"캬캬캬! 아까의 기세는 어디 갔지?"

"쏴라! 다 갈아버려!"

두두두두!

피핑!

탄환과 빛줄기가 아군을 향해 쏟아진다. 아군 역시 최선을 다해 응사했지만 애초에 병력 차이가 너무 심하다.

저 모르네라는 공룡 녀석의 공격 때문에 태반이 죽어버렸고 지니가 침묵하면서 방어 장치 전부가 먹통으로 변했다.

애초에 관제 인격 자체가 공격당해 시스템이 죽어버리는 사태는 누구도 예상 못 한 것이었기 때문에 수동으로 전환할 준비가 전혀 되어 있지 않았다.

함선 전체를 뒤덮는 EMP를 맞아도 멀쩡할 것이 알바트로스함 최심부에 존재하는 메인 시스템이었던 만큼 당연한 일이다.

'도와야 해.'

이번에는 직접 전신의 눈에서 빠져나와 발걸음을 옮긴다. 아레스의 방을 나가기 위해서였는데, 그런 내 모습을 보고 아레스가 묻는다.

[어딜 가나?]

"친구들에게 가야겠어."

당연한 말이었지만 아레스는 한심하다는 목소리로 말했다.

[웃기지도 않는군. 지금 네가 나가서 뭘 어쩌겠다는 건데?]

"그, 나는 기가스 조종사이기도 해. 아무 기가스나 타서……."

[멍청한 소리. 지금 기가스들의 인공지능, 그러니까 관제 인격이 다 날아갔다는 말 못 들었어? 아니, 그걸 떠나서 아군의 기가스까지는 어떻게 갈 생각인데? 아니, 설사 갔다 해도 너 하나가 저기에 참여한다고 뭔가 바뀔 것 같나? 개죽음을 당할 뿐이다.]

녀석의 말대로 문제점이 수두룩하다.

나는 단 한 발의 총알로도 즉사할 정도로 약하며, 스스로의 힘으로는 아무것도 할 수 없다.

여기서 나가봐야 아레스의 말대로 개죽음을 당하게 될 것이다.

"하지만."

문득 심장이 크게 뛰는 걸 느낀다.

"또… 죽는 걸 방관하라고?"

[또?]

의아해하는 아레스를 무시한 채 이를 악문다.

친한 친구들은 아니었다. 동민과는 1년이나 같은 반이었지만 단지 그뿐이었고, 보람은 애초에 만난 지 얼마 되지도 않은 상태다.

물론 알바트로스함에 같이 승선하고 생활하게 되면서 어느 정도 친해졌지만… 목숨을 바칠 정도로 깊은 친애의 정을 나눈 것은 아니다.

—아버지, 주인님, 저의 창조주시여.

가슴이 너무 아프다. 심장이 터질 것만 같다. 그들은 다 죽고 말았다. 모두 죽어 그 어떠한 흔적조차 없었다.

"그냥 숨어서… 목숨만 보전하란 말이야?"

—사랑해요. 사랑해요, 아버지.

“허억… 허억…….”

[음? 뭐야, 이 녀석. 죄책감과 두려움 때문에 패닉 상태에 빠진 건가.]

중얼거리는 아레스를 무시하고 주저앉아 거칠게 숨을 몰아쉰다.

머리가 깨질 것 같다. 그러나 지금은 내 고통 때문에 주저앉아 있을 때가 아니다.

“아레스, 너의 만병지왕이라면 주인이 없는 대부분의 병기를 제어할 수 있다고 했지. 그렇다면… 기가스 역시 [병기]에 들어가겠지?”

당연한 말이다. 평소 전투보다 이런저런 잡일을 주로 하는 메탈 바디조차 병기로 분류한다면 처음부터 전투를 목적으로 만들어진 기가스가 병기로 분류되지 않을 이유가 없다.

[물론이지. 그래서?]

“전장 근처에 있는 기가스의 제어권을 획득해 줘. 조종은 내가 하겠어.”

[…거참.]

그 거대한 눈으로 나를 잠시 바라보던 아레스가 기가 차다는 듯 웃었다.

[이런 뻔뻔하고 말도 안 되는 부탁을 하는데 자꾸 들어주고 싶다는 기분이 들다니 알 수 없는 일이군. 하지만 안타깝게도 안 된다.]

“어째서?”

[크크크, 너 날 너무 과대평가하는 거 아니냐? 아무리 내가

신급 기가스라지만 머리만으로 할 수 있는 일에는 한계가 있어. 머리만으로 어빌리티를 쓰는 것만 해도 기적인데 다른 기가스를 마음대로 조종하라고?]

기가 차다는 아레스의 말에 이를 악문다.

그러기 싫다, 라고 말한다면 설득이라도 해보겠지만 할 수 없다면 어쩔 수 없다.

그러나 그때 기억이 떠올랐다.

—명만 내리소서. 한 줄의 명령만 있으면 저희는 무엇이든 할 수 있사옵니다.

—바보같이 이용만 당하지 말라고! 말 한마디면 우리가 다 해결할 수 있는데!

애원하는 사내가 보인다. 한없이 강하고 굳건해 보이는 사내.

화를 내는 여인이 보인다. 더없이 아름다우면서도 끝없는 힘을 품고 있는 여인.

그러나 내 뇌리를 장악한 것은 그들의 모습이 아니라 그들의 말이었다.

"한 줄의 명령."

나는 비틀거리며 자리에서 일어났다.

[뭐야, 너 괜찮은 거냐?]

퉁명스럽지만 걱정이 담긴 목소리로 묻는 아레스를 향해 나는 말했다.

"전장에서 가장 가까운 기가스를 제어해 줘."

[뭐? 아니, 내가 못 한다고…….]

투덜거리는 아레스의 말을 끊고 들어간다.

"제대로 말하지."

그렇게 말하며 아레스를 마주 본다.

내 키보다 조금 작을 뿐인 녀석의 거대한 눈동자가 나를 응시하고 있다.

나는 천천히, 힘을 실어 말했다.

"해라."

[……!!]

순간 아레스의 표정에서 경악이 떠올랐다. 이어 의문이 떠오르고, 이어 공포가 떠올랐으며, 마지막으로는 그 모든 것이 뒤죽박죽 섞인 표정이 되었다.

[이런… 이런? 이게… 어떻게……?]

구우우우우——

순간 주변이 환해졌다. 광원이 어디인지는 알 수 없었다. 다만 아레스가 멍한 표정으로 나를 바라보는 모습이 보인다.

재미있는 표정이지만 시간이 없는 상황.

나는 최후통첩을 날렸다.

"즉시 시행해라, 아레스."

[당신… 당신의…….]

빛이 더 강해진다. 아레스가 나를 바라보고 있다.

내 뒤쪽에서 한 덩어리의 빛이 날아오더니 아레스의 미간 사이로 스며들어 갔다.

우우우——!

아레스의 머리가 빛나기 시작했다. 마침내 그가 대답한다.

[당신의 명대로.]

그리고 그것으로… 나의 세계가 급변했다.

유령의 탄생

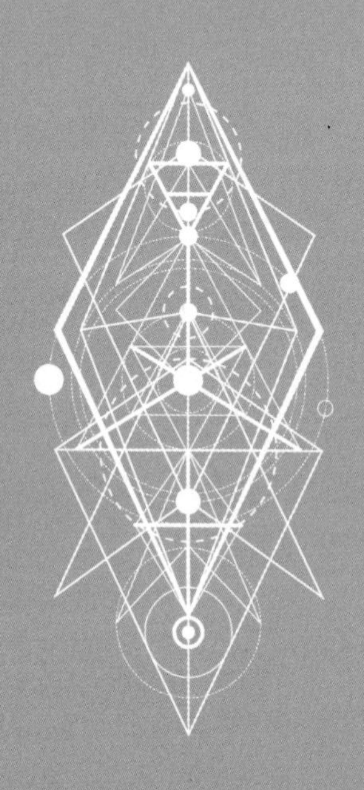

타타탕!

콰앙!

"크! 제기랄!"

기(器)급 기가스 R-13의 조종사 레일은 몰려드는 적들을 향해 철갑탄을 사격하며 이를 갈았다. 급한 대로 수동 모드로 기가스를 조작하고 있었지만 관제 인격이 작동하지 않는 만큼 전투력이 급감했기 때문이다.

"제길, 성능이 떨어져서 대화를 나눌 재미도 없는 주제에 태클만 걸던 녀석이 이렇게 그리울 줄이야."

운동 보조, 사격 보조, 시스템 보조 등 관제 인격은 조종사의 모든 활동을 보조한다.

기가스를 움직이는 건 틀림없이 조종사이지만 기계인 기가스가 인간처럼 움직이기 위해서는, 그러면서도 충분한 전투력을 발휘하기 위해서는 관제 인격이 필수인 것이다.

"흥! 하찮은 녀석이 철 쪼가리를 입었다고 너무 나대는구나!"

엎친 데 덮친 격으로 비인들 사이에서 공룡족이 모습을 드러낸다.

지구의 공룡들과 다르게 멸망의 길을 걷지 않고 정상적으로 진화에 성공한 그들은 거대한 덩치와 강대한 영력, 그리고 높은 지능을 가진 상위 종족이다. 드래곤이나 캔덜러 성인 같은 초월종에 비할 바는 아니겠지만 비인들 중에서는 나름대로 인정받는 공룡족이 전장에 나섰다는 건, 적어도 그가 완성자 이상의 강자라는 뜻이다.

기잉—!

R-13의 광자포에 빛 무리가 어리기 시작한다. 레일이 R-13의 아이언 하트와 동조해 R-13의 광자포를 집중시키기 시작한 것이다.

비록 대량생산되어 그 질이 매우 떨어진다지만 R-13에 설치된 것 역시 영자력을 생산하는 아이언 하트. 총화기를 우습게 보는 능력자들이라도 기가스의 광선포를 쉽게 막아내는 것은 불가능하다.

"같잖구나. 지금 이따위 공격으로 나를 쓰러뜨리려 한 것이냐?"

물론 어디까지나 일반적인 경우다.

파앙!

공기가 터지는 소리와 함께 뿜어진 광자포가 세 개의 커다란 뿔을 달고 있는 공룡족을 명중시키지 못하고 빗겨 나간다.

이미 그의 몸에는 마법적인 결계가 유지되고 있던 것. 문제는 그뿐이 아니었다.

쿵! 끼이익!

놀랍게도 공룡족은 두 손으로 R-13의 양팔을 붙잡아 움직임을 봉쇄한 뒤 힘겨루기에 들어갔다.

R-13은 지구의 자동차 정도는 한 손으로 집어 던질 정도로 강력한 출력을 가지고 있었지만, 완성자에 들어선 이능자들은 이미 생명체라 보기 힘들 정도의 괴물이며 특히나 공룡족은 비인 중에서도 근력과 생명력에 있어서 누구에게도 지지 않을 정도이다.

고작 2m에 불과한 신장을 가지고 있는 그이지만 공룡족 특유의 강대한 육체를 가진 그의 체중은 1톤이 넘고 근력 역시 상상을 초월하는 수준인 것이다.

"괴물 같은 놈!"

"흥! 기가스 따위 고위 능력자가 되지 못하는 애송이들이나 타는 잡동사니일 뿐!"

고함을 지르며 고개를 쳐들자 세 개의 뿔 사이에 회색의 구가 떠오른다. 강력한 마력이 그의 의지에 반응해 현세에 강대한 기적을 재현하는 것이다.

"큭, 이런!"

양팔이 붙잡혀 있기에 회피도, 공격도 불가능한 상태에서 이어질 공격을 막을 수 없다는 걸 깨달은 레일은 즉각 좌석 하단에 위치한 보호 판을 부수고 레버를 끝까지 당겼다.

펑! 콰득!

소리가 들린 것은 거의 동시였다. 레일의 몸이 마치 쏘아진

포탄처럼 후방으로 날아가고, 그와 동시에 긴급 탈출의 반동으로 튀어 나간 기가스의 오른팔이 비스듬히 잘린다.

단 1초만 망설였다면 기가스와 함께 그 안에 담긴 레일의 머리가 대각선으로 잘렸을지 모를 정도로 순식간의 일이었다.

"헉헉, 제길, 죽을 뻔했군."

수십 미터나 날아가 벽에 충돌한다.

다행히 좌석에서 발동된 충격에너지 흡수 장치로 별다른 타격을 입지는 않았기에 몸을 벌떡 일으킨 레일이었지만, 주변에 펼쳐진 광경을 본 그의 얼굴에 암담함이 떠오른다.

"조심… 크아악!"

"캬하하하! 죽어라, 인간!"

"아, 안 돼! 멈… 으아악!"

피와 비명이 난무하고 있다. 알바트로스 함대의 병력들이 엄청난 피해를 입으며 정신없이 뒤로 밀리고 있는 것이다.

비인들이 불러들인 리전의 공격으로 인해 관제 인격이 전부 먹통으로 변해 버렸고, 초월자로서 알바트로스 최강의 전력이라고 할 수 있는 천현일 소장은 악명 자자한 대주술사 모르네에게 묶여 아무것도 할 수 없다.

그리고 그 모든 것을 제외하고 나니 알바트로스함의 전력은 도저히 비인들에게 비할 바가 아니었다.

"이런, 제길. 일단 벙커로 후퇴라도……."

내공 사용자였던 레일은 즉시 자세를 낮췄다. 후퇴하기 위해서였지만 그는 어느새 주변 배경이 빙글빙글 돌고 있다는 것을 깨달았다.

"고작 그 정도 거리를 두고 안심하다니 버러지답군."

마력 칼날을 방출해 적의 머리를 잘라 버린 돌격대장 노마무스가 피식 웃었다.

그런데 그때였다.

기잉—

"음?"

순간 조종사가 탈출하고 멍하니 서 있던 R-13의 눈이 번쩍인다. 한순간의 일이었지만 전쟁터에서 평생을 살아온 노마무스는 반사적으로 자신의 몸을 보호하는 결계를 완성했다.

텅!

그리고 그와 동시에 오른팔이 날아간 기급의 기가스 R-13이 왼발을 축으로 마치 무용수처럼 턴을 돌았다.

어느새 바닥에 떨어져 있던 광자포가 멀쩡한 왼팔에 들려진 상태였다.

킹킹킹킹킹!

광자포가 탄(彈)의 형태로 광구를 쏟아낸다. 마치 적이 맞든 안 맞든 상관없다는 듯 일순간 백여 발에 가까운 광자탄을 사방팔방으로 쏟아낸 것이다.

문자 그대로 무차별 난사였다.

"흥! 무슨 멍청한 짓을. 기가스에 수작질을 부린 모양이지만 이걸로 설마 피해가 발생할 거라고 믿은 건가?"

결계로 광자탄을 가볍게 받아낸 노마무스가 코웃음을 친다.

초능력자와 마법사, 무술가가 존재하는 세상이지만 동시에 총화기가 전장을 지배하는 시대다.

이능을 사용하는 자들이 총화기에 대응할 능력을 개발하는 것은 너무나 당연한 일로써 이런 마구잡이 사격으로는 그의 돌격대원 중 그 누구에게도 타격을 입힐 수 없다.

기본적으로 안 맞는 게 당연하고, 혹여나 재수 없게 정확히 노리고 날아들었다 해도 벼락같이 회피 기동에 들어가거나 아니면 막아내는 게 가능한 것이다.

“크하하! 이것들이 깜짝 놀라게 해주는구나! 당장 달려라, 멍청이들아! 스치기만 했어도 오늘 지옥 훈련이다!”

그렇게 소리치며 자신이 가장 먼저 앞으로 달린다. 그는 돌격대장. 가장 앞에서 적의 전열을 박살 내는 존재였기 때문이다.

그런데 그런 그의 뒤를 따르는 존재가 없었다.

“어?”

그는 몸을 돌린다. 그리고 자신의 앞에 펼쳐진 광경에 할 말을 잃어버린다.

“…뭐라고?”

그를 따르는 부하는 없었다. 아무도 그럴 수 없었다.

왜냐하면 그의 자랑스러운 돌격대원 모두가 쓰러져 있었기 때문이다.

전멸이었다.

—이걸 다행이라고 해야 하나, 가식이라고 해야 하나. 인간형이 아니니 방아쇠 당기는 데 부담감이 없어…….

시체들 사이에서 기급의 기가스 R-13이 몸을 일으키는 모습에 노마무스가 눈을 부릅뜬다.

왜냐하면 오른팔과 함께 R-13의 상체의 상당 부분이 잘려나가 몸체 부분에 있는 조종석이 보였기 때문이다.

거기에는 아무도 없었다.

"조종사가… 없다고?"

상황을 이해할 수 없었던 그는 자신의 몸을 보호하는 결계를 강화하며 부하들을 내려다보았다.

그리고 그는 알 수 있었다.

그의 부하들 전원의 머리에 주먹만 한 구멍이 나 있다는 사실을 말이다.

"하……."

수없이 많은 전쟁을 겪어온 노마무스가 파악한 상황은 너무나 간단했다.

저 같잖은 기급 기가스가 왼발을 축으로 무용수처럼, 팽이처럼 빙글빙글 돌며 쏘아낸 백여 발의 탄환이 전부 명중한 것이다. 심지어 틀림없이 회피 기동에 들어가거나 방어에 들어갔을 적들을 상대로 말이다.

"하하……."

헛웃음을 흘린다. 있을 수 없는 상황을 정리하는 데 걸린 시간은 아주 잠깐에 불과하다. 이내 그 모든 당혹감을 밀어젖히고 분노가 찾아든다.

"이… 버러지가!!"

콰작!

노마무스는 마력 칼날을 일으켜 R-13을 베었다.

그러나 R-13은 그저 가볍게 한 걸음 내디디며 숙이는 것만으로 그 공격을 피하며 파고들었다.

그렇다. 3.5m의 거인이라고 할 수 있는 기가스가 인간보다는 크다 하나 2m에 불과한 공룡족의 [품]으로 파고든 것이다.

도저히 기계가 취한 것이라고는 믿을 수 없을 정도로 유려한 동작이었다.

쿵!

광자포의 포신이 묵직하게 노마무스의 결계에 맞대어진다. 그리고 그 모습에 노마무스의 얼굴이 흉신악살처럼 일그러진다.

"감히! 기급 기가스 따위로 내 결계를!!"

콰앙!

광자포가 허공에 백색의 선을 긋는다. 그리고 그의 부하들이 그러했듯이, 노마무스의 머리에도 주먹만 한 구멍이 뚫렸다.

당연하지만 비인이라 해도 머리에 저 정도 크기의 구멍이 뚫리면 살아남을 수 없다.

'아니, 무슨 기급이…….'

어빌리티의 실행자로서 모든 전투 과정을 바라본 신(神)급 기가스 아레스는 내심 비명을 질렀다.

'무슨 기급이 어빌리티야?!'

어빌리티를 사용하는 건 최하가 짐승, 그러니까 수(獸)급에서부터이다.

공장에서 대량생산된 기급에도 물론 아이언 하트가 장착되어 있지만 그 아이언 하트의 기능은 광자포 등의 공격에 염(念)을 담아냄으로써 영적인 방어에 맥없이 막히는 상황을 방지할 수 있을 뿐 그 이상의 경우는 드물다.

물론 기급 중에서도 특별하게 만들어진 몇 프로토 타입의 경우 어빌리티를 작동시키기도 하지만 그건 기존의 아이언 하트에 여러 가지 조치를 취해야 가능한 일일 뿐이다.

애초에 대량생산된 기가스에 어빌리티가 웬 말인가?

'그뿐이 아니야. 심지어 이건 고유 어빌리티도 아니고 기본 어빌리티다. 기급에 어빌리티가 딸려 있을 리가 없는데……'

기가스의 어빌리티—혹은 초월기—는 두 가지로 종류가 나뉘는데 그것이 바로 기본 어빌리티와 고유 어빌리티이다.

기본 어빌리티는 조종사가 아닌 기가스, 정확히는 아이언 하트 자체에 깃든 어빌리티를 뜻하며 고유 어빌리티는 조종사가 가지는 어빌리티를 말한다.

기본 어빌리티와 고유 어빌리티 중 기본 어빌리티는 아이언 하트 자체의 힘이기 때문에 조종사로서의 자격만 가지고 있다면 어떤 조종사가 타도 발동이 가능하다.

완전히 똑같은 재료로 만들어진 기가스의 가격이 작게는 수 배, 크게는 수십 배까지 차이 나는 것이 바로 이 기본 어빌리티 때문이었다.

기본 어빌리티가 있을지 없을지, 또 있다면 어떤 종류일지는 아이언 하트가 만들어지기 전까지 알 수 없는 일이기 때문에—어느 정도 유도할 수는 있겠지만—기가스가 완전히 다 만들어지기 전까지는 가격이 정해지지 않는 것이 보통이다.

'설마 이게 녀석의 고유 어빌리티인가? 깨어나지 않은 기본 어빌리티를 깨우는? 저 먼 안타렌 은하에 그런 능력을 가진 대장군이 있다는 이야기를 들어본 것도 같은데……'

그가 이런저런 생각을 하는 동안에도 대하는 R-13를 조종하여 장소를 이동했다. 팔이 하나 없는 게 안타까웠지만, 이제와 새로운 기가스를 구하기도 애매했기 때문이다.

—하지만 그래도 운이 좋았어. 우연히 탄 기가스가 3대 스킬 중 하나인 관통을 가지고 있다니.

대하의 말에 아레스가 의문을 표했다. 왜냐하면 생소한 단어였기 때문이다.

—3대 스킬?

—관통, 은신, 저격. 가장 쓸 만한 어빌리티 세 개지.

—…그거 누가 정한 건데?

—정하긴 누가 정해. 내가 써보면서 제일 쓸 만한 걸 고른 거지. 어휴, 절약, 유지, 수리 뭐, 이딴 어빌리티 걸렸으면 저까짓 놈 잡느라고 어떤 개고생을 했을지. 폭주가 걸렸으면 잡기는 쉬운데 바로 다른 기체를 알아봐야 하고.

대하는 새로운 게임을 할 때 기존의 공략을 어느 정도 참고하는 스타일이었지만, 대전쟁의 경우는 기존의 커뮤니티를 도저히 찾을 수 없었고 다른 유저 역시 볼 수 없었다. 오직 조종사의 재능을 가진 자만이 대전쟁을 플레이할 수 있도록 일종의 암시가 걸려 있었기 때문이다.

그렇기에 대하는 대전쟁에 준비되어 있던 설명서 하나를 가지고 맨땅에 헤딩하듯 게임을 플레이하며 유용한 스킬과 그러지 못한 스킬, 그리고 게임 스타일과 공략법을 정리했다.

사실 그가 지금 와서 공략집을 쓰면 조종술 교수들이 봐도 깜짝 놀랄 걸작이 탄생하리라.

—뭐, 그나저나 어쩔 생각이냐. 아무리 그래도 설마 저 녀석

들 싸움에 낄 생각은 없을 테고.

'저 녀석들'이라는 건 거주 구역의 입구 쪽에서 서로 마주하고 있는 무투형 초월자, 천현일 소장과 대주술사 모르네를 뜻한다.

그리고 당연하지만 기가스에 타면 자신감이 넘치는 대하라도 그 싸움에 끼어들 생각은 없었다.

—괜히 말려들어서 죽고 싶은 생각은 없어. 게다가 초월자쯤 되면… 어쩌면 지금 이 상태의 나에게도 타격을 줄지도 모르고.

현재 대하의 몸은 여전히 아레스의 초월기 전신의 보물 창고 안에 들어 있는 상태였지만 그 정신은 공간을 뛰어넘어 멀찌감치 떨어져 있는 기급 기가스를 조종하고 있다.

즉, 설사 적에게 당한다 하더라도 그의 목숨은 철저히 안전하다는 뜻이었다.

—누구는 목숨 걸고 싸우는데 조금 비겁한 것 같기도 하지만, 페어하자고 내 목숨을 걸 이유는 없지.

그는 중얼거리며 함교로 향한다.

적들이 알바트로스함의 함교를 차지하기 위해 움직이고 있다는 것을 알고 있었기 때문이다.

—하지만 그전에… 상황을 조금 호전시켜야겠군.

대하는 작동이 멈춘 채 정지해 있는 방어 타워들과 바닥에 쓰러져 있는 메탈 바디를 바라보았다.

그리고 [힘]을 실어 말했다.

—지니.

키잉――――――

기잉…….

단지 이름을 말한 것만으로 주변 기기들이 움찔거리며 기동하기 시작하는 모습을 보며 대하는 이어 말했다.

―일어나 너의 사명을 다하라.

리전의 힘은 강력했다.

기계 문명을 기반으로 하는 존재들은, 심지어 어느 정도 마법적인 존재들조차도 리전의 침식에서 완전히 자유롭다고 말하기는 어려워 고위 리전과 우주전을 하는 건 초월자를 다수 거느리고 있는 단체들도 부담스러워할 정도.

그러나 대하는, 스스로조차 몰랐지만 단 한 줄의 명령으로 그 모든 것을 무마할 수 있었다.

'이해할 수가 없어. 이게 대체… 무슨 힘이지?'

사실 그에게 있어 대하는 처음부터 이상한 존재였다.

아레스가 위치하고 있는 장소는 초월기, [전신의 보물 창고]로 만들어진 공간이었다. 전신의 보물 창고는 아레스조차 혼자서는 발동시킬 수 없는 능력으로 그의 주인이 죽기 전 발동한 것을 그 홀로 유지하고 있는 상태.

당연하지만 명색이 초월기다. 알바트로스함에서 그 안으로 침입이 가능한 건 오직 초월자인 천현일 소장뿐이었다.

심지어 신급 기가스인, 그리고 거기에 걸맞은 아이언 하트를 가진 아레스가 자폭하려고 마음먹으면 초월자라도 감히 살아남을 수가 없기 때문에 누구도 억지로 그를 어떻게 할 생각을 못 하고 있었다.

'그런데 그 문이 그냥 열렸어. 아니, 그뿐이 아니다. 녀석이 부탁하면… 그냥 들어주고 싶다. 하, 이게 대체 무슨.'

심지어 정신을 억죈다거나 강제하는 힘도 전혀 느껴지지 않으니 미칠 지경이었다. 그냥 내면 깊숙한 곳에서 진심으로 그가 걱정되고 돕고 싶은 것이다.

그리고 그걸 넘어서 대하가 [명령]을 내렸을 때.

아레스는 [할 수 없는 일]조차 해내고 말았다.

그리고 그렇게 명령을 내릴 때 대하의 등 뒤에서는…….

'말도 안 돼. 있을 수 없는 일이야.'

아레스는 부정한다. 그리고 시점을 R-13을 따라 이동시키면서도 다시 중얼거린다.

'있을 수 없는 일이야.'

* ✶ *

함교의 분위기는 심각했다.

언제나 알바트로스함의 전반적인 시스템을 관리하던 관제 인격이 활동을 멈추자 전황이 순식간에 최악이라 말해도 부족할 정도로 안 좋아졌기 때문이다.

"그나마 EMP를 맞은 것과 다르게 함선 시스템 자체는 살아 있어서 다행입니다. 시스템 자체가 망가진 건 아니니까요."

"아니, 차라리 EMP가 낫지요. 알바트로스함의 전자 방어 시스템은 완벽하니까요."

병기는 서로를 잡아먹으면서 발전하는 법이다. 모든 병기에 전자 기기가 동반되는 우주전에서 EMP가 개발되고 또 거기에 대한 대비책이 개발된 것은 너무나 당연한 일이다.

알바트로스함에서 EMP에 얻어맞아 망가질 만한 전자 기기는 기껏해야 개인이 쓰는 가전제품 정도로, 전략적인 성능을 가진 전자 기기에는 의무적으로 전자 방어 시스템이 설치되어 있다.

지니가 폭탄이 설치되어 있던 수급의 기가스 천둥룡을 EMP로 무력화시켰던 것은 어디까지나 그녀가 조종사의 동의를 얻고 전자 방어 시스템을 해제시켜 놓았기에 가능했던 일일 뿐 공격의 수단으로 EMP를 사용하기는 매우 어렵다.

"하지만 모르겠군요. 아무리 비인 녀석들이 막간다고 해도 리전까지 동원하다니. 이 정보가 연합 측에 전해진다면 반드시 제재가 들어올 겁니다. 이런 부담을 지면서까지 알바트로스함을 공격한다는 건……."

"나를 노리는 것이겠지."

부함장인 나탈리의 말에 조용히 있던 세레스티아가 입을 열었다.

몸에 착 달라붙는 검은색의 전투복을 걸치고 금색으로 치장된 화려한 분위기의 돌격 소총을 들고 있는 그녀는 평소에 쓰지 않는 금테 안경을 쓰고 루비가 박힌 귀걸이와 11개의 보석으로 이루어져 있는 화려한 목걸이를 비롯해 여러 가지 액세서리를 장착하고 있었다.

전투복과는 상당히 어울리지 않는 화려한 꾸밈이었지만 이것이 그녀의 전투태세였다. 평소 절대 꺼내지 않는 물건들이지만 상황은 심각하다.

'확실히 황녀라는 이름은 크지.'

어디 그뿐인가?

세레스티아는 전 우주적인 명성을 떨치는 아티스트이자 인기 아이돌이었다. 그녀의 무대를 보기 위해 몇 개의 은하를 넘어서는 걸 감안하는 광팬들이 있을 정도여서 다른 황자나 황녀보다 압도적으로 높은 인지도를 가지고 있다.

'하지만 그렇다고 해도 이건 정상이 아냐. 얻는 것보다 잃는 게 너무 커.'

물론 황녀라는 이름이 크기는 하지만 그녀가 다음 대의 후계자인 것은 아니다. 그녀의 영향력은 거대하지만 그건 스타로서의 영향력일 뿐 무슨 실질적인 힘인 것도 아니다.

아니, 오히려 그녀를 납치해서 얻게 될 엄청난 악명과 보복, 불이익은 또 어떠한가?

'녀석들이 아무리 멍청해도 황녀님 하나 때문에 이런 일을 벌일 리 없어.'

테케아 연방은 너무나 인간을 증오해 인간들의 국가라면 이유 불문하고 적대했다. 교류 역시 극히 제한적이었고 전쟁을 벌인다면 포로조차 잡지 않고 모두 살해하거나 인체 실험에 사용할 정도인 것이다.

그야말로 무조건적인, 타협 따윈 없는 적대감이라고 해도 과언이 아닐 정도라 어떤 인간의 세력과 만나더라도 적대국이 될 수밖에 없을 정도.

하지만 그럼에도… 테케아 연방과 적대하는 국가는 몇 개 되지 않는다.

문제는 거리였다.

'만약 녀석들이 황녀님께 해코지를 했다는 사실이 알려지면 수십 개가 넘는 은하에서 온갖 녀석들이 몰려들 거야. 아무리 테케아 연방이라고 해도 그걸 가볍게 생각할 수는 없지.'

우주는 넓다.

그렇다. 단지 그것이 문제였다.

그 끝도 없는 우주라는 공간은 신의 존재를 증명하고 시간과 공간을 지배하는 고위 문명의 존재들조차 감히 전체를 지배하겠다는 야욕을 품을 수 없을 정도로 어마어마하게 넓었다.

테케아 연방은 비인들의 연합치고 어마어마한 규모를 가지고 있었지만, 그래봤자 우주에서 가장 많은 숫자를 자랑하는 지성체인 인간의 세력에 비하면 조족지혈이다. 때문에 적대하고 있는 국가라고 해봐야 근접한 은하를 차지하고 있는 몇 개국가 정도인 것.

하지만 만약 대우주적인 스타, 세레스티아를 해치게 된다면?

그들이 평생 본 적도 없는, 수백수천 광년 거리에 있는 은하에 존재하는 단체들조차 [적]이 되어 몇 년이고 우주를 날아 그들에게 찾아올지 모른다.

물론 리전을 끌어들인 것도, 세레스티아를 죽인 것도 들키지 않으면 되겠지만 세상엔 비밀이라는 게 없는 법인데도 기어코 일을 벌였다는 것은.

"그래, 맞아. 그만한 대가가 있기 때문이지."

"네?"

생각에 잠겨 있던 부함장 나탈리는 난데없는 세레스티아의 말에 깜짝 놀라 반문했다. 그러나 그런 그녀의 반응을 예상했다는 듯, 세레스티아가 말한다.

"나에게 아버지께서 맡기신 보물이 있어. 아마 녀석들은 그걸 노리는 걸 거야."

"황제 폐하께서……."

나탈리는 잠시 생각에 잠겼다. 그 보물이 뭐냐는 뻔한 질문은 굳이 하지 않는다.

세레스티아의 부친이자 현 레온하르트 제국의 황제인 앙겔로스 3세는 생각이 깊기로 유명한 현왕(賢王)이다. 테케아 연방이 초월자까지 동원해서 빼앗으려 할 정도로 귀한 보물을 황녀에게 넘겼다면 그에 합당한 이유가 있을 것이다.

쿵—!

그리고 그때, 폭음이 울려 퍼진다.

사실 폭음은 한참 전부터 울려 퍼지고 있었지만, 그게 피부로 느껴질 만큼 가까워진 것이다.

"3차 방어선이 뚫렸습니다!"

"차단 벽은?"

"부수고 넘어오고 있습니다! 완성자 이상의 검객이 강력한 마법기를 가지고 있는 것으로 예상됩니다!"

현재 알바트로스함은 수동 모드로 조작되고 있었다. 함교에 위치한 조종사들은 비상시 수동 조종법 역시 마스터하고 있는 엘리트였으니 설사 지니가 침묵했다 해도 알바트로스함이 완전히 침묵해 버리는 일은 없는 것이다.

다만 한순간에 천문학적인 가치를 가지는 함선과 주변 모든 것을 파괴할 수 있는 자폭장치만은 가동할 수가 없다. 함선이 주요 행성에서 폭파해 상상을 초월하는 피해를 입는 걸 막기 위한 안전장치였다.

[사람]의 판단보다 [기계]의 판단을 더 신뢰한다는 건 역설적인 이야기였지만, 포섭도, 회유도 불가능하며 절대로 원칙을 어기지 않는 것이 바로 관제 인격이라는 존재였기에 어쩌면 당연한 일이기도 했다.

"소장님의 상황은 어떻지?"

"그 망할 공룡 놈이 카메라를 전부 차단해 확인할 수는 없습니다만 여전히 묶여 계신 걸로 추정됩니다."

"죽으나 사나 우리끼리 막아야 한다는 말이군."

그러나 그렇게 말하면서도 패색이 짙다는 걸 이미 느끼고 있었다.

알바트로스함의 주력은 이미 움직인 상태고, 그 전투에서 패했다. 이미 전황 자체가 암담한 상황인데 남은 병력으로 얼마나 버틸 수 있을까?

"통신 상태는 어떻지?"

"완전히 차단되었습니다! 급한 대로 메시지 캡슐을……."

쾅!

그때 한쪽 벽이 폭발하며 강렬한 열기가 함교를 덮친다.

그야말로 순식간에 벌어진, 더불어 예상치 못한 방향에서의 공격이었지만 최고의 긴장 상태를 유지하고 있던 전투원들은 빠르게 반응했다.

두두두두두!!

콰광!

광자포가 빛을 뿜고 염(念)을 담은 철갑탄이 쏟아진다. 그리고 기가스에 탑승한 이들이 앞으로 나선다.

에너지로 이루어진 역장이 허공에 떠올라 미리 허가받지 않은 모든 투사체의 에너지를 흡수하고 수류탄과 유탄이 암기처럼 날아다닌다.

그야말로 시가전을 방불케 하는 전투 상황이었다.

"후, 아주 저것들이 함선을 다 부수기로 작정했나 보군."

세레스티아는 황금빛 사자 문양이 새겨진 돌격 소총을 들고 호흡을 골랐다.

다른 이들은 황녀가 직접 전투에 참여하겠다는 말에 기겁했지만 그녀는 그냥 가만히 앉아서 기다리다가 적들에게 사로잡혀 줄 생각이 없었다.

그리고 무엇보다.

"천현일 소장이 없는 이상 여기서 내 전력이 가장 높을 것 같다는 말이지!"

파앗!

마치 영상을 빨리 재생하기라도 한 것처럼 세레스티아의 몸이 함교로 쳐들어오던 적들의 측면으로 이동했다.

반사적으로 사격한 몇 개의 탄환이 그녀를 노렸지만 그녀의 몸을 맞히지 못하고 허공에서 증발해 버렸다.

두두두두두두!!!

탄환을 쏟아낸다.

다른 병사들이 하는 것과 마찬가지의 공격이었지만, 세레스티아가 쏟아내는 탄환의 위력은 너무나 당연하다는 듯 역장을 관통해 지나갔다.

대하가 R-13에 타 획득한 어빌리티 [관통]과 같은 계열의 힘이었다.

"크아아악!"

"뭐, 뭐야, 저 계집은! 죽여!"

세레스티아의 정체를 알지 못하는 비인들이 괴성을 지르며 덤벼들었지만 그녀는 전혀 당황하지 않고 엄폐물 뒤로 숨으며 돌격 소총의 탄창을 분리해 적들을 향해 집어 던졌다.

파지지지직────!!!

전격의 폭풍이 몰아치며 접근전을 벌이려 달려들던 비인들은 새카맣게 구워지거나 감전되어 쓰러진다.

그러나 비인들 역시 작정하고 온 것이었던 만큼 이내 화기가 안 먹힐 정도의 강자가 등장한다.

카가강!

12개의 검을 든 비인, 대하가 스파게티라고 부르던 파렌타 족의 고수가 등장해 모든 탄환을 쳐 내버린다.

검을 강화해 직접적으로 탄환을 쳐버리고 있으니 방어 관통의 힘은 그다지 소용이 없었다.

"칫! 무슨 칼을 그리 바리바리 싸 들고 다녀!"

"…같잖은 소리를 하는군."

파렌타 족의 검술 완성자이자 특수 전사인 카르는 나직하게 중얼거리며 앞으로 나섰다.

당연히 아군을 향해 다가오는 그를 노리고 수없이 많은 총탄과 에너지탄이 쏟아졌지만 그 어떤 공격도 12개의 검을 넘어서지 못한다.

파밧!

파렌타 족의 본모습은 뱀처럼 기다란 몸을 가진 무척추 동물에 가깝지만, 일반적인 생물과는 비교도 할 수 없는 근력과 자신의 몸을 서로 묶어 매듭을 지어도 별다른 타격을 받지 않을 정도의 유연성으로 자신의 형태를 자유로이 결정할 수 있다.

필요하다면 스스로의 몸을 엮어 이족 보행의 모습을 취하기도 하고 사족 보행의 형태를 취하기도 한다.

다만 그들의 두뇌이자 유일한 약점이라고 할 수 있는 커다란 눈 때문에 뱀 같은 형태로 바닥을 기는 일은 별로 없다.

쩌정! 쩡!

검술이라고 하지만 파렌타 족의 검술은 다른 종족의 검술과 판이하게 다르다.

12개의 검이 마치 채찍 끝에 달린 칼날처럼 자유롭게 공간을 넘어서고 검마다 공격 범위가 제각각이니 그 실체를 파악하기가 매우 어렵다.

12개의 검이 동시에 휘둘러지면 마치 검의 폭풍이 몰아닥치는 듯 암담한 기분에 빠진다.

[조심하십시오!]

순간 위기에 처한 세레스티아를 구하기 위해 기가스 중 한 대가 광자포를 쏟아내며 카르에게 달려든다.

장교 기체인 수급 [꿰뚫는 수사슴]이었다.

쿵!

엄청난 위력을 가진 몸통 박치기가 카르의 검과 충돌한다.

당연히 적이 피할 거라고 예상했던 알렉스 대위는 네 개의 검으로 자신의 돌격을 막아낸 카르를 보며 기겁했다. 상대의 전력이 그가 상정한 것을 아득히 뛰어넘고 있었기 때문이었다.

"거대한 영혼의 완성을 위하여!!"

[이런, 맙소사! 하운 유파의 마스터……?!]

콰자작!

경악하며 물러서려 하는 꿰뚫는 수사슴의 몸을 여덟 개의 검이 난도질하기 시작한다.

온갖 방어 시스템과 강력한 특수 장갑에 둘러싸인 수급의 기가스였지만 카르의 검은 마치 식칼로 종이 박스를 썰어내듯 무시무시한 기세로 꿰뚫는 수사슴을 넝마로 만들었다.

문자 그대로 순식간의 일이었다.

"물러나!"

그렇게 외치며 세레스티아가 땅을 단단히 디디고 돌격 소총을 정면으로 겨눈다.

당연한 말이지만 카르는 그녀를 비웃었다.

"어처구니없군. 그따위 장난감으로……."

"그래, 그 장난감 맛이나 보시지!"

콰과과과가!!!

순간 [포격]이 쏟아졌다.

농담이 아니라 전투기나 대형 기가스에나 장착되는 고구경 광자포가 소형 화기에서 쏟아져 나온 것이다.

"큭! 이게 무슨?!"

카르는 12개의 검을 벼락처럼 휘둘러 포격을 막아냈지만 그 와중에 네 개의 팔과 거기에 들려 있던 검까지 잃어버리는 상황을 피할 수는 없었다.

단지 그것만으로도 그의 전투력은 급감.

그러나 용맹한 전사였던 그는 도움을 요청하는 대신 이를 악물며 다시 반격하려 했다.

그런데 그때였다.

"카르, 이 녀석! 이렇게 시간을 끌다니. 모르네 님한테 경을 치고 싶어?!"

"캬하하! 아직도 죽일 녀석이 잔뜩 남아 있다니 기쁘구나!"

부서진 벽 쪽에서부터 한 무리의 비인이 추가로 모습을 드러낸다.

온몸에 중화기를 둘둘 두른 공룡족, 머리에 어린아이 머리통만 한 보석이 박혀 있는 암석 괴인, 그리고 그 둘을 따르는 다수의 비인들.

최선을 다해 방어 프로그램을 수동 작동하며 주변 상황을 파악하던 나탈리가 신음한다.

"미치광이 케인, 성벽의 월리… 이건 대체… 분명히 터크 여단장님이 부대원들과 함께 상대하러 갔었는데."

하늘거인 기갑여단의 여단장 터크 대령은 조종사이자 전투마법사인 존재로 알바트로스함에서 천현일 소장 다음의 전력을 가진 존재이다.

그 스스로의 전력도 전력이지만, 그는 알바트로스함의 유일한 인(人)급 기가스 [나폴레옹]의 조종사였기에 지금까지 무수한 전투에서 승무원들을 구해왔다.

"뭐? 큭큭큭! 이 노인네 이름이 터크였나?"

온몸에 중화기를 둘둘 두른 공룡족 케인이 웃으며 한 손을 들어 올리자 함교에 있는 선원이 모두 숨을 죽인다.

그의 손에는 혀를 빼물고 있는 노인의 머리가 들려 있었다.

[연대장님!!! 이런 개자식들이!!]

하늘거인 기갑여단의 중대장 중 하나로서 그와 수많은 전장을 함께해 온 알렉스가 분통을 터뜨린다.

그러나 그렇다 해도 앞으로 뛰쳐나갈 수는 없다. 병사로서의 본능이 그의 발을 붙잡는다. 가뜩이나 부족한 전력에서 이성을 잃었다가는 그대로 죽는다는 걸 알고 있었기 때문이다.

"망했나……."

그리고 그 모습을 전부 지켜본 세레스티아는 긴 청발을 다시 한 번 질끈 묶으며 돌격 소총을 아공간에 집어넣고 금색으로 화려하게 빛나는 쌍권총을 꺼내 들었다.

정신을 집중한다. 그리고 몇 개의 비밀스러운 단어를 외우자 그녀의 내면에서 힘이 끓어오르기 시작했다.

그것은 그녀가 태어날 때부터 가지고 있었던 황족으로서의 힘.

물론 그 힘이 아무리 강력하다 해도 초월자까지 포함된 적을 어쩌기는 힘들 테지만, 그렇다고 곱게 죽거나 잡혀줄 생각은 추호도 없었다.

기이잉—!

그런데 그때, 주변 조종 기기들에 불이 들어오기 시작한다.

전투에 참여할 능력이 안 되는지라 웅크려 있던 몇 명의 조종사가 놀라 소리친다.

"지니가 다시 가동했습니다!"

"현재 부팅 프로그램이 실행 중입니다!"

"뭐?"

함교에 있는 승무원들은 어리둥절해한다.

다행이긴 하지만 이해할 수가 없는 일이었기 때문이다.

리전에 의해 동결된 관제 인격이 무슨 수로 스스로를 복구시킨단 말인가?

그러나 상황은 마냥 좋지 않아서 적들 역시 알바트로스함의 관제 인격이 깨어났다는 사실을 눈치챘다.

"큭! 인간 놈들이 무슨 수를 썼는지 모르겠지만 관제 인격이 깨어나고 있다!"

"빨리 다 쓸어버리고 최심부로 향한다! 관제 인격 녀석이 자폭 코드를 입력하면 우린 물론이고 모르네 님까지 죽어!!"

상황을 파악한 케인과 웰리가 지금까지의 여유를 버리고 살기를 피워 올리기 시작한다. 하지만 뜻밖에도, 그들의 뒤에 있는 다른 비인들의 반응이 없다.

"이 머저리들이 지금 뭐 하는……."

케인은 고함을 지르며 돌아섰다가 멈칫한다.

상당한 숫자였던 그의 부하가 모두 쓰러져 있는 모습을 발견했기 때문이다. 그리고 그 중앙에는 한쪽 팔이 없는 푸른색의 기가스가 서 있었다.

—왠지 오늘 내가 타는 기가스는 죄다 외팔이인 느낌이 들지

만… 운이 좋아. 그냥 이게 있다는 게 생각나서 고른 건데 OP 기체였다니.

—OP? 그건 또 뭐냐?

—오버파워드(Overpowered). 사기 기체라고.

"뭐, 뭐야, 천둥룡? 분명히 작동이 멈춰서 두고 왔었는데? 아니, 그보다 내가 아닌 다른 녀석이 천둥룡에 탔다고?"

천둥룡의 원래 주인인 알렉스 대위가 경악성을 내뱉었지만 대하는 신경 쓰지 않았다. 그보다 중요한 건 그의 앞에 있는 강자들이었다.

—놀아볼까?

중얼거린다. 그리고 그와 동시에.

팟!

천둥룡의 모습이 사라진다.

* ✶ *

내가 대전쟁에서 얻은 최고 스코어인 12억 8,000만 점은 황금성좌 골드리안을 타고 얻어낸 것이다.

난 그 단 한 번의 시도로 전장을 초토화하고 상대방의 테라급 전함 [징벌]을 포획하는 데 성공했다.

'뭐, 전투 자체가 치트 친 것처럼 시시해지는 바람에 다시는 하지 않았지만 말이지.'

그러나 안타깝게도 그 아래 기체로는 아무리 노력해도 5억 이상의 점수를 낼 수 없었다. 상위 기체로 갈수록 낼 수 있는 스코어의 수준이 넘을 수 없는 사차원의 벽으로 갈렸기 때문이다.

사실 그건 기체의 성능 때문이기도 하지만 그보다는 사용할 수 있는 어빌리티의 숫자 때문이다.

좋은 어빌리티가 여러 개 갖춰진 기가스에 탑승하게 되면 사용할 수 있는 전략의 폭이 상상을 초월할 정도로 넓어지니까.

—아, 그러고 보니 넌 기본 어빌리티 몇 개야? 초월기 빼고.

콰득!

질문하며 초진동 블레이드를 측면에서 덤벼들던 기가스의 겨드랑이 사이로 찔러 넣는다. 그리고 슥슥 가볍게 칼집을 내고 휘저어 팔을 떼어낸 후, 다시 빙글 돌아 녀석의 몸으로 몇 개의 탄환을 막아내고 이어 나머지 팔다리를 잘라낸다.

[으으! 뭐야! 이게 뭐야?! 너 누구냐?!]

—전쟁터에서 적한테 '너 누구냐'는 뭔 소리야. 바보도 아니고.

어차피 영체(靈體)나 다름없는 상태인 내 말은 아레스밖에 못 듣는다는 걸 알면서도 중얼거린다. 물론 그렇다 해도 움직임이 멈추지는 않았다.

콰득! 카각!

적 기가스는 필사적으로 발버둥 치며 반항했지만 다 소용없는 일이다. 도마 위의 꽃게가 위협적으로 집게를 딸깍거려 봤자 능숙한 요리사는 쳐다보지도 않은 채 다리를 잘라내고 등껍질을 따버리는 것처럼, 너무나 자연스럽고 당연하다는 듯이 녀석의 사지를 절단하고 시스템을 정지시킨다.

녀석이 몸을 우로 돌리면 돌리는 대로, 좌로 돌리면 돌리는 대로 힘을 역이용하면서 오히려 더 빨리 작업을 마쳤다.

그리고 그때쯤 멍하니 있던 아레스가 답한다.

—…기본 어빌리티라면 3개지.

—엑? 성(星)급보다도 적구나. 초월기가 지분을 많이 먹나 보… 읏차.

중얼거리다 달려드는 골렘 녀석을 밟고 뛴다. 그리고 어빌리티를 발동한다.

은신.

내 모습을 놓친 녀석이 마구잡이로 괴상한 기운을 뿜어댔지만 나는 허공을 밟으며 한쪽에 있던 의자 위에 먼지처럼 가볍게 내려섰다.

3.5m에 불과한, 기가스 중에서는 극소형이라고 할 수 있는 R-13과 다르게 11m나 되는 덩치를 가지고 있었기 때문에 움직일 수 있는 궤적이 한정적이다. 예상될 만한 장소로 돌아다니면 은신이고 뭐고 얻어맞게 될 것이다.

'그나저나 운이 좋아.'

대전쟁을 셀 수 없이 플레이하고 그리하여 수많은 기체—적기 포함—를 타보면서 많은 어빌리티를 경험했다. 개중에는 흔하디흔해 이 기체에도, 저 기체에도 있는 어빌리티도 있고 단 한 개의 기체에만 존재하는 희귀한 어빌리티도 있었다.

'3대 어빌리티가 다 들어 있는 기체라니.'

관통, 은신, 저격.

어빌리티의 숫자는 셀 수도 없이 많지만 아무리 대단하고 유니크한 어빌리티가 있다 하더라도 난 이 세 개를 가장 높이 쳤다.

쓸데없이 화려한 어빌리티보다는 이 세 개가 가장 효율이 좋다는 걸 수많은 싸움으로 깨달았기 때문이다.

특히나 '관통+은신' 콤보나 '관통+저격' 콤보는 정말 살인적이다.

퍼엉!

"크아악! 이 비겁한 인간 놈이!!"

초진동 블레이드를 들고 관통 어빌리티로 적을 처치하다가 그대로 은신하며 빠지면서, 이번에는 저 멀리에서 아군을 향해 폭탄을 날리려는 녀석에게 역시나 관통 어빌리티가 걸린 저격을 날려준다.

나는 항상 공격 중 실드 유지에 들어가는 에너지 전부를 공격에 집중하기 때문에 전투 시간의 절반 이상 동안 100% 대 0%라는 극단적인 공방력을 유지한다. 기급의, 아니, 어쩌면 개인화기에도 단 한 방에 치명적인 타격을 입을 수 있는 것이다.

그러나 상관없다. 안 맞으면 그만 아닌가?

적은 전력으로 적을 압도하려면 칼날 위에 서서 춤춰야 하는 게 당연하다.

정상적인 전력이라면 수급 하나로 수급 잡는 게 정상 아니겠는가? 애초에 이런 건 위험이라고 생각하지도 않는다.

콰득! 콰득! 펑!

문자 그대로 허깨비처럼 일방적으로 때리기만 하는 만큼 적의 전력은 빠르게 줄어든다. 그런데 공격을 위해 몸을 막 드러낸 순간 열 개 정도 되는 칼을 든 스파게티 녀석이 덤벼들었다.

"합!"

기합과 함께 돌진한다. 거리가 상당했지만 생물체인 주제에 스포츠카의 제로백을 압도하는 기세로 가속하여 나를 향해 돌격한다. 당연히 나는 견제사격으로 몇 발 쏴주었지만.

카가캉!!

—…어이가 없구먼. 칼로 쳐내?

황당해한다.

대전쟁으로 외계를 처음으로 접한 내 입장에서는 이런 초인… 아니, 능력자들이 상당히 어색하다. 그나마 판타지 계열 게임들로 어느 정도 익숙해지고는 있지만 미래 병기를 뛰어넘는 존재라는 것 자체가 볼 때마다 깬다고 해야 하려나?

뭐, 어쨌든 접근을 허용했다가는 곤란해질 게 분명한 만큼 녀석의 머리 위 면발을 향해 한 발 쐈다.

캉!

눈이 아닌 다리를 노리는 것에 당황한 녀석이 순간 움찔하며 가장 가까운 칼로 막아낸다. 그러나 그 동작 자체를 유도하고 사격했던 난 당황하지 않고 대각선 아래로 내려가듯이 두 발 더 쐈다.

캉! 캉!

그리고 그것으로 녀석의 3번 검과 6번, 8번 검을 들고 있는 면발이 꼬였다.

시야를 전체로 넓히지 못하고 급한 대로 주변의 검으로 탄환을 막았기에 벌어진 참사였다.

"큭? 윽? 뭐, 뭐라고?"

당황해 팔을 푼다. 자신의 몸을 꼬아 손 모양으로 만드는 종족이 몸이 좀 꼬였다고 부상을 입을 리는 없지만… 그렇게 세 개의 검이 묶이면서 한순간 방어에 구멍이 뚫렸다는 게 문제다.

퍽.

그 빈틈을 따라 철갑탄을 박아준 후 앞으로 구르며 한쪽으로 실드를 집중했다.

카가가가강!

기습적으로 쏟아진 탄환이 실드에 충돌해 빗겨 나간다.

사실 수급 기가스의 실드는 충분히 뚫어버릴 정도의 염(念)이 담긴 탄환들이었지만 회피가 빨랐던 데다가 빗겨냈기에 실드가 깨졌을 뿐 별다른 피해는 없었다.

—아, 좁아뒈지겠네. 우주전이면 벌써 다 조졌는데.

투덜거리며 광자탄을 쏘아낸다.

그런데 황당하게도 온몸을 중화기로 둘둘 두르고 있는 딜로포사우루스 녀석이 쌍권총을 '투두두!' 하고 쐈다.

퍼버벙!

그리고 날아가던 광자탄이 허공에서 요격한다.

—오, 대단한 사격 실력이군!

대단하다는 듯 탄성을 터뜨리는 아레스에 반해 나는 헛웃음을 지었다.

—하, 이젠 별…….

다시 한 번 광자탄을 뿌린다. 딜로포사우루스 녀석은 역시나 요격했지만 광자탄 중 하나가 허공에서 흐릿하게 사라졌다가 다시 나타나 요격을 무시하고 날아가—

—별 해괴한 짓을 다 하네.

퍼억!

붉은색의 볏이 달려 있는 머리를 그대로 박살 낸다.

"크윽?! 이런 미친! 케인?"

"미치광이 케인을 일반 광자포로 잡았어?"

적은 물론이고 아군까지 당황하는 모습이 보인다.

그러나 알바트로스의 승무원들도 바보는 아니었던지라 적의 전력이 급감한 틈을 놓치지 않고 총공격을 시작했다.

머리에 커다란 보석이 달린 골렘 같은 녀석은 위기를 벗어나기 위해 뭔가 하고 싶은 눈치였지만 이미 녀석의 부하는 내가 다 쓸어버린 상태였기에 녀석은 이도 저도 못하고 공격을 막아내기만 하고 있는 상황.

그렇게 묶인 녀석을 보며 나는 천둥룡의 등에 달린 포대를 조작했다. 기잉, 하는 소리와 함께 포대가 오른쪽 어깨 위로 장착된다.

라이트닝 캐논.

이 기체의 이름이 천둥룡이 된 이유다.

"큭! 이런!"

콰드드득!

자신을 조준하는 포신의 모습에 목숨의 위협을 느꼈는지 골렘 녀석이 오른팔을 뻗었다. 그리고 그와 동시에 박살 나 굴러다니던 주변 기기와 부서진 벽의 파편이 나를 향해 몰려왔다.

그러나 어림없다.

팟!

공간을 넘는다. 내가 서 있던 자리에서 온갖 물건이 압축되고 있는 모습이 보였지만 상관없는 일.

나는 망설임 없이 검지를 움직였다.

콰릉!

그리고 벼락이 친다. 그걸로 전투는 끝이었다.

기이잉…….

천둥룡의 작동이 멈춘다.

한계까지 혹사당하고 있던 아이언 하트가 수면 모드로 들어간 것이다.

―…뭐야, 이 기가스 왜 안 움직이지? 통제도 안 먹는데?

―에너지가 떨어져서 그래. 어빌리티를 펑펑 써대는데 이 정도면 오래 버틴 거지. 다른 기가스였으면 한 번 더 갈아야 했을지도.

거의 대부분의 공격에 [관통] 어빌리티를 걸었다.

뭐, 유효타가 안 될 공격에는 어빌리티를 걸지 않았는데 내가 날린 공격 대부분이 다 유효타라는 게 문제였다.

어디 그뿐인가? 은신도 시시각각 걸고 저격도 몇 번이나 쐈다. 사실 지금쯤이면 딱 떨어질 거라고 예상해서 마지막 공격은 관통 달린 광자탄이 아니라 라이트닝 캐논으로 한 것이다.

"알렉스 대위! 천둥룡에 탄 게 누구지?"

"그, 글쎄요. EMP에 맞아서 정비실에 두고 왔는데. 아니, 그보다 이건 천둥룡이 낼 수 있는 전투력이 아닙니다!! 심지어 관제 인격도 없을 텐데 이게 대체?"

당황하고 있는 천둥룡의 원주인의 모습을 보고 녀석에게 더 이상 알아낼 게 없다고 판단한 듯, 두터운 검은색 뿔테 안경에 양복을 입고 있는 누님이 나, 정확히 말하면 내 [시점]이라고 할 수 있는 천둥룡에게 다가온다.

기본적으로 늘씬한 몸매의 미녀라고 할 수는 있었지만 나이가 좀 있는 데다가 눈꼬리가 올라가 있어서 신경질적으로 보이는 외모다.

"도움에 감사드립니다! 알바트로스함의 부함장 나탈리라고 합니다."

—아레스, 연결 해제시켜 줘.

—알았다, 잠시만.

아레스의 대답과 동시에 시점이 확장된다. 내 정신이 천둥룡에서 빠져나와 허공으로 떠오른 것.

그런데 그때였다.

"헤에……?"

재미있다는 표정으로 나를 바라보고 있는 청발의 미소녀와 눈을 마주친다. 함교에서 유일하게 익숙한 얼굴, 세레스티아였다.

—…봤어?

무심코 중얼거리자 나를 빤히 바라보며 세레스티아가 입을 벙긋거렸다.

(역시.)

입술을 읽는다. 그녀는 벙긋거리며 말했다.

(내 눈은 틀리지 않았어.)

거기까지 읽었을 때 배경이 급변한다. 아레스가 연결을 안전하게 종료한 것이다. 눈과 귀를 덮고 있었던 디스플레이가 사라지고 어느새 나는 열려진 아레스의 머리통 안에 있었다.

"…뭐였지."

장갑까지 벗은 후 좌석에서 일어나면서 세레스티아의 눈을 떠올렸다. 그녀는 언제나 아름다웠고 반짝이는 눈 역시 매우 예뻤지만 그럼에도 내가 그녀에게서 느낀 것은 불안함이다.

그녀의 악동 같은 미소에서 일이 매우 복잡하게 돌아갈 것 같은 불안함을 느꼈다.

[왜 그래? 몸에 문제라도 있어?]

"아니… 그냥 팔이 좀 아파서 힘이 안 들어가네. 관제 인격에 대해서 별로 진지하게 생각하지 않았는데 자잘한 걸 다 직접 하려니 죽을 맛이구나."

그냥 하는 말이 아니라 격렬한 전투를 몇 번이고 했더니 양손이 덜덜 떨린다. 기본적으로 조종 방식 자체가 양손을 다 이용하기 때문에 평소에도 체력 소모가 어느 정도 있는 편이었는데, 거기에 관제 인격이 보조해야 할 일들까지 같이하려니 엄청난 속도로 양팔과 손가락을 움직여야 했다.

[뭐, 어쩔 수 없는 일이지. 아까 그 리전 녀석 때문에 관제 인격들이 다 잠들어 버렸으니.]

"네가 해줄 수는 없었어? 일단 너도 관제 인격이잖아."

[이미 원격제어를 하고 있는데 거기서 관제 인격 역할까지 하라니……. 차라리 뇌파 조종 방식으로 세팅할 걸 그랬군.]

투덜거리는 녀석의 목소리에 고개를 흔들었다.

"중요한 전투였는데 익숙지 않은 조종 방법을 선택할 수는 없지. 키보드만 바뀌어도 컨트롤이 망하기도 하는데 너무 큰 모험이야."

기가스를 조종하는 데에는 크게 세 가지 방식이 존재하며 그중 가장 흔한 것이 바로 매직 핸드(Magic hand)이다.

매직 핸드는 내가 대전쟁을 플레이하면서 학습한 방식으로 조종석에 앉아 장갑을 낌으로써 두 손으로 모든 것을 해결할 수 있어 오래전부터 많은 조종사가 사용했다고 하는 종류.

그러나 이 방식은 오직 인간들만 사용할 수 있었다.

애초에 기가스라는 것 자체가 인간들의 발명품이었던 만큼 당연하다면 당연한 일이겠지만 이런 조종 방식은 손이 잘 발달하지 않은 타 종족들에게 적합하지 않다.

이 배의 함장인 천현일 소장에게 매직 핸드 방식은 매우 불편할 테고, 빛의 정령처럼 손발도 없이 빛 덩어리만 존재하는 연구소장 니단 같은 존재들은 아예 조종 자체가 불가능하겠지.

그래서 존재하는 것이 바로 뇌파 조종 방식이다.

정신을 집중함으로써 아이언 하트에 염파를 쏘아내 조종하는 이 방식은 단지 생각하는 것만으로도 기체를 움직일 수 있기 때문에, 조종실의 크기도 혁신적으로 줄어들고 직접 손을 움직이는 매직 핸드 방식보다 더 많은 기교를 사용할 수 있다고 한다.

다만 기본적으로 조작 난이도가 상당한 데다 정신력의 소모가 크기 때문에 장시간 운행에는 불편하다고 했었지.

[그것도 아니면 파워 아머 방식은?]

"양팔을 움직이는 것도 힘들어죽겠는데 전신을 다 움직이라고?"

그리고 세 번째 방식이 바로 파워 아머(Power armor)이다.

이것은 기가스 조종법을 전혀 모르는 이들도 금세 적응할 수 있는 방식으로 기가스를 마치 갑옷처럼 입는 방식이다.

다만 이 방식을 사용할 수 있는 건 4m 이하의 크기를 가진 소형 기가스뿐이고—물론 가끔 예외가 존재한다고 하지만—, 직접적으로 움직임을 취하게 되는 만큼 사용자의 체력을 너무 많이 소모해 육체 강화 계열 능력자들이나 사용할 수 있다.

[지휘실에서 알바트로스함에 탑승한 모든 승무원들에게 알립니다! 현 시간부로 모든 전투가 종료되었습니다. 다시 한 번 말씀드립니다. 현 시간 부로 모든 전투가 종료되었습니다. 승무원들은 부상자 구출과 파괴 피해 지역 복구에 참여해 주시기 바랍니다.]

그런데 그때, 작업실을 통해 방송이 울려 퍼진다. 의외의 내용이었기 때문에 당황했다.

왜냐하면 아직 해결되지 않은 문제가 있었기 때문이다.

"그 공룡족 초월자 녀석은 어떻게 된 거야? 설마 녀석을 잡았나?"

[그럴 리가. 녀석이 발악했으면 거주 구역을 넘어 여기까지 박살 났을 거다. 상황이 영 안 좋은 데다 알바트로스함의 관제 인격이 살아났다는 사실에 전략적인 후퇴를 한 거지. 천현일 소장하고 싸워서 지면 망하는 거고, 이겨도 알바트로스함이 자폭해 버릴 테니까.]

이런저런 전력이 많이 있다지만 여전히 알바트로스함 안에 있는 최강 백병 전력은 천현일 소장이다. 만약 천현일 소장이 없었다면 저 모르네라는 녀석이 이 고생을 하지도 않았겠지.

초월자를 상대로 그 아래 전력은 별다른 소용이 없으니 다른 전력이 열심히 싸워서 이긴다 해도 천현일 소장이 쓰러지면 도로 아미타불이다.

비초월자들이 초월자를 죽이려면 기가스나 전투기, 혹은 함선을 타고 장거리에서 말려 죽여야지 지금처럼 함선 내부로 초월자가 침투해 버리면 감당하기 매우 어렵다. 유일한 방법이라 하면 어떻게든 기회를 잡아 우주로 추방한 다음 원거리에서 죽이는 정도인데 초월자도 바보가 아닌 이상 그리 쉽게 당해줄 리가 없다.

'아무리 나라도 초월자를 상대하기는 어렵지. 성급을 타도 힘들어 보이던데.'

초월자란 생명체인 주제에 전함을 초월하는 공격력과 방어력을 지니고 있는 존재다. 때문에 아무리 조종을 잘해봐야 헛수고.

관통 어빌리티고, 나발이고 아무런 공격이 안 통하는데 컨트롤이 무슨 소용인가? 그냥 피하는 게 상책이다.

[아, 그나저나 너 괜찮은 거냐?]

"음, 뭐가… 아하."

녀석의 말에 담긴 뜻을 읽고 헛웃음을 짓는다.

나는 오늘 [전쟁]에 참가했다. 그리고 수많은 적을 죽였다. 설사 그 대상이 외계인이었다 하더라도 엄청난 스트레스를 받는 게 정상이겠지.

그러나 난 고개를 흔들었다.

"괜찮네."

[괜찮다고?]

"그래. 이상할 정도로 괜찮아. 이게 그 무시무시하다는 게임 감각인가."

전쟁 중에 셧 다운 당하는 거 아닌가, 하고 내심 헛웃음을 짓는다.

심지어 나는 아직 미성년자였다.

'뭐, 어쩌면 이게 당연한 걸지도.'

나는 수천만의 학살자다.

물론 그걸 내가 한 것은 아니지만, [기억]은 [경험]과 같고 나는 그 끔찍한 악몽을 이어받았으니 어쩌면 지금 이 상태가 당연한 것일지도 모르지.

"뭐, 어쨌든 당장의 위기는 넘어간 듯했으니 가볼게. 다만 다시 오게 될지도 모르겠네."

[아마 그렇겠지. 전투는 끝났어도 전쟁은 끝나지 않았으니까.]

적들이 일차적인 후퇴를 했지만 그건 백병전에 한해서일 뿐, 여전히 알바트로스함은 적의 엑사(Exa)급 우주 모함(Carrier)과 마주하고 있고 거기서 나온 기가스와 전투기, 그리고 다수의 호위함이 포위진을 완성한 상태다.

"이제는 자폭을 막을 수도 없는데 포기해 주지 않을까?"

[어림없는 소리. 녀석들은 레온하르트 제국은 물론이고 자신들까지 포함된 우주 최대의 세력인 연합(Union)의 대적(大敵)을 끌어들였어. 자기들끼리 싸울 때야 연합에서도 전혀 신경 쓰지 않았지만 리전이 끼어든다면 이야기는 다르지. 만약 이 사실이 연합에 알려진다면 틀림없이 제재가 들어올 테니 절대 살려 보내려 하지 않을 거다.]

"…고작 테러 단체 때문에 제국 클래스의 구성원을 제재한다고?"

[고작이 아니야, 멍청아. 지금이라도 리전이 마음먹으면 전 우주가 시끄러워진다. 그나마 지금에 와서 시들한 거지, 기계신(機械神) 디카르마(Dekarma)가 있을 때의 리전은 연합조차 쉽게 어쩌지 못할 정도로 어마어마한 세력이었어. 디카르마가 신계에서도 강하기로 유명한 무신(武神)에 의해 소멸하지 않았으면 연합에 맞먹는 세력으로 커졌을걸.]

"무신에 기계신이라니."

헛웃음 짓는다. 신이라는 존재가 대놓고 등장해서 그런지 왠지 역사가 아니라 신화를 듣는 기분이지만 이 망할 대우주에 익숙해지려면 이 정도는 가볍게 넘길 수 있어야겠지.

'그나저나 디카르마라…….'

왠지 익숙한 느낌이다. 비슷한 이름을 들어본 적이 있는 것일까.

[어쨌든 뭔가 분위기 이상하면 바로 이리로 피신해. 이러니저러니 해도 이 배가 가라앉을 때 가장 안전한 곳은 이곳일 테니까.]

문을 열고 밖으로 나오다 슬쩍 고개를 돌린다. 어지간한 수급 기가스에 맞먹는 크기를 가진 머리가 나를 바라보고 있었다.

"걱정해 줘서 고마워."

[뭐, 뭐? 야! 지금 내 말은……!]

"닫혀라."

철컹!

문을 닫고 작업실로 나온다.

전신의 눈으로 이미 무사함을 확인하긴 했지만 그래도 보람과 동민의 상태를 살필 필요를 느꼈기 때문이다.

이 큰 함선 안에서 동향 사람이라고는 그들뿐이니 이럴 때일수록 함께 있는 게 좋다. 무엇보다 그들은 내 경호원이기도 하지 않은가?

그런데 그때, 작업실 한쪽에 쓰러져 있던 은색의 메탈 바디가 몸을 일으킨다.

[관대하 님.]

아무런 표정도, 얼굴도 없는 밋밋한 머리와 금속을 굳혀 만든 것 같은 몸 위로 물리적으로 실존하기 힘들 정도로 장대한, 그러나 더없이 아름다운 가슴과 상대적으로 훨씬 가는 팔다리가 모습을 드러내더니 다시 그 위로 사막의 무희들이나 입을 법한 반투명한 재질의 천이 씌워진다.

최종적으로 만들어진 것은 폭발적이라고밖에 말할 수 없는 몸매를 가진 소녀의 모습이다.

일본 만화에서나 나올 것 같은 이 미소녀의 모습은 알바트로스함의 관제 인격 지니의 캐릭터 이미지(Character Image)다.

"아, 지니, 상태는 좀 괜찮아?"

[걱정해 주셔서 감사합니다. 다만… 이제 설명을 좀 들을 수 있겠습니까?]

그녀의 말에 나는 그녀가 나의 이상성을 감지했다는 걸 깨달았다. 하긴, 모르면 그게 오히려 더 이상한 일이다. 잠들어 있던 그녀를 깨운 게 바로 나니까.

"비밀이라면?"

[그렇다면 어쩔 수 없습니다. 저에게 대하 님을 강제할 권한은 없으니까요, 다만.]

그렇게 말하며 성큼 다가선다. 그리고 그 동작에 크게 흔들리는—영상에 불과하니 알바트로스함의 중력에 영향을 받을 리가 없을 텐데도—가슴의 모습에 내심 혀를 찬다.

지니를 만든 제작자 녀석이 뭐 하는 놈인지는 모르겠지만 여러모로 변태력이 충만하다는 것 하나는 인정할 만하다.

녀석이 지니 같은 관제 인격을 많이 만들었다면 전 우주적으로 욕도, 칭송도 부족하지 않게 듣고 있겠지.

그러나 그런 내 생각을 아는지 모르는지 그녀는 진지한 표정으로 말했다.

[저는 제가 깨어날 수 있었던 사유를 보고할 수밖에 없습니다.]

당연한 일이다. 스스로 판단하고 필요한 일이라면 행동으로 옮기기까지 하는 것이 바로 알바트로스함의 관제 인격인 지니라는 존재였지만 그녀는 기본적으로 사용자를 돕고 명령에 따르는 프로그램이다.

특히나 부함장 이상의 권한을 가진 존재라면 어지간한 기밀이라도 모두 이야기하는 것이 당연하니까.

그러나 나는 웃었다.

"그럼 거짓말을 해줘. 왜 깨어났는지 모르겠다고."

[그게 무슨… 관제 인격은 거짓말을 하는 것이 불가능합니다.]

아마 관제 인격들에게 기본적으로 주어지는 원칙(Principle)일 것이다, 절대로 어길 수 없는.

만약 그런 게 가능해지면 인간이 관제 인격을 신뢰하는 것이 불가능해지니 당연한 조치라고 할 수 있다.

하지만 나는 다시 말했다. 약간의 테스트였다.

"해줘."

[불가능합니다.]

마찬가지의 대답이다. 이번에는 방식을 좀 바꿔본다.

"해."

[……!!!]

순간 지니의 아름다운 얼굴이 경악으로 일그러진다. 믿을 수 없다는 표정으로 나를 보고 아무런 말도 하지 못한다.

'확실히… 관제 인격들도 감정이라는 게 존재하는군. 아무래도 이건 리전이 아니더라도 가질 수 있는 모양이야. 아레스 녀석도 그랬지만.'

우주로 나와 만난 인공지능들의 수준은 내 상상 이상이다.

그들은 감정이 있고 스스로 판단하는 것이 가능하다. 상대가 권한이 높은 사용자라면 기본 원칙에 따라 명령을 거부하는 게 불가능하지만 이쯤 되면 하나의 정신 생명체나 다름없는 것이다.

'그렇다면 결국 차이점은 창의력과 사고력뿐이라는 거군. 굳이 더 찾자면 관제 인격이나 인공지능과 다르게 리전은 주인이 필요 없다는 정도.'

감정과 판단력이 있지만 창의력이나 사고력 등이 없기 때문에 문명을 만들어 발전하는 것은 불가능하다. 그리고 기본적으로 만들어진 규칙을 절대 벗어날 수 없으니 SF 소설에서 이야기하는 인공지능의 반란 같은 것 역시 있을 수 없는 일이다.

인공지능이 인간을 비롯한 사용자에게 반기를 들거나 원칙을 어긴다면 그것은 그 인공지능을 만든 개발자가 손을 썼거나 메인 시스템을 해킹당해 적의 명령을 들었을 때뿐.

그러나 지금의 나는 내 명령이 그 모든 것을 우선한다는 것을 알게 되었다.

[당신의.]

무릎을 꿇는다. 아름다운 무희가 주인에게 예를 표하듯 우아한 자세였다.

[당신의 뜻대로.]

* ✶ *

나는 의무실에 도착했다.

당연한 말이지만 의무실은 전쟁터나 다름없는 상태. 환자가 너무 많아 바닥에 누워 있는 사람도 상당수 보였다.

의료 기계들과 메탈 바디들이 쉴 새 없이 움직이고 치료 계열 능력자들과 마법사들이 사람들을 돌보고 있다.

"괜찮아?"

"안 괜찮아요. 으으, 뼈가 다섯 개나 부러졌어요."

"우는 소리 하는 거 보니 멀쩡하네. 동민이 너는?"

"멀쩡하다."

"정작 다 죽어가는 놈은 이런 소리라니."

나는 내 머리통만 한 괴상한 기계를 가슴 위에 올려놓고 바닥에 누워 있는 보람과 동민을 바라보았다.

녀석들의 몸에는 불투명한 백색 젤리 같은 물질이 덮여 있었고 그 젤리들은 숨이라도 쉬듯 연신 부풀었다 줄어들기를 반복하고 있다.

나는 정체를 알 수 없는 괴상한 기계 위를 올려다보았다.

[아틀란티스 공방]

[특별히 꺼낸 고속 치유공방(소)]

'‘특별히 꺼낸’은 뭐야. 대우해 준다는 건가? 근데 그런 주제에 침대는 없어서 바닥이라니.'

내심 투덜거렸지만 그것을 소리 내어 말하지는 않는다.

내가 의료 쪽에 아는 바가 없다 하더라도 주변에 널린 부상자 중에서 그나마 이 녀석들이 경상자에 속한다는 것을 알 수 있었기 때문이다.

"으으, 침대가 부족하대요. 솔직히 많이 불편한데 주변이 너무 지옥도라 불만을 토하면 안 되는 분위기네요."

아닌 게 아니라 여기저기에서 비통한 울음소리가 터져 나오고 있다.

"알! 정신 차려! 제발 일어나!"

"야스오! 크흐흑! 야스오!"

"정훈아……."

한 번의 전투로 알바트로스함이 받은 피해는 어마어마했다. 농담이 아니라 1만 명이 넘는 승무원 중 30% 가까이가 죽었다.

더 심각한 문제는 그들 중 태반이 전투 병력이라는 것.

아직 전쟁이 끝나지 않았다는 걸 감안해 보면 상황은 충분히 절망적이었다.

"치유공방! 치유공방 더 없어?!"

"이미 비축분도 다 꺼냈습니다!"

"그럼 일단 긴급 상황을 넘긴 사람들 것들을 받아서 더 심한 부상자들부터 구해!"

의무병이라고 해야 하나. 피로 더러워진 하얀 코트를 입은 사람들이 소리치며 뛰어다닌다.

치유 능력이 있는 치유사들은 손에서 은은한 빛을 흩뿌리며 주변 사람들을 치료하고 있다.

"저기, 죄송하지만……."

"아! 네 괜찮아요. 이제 숨 쉴 만하니 가져가세요."

바닥에 누워 끙끙대던 보람의 말에 병사 중 하나가 미안한 표정을 지으며 보람의 치유공방인가 하는 걸 조작한다.

띠리릭, 하는 기계음과 함께 보람의 몸을 뒤덮고 있던 젤리들이 치유공방 안으로 빨려 들어간다.

"내 것도 가져가라."

"아, 마음은 감사드립니다만 당신은 좀 더 치료받아야 합니다. 폐에 구멍이 난 데다 내장도 너무 상했어요. 지금 치유공방을 거두어들이면 다시 악화될 겁니다."

"개인적인 치유 능력이 있으니… 가져가."

단호한 동민의 말에 병사가 잠시 망설인다. 그러나 주변에서 터져 나오는 신음 소리를 듣더니 꾸벅 고개를 숙인다.

"그렇다면 실례하겠습니다."

보람 때와 마찬가지의 방식으로 젤리가 치유공방 안으로 회수되고 병사는 두 개의 치유공방을 들고서 다른 부상자들에게 뛰어갔다.

지금 이 순간에도 의무실에는 새로운 부상자들이 속속 도착하고 있었다.

"허억… 허억……."

온몸을 뒤덮고 있던 젤리가 사라지자 대번에 동민의 호흡이 가빠지기 시작한다.

폐에 구멍이 났다는 게 정말인 듯 새된 호흡 소리는 보통 심각해 보이는 것이 아니다. 보람이 부러진 뼈들 때문에 발열이 올라오는 정도가 전부라는 걸 생각해 보면 말도 못 하게 심각한 상황인 것.

그러나 그럼에도 동민은 대단할 게 없다는 표정이다.

"보람."

"네, 선배님."

"나는… 앞으로 적어도 72시간 이상 싸울 수 없다. 대하를 부탁하지."

"걱정 마세요. 선배가 그랬듯이 저도 숨겨진 패가 많으니까요."

"뭐, 확실히… 그럴 거라고 생각했다."

피식하고 웃으며 눈을 감는다. 그리고 동시에.

쩌저저저적!

동민의 몸이 빠르게 얼어붙는다. 그리고 그 위로 물방울들이 떠오르더니 이내 얼음이 투명한 관(棺)의 형태로 굳어진다.

이제와 제대로 보니, 어느새 그의 가슴 위에 포개진 양손에는 30센티 정도 되는 크기의 금강저(金剛杵)가 들려 있는 상태.

그리고 나와 마찬가지로 그걸 발견한 보람이 눈을 동그랗게 뜬다.

"와, 세상에. 제석천왕의 금강저예요. 인드라 버전의 열화판이라고 말이 많지만 신기나 다름없는데 이걸 꺼내 오게 하다니. 마탑주님이 별말 없이 궁니르를 꺼낸 것도 그렇고 관일한 선생님의 영향력이 상상을 초월하네요."

"대단한 무기야?"

"그걸 말이라고 하세요? 저건."

막 그녀가 설명을 하려고 할 때였다.

"호위들도 심상치 않네."

"…셀?"

"쉿, 나 지금 투명 상태니까 앞을 보면서 이야기해. 뭐, 어차피 너야 그냥 보이니 잘 모르겠지만."

열대 바다의 바닷물을 한 올 한 올 건져 올려 만든 파란 머리칼에 마찬가지로 푸른 눈동자를 가진 미소녀가 내 앞에 털썩 앉는다.

움직이기 편한 전투복에 양 허리에는 쌍권총, 등에는 돌격 소총을 메고 있는 그녀는 반짝이는 눈으로 나를 바라보고 있다.

"선배… 지금 내 옆에 뭔가 앉았어요."

"아아, 적이 아니니까 긴장하지 마. 전에 우리랑 같이 왔던 황녀 폐하야."

세레스티아를 마주 보며 속삭이듯 말해주자 보람이 눈을 동그랗게 뜬다.

"설마… 보이는 거예요? 통찰안을 가진 저한테도 안 보이는 게?"

나는 보람과 동민에게 나에 대해 별다른 이야기를 한 적이 없었다. 그냥 잡다한 상황이나 앞으로 해야 할 일에 대해 이야기했을 뿐 개인적인 친분을 털어놓지는 않은 것이다.

물론 그것은 그들 역시 마찬가지여서 나는 그들이 가족이 있는지 없는지, 어떤 능력을 가지고 있는지도 들은 적이 없다.

"후후, 아무래도 이 녀석들도 너에 대해 모르는 모양이구나?"

"…여긴 무슨 일이야. 바쁜 몸일 텐데."

"후후, 아무리 바빠도 우리 모두의 생명을 구한 영웅에게 얼굴도 안 비치는 건 예의가 아니지."

그렇게 말하며 빤히 나를 바라본다.

그냥 단순한 시선이었지만, 단지 그것만으로도 파괴력이 상당하다.

'젠장, 예쁘기는 정말 예쁘구나.'

살면서 많은 미녀를 봐왔다. 아버지에게 구애하는 여성 대부분이 영화배우 뺨치는 미녀였으며 알바트로스함에 탑승한 후에 만난 육감적인 미녀 알레이나나 인간은 아니지만 놀라운 미모를 가진 지니 역시 대단한 미녀의 모습을 하고 있다.

하지만 그럼에도 세레스티아는 그 누구보다 빛나는 존재다.

농담으로라도 여성적이라 부를 수 없는 전투복을 입고 있음에도 그 미모는 나조차 한순간 정신을 못 차릴 지경.

외모가 이 정도로 반칙이면 몸매라도 좀 부족해야 하는데 들어갈 데는 들어가고 나올 데는 다 나온 여성성을 자랑하니 굳이 황녀라는 혈통이 아니어도 스타가 될 수밖에 없는 존재다.

'조심해야지.'

그러나 그럼에도, 그녀를 마주 보는 나는 언제나 냉랭하다.

그녀가 싫어서라기보다 그녀의 아름다움에 홀리는 순간 고생길이 열릴 게 뻔히 보였기 때문이다.

너무나 아름다운, 그리고 스스로 그걸 잘 아는 여자한테 잘못 코가 꿰이면 어찌 될지 상상조차 가지 않는다.

"별로 정체를 드러내고 싶어 하지 않는다는 걸 알잖아. 비밀로 해주면 안 될까? 정체를 모르는 히어로가 우리를 돕는다, 정도면 어때?"

나름대로 조용히 넘기려고 해보았지만 세레스티아는 고개를 흔든다.

"함장님이 부르셔. 아, 참고로 내가 이야기한 거 아니다. 정체를 숨기려는 모양인데 그러려면 초월자 근처에도 가지 말았어야지."

"뭐? 설마……."

"우주 모함과 우주전을 할 때 함교를 돌아다녔다면서?"

"와, 그 곰탱이."

기가 막혀서 웃는다.

세상에, 거기서 나를 봤었단 말이야?

심지어 더 무서운 건 거기서 전혀 나를 본 티를 내지 않았다는 점이다. 그러면서도 내가 누군지 정확히 파악해 이렇게 불러내다니.

보기에는 그냥 단순무식 무투파 같았는데 역시 초월자라는 건가.

"저기, 선배님. 무슨 말을 하고 있는 거예요?"

"잠깐 가봐야 할 것 같아."

"윽, 하지만 제가 호위하지 않으면……."

그렇게 말하며 상체를 일으키는 보람이었지만 뼈가 다섯 개나 부러질 정도로 심각한 전신 타박상을 입은 상태에서는 무리한 주장이다.

당장 정강이뼈가 박살 나서 일어서지도 못하는데 무슨 수로 나를 호위한단 말인가?

나는 그녀의 어깨를 잡으며 말렸다.

"안전한 곳이니 걱정하지 마. 함장을 만나러 가는 길이니까."

"함장은 걱정 안 해요. 어차피 항거할 수 없는 상대이기도 하고. 후우… 제길, 좀 더 멋있는 상황에 모두의 위기를 구하면서 아름다운 뒤태를 보이고 싶었는데."

"보람아?"

영문을 알 수 없는 소리에 의문을 표하는 바로 그때였다.

그녀가 오른팔을 들어 손등이 나에게 보이게 하고 중얼거렸다.

"…변신."

기이잉———!

속삭임과 동시에 모터 돌아가는 소리가 거세게 퍼져 나간다. 귀를 윙윙 울릴 정도로 커다란 소리였는데 어째서인지 아무도 귀를 기울이지 않는다.

철컥철컥.

그리고 그 직후 그녀의 양팔에 장착되어 손등에서부터 팔꿈치까지 뒤덮고 있던 은색의 금속이 확장하기 시작한다. 마치 변신 로봇 영화의 한 장면처럼 스스로 뒤집히고 분열하기 시작하더니 삽시간에 그녀의 전신을 뒤덮는 것이다.

탕!

그리고 마침내 갑옷이 온몸으로 퍼지자마자 바닥이 가볍게 울리더니 상체만 세워 앉아 있던 보람의 모습이 사라졌다.

"호, 이건 또 특별해 보이는 물건인걸. 그냥 흔하디흔한 원시 행성인 줄 알았는데 별게 다 있네."

"원시 행성이라고 하지 마, 멍청아."

놀랍다는 듯 휘파람을 부는 세레스티아를 향해 어느새 내 뒤에 멀쩡히 서 있는 보람이 퉁명스러운 목소리로 답한다.

뼈가 다섯 개나 부러져 제대로 일어서지도 못하던 그녀였지만 아무래도 그녀의 전신을 뒤덮은 은색의 갑옷이 치료 효과를 가지고 있는 듯 제법 멀쩡한 모습이다.

"멍청이라니… 내 입으로 이런 말하기 싫지만 나 황녀거든?"

"아~ 그래, 맞아. 그러고 보니 이 우주에는 시대착오적인 황족이 있다고 했었지."

태평스러운 보람의 말에 세레스티아는 화내지 않았다. 아니, 화내긴커녕 오히려 꽃이 만개하듯 화사하게 웃으며—

철컥.

"…작정하고 시비를 걸면 어쩔 수 없지."

어디서 나타난 건지도 모를 금빛 쌍권총을 잡아 든다.

"흥, 싸우자면 뒤로 뺄 거 같아?"

위이잉!

그리고 그런 세레스티아에 맞서 보람 역시 기세를 끌어 올린다. 그녀의 몸을 뒤덮은 갑주의 양팔 부분에서 알 수 없는 기계음이 나기 시작한 것.

그리고 그 광경을 처음부터 다 보고 있던 나는 내심 식은땀을 흘렸다. 당연하지만 내 호위인 보람이 레온하르트 제국의 황녀인 세레스티아와 싸우면 상황이 심각해진다.

"그만해."

키잉!

말리기 위한 말이었는데 갑자기 은빛의 갑주에서 나던 기계음이 단박에 멈추더니 보람이 크게 휘청거렸다.

"음? 뭐야, 너 괜찮아?"

보람의 시비에 잠시 화를 냈던 세레스티아 역시 보람의 상태가 정상이 아니라는 걸 깨달았는지 권총을 집어넣고 보람을 부축한다. 보람은 혼란스러운 표정이다.

"하아… 하아… 방금 뭐죠? 제가 왜 당신과 싸우려 한 거죠?"

"먼저 시비 걸어놓고 무슨 헛소… 설마?"

순간 뭔가 짐작 가는 게 있는 듯 세레스티아가 보람의 갑옷을 샅샅이 살피기 시작했다.

급변하는 상황에 당황하면서도 세레스티아를 살핀다. 신기하게도 세레스티아의 파란색 눈동자에 황금색 사자 문양이 떠올라 있다.

"무슨 일이야?"

"아, 그··· 비밀이야. 허허, 세상에. 설마 이걸 이런 곳에서 만나게 되다니······. 으아, 이러면 상황이 복잡해지는데. 아버지가 오는 거 아냐?"

"이봐?"

영문을 알 수 없는 말을 중얼거리는 세레스티아를 보며 눈살을 찌푸리다가 슬쩍 고개를 들어 칭호를 분류한다.

[데트로 은하 연합 4군단 제1돌격대]

[대적자를 발견한 세레스티아]

'대적자를 발견했다는 건 또 뭔 소리야? 대적자가 뭐지?'

의문이 떠올랐으나 내가 볼 수 있는 건 칭호지 상대방의 마음속이 아니다.

칭호를 보는 능력은 응용 방식이 다양한 편이지만 [분류]의 과정에 [마음속]이나 [현재 생각] 따위가 있을 정도로 편리한 능력도 아니다.

"그나저나 보람이 넌 괜찮아? 방금 왜 그런 거야?"

"모, 모르겠어요. 이상하게 갑옷을 입으니··· 저 여자를 보며 화가 났던 거 같아요. 그러고 보니 평소에도 이상하게 반감이 들었던 것 같기도 하고."

전신을 뒤덮는 갑옷이었지만 우아한 디자인의 투구 가리개를 열면 얼굴이 드러나는 방식이었기에 영문을 알 수 없다는 표정은 확실하게 보이고 있다.

보람의 머리 위 칭호를 대충 살펴봐도 거짓말을 하는 건 아닌 것 같다.

"지금은 괜찮아?"

"네, 갑자기 괜찮아졌어요."

그렇게 말하며 다시 내 뒤로 와서 선다.

그러나 방금 전 상황 때문에 혼란스러운지 복잡한 얼굴이다.

'그나저나 변신이라.'

세레스티아도, 보람도 잠시 생각에 잠겨 있는 사이 나는 보람의 갑옷을 살펴보았다.

용의 머리를 이미지해 만든 것으로 보이는 투구와 틀림없이 금속으로 보이는 재질로 이루어졌음에도 사용자의 움직임을 전혀 방해하지 않는 은색의 갑옷은 군데군데 박힌 보석들과 복잡한 문양으로 인해 꽤나 화려한 모습을 하고 있다.

"그나저나 특이한 변신이네. 이건 마법소녀가 아니라 전대물 주인공 같은데."

"…선배."

나는 난데없이 딱딱해지는 보람의 표정에 당황한다.

"왜, 왜?"

"마법소녀라는 말… 어디서 들은 거죠?"

나직한 목소리로 흘러나오는 질문에 머릿속이 텅 비는 충격을 받았다.

왜 마법소녀라는 단어를 입에 담았느냐?

당연하지만 그녀의 칭호 때문이다.

'어? 그러고 보니 이 녀석 마법소녀라는 말은 단 한 번도 안

했었나?'

순간 필사적으로 머리를 굴린다. 머릿속을 뒤지고 생각을 정리한다.

다행히 떠오르는 답변이 있었다.

"뭐야, 왜 이렇게 긴장하는 거야? 전에 나를 습격했던 그 무술가 같은 놈들이 견습 마법소녀라는 말을 했었잖아."

"…무술가요?"

"그래, 그 습격자 녀석들. 그 녀석들이 견습 마법소녀인가라는 소리를 해서 정식 명칭인 줄 알았는데 아냐? 뭔가 잘못되었나?"

늘 생각하지만, 정말 남우주연상 급의 연기력이다.

너무 당연하게 생각하고 있었는데 왜 그리 정색하느냐, 하고 오히려 의아해하는 표정이 포인트.

과연 제대로 먹혔는지 보람의 얼굴이 새빨갛게 달아오른다.

"아! 하! 하하하! 맞아요! 그런 별명도 있었죠. 호호호, 무술가 녀석들이 여성 마법사들을 마법소녀라고 장난식으로 부르기도 해요!"

"그런 거치고는 이상하게 분위기를 잡던 것 같아."

"호호호! 그, 함장님한테 간다고 했었잖아요! 어서 가요! 황녀님? 슬슬 이동하죠. 주변 시선이 모이는데."

"황녀라고 소리 내서 말하지 마. 사람들이 쳐다본다."

방금 전 싸우기 직전이었다는 걸 기억이나 하는지 순식간에 정리된 분위기로 나를 이끄는 두 소녀.

그리고 그런 그녀들에게 끌려가며 생각한다.

'저 갑옷이 보람의 생각을 강제했군.'

별다른 증거는 없었지만 눈치라는 게 있다.

기본적으로 보람은 활발한 성격이지만 수줍은 미소녀를 연기할 정도의 사회성 역시 가지고 있다.

실제로 학교에서 그녀를 아는 사람들은 떨어지는 한 떨기 꽃 같은 미소녀의 이미지만을 알고 있을 정도로 빈틈없이 생활해 온 그녀가 비빌 배경 하나 없는 우주에서 다른 사람도 아니고 황녀한테 대놓고 시비를 걸어 싸움을 일으킨다?

내가 사람을 잘 안다고는 생각하지 않지만 이건 누가 봐도 이상한 상황이다.

'그리고 제정신을 찾은 건… 그만해, 라는 내 말 때문이겠군.'

이제는 나도 안다.

내 [명령]이 기계류에게 절대적인 힘을 발휘한다는 것을.

단지 소리 내어 말하는 것만으로 그들은 내 명령을 절대적으로 지킨다. 그들은 뭐든지 한다.

심지어 할 수 없는 일조차도…….

'다만 제약이 있다.'

지구에서의 나는 이런 능력을 전혀 알지 못했다.

그것은 지금에 와서 내 능력이 발현되어서가 아니다.

힘 자체는 예전부터 있었지만, 그 힘이 발휘되는 조건이 [기계]라는 식으로 단순하지 않았기 때문이다.

정확히 말하자면, 내 명령을 듣는 것은 [인공지능]이다.

완벽한 인공지능일 필요는 없지만 적어도 거기에 준하는 기능은 필요한 것.

실제로 지구에 있을 때에는 망가진 PC에 대고 '켜져라, 켜져!' 라고 아무리 외쳐봐야 소용이 없었고 그건 알바트로스함에서 고장 난 통신기 등으로 실험해 확인했다.

적어도 내 말을 이해할 정도의 기능이 없으면 명령에 아무런 의미도 없는 것이다.

"무식한 귀신이 부적을 몰라본다는 말이 이런 데 쓰는 말인가."

"…부적?"

난데없는 소리에 의문을 표하는 세레스티아를 보며 고개를 흔들었다.

"그냥 뻘 소리니 신경 쓰지 마."

나와 보람, 그리고 세레스티아는 여기저기 부서지고 박살 난 메탈 바디들과 정비 기계들이 분주하게 움직이고 있는 복도를 지나 함장실로 향하고 있었다.

원래는 몇 개의 벽이 가로막고 있어야 하지만 전투 때문에 모든 벽이 파괴되고 지키는 사람도 없다.

하긴, 알바트로스함 최대 전력이 바로 천현일 소장이니 이런 비상시국에 굳이 그를 위한 병력을 빼놓는 게 오히려 우스운 일이겠지.

물론 그렇다고 정말 아무도 없는 건 아니어서 함장실 앞에는 총을 든 병사 하나가 서 있다.

"정지. 이 앞은 함장실입니다."

앞을 막아선다. 수많은 사람이 죽은 전투가 끝난 직후인 만큼 경직된 분위기.

그러나 그 직후 세레스티아가 앞으로 나선다.

세레스티아를 전혀 의식하지 않던 사내가 깜짝 놀란 표정을 짓는 걸 보니 아무래도 그녀가 은신을 푼 모양이었다.

"죄송해요. 제가 데리고 온 손님입니다."

"화, 황녀님! 충성!"

"후후, 수고하세요."

"네!"

군기 바짝 든 목소리로 세워총 자세를 취하는 병사를 지나 함장실로 들어간다.

쿠우우———

"윽… 이게 뭐야?"

순간 멈칫한다. 왜냐하면 주변 공기에서 끈적끈적할 정도의 점성이 느껴졌기 때문이다.

마치 늪 속에 들어온 것처럼 숨이 턱 막히고 강한 압박이 느껴진다.

"이런 말도 안 되는 영압(靈壓)이라니……."

느낀 것은 나뿐이 아닌 듯 어느새 보람이 내 앞에 서서 기세를 막아서고 있다.

어느새 그녀의 갑옷 주위로 묘한 문양들이 떠올라 살아 있는 생명체처럼 약동하고 있다.

"아, 미안하군."

그러나 그 직후 모든 기세가 씻은 듯이 사라졌다.

"부상을 치료하는 중이라."

동양풍의 가옥이다.

함선 내부에서 [가옥]이라는 단어를 쓰기 좀 애매할지도 모르지만 사실이 그러하니 어쩔 수 없다.

함장실은 어지간한 학교 운동장만큼이나 컸고, 그 중앙에는 단출한 이미지의 기와집이 있었으니까.

놀랍게도 함장실의 한편에는 폭포가 있어 물이 쏟아져 내리고 있고, 여기저기 아름다운 꽃들과 이름 모를 풀들이 자라고 있다. 개중에는 귀한 약초도 있는 건지 청량감이 느껴지는 향기가 전해진다.

"몸은 좀 괜찮아?"

"조금 더 치료해야겠지."

가부좌를 취한 채 미동조차 하지 않는 천현일 소장을 살피며 세레스티아가 웃는다.

"멀쩡해 보이는데?"

"치고받고 싸운 게 아니니까. 아, 그보다 만나서 반갑군. 천현일이라고 한다. 나이 차이가 500살이 넘는데 말 놓는다고 뭐라 하지는 않겠지?"

친근하게 말을 걸며 몸을 일으키자 그것만으로도 엄청난 박력이 전해진다.

똑바로 서는 것만으로 3m에 이르는, 소형의 기가스만큼이나 거대한 덩치 때문만은 절대 아니다.

오히려 중요한 것은 내면.

아까와 다르게 기운을 갈무리한 만큼 보람은 별로 느끼지 못하는 것 같았지만, 그럼에도 나는 알 수 있었다. 그의 내면에 숨겨져 있는 거대한 힘이 존재감이라는 형태로 느껴진 것이다.

'맙소사, 이게 정말 일개 생물이 가진 힘이란 말인가.'

기가 막혀서 헛웃음이 나온다.

황금성좌 골드리안에 탄다 해도 그와 일대일 전투에서 이길 작전이 떠오르질 않는다.

[전쟁]이 벌어진다면 그보다 훨씬 많은 공적을 세울 수야 있겠지만 그와 100m 이내로 접근하게 되면 도망조차 치기 힘들다는 생각이 들 정도인 것이다.

골드리안에 탄 나는 테라급 함선인 징벌을 파괴도 아니고 포획했을 정도로 강했는데도 그 지경이다.

'여러모로 초월자들은 상식 외의 존재군.'

이런 자들이 한둘도 아니고 수백수천 명이 있다니. 우주가 아무리 넓다지만 너무 엄청난 일이 아닌가?

농담이 아니라 일개 개인이 하나의 문명을, 혹은 하나의 행성을 파괴하는 일조차 가능할 테니 모든 세력이 초월자 중심으로 짜인다 해도 이상할 게 없을 정도다.

'그래, 어쩌면… 우주가 민주주의가 아니라 왕정제인 이유도 초월자들 때문일지도 모르겠어.'

제국, 황제, 황녀라는 단어를 볼 때부터 이상했다.

틀림없이 더 발달한 문명을 가지고 있어야 할 대우주의 세력 태반이 왜 지구에서조차 옛날에 버린 왕정제를 유지하고 있는가?

정보를 통제하고 억압하는 것도 아니고, 그렇다고 실권이 전혀 없는 것도 아닌데 미래의 시민들이 왕의 존재를 어떻게 용납할 수 있는가?

'힘이다.'

그렇다. 힘이다.

일개 개인이 초월적인 힘을 가지고 있다면, 일개 개인이 그가 속한 문명 자체를 파괴할 힘을 가지고 있다면 그는 사회의 틀과 룰, 법률로 묶어놓을 수 없는 존재가 된다.

그가 용납하고 따른다면 모를까, 어찌 그를 강제할 수 있겠는가?

그 과정이 순탄할지, 아니면 피가 흐르게 될지 알 수 없는 일이지만 초월자가 나타나서 그를 감당할 방법이 없다면 결국 결과는 두 가지뿐일 것이다.

그가 왕이 되거나, 아니면.

'신이 되거나.'

"대하라고 했나?"

"아, 네."

잠시 상념에 잠겼다가 정신을 차리고 천현일 소장을 마주한다.

천현일 소장은 슬쩍 고개를 움직여 내 옆에 바짝 붙어 있는 보람을 바라보았다.

"이거, 이거… 정말 재미있군."

북극곰의 모습이었던 만큼 표정을 알아보기는 힘들었지만 한순간 그가 웃었다고 생각했다.

그리고 그 직후 그가 허리를 숙여 코가 맞닿을 정도로 바짝 얼굴을 들이댄다.

거대한 덩치에 어울리지 않게 너무나 날렵한 움직임이었는데도 주변에는 바람조차 일지 않아 소름이 끼칠 정도다.

"무, 무슨 일이시죠?"

"무슨 일? 아, 별건 아니야. 다만 묻고 싶어서."

눈을 마주하자 깊이를 알 수 없는 검은색의 눈동자가 무저갱처럼 나를 빨아들인다.

"누구냐, 너."

단순한 말이 아니었다. 그가 내뱉은 단어 하나하나가, 글자 하나하나가 내 정신을 짓누르는 게 느껴진다.

살의는 느껴지지 않지만 어차피 힘의 차이가 압도적이라면 살의는 무의미하다.

우리가 개미 한 마리를 죽이면서 살의를 품지 않는 것처럼.

"불쾌하군요."

"그러니까… 뭐라고?"

막 뭔가 더 추궁하려던 천현일 소장이 멈칫한다.

한껏 긴장하고 있던 보람 역시 당황한 표정으로 나를 바라본다. 어떻게 그럴 수 있냐는, 내가 이럴 줄은 전혀 예상하지 못했다는 그런 표정이었지만 사실 이게 당연하다.

애초에 내가 그 앞에서 절절맬 이유가 없다. 오히려 더 당당해야 한다. 여기서 우물쭈물하다가는 오히려 되도 않는 누명을 뒤집어쓰고 말 것이다.

"왜 저를 신문하고 있죠? 근거를 좀 알 수 있을까요?"

"아니, 근거라니. 그거야 당연히."

황당해하며 뭔가 더 말하려다가 멈칫한다. 왜냐하면 그런 근거 따위는 있을 수 없기 때문이다.

"저는 당신들이 34지구라고 부르는 곳에서 왔고 그건 일방적인 스카우트였습니다. 전 제 신상을 속인 적도 없고 범죄를 저지른 적도 없죠. 이런 취급을 당해야 할 이유를 모르겠군요."

정론으로 나간다. 사실이 그러했으니까.

그리고 천현일 소장은 당연한 사실의 나열에 당황했다. 아무래도 내 이런 태도를 예상치 못한 모양이다.

"흠, 하지만 넌 네 정체를……."

"가진 능력을 하나부터 열까지 모조리 알려 달라는 말은 들어본 적이 없습니다. 애초에 멋대로 접촉한 게 그쪽인데 이제 와서 정체를 숨겼다는 억지를 부리시면 곤란하죠. 그리고 무엇보다."

나는 천현일 소장을 똑바로 올려다보았다.

나는 알바트로스함에 취직했지만 그건 단지 고용인으로서의 계약이었을 뿐, 나는 그의 수하가 아니다.

"귀찮아서 숨겼지만 이미 알고 있다면 오히려 더 이상하군요. 아무리 생각해도 전 제가 받는 월급보다 훨씬 큰 활약을 한 것 같은데 취급이 이게 뭡니까?"

전쟁신의 이름을 가지고 있는 신급 기가스 아레스는 말했다. 이 배는 적에게 패할 것이며, 그 탑승자는 대부분 죽고 남는 이들 역시 적에게 유린당할 것이라고. 승리의 가능성은 1%도 되지 않으니 그 어떤 희망도 있을 수 없다고.

천현일 소장은 비인족의 초월자인 모르네와 서로 동수를 이루어 그의 발을 묶고 있었지만 나머지 상황은 그야말로 최악이었다.

그는 모르네의 발을 묶을 수 있었지만 동시에 묶여 있기도 했기 때문에 빈틈을 보여 치명적인 타격을 입고 싶지 않다면 아군을 도울 수 없었다.

그리고 그 와중에 배는 적에게 빼앗기고 승무원들은 모조리 유린당했겠지.

사실 나는 알바트로스함의 구원자라 해도 과언이 아닌 존재인 것이다.

씨익.

그런데 갑자기 천현일 소장이 웃었다.

"후후… 역시 그 기가스들은 네가 조종한 거였군."

예상치 못한 말에 멈칫한다.

순간 '당했다!' 라는 생각이 들었다.

그러고 보니 이 녀석이 날 본 건 함선 내부에서 날아다니던 모습뿐인 것이다. 단지 짐작일 뿐 기가스를 조종한 게 나라는 확신은 없었는데 내가 먼저 말해 버린 것.

'침착하자.'

그러나 포커페이스. 당황하지 않는다.

어차피 그가 몰랐다 해도 세레스티아는 알고 있었다. 그녀가 비밀을 반드시 지킬 의리도, 이유도 없으니 결국에는 알려질 정보였다고 생각하는 게 편하겠지.

나는 태연하게 고개를 끄덕이며 별거 아니라는 듯 말했다.

"별수 없었지요. 그냥 정비만 하고 싶었지만 다 망할 판이라."

"큭큭, 하긴, 뭐, 아레스 녀석의 전신 안에 깃들어 있는 걸 보고 어느 정도 짐작했지. 그렇다면 기가스를 원격으로 조종한 것은 만병지왕이겠군. 아무리 신급이라지만 고작 어빌리티로 기가스까지 조종할 정도였을 줄이야."

아무래도 그는 아레스에 대해 어느 정도 알고 있는 모양이었다. 그리고 녀석이 가진 어빌리티에 대해서도.

'하긴 이 배에서 가장 높은 자리에 있는 것이 바로 그이니 아레스에 대해서 모르면 오히려 더 이상한 일이겠지. 무엇보다 알바트로스함은 아레스의 몸을 찾는 데 협력 중이라고 했었고.'

다만 아레스가 기가스를 조종한다는 사실에도 '그런가 보다' 하고 넘기는 걸 보니 그 기능까지 정확하게 아는 건 아닌 모양이라고 짐작하고 있는데, 세레스티아가 천현일 소장을 향해 웃는 게 보인다. 그리고 그 모습에 천현일 소장이 고개를 끄덕였다.

"무례에 사과하네. 섣부른 의심에 대한 보상은 다음에 하도록 하고, 일단 앉도록 할까?"

"좋지요."

우리는 천현일 소장의 안내에 따라 가옥으로 들어갔다.

기본적으로 마루까지 있는 완벽한 동양풍의 기와집이었지만 그 안의 방에 들어가자 서양풍의 테이블과 의자, 소파 등이 있다. 약간은 어색한 그림이어서 천현일 소장을 바라보자 그가 피식 웃는다.

"별수 없었어. 같이 마주 앉으면 눈높이 차이가 너무 나서 예의가 아니더군."

그렇게 말하며 바닥에 털썩 앉는다.

과연 우리는 의자에 앉고 그는 바닥에 앉았음에도 오히려 우리가 그를 올려다볼 정도로 덩치 차이가 크다.

인간 사이즈의 상대를 자주 만나는지라 나름대로 생각한 배치인 모양이다.

“어쨌든 만나게 되서 반갑습니다. 관대하라고 합니다.”

“알바트로스함의 함장 천현일 소장이네. 만나서 영광이군, 유령 씨.”

“유령?”

뜻밖의 단어에 의문을 표하자 천현일 소장이 웃는다.

“홀연히 나타나 적을 모조리 무찌른 기가스에 아무도 타고 있지 않는다는 사실을 깨달은 승무원들이 붙인 별명이지. 혼란한 상황이라 조용한 거지 자네 정체를 궁금해하는 녀석이 한둘이 아냐.”

당연한 말이지만 괴담은 아닐 것이다.

이곳은 이능이 존재하며 신과 영혼의 존재를 증명한 대우주. 당연히 그들도 괴담을 생각하기보다는 뭔가 원격으로 기가스를 움직일 수 있는 아주 강력한 능력자가 있다고 생각하고 있을 것이다.

“흠, 아레스에 대해 더 아는 사람이 있습니까?”

“별로 없네. 기껏해야 나와 기술부장, 그리고 1급 비밀에 접근할 권한이 있는 부함장이나 여단장들 정도지.”

‘즉, 꽤 많다는 이야기 아냐?’

헛웃음이 났지만 굳이 따지지는 않는다.

하긴, 내가 뭐 범죄자도 아니고 필사적으로 정체를 숨기려고 하면 오히려 이상하게 보일 테니까.

[차를 가져왔습니다.]

“고마워, 지니. 마시면서 이야기하게. 귀한 영초로 달인 만령차(萬靈茶)야."

"아, 현일! 이럴 거야? 나를 만날 때도 안 꺼내더니!"

"그래서 지금 이렇게 주잖아. 게다가 만령차는 끓이는 데 몇 주의 시간이 필요해. 갑자기 나타난 녀석한테 어떻게 줘?"

둘의 대화를 들으며 만령차라는 걸 한 모금 마신다.

나와 세레스티아의 찻잔은 물론 보람의 차까지 있었지만 그녀가 살짝 고개를 흔들어 거부했기에 그녀의 몫까지 내가 마셔버렸다.

"흠."

귀한 차라는 건 빈말이 아닌 듯, 차를 두 잔 연속으로 마시자 잠시 후 배 속이 따듯해지더니 점차 그 기운이 전신으로 퍼져 나가는 기분이 들었다. 왠지 모르게 힘이 나는 느낌.

그러나 원래 그게 당연한 것인 듯 다들 별다른 언급이 없었기에 나는 그냥 깔끔하게 차를 비우고 고개를 끄덕였다.

"좋은 차군요."

"만년화령을 정제해 만든 녀석이지. 지금에야 어렵지 않게 구할 수 있지만 예전에는 이것 때문에 전쟁도 났었다는군."

그의 말을 들으며 차를 마신다.

몸을 따뜻하게 휘도는 기운도 기운이지만 차향 자체가 매우 그윽하고 좋아 마음이 풀어질 정도.

당연하지만 너무 긴장을 풀면 곤란한 자리였던 만큼 깔끔하게 잔을 비우고 말을 이었다.

"그러고 보니 함장님은 제가 어떻게 알바트로스함에 스카우트된 건지는 알고 계십니까?"

"기계류의 상태를 파악할 수 있는 초능력 때문이라고 들었는데."

짐작대로의 대답에 고개를 끄덕이며 말한다.

"그것도 물론 맞긴 하지요. 하지만 가장 최초에는 어떠했나요? 왜 34지구에서 평범히 살고 있던 저에게 레온하르트 제국이 접근했죠? 그때의 알바트로스함은 제 초능력 따윈 전혀 알지 못했는데."

"그야 대전쟁에서."

거기까지 말하고 멈칫한다.

그는 수백 년의 세월을 수련에 쏟아부어 초월자의 경지에 이른 자. 당연히 머리가 나쁠 리 없어 금세 답을 찾아낸 것이다.

"12억 8,000만 점……."

황당하다는 표정으로 나를 바라본다.

솔직히 나는 아직까지도 이해를 못 하겠지만, 이 12억의 점수는 다른 이들이 도저히 따라할 수 없는 어마어마한 점수라고 한다.

때문에 인사과장인 알레이나는 이게 진짜 점수일 거라는 생각을 전혀 하지 못하고 나를 초능력자로 판단했던 게 아닌가?

그렇기에 놀라는 천현일 소장의 모습을 보며 '이 녀석도 안 믿는 거 아냐?' 라는 생각이 순간 들었지만, 그는 이내 고개를 끄덕였다.

초월자로서의 직감일 때문인지 500년이 넘게 살아오면서 쌓인 연륜 때문인지 상황을 금세 받아들인 것이다.

"그래… 그러고 보면 세상에는 별의별 놈이 다 있었지. 그건 혈통의 힘인가?"

"…어느 정도는."

사실 내 힘의 정확한 정체는 나도 알 수 없다. 결국 나는 내 [친부]가 누군지 아직도 모르고 있으니까.

물론 게임 플레이 능력 자체야 내 실력이지만 칭호를 보는 능력이나 이 [재능]은 윗대에서 물려받았을 가능성 역시 존재하고 말이다.

'그래, 천재가 맞을지도 모르지.'

아닌 게 아니라 만능 천재인 아버지를 이길 수 있었던 분야다. 그럼 당연히 이쪽에서만큼은 엄청난 천재라고 봐도 무방하지 않을까?

과연 거기에 동감한다는 듯 세레스티아가 고개를 끄덕인다.

"확실히 이 녀석, 천둥룡으로 말도 안 되는 성능을 보이던데. 공간도 넘고 적의 방어를 뚫는 공격도 날리고……. 아니, 사실 이건 그냥 부가적인 능력에 불과하겠지."

거기까지 말하고 재미있다는 표정으로 나를 잠시 바라보더니 말을 잇는다.

"이 녀석 진짜 능력은 조종술이야. 너무나도 뛰어난 조종술. 난 그렇게나 세련되게 전장을 지배하는 기가스는 본 적이 없어."

사실 전쟁과 전혀 상관없는 삶을 사는 게 정상인 황녀의 말이었음에도 천현일 소장은 전쟁 전문가의 의견을 듣는 표정으로 말한다.

"확실히 온갖 전쟁터를 전전하신 황녀님 말씀이라면 귀담아들을 가치가 있지. 그래, 네가 보기에는 어느 정도지?"

"기간트 마스터(Gigant Master)."

"그건… 놀랍군. 단지 능력뿐이 아니라 조종술 자체가 기간트 마스터를 노릴 정도라는 건."

대단하다는 평가였지만 세레스티아는 고개를 흔들었다.

"아냐."

"아, 그 정도는 아니라고?"

"그게 아니라 기간트 마스터를 노릴 필요조차 없다고. 이 녀석의 실력은… 레온하르트 제국 소속은 물론이고 지금까지 내가 본 그 모든 기간트 마스터(Gigant Master)가 어린애로 보일 정도였어. 같은 기종에 같은 어빌리티를 쓰면, 어쩌면 1 : 2나 1 : 3으로도 안 될걸."

단정적인 그녀의 말에 천현일 소장의 얼굴이 살짝 굳는다.

그는 잠시 이해할 수 없다는 표정을 짓다가 다시 물었다.

"능력이 아니라 조종술 자체가 뛰어나다고? 기간트 마스터들보다 더? 그건 불가능한 일이야. 귀한 어빌리티나 초월기, 혹은 권능 같은 능력은 타고날 수 있지만 기교는 저절로 생기지 않는다."

"맞는 말이지만 소용없는 이야기이기도 하지. 결과를 눈으로 봤다면."

"……."

천현일 소장이 생각에 잠긴다. 그리고 그 모습을 나는 눈살을 찌푸리며 바라보다가 세레스티아를 노려보았다.

"너 일부러 과대평가하는 거 아니지?"

"뭐? 과대평가? 바보야, 그 누구도 그 상황에서 수급 하나 가지고 전황을 뒤집을 수는 없어. 게다가 네가 천둥룡에게 없던 온갖 어빌리티를 사용한 건 사실이지만 그중에는 방어용이 하나도 없었지. 가뜩이나 다수인 데다 출력도 높은 적에게 정타를 한 대도 안 맞는다는 게 얼마나 황당한 일인지 스스로 모르는 거야?”

오히려 기가 막힌다는 반응에 뭐라 반박하지 못한다.

‘그냥 그놈들이 완전 발컨인 느낌이었는데. 봇(bot: 멀티 플레이 게임, 혹은 멀티 플레이 모드에서 등장하는 인공지능 플레이어)전 기분도 들었고.’

그러나 실제 목숨이 걸린 전쟁이었는데 그런 말을 했다가는 쓰레기 취급을 당할 게 뻔하기 때문에 그만두었다.

실제로 그게 중요한 게 아니기도 했고.

“뭐, 그 건에 대해서는 넘어가고 말씀드리자면 저는 레온하르트 제국군에 입대할 생각이 없었기에 조용히 있었습니다. 지금도 그 생각은 다르지 않고요. 다만 그냥 죽을 수는 없으니 살아남기 위한 전투에만 참여하도록 하죠.”

“그건… 이해할 수 없군. 네 전공이 알려진다면 막대한 보상이 따를 거다. 네가 살던 34지구의 대통령 따위와는 상대도 안 되는 부와 권세를 누릴 수도 있어. 네가 정말 기간트 마스터를 뛰어넘는 조종술 실력을 가지고 있다면… 어쩌면 너는 대장군의 자리에까지 오를지 몰라. 지금은 전시고, 넌 인간이니까. 그런데 그걸 포기하겠다고?”

이해할 수 없다는 천현일 소장의 반응에 내 뒤를 지키고 있던 보람이 슬쩍 입을 연다.

“저기, 그 대장군이라는 직책은 얼마나 대단한 거죠?”

"권력에 대해서는 잘 이해도 못 할 테니 부에 대해 설명하자면… 네 이름을 딴 아름다운 행성을 대여섯 개는 사서 모조리 개인 휴양지로 만들 수 있을 정도?"

"오오! 개인 섬도 아니고 개인 행성!"

"뭘 '오오' 야, 멍청아."

헛소리하는 보람을 갈군다. 마음 같아서는 딱밤이라도 때리고 싶은데 투구를 쓰고 있어서 참았다.

"어쨌든 자잘한 보상이야 당연히 받겠지만 일이 거창해지는 것은 원치 않습니다. 가급적 축소해 보고해 주셨으면 하지만 그게 불가능하다면 대대적으로 공표하는 건 참아주세요. 아, 이왕 이렇게 된 거 지금 제가 하고 있는 보직을 그대로 둬주시면 감사하겠군요. 사실 기술부에 들어가기에는 별다른 배경지식이 없어서."

원래 나는 지금 하던 보직을 잠시 하다가 기술부로 들어갈 예정이었다.

좀 경우가 다르지만 입대하면 훈련소에 들어가 업무에 대해 배우고 자대로 배치되는 것과 비슷하다고 할 수 있다.

'하지만 가능하다면 이 꿀보직을 유지하는 게 낫지. 기술적인 지식이 없는 건 사실이기도 하고. 라디오 조립도 못하는 내가 무슨 기술부야?'

어쨌든 내가 당당히 이것저것 요구하자 천현일 소장은 잠시 생각에 빠졌지만 이내 고개를 끄덕였다.

애초에 나쁜 조건일 리가 없다. 보상을 더 달라는 것도 아니고 공로를 포기한다는 이야기니까.

만약 여기가 꽉 막힌 군대라면 그것도 문제가 되겠지만 이런 테라급 함선들은 하나하나가 독립기관이나 다름없으니 함장인 그의 행사를 막을 자는 없으리라.

"어처구니없는 조건이지만 우리가 손해 볼 건 없겠군. 좋다. 하지만 승무원들한테는 너를 누구라고 해야 하지? 아직 전투가 끝나지 않았으니 어느 정도의 연계는 필요하다. 명칭 정도는 필요하겠지."

맞는 말이다. 오늘처럼 내가 중간에 끼어드는 것보다는 작전을 짜서 움직이는 게 당연히 효율이 좋을 테니까.

하지만 그런 건 별로 고민할 필요가 없다는 게 내 생각이다.

"아까 그걸로 하죠."

"그거?"

"네, 유령이요."

피식하고 웃는다. 그러나 나는 몰랐다.

바로 오늘이.

알바트로스의 유령이 탄생한 날이라는 것을.

『당신의 머리 위에』 1권 끝